D1866385

Joseph Hayes

Die dunkle Spur

Joseph Hayes

Die dunkle Spur

Roman

CARL HABEL VERLAG

Wie immer
für Marrijane
in Liebe

Und mit einem Dankeschön
an James Oliver Brown
und Arthur M. Bell

Genehmigte Sonderausgabe für Carl Habel GmbH, Darmstadt
Ins Deutsche übersetzt von Jo und Matthias Klein
© 1982 by Marrijane Hayes und Joseph Hayes
Alle deutschen Rechte bei C. Bertelsmann Verlag GmbH, München 1982
Die Originalausgabe erschien unter dem Titel »No Escape«
bei Delacorte Press, New York.
Umschlagentwurf: Marietta Frommberger-Zimmermann, München
Umschlagfoto: MALL Photodesign
Druck und Bindung: Mohndruck, Gütersloh

ISBN: 3-87179-242-X

1

Sie kam nach Hause wie üblich, ließ den Wagen vor der Garage stehen, öffnete die Haustür und wußte mit plötzlicher Gewißheit, daß sich ihr Leben verändert hatte.

Zuerst sah sie nur, daß der zierliche Duncan-Phyfe-Tisch in der Diele umgeworfen war. Gewaltsam. Eines seiner kunstvoll geschnitzten Satinholzbeine lag abgebrochen auf dem Teppichboden. Der Spiegel hing noch an der Wand, aber der schwere, antike Rahmen war verzogen und das Glas zerborsten. Sie erhaschte einen Blick auf ihr Gesicht in den scharf gezackten Fragmenten: verzerrt, grotesk, als sei sie ebenfalls zersprungen. Sie erkannte die Züge kaum, die sie anstarrten.

Ich liebe dich, Brenda. Vergiß das niemals. Das ist das einzige, worauf es ankommt.

Zögernd bewegte sie sich ins Wohnzimmer. Und erstarrte. Entsetzt. Die Sitzbank war umgekippt, Aschenbecher, Zeitschriften, das Schachspiel mit den Elfenbeinfiguren lagen verstreut auf dem Teppich.

Das Sofa lehnte hochkant an der Wand.

Der Kaminsims war leergefegt, und seine helle Marmorfläche wirkte nackt. Die Wand darüber war leer: Das Ölgemälde von ihr, das sie auf Donalds Drängen hin hatte malen lassen, lag mit dem Gesicht nach oben in dem Durcheinander auf dem Boden. Die Leinwand hatte ein ausgefranstes Loch – von einem Fausthieb oder einem wütenden Tritt? Das Bild starrte sie an wie blanker Hohn.

Ich glaube dir, Donald. Ich glaube wirklich, daß du mich liebst. Aber es ist eine Art von Liebe, die ich nicht verstehe. Und nicht will.

Bestürzt blickte sie auf das Chaos, erbebte im Inneren und stand reglos in ungläubiger Fassungslosigkeit. Sie hätte es ihm nicht sagen sollen. Nicht heute früh. Aber es war Sonnabend, und Toby war mit Freunden aus Brookfield zum Eislaufen gegangen, und sie waren allein im Haus gewesen. Er hatte auch ganz normal gewirkt, gefaßt und ruhig, sogar heiter. Und nüchtern. Also wollte sie es hinter sich bringen. Es mußte sein. Je eher sie es ihm sagte, ein für allemal, desto besser war es für sie, für alle drei.

Scheidung? Wovon, zum Teufel, redest du, Brenda?

Die Forsythie vor dem Panoramafenster des Wohnzimmers zeigte den ersten gelben Blütenschimmer, obgleich noch an einigen Stellen des Rasens schmutzige Schneereste lagen. Donald hatte dagestanden – hochgewachsen, breitschultrig, das rasierte, gut geschnittene, jungenhafte Gesicht von blondem Haar eingerahmt, ungläubiges Erstaunen in den blauen Augen, aber kein Zorn. Bitte, lieber Gott, mach, daß er nicht jähzornig und ausfallend wird, sondern mit mir redet, so wie früher.

Du hast schon öfters damit gedroht, Brenda, aber immer nach einem Streit oder wenn ich zuviel getrunken hatte.

Diesmal ist es ernst. Ich habe es mir genau überlegt. Ich behaupte noch nicht einmal, daß du daran schuld bist. Vielleicht liegt es auch an mir. Vermutlich sogar.

Willst du damit sagen, daß du mich nicht mehr liebst?

Nein. Ich weiß es nicht. Ich will nur sagen, daß ich es einfach nicht mehr ertrage.

Du wirst mich immer lieben. Genauso, wie ich dich immer lieben werde. Das wissen wir doch beide.

Nein, rühr mich nicht an. Bitte.

Und er hatte sie dann wirklich nicht mehr angefaßt. Aber er kannte seine Macht. Er konnte sich immer auf seine Wirkung verlassen.

Liebte sie ihn noch?

Sie stieg über den Trümmerhaufen hinweg, über die Glassplitter, und gab sich Mühe, die auf dem Orientteppich herumliegenden afrikanischen Holzschnitzereien und die kleinen Eskimo-Tierskulpturen aus schwarzem Stein nicht zu sehen. Die Beine gaben fast unter ihr nach, und ihr war elend vor Entsetzen, als sie auf die Doppeltür zum Eßzimmer zuging und sie öffnete – und erstarrte.

Noch mehr Verwüstungen. Die Chippendale-Anrichte umgestoßen, der Teppich übersät mit scharfkantigen Scherben des Wedgewood-Services. Waren die schönen Waterford-Kristallgläser auch alle kaputt? Ja. Alles. Auch der Eßtisch war umgekippt. Sie ging nicht weiter in den Frühstücksraum oder die dahinter liegende Küche. War das ganze ein Alptraum? Oder war es wirklich geschehen?

Was für ein Anwalt? Wer?

Spielt das eine Rolle? Ich habe mit ihm gesprochen, das ist alles.

Ich kann es nicht glauben, Brenda. Wer?

Es ist zwar egal, aber es war Preston Brice.

Preston Brice? Du suchst dir natürlich einen gutaussehenden Mann aus, klar.

Fang nicht wieder damit an. Bitte. Preston und Lucy Brice sind eines der wenigen Ehepaare aus unserem Bekanntenkreis, die sich wirklich mögen. Ich kenne beide schon seit den ersten Schuljahren.

Wie gut? Wie gut kennst du den Bastard?

Sie entsann sich nicht, was sie geantwortet hatte. Es war jetzt auch gleichgültig. Sie mußte sich aufraffen, etwas unternehmen. Sofort. Aber was? Hilflos schlurfte sie zur Tür von Donalds Arbeitszimmer.

Er hatte jede Flasche Alkohol zerschmettert, die im Haus war. Es stank nach Fusel, und die spitzen Splitter der kaputten Flaschen glitzerten im fahlen, spätwinterlichen Licht, das in das kleine Zimmer fiel. Der Schreibtisch stand noch da, aber die Schubladen waren ausgeräumt worden. Ihr Inhalt lag auf dem Boden zwischen den Scherben verstreut, Entwürfe, Verträge, Pläne, Briefe, Prospekte, ein wüstes Durcheinander. Während sie sich vorstellte, wie er in seinem Suff hier gewütet haben mußte, empfand sie noch immer keinen ohnmächtigen Zorn über den Vandalismus. Vielleicht, weil die gerahmte Fotografie von ihr unschuldig und aufrecht auf dem Schreibtisch stand?

Brenda, ich schwöre dir, ich werde nie mehr ein Glas Alkohol anrühren!

Das ist es nicht, Donald. Nicht allein. Ich wünschte, es läge daran.

Sie hatte nicht zu erklären versucht, daß es um mehr ging als um seine Sauferei – um etwas Tieferes, Grundsätzlicheres. Sie hatte nicht davon gesprochen, weil es ihr selbst noch nicht recht klar war. Auch jetzt noch nicht.

Sie schleppte sich in die Diele hinaus, watete durch das Gerümpel. Als sie die breite, teppichbelegte Treppe hinaufstieg, wurde ihr bewußt, daß aus dem leisen Beben ein Zittern aller Glieder geworden war. Obgleich sie mit festen Schritten auftrat, trotzig fast, hatte sie das Gefühl, sich jeden Moment übergeben zu müssen.

Wer ist er, Brenda?

Es gibt niemand, Donald. Aber ich weiß, es ist hoffnungslos, dich davon überzeugen zu wollen, daß ich keinen anderen Mann liebe. Ich will von Liebe nichts mehr wissen.

Wie heißt er?

Laß meinen Arm los, Donald. Ich habe dir schon gesagt: Es gibt keinen anderen Mann.

Lügen. Immer die gleichen Lügen. Ich weiß schon lange, daß das kommen mußte.

Ich wahrscheinlich auch.

Niemand anderer wird dich jemals haben!

Verdammt, du tust mir weh!

Verzeih. Ich will dir nicht weh tun, Brenda. Es tut mir leid.

Es tut dir immer leid – hinterher.

Du gehörst mir.

Ich gehöre niemandem. Ich gehöre mir selbst.

Für mich hat es nie eine andere Frau gegeben, Brenda. Und es wird auch niemals eine andere geben. In den zehn Jahren, die wir verheiratet sind. Keine andere.

Das glaube ich dir, Donald.

Ich liebe dich. Nur dich. Und nur darauf kommt es an.

Falsch, ganz falsch. Es kommt noch auf vieles andere an. Beispielsweise auf Toby. Toby ist sehr wichtig. Sein Zimmer ist wichtig. Wie sah es da aus?

Ein Chaos, eine einzige Verwüstung. Oh, Donald, konntest du nicht wenigstens Toby verschonen? Wenn er das sieht –

seine elektronischen Spielsachen zertrampelt, der Bildschirm eingeschlagen, die geschnitzten Tiere und Vögel zerbrochen, auf den Boden geschleudert – wenn der Junge das sieht, fängt er wieder zu stottern an. Er wird brechen müssen. Toby hat sogar einen Widerwillen gegen Gewalttätigkeit im Fernsehen. Seine sanften Augen schauen dann immer ganz bestürzt, und es kommen ihm die Tränen – was du, Donald, immer unmännlich gefunden hast. Aber, Donald, er ist doch erst acht Jahre alt. Wenn er das sieht, wird ihm ganz elend werden. Elend.

Nein.

Toby wird es nicht sehen.

Sie durchquerte die obere Diele, noch immer zu entsetzt und verwirrt, um Ordnung in ihre Gedanken zu bringen. Jetzt flog sie am ganzen Leib.

Toby braucht einen Vater. Hast du das bedacht, Brenda?

Laß uns darüber reden. Wir wollen doch vernünftig sein, Liebling – ich meine Donald.

Du hast Liebling gesagt . . .

Alte Gewohnheit, Donald.

Du liebst mich noch immer!

Ich weiß es nicht. Das ist die Wahrheit.

Du weißt, daß ich es niemals zulassen werde, daß du mir Toby wegnimmst.

Das will ich auch nicht. Aber auch für ihn hat sich einiges verändert. Wir alle drei sind betroffen.

Toby braucht einen Vater. Wir brauchen einander, wir alle drei.

Wirklich, Donald?

Nein. Sie starrte in das Schlafzimmer. Ihr Schlafzimmer, ihres und Donalds. Sie sackte zusammen, blutleer, mit roten, brennenden Augen und einem innerlichen Frösteln. Sie lehnte sich an den Türrahmen.

Er hatte die Kommodenschubladen herausgerissen und ihren Inhalt im ganzen Raum verstreut. Der Frisiertisch lag auf der Seite, seltsamerweise mit heilem Spiegel, und die Fläschchen, Kämme und Bürsten hatten sich über den ganzen Boden verteilt. Die Schränke standen offen und waren ausgeräumt; auf dem Boden häuften sich die Kleider, seine und ihre. Ihr englischer Davenport-Schreibtisch war umgestürzt. Nur das Bett stand an seinem Platz, ihr Bett, ihres und Donalds. Bettwäsche, Kissen und Decken waren heruntergefetzt, und die Matratze wirkte nackt und unpersönlich.

Als gehöre sie nicht mehr ihr.

Sie kam sich vor, als sei sie vergewaltigt worden. Ekel stieg in ihr hoch wie Gift. Das ganze Haus, das ihr Heim gewesen war, war verwüstet. Ein einziges Chaos, Auswuchs einer betrunkenen Zerstörungsorgie voller Haß und Raserei.

Ja, Haß, Donald, nicht Liebe – *Haß!*

Als sei sie von einem Fremden vergewaltigt worden.

Da endlich packte sie der Zorn, schlug brennend wie züngelnde Flammen über ihr zusammen.

Laß uns später reden, Liebling. Wir sind allein. Und ich habe nichts getrunken. Gehen wir nach oben. Jetzt.

Bitte, Donald, dafür ist es jetzt zu spät.

Ich werde dir zeigen, wie sehr ich dich liebe.

Ich bin in der Leihbücherei verabredet. Ich habe versprochen, heute beim Verkauf der ausgesonderten Bücher zu helfen.

Der Freund und Helfer der Bücherei, Brenda Forrest. Du bist auch mein Freund.

Tut mir leid, Donald, aber das ist vorbei.

Das wird niemals vorbei sein.

Es ist mein Ernst. Versuche nicht, mich zu zwingen. Ich gehe.

Ich habe dich noch nie dazu zwingen müssen. Dich nicht, Brenda . . .

Ich bin gegen Mittag zurück.

Du bleibst hier!

Schlag mich nicht, Donald. Du wirst mich nie mehr schlagen!

Brenda, komm zurück. Du wirst nie von mir loskommen! Ich warne dich! Komm sofort her, oder es wird dir noch leid tun, verdammt leid, Brenda!

Tat es ihr leid?

Nein.

Es tat ihr nicht leid, weil sie jetzt genau wußte, was sie tun mußte. Die Entscheidung war ihr abgenommen worden. Sie merkte, daß sie nicht mehr zitterte, kein bißchen. Obwohl leer und ausgehöhlt, spürte sie, wie sich eine unendliche Ruhe in ihrem Körper ausbreitete. Sie wollte zur Treppe, blieb dann aber stehen. Toby und sie würden Kleider brauchen. Was noch? Geld. Es war Sonnabend: Die Banken waren geschlossen. Ihr Vater hatte sicher etwas Bargeld im Haus. Wieviel hatte sie? Etwas war noch in dem kleinen Safe im Arbeitszimmer.

Die Wut breitete sich in ihr aus, daß ihr ganz schlecht wurde. Aber das Zittern war vorbei, und ihr Kopf funktionierte wieder.

Was nun getan werden mußte, würde sie tun. Und zwar schnell. Ehe Donald zurückkehrte, ins Haus torkelte, noch gefährlicher und unberechenbarer . . .

Heftig kämpfte sie einen Anflug von Panik nieder und ging mit entschlossenen Schritten ins Schlafzimmer. Ihre Gedanken waren klar, glasklar.

Ich liebe dich, Brenda. Ich werde dich immer lieben.

Iß statt dessen einen Apfel . . . Wo hatte sie das gelesen? In der Bibel?

Tröste mich mit einem Apfel, weil ich von der Liebe genug habe.

»Es tut mir leid, Mr. Forrest. Die Bar macht am Sonnabend erst um ein Uhr auf, das wissen Sie doch.«

»Überall in der Stadt sind die Bars offen, Clarence.« Warum hatte er nicht unterwegs angehalten? Warum war er überhaupt hergekommen?

»Tut mir leid, Sir. Hausordnung des Clubs. Es dauert ja nur noch eine halbe Stunde.«

Clarence verzog sich. Grinste noch. Hochnäsiger Bastard. Warum waren alle gegen ihn? Wer war dieser Clarence überhaupt, daß er es wagte, sich über ihn lustig zu machen?

Er könnte sich jetzt in den Mercedes setzen und wieder in die Stadt fahren. Dann hätte er in zehn Minuten seinen Drink. Oder er könnte ins Büro fahren. *Forrest und Sohn, Bauunternehmung und Projektplanung.* Im Schreibtisch stand immer eine Flasche Jack Daniels. Dann fiel ihm ein: In seinem Spind mußte auch noch eine sein. Er ging zur Treppe.

Was war dieser Jachtklub doch für ein öder, leerer, langweiliger Ort an einem Sonnabendmorgen.

Auf der teppichbelegten Treppe zur Turnhalle hinunter überfiel ihn eine Schwäche, kalt und klamm, als er an seine Zerstörungswut dachte, an die Verwüstungen. Er hatte immer gefürchtet, daß es eines Tages soweit kommen würde. Daß er so etwas tun würde. Oder etwas Schlimmeres. Reue bohrte in seinem Inneren, und als er den Umkleideraum betrat, erfaßte ihn wieder die vertraute, haßerfüllte Abscheu vor sich selbst: Du mieser Hund, du weißt nicht mehr, was du tust. Oder was du als nächstes anstellst. Was, zum Teufel, ist eigentlich mit dir los?

Brenda. Eine Welle von Zärtlichkeit erfüllte ihn. Vielleicht war sie noch nicht von der Leihbücherei zurück. Vielleicht hatte er noch Zeit, wenigstens das Schlimmste aufzuräumen, ehe sie es sah.

»Brenda, es tut mir leid. Brenda, ich habe es doch nicht so gemeint . . .«

Scheidung. Das Wort explodierte in seinem Gehirn. Und die Zärtlichkeit kühlte ab, wich dem alten Haß, der Angst, dann der Wut . . .

In der Flasche war nur noch ein Schluck. Er goß ihn in sich hinein, es brannte, das wohltuende Feuer, das sich ausbreiten und ihn beruhigen würde.

Der Umkleideraum war leer, nur der vertraute Geruch von Schweiß, Seife, Desinfektionsmitteln und Tennisschuhen umgab ihn. In Sportanlagen hatte er sich immer zu Hause gefühlt. Da fiel ihm ein, was ihn überhaupt hergeführt hatte: Er wollte sich den Alkohol aus dem Blut schwitzen. Er zog sich nicht um, legte lediglich das schwere Tweedjackett und das Hemd ab und turnte am Barren, bis Schultern und Arme vor Überanstrengung schmerzten. Er machte verbissen weiter, obgleich ihm die Kraft ausging und sein Körper vor Schweiß triefte, während seine Gedanken wegdrifteten. Nerven und Muskeln waren zum Zerreißen gespannt, doch er trieb sich immer mehr an.

Das hast du verdient, du Bastard. Das und noch weit Schlimmeres.

Schließlich gab er auf und schwankte zur Sauna, von Haß auf sich selbst zerfressen. Unser Haus, unser schönes Heim –

Ekel erfüllte ihn bis in die letzte Pore. Du verrückter Hund, was hast du da nur angerichtet?

Er zog sich aus und ging unter die kalte Dusche. Die eisige Kälte stach wie Nadeln in die geschundenen Muskeln.

Vergib mir, Brenda.

Das hat sie immer getan. Sie vergibt immer. Und wird es immer tun.

Aber konnte er es sich jemals selbst verzeihen?

Er kleidete sich an und ging an der mittlerweile geöffneten Bar vorbei, ohne versucht zu sein einzutreten – ich werde keinen Schluck mehr trinken, Brenda, nie mehr! –, durch die Eingangshalle und hinaus in den grauen, trüben, kühlen Tag. Er fühlte sich geläutert. Sauber. Stark.

Während er am Seeufer entlang auf die Stadt zufuhr, versuchte er nicht, Brendas Bild aus seinen Gedanken zu verbannen – im Heck des Segelboots, ihre zart gemeißelten Züge von einer leichten Sonnenbräune übergossen, die glitzernde Wasserfläche des Long-Island-Sunds, ihre ranken Beine und ihre weichen Brüste, ihre schwarzen Haare, die im Wind flogen ...

Er mußte sie sofort sehen. Und zwar allein, ehe Toby vom Eislaufen in Brookfield heimkehrte.

Im trist und abweisend wirkenden Stadtzentrum bog er an der Ecke Main und West Street ab und dann in die Deerhill Avenue, eine von kahlen Eichen und Ahornbäumen flankierte, breite Straße mit stattlichen, alten Villen. Er kam an dem weitläufigen, von einer Mauer umgebenen Wohnsitz vorbei, der einst der Familie seiner Mutter gehört hatte, in dem aber nun New Yorker lebten, Fremde. Mit den Erinnerungen überfiel ihn wieder eine gewisse Trauer. Und die vertraute Bitterkeit. Und Zorn.

Schau mich nicht so an, Donald. Du bist noch ein Kind. Wie kannst du wissen, was eine Frau braucht?

Doch er hatte es gewußt, damals schon.

Du kannst mich ruhig bei deinem Vater verpetzen, wenn du glaubst, daß du etwas weißt. Deine Mutter ist noch nicht so alt wie du denkst. Und sie ist noch immer schön – jedenfalls in den Augen einiger Leute.

Diese eitle, selbstsüchtige, hinterhältige Kuh – waren alle Frauen wie sie?

Nein. Brenda war nicht so. Genauso schön, sogar noch schöner, aber nicht so!

Ich habe es nicht so gemeint, Brenda. Ich weiß nicht, warum ich solche Sachen sage. Ich weiß genau, daß du dich nie von einem anderen Mann hast berühren lassen. Ich weiß es genau. Ich weiß es.

Er kurvte noch um zwei Ecken, und dann sah er das Haus. Die anmutigen, schlichten Linien des klassischen Kolonialstils. Fast blendend weiß vor dem grauen Himmel. Sein Haus. Sein Haus und Brendas.

Wir fangen neu an, Brenda. Wir kaufen alles, was du möchtest. Gemeinsam. Wir stöbern in jedem Antiquitätengeschäft in New England. Wir können es uns leisten. Wir fangen von vorn an, und unser ganzes Leben wird sich verändern. Ich werde mich ändern, Liebling. Du wirst es sehen, du wirst es sehen . . .

Aber als er den Wagen in der Auffahrt abbremste und ausstieg, sah er, daß die Eingangstür weit offen stand.

Und da wußte er, daß niemand zu Hause war.

Während des Fahrens gelang es ihr nicht, die Bilder der Verwüstung aus ihrem Kopf zu verbannen. Und auch den Zorn nicht. Sie dachte an den letzten Augenblick wild auflodernder Wut, als die Koffer bereits auf dem Dach des Lancia festgezurrt waren und sie am liebsten ins Haus zurückgegangen wäre und es angezündet hätte. Die Verwüstung zum logischen Ende geführt. Zum Teufel damit. Mit allem.

Statt dessen hatte sie nur die Eingangstür offengelassen und war nach Brookfield gefahren, wo sie einen erstaunten, aber nicht protestierenden Toby abgeholt hatte. Der Junge hatte die Koffer auf dem Wagendach zwar mit verwunderten blauen Augen betrachtet, aber keine Fragen gestellt.

Sie hatte ihm erklärt, daß sie eine kurze Ferienreise unternehmen wollten. Da er sich nicht nach dem Ziel erkundigte – sind alle Achtjährigen so verschlossen und zurückhaltend? –, konnte sie sich weitere Erläuterungen sparen. So hatte sie die

Entscheidung getroffen, die sie gefürchtet und deshalb hinausgeschoben hatte. Sie wollten nach Florida, hatte sie ihm gesagt. Jedenfalls für kurze Zeit – um dem Winter zu entrinnen, wie ja Dr. Kellermann bei Tobys letzter Lungenentzündung geraten hatte, erinnerst du dich? Ein zustimmendes, nüchternes Nicken des blonden Kopfs. War es eine Lüge? Würde es notwendig sein, ihm etwas vorzulügen? Oder sollte sie mit der Wahrheit herausplatzen – mochte er sehen, wie er damit fertig wurde? Ob das Kind merkte, daß sie ihm etwas vorspielte? Oder wußte er Bescheid? Mußte es so anfangen? Die Verbitterung und der Ekel wichen allmählich einer großen Traurigkeit; sie fröstelte, während sie weiterfuhr.

Der Lancia Zagato fraß die Kilometer. Ein angenehmes Auto, geräumig für einen Sportwagen, metallicblau, schnell, schnittig, bequem. Danke, Donald. Immer großzügig, und besonders, wenn ihn ein schlechtes Gewissen, Reue und Schuldgefühle plagten. Er hatte sie mit dem Geschenk überrascht, als ihr Kiefer noch von der Ohrfeige schmerzte, die er ihr am vorangegangenen Abend verpaßt hatte, vor etwa vier Wochen, nachdem sie vom Jachtklub heimgekehrt waren.

Ich habe gesehen, wie ihr getanzt habt. Ich habe gesehen, was du ihm für Augen gemacht hast!

Sie hatte keine Ahnung, auf welchen Mann er sich überhaupt bezog. Aber das war Vergangenheit. Vorüber. Vergiß es, laß es hinter dir, Brenda. Vergiß alles.

Florida. Sonne und Palmen und blauer Himmel. Sie war nur einmal als Kind dort gewesen. Donald bevorzugte die Karibischen Inseln für ihre Winterferien. Bermuda. Er charterte ein Boot und segelte selbst. Aber Florida ... sie kannte keine Menschenseele in Florida.

Außer Charlene Conrad. Jetzt Charlene Scherwin. Oder hatte sie wieder ihren Mädchennamen angenommen? *Ich feiere meine Freiheit in Sarasota.* Eine hingekritzelte Karte zu Weihnachten, ein weißer Silberreiher am Sandstrand, eingerahmt von einem geschmückten Tannenkranz. *Erhol dich im Winter, komm in das Land, in dem Milch und Honig fließen, und wir können unsere College-Erinnerungen auffrischen. Du bist jederzeit willkommen.*

Sie stellte sich Charlene vor. Hochgewachsen, sportlich, hübsch, aber nicht eigentlich schön, mit braunem, kurzgeschnittenem Haar und lebhaften grauen Augen, immer unternehmungslustig und leicht zu begeistern. Was war Charlene – außer der Scheidung – in den letzten zehn Jahren widerfahren? Wahrscheinlich würden sie sich recht fremd gegenüberstehen. Sie konnte ihre Schwierigkeiten, ihren Kummer und ihre innere Unsicherheit wirklich nicht auf jemand abwälzen, den sie möglicherweise nicht einmal auf Anhieb wiedererkannte.

Kilometer später sagte Toby: »Ich habe einen blauen Vogel am Weiher gesehen. Peter sagt, diese Vögel sind gemein. Stimmt das?«

»Wahrscheinlich war es ein Blauhäher«, erklärte sie ihm, froh, einen unverfänglichen Gesprächsstoff gefunden zu haben – Toby fand Vögel faszinierend. »Die sind um diese Jahreszeit anzutreffen. Aber gemein sind sie nicht. Ein Blaukehlchen kann es nicht gewesen sein; die fliegen im Winter nach dem Süden.«

»Wie die Wildgänse.«

»Aber nicht in einer Formation, wie wir sie im Herbst gesehen haben. Der blaue Vogel soll Glück symbolisieren, hast du das gewußt?« Zögernd schaute sie ihn an.

»Ich weiß, was *symbolisieren* heißt«, gab er etwas großspurig zurück, so daß sie lächeln mußte.

»Eines Tages wirst du Thoreau lesen. Der blaue Vogel trägt den Himmel auf seinem Rücken.«

»Du hast viele Bücher gelesen, was?«

»Früher schon.« Vielleicht würde sie in Zukunft mehr lesen können. Oder weniger Zeit haben. Sogar viel weniger, weil sie sich einen Job besorgen mußte. Im Safe im Arbeitszimmer hatte sie nur dreihundertzehn Dollar gefunden. Dreiundsechzig waren in ihrem Geldbeutel gewesen. Und ihr Vater hatte ihr alles Bargeld, das er im Haus hatte, aufgedrängt – weitere neunzig Dollar von ihren Eltern also. Sie wollten nicht einmal wissen, wofür sie Geld brauchte, und sie hatte vorsichtigerweise auch nicht angedeutet, was sie plante und warum. Ohne darüber zu sprechen, hatte sie die beiden in dem Glauben gelassen, sie würde einen ausgedehnten Einkaufsbummel unternehmen.

Der blaue Vogel des Glücks.

Jetzt erst fiel ihr auf, daß sie nicht einmal geweint hatte.

Ab und zu fiel Schnee, schauerartig. Dann kamen dicke Flocken, wie eine weiße Decke, und sie mußte die Geschwindigkeit drosseln.

»Ich werde meine Schlittschuhe in Florida wohl nicht brauchen?« fragte Toby.

»Du kannst Wasserskilaufen lernen«, erwiderte sie.

Aber ihre Gedanken wirbelten durcheinander wie die Schneeflocken.

Eislaufen auf dem zugefrorenen Teich in Hawlayville. Der nächtliche Himmel zum Greifen nah und mit kalt funkelnden Sternen übersät, vorübergleitende Paare, von den flackernden Feuern am Ufer angestrahlt. Radiomusik, Melodien von Gershwin, Berlin und Porter, für die sie beide im Zeitalter der Rockmusik ihre Vorliebe entdeckt hatten, als wäre das eine wundersame Übereinstimmung. Donalds Arme stark und zart um ihre Schultern, die Hände verschlungen, das dichte blonde Haar windzerzaust, ein glücklicher Ausdruck in seinem jungenhaften Gesicht, während sie zusammen über das Eis glitten. Atemwolken sichtbar in der Winterluft, dann der Atem von Mund zu Mund, während sie sich beim Segeln küßten, gemeinsam, immer zusammen ...

Schluß. Schluß damit. Die schmerzliche Leere ihres Körpers breitete sich jetzt auch im Kopf aus. Es war vorbei. Der blaue Vogel war fortgeflogen. Sein Versprechen war Betrug. Anstelle von Glück herrschte Verzweiflung. Na gut. Akzeptiere es, Brenda. Du hast keine Wahl. Jetzt nicht mehr.

In der anbrechenden Dämmerung wurde das Fahren gefährlicher, und als es dann dunkel war, schien es unklug und sogar riskant, weiterzufahren.

»Hast du Hunger?«

»Nicht sehr.«

Das stimmte. Im Speisesaal des Holiday Inn bemühte Toby sich redlich, aber vergeblich, sein Salisbury-Steak aufzuessen. Ihr zuliebe, das wußte sie. Aber sie bedrängte ihn nicht, dankbar, daß er nicht wieder zu stottern begonnen hatte, trotz allem, was er denken und fühlen mochte. Die Tatsache, daß er in letzter Zeit wieder zum Stottern neigte, hatte zu ihrem Entschluß beigetragen. Auch das Essen auf ihrem Teller wurde kalt, und sie trank fünf Tassen schwarzen Kaffee. Auf dem Rückweg in ihr Zimmer – vorher hatte sie noch eine Packung Zigaretten aus einem Automaten gezogen – stellte Toby die erste Frage: »Kommt Daddy zu uns nach Florida?«

»Daddy ist ziemlich beschäftigt, das weißt du doch.« Sollte sie weiterhin ausweichen? »Er muß das neue Einkaufszentrum fertigbauen, damit es im Mai eröffnet werden kann.« Sollte sie ihn verschonen? »Er ist schon in Verzug.«

»Arbeitet Daddy zuviel?«

»Manchmal.«

Sie fügte nicht hinzu: wenn er nicht trinkt. Dazu war es noch zu früh. Aber hatte sie das Recht, ihn im unklaren zu lassen? Waren ihre Ausweichmanöver in Wirklichkeit der untaugliche Versuch, selbst die Augen vor den Tatsachen zu verschließen?

Oder hatte Toby schon mehr erraten, als er sich anmerken ließ? Mach dir nichts vor, Brenda: Du hast Angst vor diesem plötzlichen Ausdruck von Elend und Verletztheit in seinem kleinen Gesicht. Schon ehe er sprechen konnte, war Toby so sensibel gewesen, daß ihn ein ärgerliches Wort oder ein finsterer Blick verstörten, daß sein Gesichtchen sich verzerrte, zitterte, einzufallen drohte.

Sie brachte es kaum übers Herz, ihn auch nur sanft zu rügen. Es kostete sie noch immer Überwindung, ihm Vorwürfe zu machen oder ihn zu korrigieren, weil ihr der betroffene und betrübte Ausdruck in den blauen Augen ins Herz schnitt. Und sie kannte ihre Hilflosigkeit und das Mitleid, das sie bei diesem Anblick überfielen und zum Wegsehen zwangen. Im Zimmer angelangt, setzte sich Toby auf eines der breiten Betten und verfolgte das Fernsehprogramm. Sie ließ sich in einem Sessel nieder, rauchte eine Zigarette und überlegte mit einem Anflug von Magendrücken, wo Donald sein mochte. War er nach Hause gekommen und hatte ihr Verschwinden bemerkt? Und was dann? Es war ihre erste Zigarette seit drei

Jahren, und sie schmeckte beißend und strohig. Warum hatte sie sie gekauft? Und warum drückte sie sie nicht aus?

Toby schaltete einen anderen Kanal ein, und die Bilder von Gewalttätigkeiten verschwanden.

Wo, zum Teufel, mochte Donald jetzt sein? Hatte sie ihre Spuren gut genug verwischt? Welche Spuren? Sie hatte bei ihrer Abfahrt noch keine Vorstellung gehabt, wohin sie fahren wollte – wie sollte er es dann wissen?

Charlene Conrad. Charlene Scherwin, geborene Conrad. Sie schlug die Vorwahlnummer nach, wählte 9 und dann die Fernsprechauskunft in Sarasota. Ja, es gab eine Charlene Conrad (nicht Scherwin) in 1168 Westway Drive. Sie wählte die angegebene Nummer, und Charlene hob ab.

Die Stimme war unverkennbar. »Brenda? Brenda Whittier?«

»Forrest, du dummes Stück!« Brenda fühlte sich sofort wieder von der heiteren, jugendlichen Überschwenglichkeit ihrer alten Freundin angesteckt und schrie fast. »Geborene Whittier.«

Charlene kicherte. »Du klingst wie ein Pferd mit Heuschnupfen«, sagte sie.

Zu ihrem eigenen Erstaunen lachte Brenda, streckte sich dann auf dem Bett aus und hörte Charlene zu. Die Frage nach ihrem Aufenthaltsort beantwortete sie nur mit *irgendwo in der Nähe von Richmond,* und während sie noch die Entfernung und die Fahrzeit überschlug, sagte Charlene: »Ich erwarte dich also Montag abend« und erzählte dann begeistert, daß sie allein in einem großen, im orientalischen Stil gebauten und eingerichteten Haus wohnte, nur einen Steinwurf vom Strand entfernt, und daß noch immer Saison und deshalb kein Zimmer zu bekommen sei, was sowieso nicht in Frage käme.

»Es ist einfach toll, Schatz. Das Haus gehört einem Schriftsteller und seiner Familie, und es ist zweimal in ihrer Abwesenheit eingebrochen worden, und deshalb hüte ich das Haus, während der arme Knabe am Broadway ein Stück herausbringt. Du hast ›wir‹ gesagt – werde ich jetzt endlich diesen gutaussehenden Kerl näher kennenlernen, dem ich bei eurer Hochzeit nur die Hand schütteln durfte?«

»Donald ist nicht dabei. Ich habe Toby mitgenommen. Er ist jetzt acht Jahre.«

Lange Pause. Sollte sie mehr sagen? Charlene müßte sie eigentlich reinen Wein einschenken. Aber nicht jetzt, nicht am Telefon . . .

»Na, wenn du Ruhe zum Ausspannen suchst, Schatz, dann bist du hier an der richtigen Adresse.« Charlene wußte Bescheid. Wieder ihre unheimliche Intuition. »Das Haus hier ist japanisch eingerichtet, und diese Menschen glauben an Gelassenheit, wenn sie einander gerade nicht köpfen. Gib Toby einen Kuß von mir und ruf mich an, wenn du auf dem Taniami Trail am Flughafen und am Ringling-Museum vorbeigefahren bist. Und, Brenda . . .«

»Ja?«

»Du wirst es überstehen. Wir überstehen es alle.«

»Danke, Charl.«

Wieder das kehlige Lachen. »Wofür? Hör zu, mein Schatz, mit deinem Aussehen hast du nichts zu befürchten. Verlaß dich darauf und mach dir keine Gedanken. Du bist du. Und du bist eine Persönlichkeit. Du bist jemand. Das ist die erste Übung . . . halte dich daran. Du bist jemand, auch wenn du allein dastehst.«

Da kamen ihr zum erstenmal die Tränen. Sie ging ins Bad, und während sie Wasser in die Wanne laufen ließ, um ihr Schluchzen zu übertönen, saß sie auf dem Rand der Wanne und weinte.

Nachdem sie gebadet hatte, stellte sie sich nackt vor den Spiegel und studierte ihr Gesicht. Von langen, schwarzen Haaren eingerahmt, sah es klein und zart aus, noch immer mädchenhaft. Und die tiefliegenden, etwas schrägstehenden braunen Mandelaugen starrten sie an. Sah man ihr den Kummer an? Den Verlust? Die Angst? *Du wirst es überstehen.* Ja. Aber wie? *Du bist du.* Aber wer war das?

Würde Donald, wenn er erst einmal ihr Verschwinden entdeckt hatte, ihr Zeit lassen, das herauszufinden?

In Schlafanzug und Morgenmantel, die sie aus dem Durcheinander im Schlafzimmer herausgezogen hatte, kehrte sie ins Zimmer zurück, wo Toby mittlerweile mit einem Buch im Bett lag, das sie aus dem Chaos in seinem Zimmer herausgefischt hatte. »Ich verstehe nicht«, sagte er, »warum ich meine Sachen nicht selbst einpacken konnte. Du hast nicht einmal das Vogelbuch mitgenommen.«

»Tut mir leid, Liebling«, entgegnete sie. »Ich kauf dir ein neues in einer Buchhandlung in Sarasota.«

»Kennt Daddy Charlene?«

»Nicht näher. Sie haben sich nur einmal gesehen.« Bei der Hochzeit. Auf dem Rasen vor dem Haus deiner Großeltern. An einem Tag voller Sonne und Champagner und Lachen und breitrandigen Sommerhüten. Aber daran durfte sie jetzt nicht denken. »Möchtest du dir die Straßenkarte mit mir ansehen?«

»Klar.«

Kamen noch weitere Fragen? Nein. Jetzt nicht. Noch nicht. Wenn sie nur den Mut aufbrächte, sich neben ihn zu setzen und mit der ganzen Wahrheit herauszurücken, ohne Beschönigungen und Schnörkel! Aber was konnte das bei ihm anrichten? Damit wurde sie jetzt nicht fertig. Dazu fehlte ihr die Kraft. Der Mumm, wie sie sich zähneknirschend eingestand.

Nachdem sie die Fahrtroute für den nächsten Tag festgelegt hatten, gab sie Toby einen Gutenachtkuß und er umarmte sie fast wie bei einem Ritual. Dann lag sie im Halbdunkel – gab es eigentlich Motelzimmer, die man wirklich abdunkeln konnte? – und merkte, daß sie nicht einschlafen konnte. Aber sie wollte nicht einfach grübeln. Sie konnte auch nicht die Nachttischlampe anschalten und lesen. Was lesen? Sie hatte nicht einmal eine Illustrierte oder eine Zeitung. Sie saß in der Falle.

Wie lange würde das Bargeld reichen? Mit etwa vierhundertsechzig Dollar war sie abgefahren. Auf der New Jersey Turnpike hatte sie das Benzin bezahlen müssen, weil sie keine passende Kreditkarte mithatte, und die Sandwiches und Getränke hatten auch etwas gekostet. Wie lang würde sie mit dem Rest auskommen? Sie hatte eine Gulf-Oil-Kreditkarte und mußte künftig eben dort tanken, und das Holiday Inn akzeptierte diese Karte ebenfalls, wie sich herausgestellt hatte. Donald hatte haufenweise Kreditkarten einstecken, sie nicht.

Ja, in den Warenhäusern in Danbury und Westport und bei Saks und Bloomingdale's in New York hatte sie Kredit, aber nur, weil Donald die erforderlichen Papiere unterzeichnet hatte. Bis dahin hatte sie dieses System nie ernsthaft angezweifelt, aber jetzt empfand sie Empörung. Und wie stand es mit dem gemeinsamen Bankkonto? Konnte Donald es sperren oder auflösen? Sicher. Er brauchte nur am Montag das Guthaben abzuheben. Würde er das tun?

Ja.

Oder würde er mit dem Direktor der Bank sprechen – er kannte Gott und die Welt, und alle bewunderten und liebten ihn, weil er der Sohn eines der Männer war, denen Danbury seinen wachsenden Wohlstand nach dem Zusammenbruch der Hutindustrie verdankte – und dafür sorgen, daß er erfuhr, an welchem Ort sie ihren ersten Scheck einlöste?

Damit war zu rechnen, falls er daran dachte. Sie konnte also nicht riskieren, einen Scheck einzulösen.

Es war unfair. Eine Gemeinheit. Sie war noch immer eine Gefangene. Seine Gefangene.

»Mama . . .«

Er war also noch wach. »Ja, mein Junge?«

»Du kannst ruhig weinen, wenn du möchtest.«

Er wußte also Bescheid. Im Bad konnte er sie eigentlich nicht gehört haben, aber er hatte es gemerkt.

Sie warf die Bettdecke zurück und ging an sein Bett. Sie schlüpfte neben ihn und spürte, wie er die kleinen Arme um sie schlang und sein Atem ihre Wange streifte. Sie streichelte sein Gesicht. Keine Tränen. Gott sei Dank.

Sie hielt ihn umfangen, bis er eingeschlafen war, und eine Ewigkeit später fiel sie in einen leichten, schreckhaften Schlaf. Aber sie weinte nicht mehr.

»Komisch, daß Don Forrest allein im Klub ist. Ist Brenda krank?«

»Anscheinend ist sie ihm weggelaufen.«

»Oh, Preston, nein. Sie schienen immer so glücklich miteinander. Aber da sieht man wieder, wie wenig man von dem weiß, was zwischen anderen Menschen vorgeht . . .«

Oder in ihnen, dachte Preston Brice, als er in seinem gelben Cordoba die verlassene Straße am Seeufer entlangfuhr. Es war spät, und der Asphalt war mit einer glatten, dünnen Schneeschicht bedeckt, obgleich es jetzt nicht mehr schneite. Die Heizung wärmte den Wagen allmählich an.

»Ich fahre schneller«, sagte er, »wenn du mich dafür zu Hause belohnst.«

Lucy lachte schläfrig. »Heute nicht, Schatz. Je älter die Zwillinge werden, desto turbulenter sind die Sonnabende.« Sie gähnte hörbar. »Donald war nicht betrunken, oder?«

»Ich vermute, er hat den ganzen Tag getrunken. Aber bei Donald weiß man das nie so recht.« Er war sich nie darüber klargeworden, ob Donalds Zurückhaltung und Gelassenheit einer inneren Kraft entsprang oder eine vielleicht unbewußt errichtete Fassade war, hinter der sich Unsicherheit und Konflikte verbargen. »Ich habe vorhin schon befürchtet, er würde mich schlagen.«

»Aber warum? Falls du damit nicht ein Berufsgeheimnis verrätst.«

»Er wollte wissen, wohin Brenda gefahren ist.«

»Hast du es ihm gesagt?«

»Selbst wenn ich es wüßte, könnte ich es ihm nicht sagen. Aber ich habe keine Ahnung. Als sie mich am Montag konsultierte, war keine Rede von Wegfahren. Aber so, wie Donald sich heute aufgeführt hat, hoffe ich, daß sie nach Nevada oder sonstwohin ist. Ehrlich gesagt, ich bin verdammt neugierig, wie es weitergeht, aber ich reiße mich nicht darum, eine Scheidung bei Freunden durchzuziehen.«

»Besonders nach dem, was Brenda dir anvertraut hat . . .«

Er lachte leise. »Hör auf zu bohren, Schatz. Mach die Augen zu und untergrab nicht meine berufliche Ethik.«

»Ich komm schon noch dahinter.«

Er lachte wieder. »Wie? Weil ich meine Belohnung doch bekomme?«

»Einverstanden! Du kannst dir weiteres Anheizen sparen; ich bin inzwischen wieder hellwach.«

Er gab also Gas, erregt und erfreut.

Brenda hatte sich bei dem einzigen Beratungsgespräch sehr

vorsichtig und ausweichend ausgedrückt, aber die wenigen Andeutungen hatten sich heute abend zum Teil bestätigt. Und Donalds beharrliche Fragen deuteten darauf hin, daß noch viel mehr dahintersteckte.

Don, sei vernünftig. Ich kann dir nicht etwas erzählen, was ich nicht weiß.

Das mußt du natürlich sagen, Junge. Ich verstehe das. Du hast Angst, daß dir das Honorar entgeht, wenn ich sie finde und wir uns versöhnen, was? Zum Teufel, du siehst keinen roten Heller, wenn du sie vertrittst. Sie hat nämlich kein eigenes Geld, kapiert?

Verdammt, ich habe nicht vor, hier im Klub meine Kanzlei aufzumachen. Ich will hier in Ruhe essen und ein paar Drinks kippen. Trinkst du einen mit?

Ich weiß schon, wie sie dich bezahlen wird. Du hast schon immer ein Auge auf sie geworfen, was?

Heiliges Kanonenrohr, du mußt ziemlich besoffen sein, Don, wenn du solche Dinge sagst. Ich gehe jetzt an meinen Tisch, und wenn du was von mir willst, stehe ich dir am Montag in meiner Kanzlei zur Verfügung. Vielleicht ist sie bis dahin schon wieder heimgekommen.

Was Preston bezweifelte. Er dachte an ihr durchscheinendes Gesicht und die dunklen Augen: verletzt und kummervoll, aber fest und entschlossen. Kein Wunder, daß Donald auf sie eifersüchtig war – aus dem recht durchschnittlichen, ausgelassenen Highschool-Mädchen Brenda Whittier, jetzt Mrs. Forrest, war eine sehr attraktive, bildhübsche, wenn auch nicht eigentlich schöne Frau geworden.

»Laß ihn überholen«, sagte Lucy.

Preston war nicht aufgefallen, daß hinter ihm ein Wagen aufgetaucht war. Dicht auffuhr. Viel zu dicht dafür, daß sie die beiden einzigen Fahrzeuge auf der schneeglatten Straße waren.

»Laß den Narren vorbei, Schatz. So eilt es uns auch nicht, oder?«

Also bremste er allmählich. Doch der andere Wagen scherte nicht nach links zum Überholen aus. Er bremste auch.

Im Rückspiegel konnte Preston hinter dem blendenden Scheinwerferlicht nur einen massigen Schatten wahrnehmen. Der hintere Wagen fuhr mit den linken Reifen auf dem durchgezogenen Mittelstrich. Doch als die Linie sich in Striche auflöste, schob er sich noch immer nicht vorbei.

Da schöpfte Preston zum erstenmal Verdacht. Der betrunkene Idiot war ihnen doch nicht etwa vom Klub gefolgt? Und wenn, warum? Um ihnen zu Hause noch eine Szene zu machen? Na, dann wollen wir es schnell hinter uns bringen. Er gab wieder Gas.

Die enge Straße schlängelte sich am See entlang, der sich flach und dunkel zur Rechten hinzog; ab und zu sah man einige Lichter vom anderen Ufer herüberblitzen. Das Wasser jenseits der niedrigen, hölzernen Leitplanke schimmerte bei jeder Kurve im Scheinwerferlicht. Und am linken Straßenrand türmten sich dunkelbraune Felsblöcke.

Anhalten konnte er nicht. Also beschleunigte er noch mehr.

»Verriegeln wir die Türen«, riet Lucy. »Mir gefällt das nicht.«

»Kannst du den Wagen erkennen?«

Die Reifen begannen zu quietschen, und in einer scharfen Kurve kam das Heck ins Schleudern.

»Sieht wie ein Mercedes aus«, sagte Lucy mit nach hinten gewandtem Kopf. »Was will er bloß?«

»Es ist nur Donald Forrest«, beruhigte er sie. »Er will von mir etwas, was ich nicht habe, aber . . .«

Der Mercedes preschte auf die linke Fahrbahn und setzte sich neben den anderen Wagen. Preston ließ die Straße nicht aus den Augen; jetzt war sie blockiert. Wenn aus der entgegengesetzten Richtung ein Fahrzeug um die Kurve kam, war ein Frontalzusammenstoß unvermeidbar.

Der Mercedes überholte nicht, sondern blieb neben ihm. Und während Preston weiter beschleunigte, gab der andere Fahrer auch Gas. »Was hat er denn vor?« rief Lucy ängstlich. »Er wird uns noch alle umbringen.«

Umbringen. Mit einem plötzlichen Gefühl von Abscheu und Wut wurde Preston klar, daß der Mann – er mußte wahnsinnig sein! – genau das vorhatte.

Die graue Seite des Mercedes schob sich immer näher an den gelben Kotflügel des Cordoba.

Instinktiv schwenkte Preston ein wenig nach rechts und nahm gleichzeitig das Gas etwas weg – ein Zusammenprall bei dieser Geschwindigkeit wäre verhängnisvoll.

»Hast du dich angeschnallt?«

Mit eisernem Griff um das Steuer, angehaltenem Atem und angespanntem Rücken beschloß er, den Wagen langsam und vorsichtig nach links zu ziehen.

Es gelang nicht. Donald – ein verkniffenes Profil hinter dem Steuer des Mercedes – gab nicht nach.

Und zwischen dem Rand des Asphalts und den Balken der Leitplanke lagen nur wenige Meter unbefestigter Randstreifen.

Donald versuchte, sie in den See zu stoßen!

Unerbittlich kam die schwere Karosserie des Mercedes näher. War er völlig übergeschnappt? Oder wußte er vor Wut nicht mehr, was er tat? Wahnsinn! Skrupellos riß Donald das Steuer herum, so daß der Mercedes fast einen Sprung machte, als er gegen die Seite des Cordoba prallte.

Es krachte und knirschte, ein heftiger Stoß. Fluchend klammerte sich Preston ans Steuer. Er hörte Lucys Aufschrei, als er an den Bohlen der Leitplanke entlangschlitterte. Der Sicherheitsgurt schnitt ihm fast die Luft ab, und es schien ihm den Arm aus dem Schultergelenk zu reißen. Eingekeilt zwischen dem Mercedes auf der einen und den schweren Planken auf der anderen Seite raste der Wagen noch ein paar Meter weiter.

Dann war rechts keine Planke mehr, und er merkte, daß auch der Druck von der anderen Seite und das bösartige Knirschen aufgehört hatten. Aber dicht neben ihm erstreckte sich die Wasserfläche, und wenn er den Wagen nicht schnell in die Gewalt brachte, würden sie im See landen. Während er die Bremse bis zum Boden durchtrat und das Lenkrad nach links riß, sah er den Mercedes beschleunigen und mit funkelnden Rückleuchten um die nächste schroffe Felsnase verschwinden.

Beim Frühstück sagte Toby, den Blick auf seinen Pfannkuchen geheftet: »Können wir nicht heimfahren?«

Sie trank erst einen Schluck Kaffee, ehe sie antwortete: »Jetzt sind wir doch schon so weit, Liebling.«

»Bis zum Abendessen könnten wir zu Hause sein.«

»Willst du nicht nach Florida?« Dumme Frage. Absurd. Sie hatte weder lang noch gut genug geschlafen. Ihre Nerven waren angespannt. »Deine Tante Charlene hat ein Haus am Strand.«

»Ich habe keine Tante Charlene.«

»Na, jetzt schon. Willst du nicht im Golf von Mexico schwimmen?«

Er starrte sie nur an. »Ich will heim.«

»Bedaure, aber wir fahren nicht heim.« Wir haben kein Zuhause. Du hättest sehen sollen, wie dein Daddy es zugerichtet hat. »Willst du nicht noch ein bißchen essen?«

Er senkte den Blick, und sofort tat es ihr leid. Innerlich wappnete sie sich gegen den gefürchteten verletzten Gesichtsausdruck.

Doch statt dessen trat Entschlossenheit in seine Augen, und sie nahm seinen Kommentar fast mit Erleichterung entgegen: »Die Pfannkuchen stinken.«

Oh, Toby, mein Liebling, du sollst wirklich nie erfahren, wie dein Vater gehaust hat.

Auf dem Parkplatz verstaute sie das Gepäck, als sie ihn etwas Schweres, metallisch Klirrendes in den Müllcontainer werfen hörte. Er stieg in den Wagen, die schmalen Schultern gestrafft.

»Was, zum Teufel, hast du weggeworfen?« wollte sie wissen.

»Meine Schlittschuhe.«

Sie fuhr. Schnell. Der Boden war mit einem dünnen Schneefilm bedeckt und feucht. Auf der Autobahn war wenig Verkehr. Sonntag morgen. Wie war sie hierhergekommen, ausgerechnet nach Virginia, an einem Sonntagmorgen?

Was hatte sie hierher geführt? Auf diese Frage würde sie eine Antwort geben müssen, obgleich sie bezweifelte, daß es eine eindeutige Antwort gab. Im Lauf der Jahre hatten sich die Dinge langsam, aber mit erschreckender Unausweichlichkeit entwickelt. Zuerst war es seine Liebe gewesen, seine absolute

Konzentration auf ihre Person unter Ausschluß aller anderen – obwohl viele Frauen mehr oder minder offensichtlich mit ihm zu flirten versucht hatten –, was ihrer Ehe Geborgenheit gab, sie mit Freude erfüllte; sie hatte sich gewissermaßen in die Sicherheit seiner Liebe und seiner Zuneigung hineingekuschelt. Sie hatten mit Entzücken und Hingabe miteinander geschlafen, sich manchmal spielerisch und fröhlich, manchmal mit verzehrender Leidenschaftlichkeit geliebt. Sie hatten ihr Leben genossen, miteinander und mit Toby. Und sie hatte keines der aufflackernden Sturmzeichen erkannt. Sie war so glücklich gewesen und so blind. Doch dann ... dann merkte sie, wie hilflos und verzweifelt er seiner Eifersucht ausgeliefert war, der dunklen Seite seines Wesens, die er damals genau so gefürchtet und gehaßt hatte wie sie, wie der vergiftende Virus sich immer mehr ausbreitete, ihn überwältigte und zum Opfer machte, bis er sich in Schmerzen wand und brutal um sich schlug. Selbst jetzt, während sie die Vergangenheit als Ganzes zu betrachten versuchte, konnte sie die ersten subtilen Veränderungen nicht an einer bestimmten Szene, an einem Ort festmachen, konnte nicht einmal das Jahr feststellen, in dem sie den Weg eingeschlagen hatte, der sie mit erschreckender Unausweichlichkeit hierher gebracht hatte – Hunderte von Kilometern von der einzigen Stadt weg, in der sie verwurzelt gewesen war. Mit Trauer über den Verlust im Herzen, in jeder Faser ihres Körpers, erkannte sie, daß das Glück sie Schritt für Schritt allmählich verlassen hatte.

Warum nur? Würde ihr das Muster dieses Zerfalls immer verborgen bleiben? War seine Trinkerei Ursache oder Wirkung? Oder beides? Sicher, als sie immer mehr überhandnahm, schien sie Ursache zu sein. Und sie hatte dem Alkoholismus und Donald die Schuld zugeschoben, als wäre er in der Lage gewesen, durch eine gewaltige Willensanstrengung das sich ausbreitende Geschwür zu heilen. Gleichzeitig gab ihm seine Trinkerei den Vorwand für seine Verdächtigungen, Anschuldigungen und tätlichen Übergriffe. Wie oft, bei Gott, wie oft hatte sie Schuldgefühle empfunden und sich hilflos gefragt, was *sie* dazu beigetragen haben mochte. Hoffnungslos ...

Während ihr diese Gedanken beim Fahren durch den Kopf gingen, gelangte sie zu der Erkenntnis, daß, wenn Donald nur ein Opfer der Umstände war, das auf sie grausamerweise ebenso zutraf. Und auf Toby.

Bebend wurde ihr die aufrechte Gestalt im Schalensitz neben ihr bewußt, und sie schob die Vergangenheit beiseite. Im Augenblick waren konkrete Entscheidungen für die unmittelbare Zukunft zu treffen. Konnte sie beispielsweise noch Schreibmaschine schreiben? Sie hatte während der Collegejahre durch Tippen einiges dazuverdient. Und Donalds elektrische Reiseschreibmaschine befand sich im Kofferraum – erstaunlich, daß sie geistesgegenwärtig genug gewesen war, sie aus dem Abfallhaufen am Boden des Arbeitszimmers zu retten. Fraglich war, ob sie noch funktionierte. Und ob sie noch damit umgehen konnte.

Zu beiden Seiten erstreckte sich das flache Land. Felder. Kiefern. Rötliche Erde. Der Himmel wirkte regenschwer. Zum Teufel damit.

Wo mochte er sein? Und was tat er? Sie stellte sich vor, wie er das Haus betrat, die Verwüstung betrachtete, die Leere spürte – was würde er unternehmen? Entweder sich in den nächsten Wutanfall hineinsteigern oder, was wahrscheinlicher war, von Reue zerfressen sein. Wie üblich, wie traurig . . . Fassungslos und angeekelt würde er vor seiner Tat stehen. Verlassen und verloren in dem großen Haus . . .

Du bist verrückt, Mädchen. Dir darüber Gedanken zu machen, Sorgen.

Sie erinnerte sich, wie sie Donald in aller Ruhe vorgeschlagen hatte, einen Psychiater aufzusuchen. Das hatte zu einem jähzornigen Ausbruch geführt. *Ein Irrenarzt? Wofür, zum Teufel, brauche ich einen Irrenarzt?* Und dann – innerlich zuckte sie vor dem Bild zurück – hatte er sie aufs Bett geworfen, ihr die Kleider vom Leib gerissen, Kälte in den grauen Augen, und . . .

Sie schaltete die Erinnerung gewaltsam ab, und der Zorn packte sie wieder. Haß? Nein, nicht Haß. Hassen könnte sie ihn nie. Obwohl sie allen Grund dazu hätte. Nein, sie konnte Donald nicht hassen.

Weil sie ihn noch immer liebte?

Sie wußte es nicht. Noch nicht.

Nach kilometerlangem Schweigen sagte Toby: »Daddy k-k-kommt nicht, o-o-der?«

Den Blick starr auf die Straße gerichtet, das verhaßte Stammeln wie ein Echo im Ohr, hörte sie sich mit ruhiger, gedämpfter Stimme sagen: »Nein, er kommt nicht, Toby.«

Aber er wird kommen, wenn er jemals erfährt, wo ich bin. »Er kommt nicht, mein kleiner Liebling, weil ich ihn verlassen habe. Wir haben uns getrennt, und ich werde mich scheiden lassen. Verstehst du, was das bedeutet?«

»J-j-ja.«

»Es tut mir leid, mein Schatz, es tut mir so schrecklich leid.«

Sie fügte nicht hinzu: Es mußte sein, es ist eine Frage des Überlebens. Auch für dich.

Wieder verstrich eine Weile. Der Wagen war wie ein kleines Boot auf einem unendlichen, bewegten Meer. Sie kämpfte gegen die Verzweiflung an. Und gegen Schuldgefühle. Und den Ärger darüber – wieso sollte *sie* sich schuldig fühlen?

Schließlich hörte sie Tobys sanfte Stimme: »M-m-mach dir keine Sorgen, Mama. Wir w-w-w-erden trotzdem Spaß h-h-ha-ben.«

Sie fand keine Worte. Toby lehnte sich vor und schaltete das Radio an. Stimmen, die einen Hymnus sangen. Sie wünschte, sie könnte noch beten. Sie wünschte, sie könnte Gott oder sonstwem danken – für Toby.

Halbvergessene Zeilen fielen ihr ein: *Für uns und für alles, was vergänglich ist . . . all die Blumen, die erinnerungslosen Tiere . . . zählt nur eins: das Heute, der Tag, in dem wir leben . . .*

Heute. Jetzt.

»Ich h-h-habe Hunger.«

Sie bog von der Autobahn ab und kam in ein verschlafenes Nest. An einem Imbißstand kaufte sie Sandwiches und Coca-Cola und fuhr dann durch den Ort, bis sie einen kleinen, schattigen Park fand. Mit einem Spielplatz, mit Schaukeln und einer Rutsche. Sie aßen. Sie spielten. Erstaunlich, wie ein Kind sich ablenken läßt und Vergangenheit und Zukunft vergißt. Sie schubste ihn auf der Schaukel an und war froh, sich körperlich anstrengen zu können. Toby lachte. Während er die Leiter der Rutsche hinaufkletterte und immer wieder fröhlich hinabglitt, setzte sie sich selbst auf die Schaukel und holte Schwung, bis sie fast über den stillen Straßen und Dächern und den Ästen der großen Bäume schwebte.

Dann fielen plötzlich Regentropfen, und sie rannten zum Auto. Schnell waren sie wieder auf der Autobahn. Flüchtlinge, Gefangene, aber am Leben.

Über Donald wurde nicht mehr gesprochen. Auch nicht über ihr Ziel oder das Warum.

Der Nachmittag verging langsam, angenehm. Es war, als könnte sie nun, da Toby ihren Entschluß akzeptiert hatte, ohne Verzweiflung und Zorn, sogar ohne Angst durch den Nieselregen fahren.

Wenigstens für ein paar Stunden.

Die Landschaft wurde hügeliger, anmutiger, trotz der Nässe, mit Feldern – wuchs da Baumwolle? – und Scheunen und stattlichen Farmhäusern hinter Regenschleiern.

Als es dämmerte, hörte der Regen auf.

»Mama, b-b-bist du müde?«

»Nein, und du?«

»Eigentlich n-n-icht.«

So fuhren sie also weiter bis nach acht Uhr, fanden wieder ein Holiday-Inn-Motel – wie gut, daß sie die Gulf-Kreditkarte besaß, denn das Bargeld nahm erschreckend schnell ab –, und als sie nach einem ausgiebigen Abendessen auf dem Weg zu ihrem Zimmer am erleuchteten Schwimmbecken vorbeikamen, fragte Toby: »Ist es zu k-k-alt, um noch zu schwimmen?«

Schwimmen. Eine entsetzliche Szene fiel ihr ein: Donald an Deck des Bootes, das seinen Liegeplatz in Westport hatte, als er den sich wild wehrenden Toby ins Wasser warf. Ihre Panik. Donalds angetrunkenes Lachen. *Nur so wird er es lernen, Brenda.*

Ihre Panik wich der Angst, als sie in das tiefe Meer hechtete. Donald lächelte amüsiert und etwas verächtlich, als sie mit Toby an Bord kletterte. Toby hatte keine einzige Träne vergossen, aber sein bestürzter, verletzter Gesichtsausdruck hatte ihr fast das Herz zerrissen. Und nach diesem Vorfall hatte er wieder einige Wochen gestottert und sich geweigert, jemals wieder mit segeln zu gehen.

»Warum warten wir nicht lieber damit, bis wir nach Florida kommen?« Der Abend war erstaunlich mild. Sie befanden sich in Georgia, und hier hatte es nicht geregnet. »Ich bringe dir das Schwimmen bei, Toby, großes Ehrenwort.«

Würde er es jemals lernen? Sie hatte immer wieder geduldige Anläufe gemacht, seit jenem Sommertag, und jeder hatte als Fehlschlag geendet. Ob der Junge es sich eingestand oder nicht, er hatte panische Angst vor tiefem Wasser. Würde sich das jemals geben?

Es gab so viel zu tun. So viele Wunden zu heilen. Aber sie war nicht mehr in einer rebellischen Stimmung. Auch nicht mehr von ihrem Unglück überwältigt. Sie schlief in ihrem Bett, Toby in dem daneben, und sein gleichmäßiges Atmen lullte ihre turbulenten Gedanken ein, bis auch sie in einen traumlosen und erquickenden Schlaf fiel.

»Donald«, sagte Emily Whittier sanft und vor Anteilnahme kehlig, »mein lieber Junge, wir haben es dir doch schon ein paarmal gesagt. Wir haben ebensowenig Ahnung, wo sie steckt, wie du.«

»Tut mir leid, wenn ich euch aus dem Bett gescheucht habe.« Es klang reumütig, jungenhaft kleinlaut, und Emily nahm seine Zerknirschung für bare Münze. »Mir ist gar nicht klargewesen, wie spät es ist.«

»Wir machen uns auch Sorgen«, sagte Randy von seinem tiefen Ohrensessel aus, in dem er meistens saß und las. »Aber sie ist erwachsen. Ihre Mutter und ich sind der Ansicht, daß sie vielleicht Zeit braucht, um ins reine zu kommen.« Er betrachtete Donald aufmerksam. »Ich würde dir einen Drink anbieten, aber mir scheint, du hast schon genug.«

Donald setzte sein zustimmendes Lächeln auf, fast amüsiert. »Ich habe in den vergangenen zwei Tagen nicht viel anderes zu tun gehabt.« Doch dann, als ob er sich nicht länger mit Ausreden belügen wollte: »Zum Teufel, Randy, wir wissen beide, daß ich zuviel trinke. Ich habe versucht, es einzuschränken.« Wieder blitzte ein Lächeln auf, gewinnend, und seine blutunterlaufenen, blauen Augen strahlten warm. »Noch kann ich es kontrollieren.«

Emily zog den Morgenrock enger um ihren rundlichen Körper. »Es sieht Brenda nicht ähnlich, sich überhaupt nicht zu melden. Aber wahrscheinlich ist sie genauso durcheinander wie du.«

Es war tatsächlich Brendas Art, ihrem Vater nach Möglichkeit jeden Kummer zu ersparen. Emily verwünschte sich nun, daß sie Donald nicht bei einem seiner Anrufe gewarnt hatte: Randys Arzt hatte ihm dringend geraten, ein oder zwei Semester an der Universität auszusetzen und sein Herz zu schonen und jede Aufregung zu vermeiden.

»Ich werde Kaffee machen, Donald. Vorausgesetzt, du trinkst eine Tasse.« Und unter dem Türbogen zum Eßzimmer: »Du kannst dir deine Frage sparen, Randy. Du weißt, daß dir der Arzt Kaffee verboten hat.« Eine noch deutlichere Anspielung wollte sie jetzt nicht machen – hoffentlich begriff Donald, was sie meinte. Wenn der Junge sie doch nur nicht aus dem Schlaf gerissen hätte!

Von der Küche aus konnte sie das Gespräch der beiden verfolgen – es war ein kleines, gemütliches Haus.

»Ich bin in der Klemme. Ich gebe es zu. Ich mache Brenda keine Vorwürfe. Diese Situation geht vermutlich zu neunzig Prozent auf mein Konto. Ich kann ein richtiges Ekel sein. Vielleicht ist es ganz gut für mich, einmal allein darüber nachdenken zu müssen. Wie ich ihr gegenüber versagt habe. Aber eines sollst du wissen: Ich liebe sie. Ich liebe sie jetzt mehr als damals, als wir geheiratet haben. Ich hoffe, du nimmst mir das ab.«

»Es gibt so viele verschiedene Arten von Liebe.«

Bei seinem sanften, ausweichenden Tonfall wurde ihr eines klar: Randy hatte sich für seine Tochter jene zuverlässige, beständige und zarte Liebe gewünscht, mit der er sie und seine Frau von jeher umgeben hatte. Ein Schauder der Dankbarkeit und egoistischen Befriedigung durchrieselte sie.

»Sie kann einen Unfall gehabt haben. Mit dem neuen Wagen ist sie nie so recht klargekommen.«

»Darüber würde ich mir keine Sorgen machen. Brenda war am Steuer immer umsichtig.«

»Ich hatte selbst einen. Gestern nacht. Viel ist nicht passiert, aber es wird unangenehm werden. Der Bursche droht, alle möglichen Anschuldigungen vorzubringen, sobald morgen früh das Gericht geöffnet ist. Lieber Gott, mein ganzes Leben ist plötzlich ein einziges Chaos.«

Sie kam zurück in das Wohnzimmer mit den vielen Büchern an den Wänden, das wie ein Anhang zu Randys kleinem Arbeitszimmer wirkte. Donald, groß und geschmeidig, ging mit raumgreifenden Schritten auf und ab. Der arme Junge, normalerweise wirkte er so selbstsicher, so stark. Oder gab sich zumindest in ihrer Gegenwart so. Vielleicht zu beherrscht, wie Randy ein paarmal konstatiert hatte, doch sie hatte diese Kritik beiseite geschoben. Schließlich hätte Randy seine Tochter lieber mit ... jedenfalls mit einem anderen verheiratet gesehen. Doch Randy war kein Mensch, der über Enttäuschungen sprach, wenn nichts mehr zu ändern war. Aber da er selbst so hart hatte arbeiten müssen, um seine verschiedenen akademischen Grade zu erreichen, schaute er immer mit etwas amüsierter Geringschätzung auf den Typ des verwöhnten reichen Jungen herab, dem alles in den Schoß fiel. Emily setzte sich auf das abgewetzte Sofa.

»Es ist so einsam«, sagte Donald und starrte durch das Fenster auf die bescheidene, ruhige Straße hinaus. »Ich habe nie gewußt, daß man sich so verlassen fühlen kann.«

Randy schaute seine Frau an, und auch in seinem Blick stand Mitgefühl. »Sie wird sich auch verlassen fühlen.«

»Das macht mir auch Kummer«, erwiderte Donald und setzte sich wieder auf den Hocker neben dem offenen Kamin. »Auch wenn sie Toby dabei hat ... sie ist trotzdem allein. Aber ... sie hat mich nie so geliebt, wie ich sie geliebt habe.«

»Vielleicht nicht auf dieselbe Art«, gab Randy zu bedenken.

Emily sah, wie Donalds Rücken sich straffte. »Was willst du damit sagen?«

Randy neigte den schmalen, grauhaarigen Kopf fast unmerklich zur Seite. »Jeder von uns liebt auf seine Art.«

»Wirklich?« Schärfe trat in Donalds Blick, und er fuhr sich mit der Hand durch das blonde Haar. »Kannst du mir das näher erklären, Professor?«

Emily mischte sich ein. »Können wir das nicht verschieben, Donald? Morgen ist ein Arbeitstag . . .« Aber Donald streifte sie mit einem einschüchternden Blick, und sie brach ab. Sie spürte einen Druck im Leib und ein Rauschen im Kopf.

»Da gibt es nicht viel zu erklären«, sagte Randy. »Man kann auf vielerlei Weise lieben, jeden Menschen auf eine andere. Wie man Zuneigung empfindet und zeigt, ist sehr individuell. Jeder Mensch mit einer gewissen Reife akzeptiert das. Wenn die Welt so einfach wäre, alles entweder schwarz oder weiß, dann wäre es doch auch recht langweilig, oder?«

Schweigen lastete im Raum, bis Donald das Wort ergriff. »Du sagst mit anderen Worten, daß ich sie nicht liebe.« Er erhob sich. »Das hast du doch damit gemeint?«

»Ich habe nur gesagt, daß du Brenda vielleicht mehr liebst als sie dich . . .«

»Verdammt, das ist doch offensichtlich!«

»Und daß du sie vielleicht anders liebst. Möglicherweise auf eine Art, die . . . die sie nicht befriedigt.«

»Ich wußte, ich hätte nicht herkommen sollen.« Er fing wieder an, auf und ab zu tigern. »Ich wußte, daß ich mir nur eure Vorwürfe und eure hochgestochenen Phrasen und einen Haufen Lügen einhandle.«

»Wir haben dich nicht angelogen, Donald«, erwiderte Randy. »Wir wissen nicht, wo sie ist, und vermutlich will sie es so haben.«

»Ja«, fügte Emily hinzu, »hätte sie uns Bescheid geben wollen, dann hätte sie die Möglichkeit gehabt, als sie sich von uns Geld lieh.«

Mitten im Zimmer blieb Donald wie angewurzelt stehen, und sein Blick wanderte dunkel und flackernd vom einen zum anderen. »Geld? Ihr habt mir nicht gesagt, daß sie sich von euch Geld geben ließ.«

»Neunzig Dollar«, erläuterte Emily und nahm verblüfft sein verändertes Verhalten wahr. »Mehr hatten wir nicht im Haus.«

»Dann habt ihr mich also doch wieder angelogen!«

Randy stand auf und schüttelte den Kopf. »Wir dachten, sie hätte fürs Wochenende nicht genug abgehoben und wollte einkaufen gehen. Nichts Besonderes . . .«

»Warum habt ihr mir das verschwiegen?« wollte Donald herrisch wissen. »Sie hat auch jeden Cent mitgenommen, den sie im Haus finden konnte.«

»Na«, lenkte Emily ein, »es ist doch auch ihr Geld, oder?«

»Sie hat immer genug Geld gehabt!« Donald war feuerrot im Gesicht, er brüllte und ballte die Fäuste. »Mehr als andere Frauen! Mehr als sie je zuvor hatte! Mehr als sie bei euch bekam, weil ihr es euch nicht leisten konntet!«

Schockiert wich Emily vor ihm zurück. Sein Benehmen war unglaublich. Der Mann, der da vor ihr auf dem Teppich stand, war nicht mehr wiederzuerkennen.

»Donald«, sagte Randy vermittelnd, »schau mal . . . wir wissen, daß du völlig aus der Fassung bist. Wir verstehen das . . .«

»Ihr freut euch!« Es war ein heiseres Flüstern, gerade noch zu hören. »Es paßt euch beiden in den Kram, daß sie mir davongelaufen ist.« In dem Satz lag ein massiver Vorwurf, aber er schaute nicht empört drein, sondern bestürzt und tief verletzt. »Ihr habt mich nie leiden können! Ihr seid wie die anderen . . . tut so, als ob ihr mich mögt, aber in Wirklichkeit haßt ihr mich!«

»Das ist einfach nicht wahr«, entgegnete Randy. »Emily und ich . . .«

Doch Donalds Gesicht verzerrte sich, und er schnitt mit einer verbittert abwehrenden Geste Randys Protest ab. »Niemand hat mich in diesem verdammten Leben geliebt!«

Emily wollte impulsiv seine Hand ergreifen, zu ihm gehen und ihn in die Arme nehmen. In einem solchen Gefühl durfte man doch keinen Menschen allein lassen . . .

Da fuhr Donald tonlos fort: »Außer Brenda. Sie war die einzige. Und auch das war eine Lüge.«

Wieder wechselten Randy und Emily hilflose Blicke, fassungslos und voller Mitgefühl.

»Donald«, sagte Randy, »du mußt dich zusammenreißen.

Warum gibst du Brenda keine Chance? Du mußtest das doch kommen sehen . . .«

»Nur weiter, Professor.« Donald wandte den Kopf um, betrachtete ihn unter schweren Lidern, spöttisch fast, als wollte er ihn herausfordern, weiterzusprechen. »Du kennst doch Brenda besser als jeder andere Mensch, oder? Du bist der einzige, der sie jemals wirklich verstanden hat, richtig?«

Stirnrunzelnd richtete Randy sich auf. Er wirkte neben dem bulligen jüngeren Mann klein und fast zerbrechlich. »Kein Mensch wird jemals einen anderen vollständig verstehen – das zu erwarten ist kindisch. Aber ich bin nicht blind, Donald . . .«

»Nur zu, nur weiter . . .«

»Brenda war schon seit einiger Zeit nicht mehr wie früher. Nicht glücklich.«

»Sie hat mit dir gesprochen, sich über mich beklagt. Hinter meinem Rücken.«

»Nicht ein Wort. Ich kenne Brenda gut, ja. Deshalb weiß ich, daß ihr so etwas überhaupt nicht in den Sinn käme.« Dann war plötzlich die Milde in seinem Gesicht überschattet von einer gewissen Härte. »Aber ich erkenne blaue Flecken, wenn ich sie sehe. Und manchmal merke ich sogar, wenn ich angelogen werde. Und in letzter Zeit hätte ich manchmal gern den Grund für beides erfahren. In der Hoffnung, daß ich dann meinen Jähzorn besser in den Griff bekomme, als du deinen.«

Nach diesen Worten dehnte sich das Schweigen. Emily war stolz auf ihn, und ihr Herz quoll vor Liebe fast über. Sie hatte diese Unterströmungen nicht erkannt. Auch nicht geahnt. Und Randy hatte ihr das ersparen wollen, obgleich er Bescheid wußte. Dabei war er krank und schonungsbedürftig, nicht sie. Schließlich sagte Donald mit unverhülltem Hohn: »Du meinst also, daß du Brenda kennst?«

»Ziemlich gut, ja. Aber wie ich schon sagte, niemand kennt einen anderen Menschen ganz und gar.«

»Scheiße«, sagte Donald.

Dieses Wort hörte sie in ihren eigenen vier Wänden zum erstenmal, dachte Emily. »Donald, du bist außer dir . . .«

Doch da wurde sie von Randy unterbrochen. »Vielleicht nicht, Emily. Vielleicht zeigt er zum erstenmal sein wahres Gesicht. Sprich weiter, Donald.«

»Du hast keine verdammte Ahnung von deiner hübschen, unschuldigen Tochter, Paps. Hast du etwa gewußt, daß sie sich durch alle Betten dieses Städtchens schläft? Stell dir das vor. Sie ist von der Hälfte aller Männer im Jachtklub gebumst worden. Du meinst, du kennst sie? Sie hat dich genauso an der Nase herumgeführt wie mich. Du kannst dir nicht vorstellen, was ich mit dieser kleinen Schlampe mitgemacht habe!«

Seine Stimme war leise und rauh und wütend. »Und nun kommt das Schönste, Paps – sie hat sich einen Rechtsanwalt genommen, um sich scheiden zu lassen, und sie zahlt sein Honorar in Naturalien: Sie läßt sich in seiner Kanzlei beschlafen.«

Er machte auf dem Absatz kehrt und stelzte zur Eingangstür, mit hochgezogenen Schultern und arrogant erhobenem Kopf. Emily warf einen Blick auf Randys Gesicht – verschlossen und schreckensbleich und eingefallen –, und etwas in ihr zerbrach. Während Donald die Tür aufriß, ging sie ihm schnell nach. Sie packte ihn bei der Schulter, riß ihn herum und gab ihm eine schallende Ohrfeige. Es hallte, und während Donald ein verlegenes Lächeln aufsetzte, war sie nicht sicher, ob sie noch einmal zuschlagen würde.

Doch dann fiel die Tür ins Schloß, und sie starrte sie an. Fassungslosigkeit und Haß, Übelkeit, Abscheu und Zorn wallten wie ein schwarzer Giftstrom in ihr auf.

Nur zögernd wandte sie sich um.

Da sah sie ihn an.

Er saß in seinem Sessel. Zusammengesunken. Die Augen standen offen und trugen einen seltsam verwunderten Ausdruck. Er blickte sie an und versuchte ein beruhigendes Lächeln. Aber es gelang ihm nur noch ein leichtes Kopfschütteln.

Sie erwachten sehr früh, fast gleichzeitig, und fühlten sich erfrischt.

»Morgen!«

»Dir auch einen guten Morgen.«

»S-s-sind wir in Florida?« Er stotterte noch immer, aber es war nicht schlimmer geworden. »K-k-kommen wir heute noch hin?«

»Abends, wenn wir uns jetzt auf den Weg machen.«

»Na, dann los!«

Eine Stunde später ging die Sonne auf, wärmend, aber nicht heiß. Sie fuhr auf einen Parkplatz und klappte das Segeltuchverdeck nach hinten. Abmontieren und verstauen konnte sie es nicht, weil der Kofferraum voll war.

Wie viele Kilometer noch? War es der temperamentvolle Wagen, den es vorandrängte, oder war es ihr Eifer? Sie mußte sich richtig beherrschen – für Strafzettel hatte sie kein Geld übrig, und die Straßen wimmelten von Streifenwagen.

Es war Montag. Er würde arbeiten müssen. Falls er noch in Connecticut war. Und wenn nicht? Vielleicht ist er so sicher, daß du von allein zurückkommst, daß er nach Vermont zum Skilaufen gefahren ist. Nein, an Vermont wollte sie jetzt nicht denken. Die herrlichen Zeiten, als sie gemeinsam die Hänge hinabrasten und lachten und sich liebten. Und die schlechten Zeiten, die sich so schleichend angebahnt hatten: *Tu doch nicht so, als würdest du nicht merken, wie dir die Kerle nachgaffen, und als würde es dir nicht gefallen.*

Lieber Gott, daran durfte sie jetzt nicht denken!

Er konnte ihr nichts anhaben, wenn sie vorsichtig, sehr vorsichtig war und sich jeden Schritt überlegte. Wieso überfiel sie dann plötzlich eine panische Angst?

Aber ihre Eltern mußten erfahren, wo sie steckte. Sie mußte an ihre Sorgen denken, an Papas Angina pectoris. Sie durfte sie nicht im ungewissen lassen. Sie hatte sich weder ihrem Vater noch ihrer Mutter anvertraut. Sie hatte sich zu sehr geschämt. Oder war zu stolz. Und Donald gegenüber wäre es unloyal gewesen – er hatte immer eine Aversion gegen ihren kultivierten Vater gehabt. Mutter hatte er toleriert, aber Vater – da hatte er wohl die innere Stärke gespürt, obwohl der alte Mann in den letzten Jahren zusammengefallen war. Wahrscheinlich war er außerdem auf ihre freundschaftliche Verbundenheit mit ihrem Vater eifersüchtig gewesen. Sie würde sich eine Möglichkeit ausdenken, mit den Eltern Kontakt aufzunehmen, wenn sie in Sarasota angelangt war. Für Vater würde ihr Entschluß vermutlich nicht überraschend kommen ...

Sie könnte Donalds Mutter anrufen. Sein offiziell im Ruhestand lebender Vater würde sich gewiß im Büro aufhalten, *Forrest und Sohn, Bauunternehmung und Projektplanung,* obwohl er eigentlich Donald die Leitung übertragen hatte. *Auf dem Papier wenigstens,* wie Donald gelegentlich bemerkte, nach außen hin ironisch, aber innerlich tobend und verbittert. Rosamond würde um diese Tageszeit vermutlich bereits betrunken sein. (Wie die Mutter, so der Sohn?) Was konnte Rosamond ihr sagen? Nein, was konnte sie Rosamond sagen? Eine falsche Fährte legen. *Ich bin auf dem Weg nach Arizona, das kannst du Donald erzählen.* Der Zorn stieg wieder in ihr hoch. *Sag ihm, ich bin auf dem Weg zu meinem Liebhaber, zu einem meiner vielen Liebhaber!* Ihr Mund war trocken und schmeckte gallig. Verbitterung erfüllte sie, und ein kaum zu unterdrückender Wunsch nach Rache; doch sie konnte sich den Luxus nicht leisten, es ihm mit gleicher Münze heimzuzahlen.

Zum Teufel mit allem. Sie durfte sich nicht von Emotionen und irrationalen Gefühlen leiten lassen. Wenn sie von unterwegs anrief, würde das entweder kostbares Bargeld verschlingen, oder sie müßte den Anruf auf ihre Privatnummer zu Hause abbuchen lassen. Doch Donald war auch mit Leuten der Fernsprechgesellschaft gut bekannt. Wenn er herausbekam, daß der Anruf von einem Apparat in Georgia aus geführt worden war, würde er sich zusammenreimen können, daß sie sich auf dem Weg nach Florida befand, noch ehe sie die Grenze des Bundesstaats überquert hatte. Er würde wahrscheinlich ihr Adreßbuch durchblättern, das sie in ihrer Verwirrung in dem Durcheinander nicht mehr gesucht hatte. Wenn er dann auf Charlenes Anschrift stieß und zwei und zwei zusammenzählte ...

Wenn, wenn, wenn – sie war auf der Flucht, aber immer noch eine Gefangene. Fing die Strafe jetzt erst an?

»Wir sind da! Mama, schau, wir sind da!«

Sie schaute. *WILLKOMMMEN IN FLORIDA.*

Und ihre Stimmung verbesserte sich schlagartig.

Später: »Ich h-h-hab nicht gewußt, daß es in Florida Hügel gibt. Wie in Connecticut.«

Und dann nach einiger Zeit: »Orangen. Die hängen an den Bäumen. D-d-d-darf ich eine pflücken, bitte?«

Natürlich durfte er.

Sie fuhren durch eine in warmes Licht getauchte Landschaft, die manchmal von kurzen Schauern übergossen wurde. »D-d-der Regen ist hier wie ein T-t-t-tunnel. Man weiß, daß man schnell am anderen Ende herauskommt!«

Die Autobahn kam ihr nicht mehr monoton vor, denn Toby saß vorgebeugt neben ihr, abenteuerlustig, und sog begierig jeden neuen Eindruck ein. »Es r-r-iecht hier anders. Die B-b-bäume riechen anders und das Gras. Und sogar die L-l-luft.«

Nun, er stotterte wieder, aber mit Geduld und Ruhe – wer konnte es vorhersagen? Dr. Kellermann hatte sie beruhigt, daß diese Art von Stammeln nur in Zeiten momentaner Unsicherheit und in emotionalen Streßsituationen auftrat und sich bei genügend moralischer Unterstützung wieder geben würde. Eine Sprachtherapie würde nur nötig sein, wenn sich das Stottern längere Zeit nicht legte. Lieber Gott, verschone Toby davor, bitte ...

Als sie im smogverschleierten Verkehrsgewühl von Tampa und St. Petersburg anlangten, wurde ihr bewußt, daß sie eine innere Ruhe zurückgewonnen hatte. Trotzdem überließ sie sich nicht dem trügerischen Gefühl, daß eine Entfernung von dreizehnhundert Meilen ihre Freiheit bedeutete. Wenn sie die Gedanken an die Vergangenheit aus ihrem Kopf verbannte und nicht grübelte, würde sie fertigbringen, was sie sich nie zugetraut hatte: von einer Minute zur nächsten leben, als gäbe es kein Vorher und kein Nachher. Wenn man das Leben immer so nehmen könnte, immer ...

Die letzten Kilometer, nicht mehr auf der Superautobahn, zogen sich langweilig dahin: Farmland, mit Moos bewachsene Eichen, triste Ortschaften mit Konservenfabriken, Buden neben der Straße, mit frischem Obst und Gemüse in leuchtenden Farben, dahinter Farmhäuser mit verwitterten Fassaden.

Auf Sarasota war sie nicht vorbereitet. Sie kamen am Ringling-Museum, majestätisch und gut proportioniert, vorbei, und an der Einfahrt zum Flughafen.

»Es ist s-s-so sauber. Nicht wie Danbury. Alles ist so w-w-weiß, nicht, Mama?«

Wieder einmal genau beobachtet. Danke, Toby, daß du mir die Augen öffnest.

Sie rief Charlene von einer Telefonzelle am belebten Tamiami Trail an – die Autobahn hieß vermutlich so, weil sie von Tampa nach Miami an der anderen Küste führte. Die Sonne stand tief am westlichen Himmel und übergoß die Stadt mit einem goldenen Schimmer. Charlene klang vergnügt, als sie ihr den Weg beschrieb:

»Auf dem Schild steht ›Lido Beach‹. Du fährst rechts, also nach Westen, direkt in die Sonne. Dann überquerst du zwei Brücken, das ist der Ringling-Damm. Alles heißt hier Ringling, auch die Freaks. Wenn du nicht in einen Stau gerätst, schaffst du es, rechtzeitig zum Sonnenuntergang hier zu sein. Du kannst mir glauben, er ist sensationell. Also mach schnell, Schatz!«

Sie waren auf einer Brücke über die Bucht gefahren, und Toby hatte zurück auf die gleißenden Häuser und dann nach vorn auf den feuerroten Schimmer über den Dächern geschaut, als er, diesmal in einem anderen Ton, gedämpft und ernst und besorgt sagte: »K-k-k-ann ich dich etwas fragen, Mama?«

Sie richtete sich auf und antwortete: »Natürlich, Schatz.«

»D-d-du wirst mir die W-w-w-wahrheit sagen, diesmal?«

»Ich sage dir immer die Wahrheit, Toby. Von jetzt an immer.«

»W-w-wärst du noch immer in Connecticut bei D-d-daddy, wenn ... wenn ich nicht geboren w-w-wäre?«

Einen Moment lang glaubte sie schreien zu müssen. Sie lenkte den Wagen auf den grünen Randstreifen. Hinter ihr hupte es. Sie trat auf die Bremse.

»Nein, nein, Toby, Liebling, mein Junge, es ist nicht deine Schuld, das darfst du niemals denken, Toby ...«

Sie streckte ihre Arme zu ihm hinüber, wollte ihn an sich

ziehen, da warf er sich auch schon in ihre Arme; sie hielten einander fest umschlungen, und sie wiegte ihn in den Armen, als sei er noch ein kleines Baby.

Es ist nicht deine Schuld. Und meine auch nicht. Seine. *Seine,* verdammt, und der Teufel soll ihn holen. Verdammt, verdammt in alle Ewigkeit.

Orin Forrest schaute sich das Nachtprogramm an. Alte Filme. Heute ein verstaubter Western. Randolph Scott reitet für die Gerechtigkeit. Die Guten gegen die Bösen. Es war noch nicht lang her, da hatten die Leute eine Ähnlichkeit zwischen ihm und Randolph Scott konstatiert – der gleiche muskulöse Körper mit dem schlacksigen Gang, das gleiche kantige Kinn und helle Haar. Ehe ihm alle Haare ausgegangen waren. Und bis zu diesem Zeitpunkt hatten die Leute ihn und Donald häufig für Brüder gehalten. Donald . . . seine Gedanken wanderten immer wieder zu Donald. Auf dem lederbezogenen Fernsehsessel in seinem holzgetäfelten Arbeitszimmer ausgestreckt, beschloß Orin, den Film bis zum unvermeidlichen Schießereifinale zu verfolgen, dann zwei Schlaftabletten zu nehmen und durch das geschwungene viktorianische Treppenhaus ins Schlafzimmer zu gehen, in der Hoffnung, Rosamond in ihrem Schlafzimmer nicht zu wecken. Er konnte nicht die ganze Nacht auf Donald warten – vielleicht kam er überhaupt nicht.

Gestern nachmittag war er während Orins Sonntags-Lieblingsprogramm erschienen, der Sportschau. Sein Auftritt hatte sich von früheren kaum unterschieden. Wie oft hatten sie einander so oder ähnlich gegenübergestanden.

Der Junge litt Höllenqualen, und seine Zerknirschung war grauenvoll anzusehen. *Ich glaube, ich hab mich in die Scheiße geritten, Dad.* Wie oft hatte er das schon gehört, die gleichen Worte? *Sie hat mich verlassen.* Und Orin hatte sich voller Mitgefühl erkundigt, behutsam Fragen gestellt und ihm natürlich keinen Drink angeboten, da er nüchtern zu sein schien. Dann war Donald mit dem Unfall herausgerückt.

Und wie üblich hatte Orin versprochen, daß sich sein Anwalt darum kümmern würde.

Er vernahm ein Geräusch. Kam Rosamond die Treppe herunter? Das bedeutete vermutlich, daß ihr der Alkohol ausgegangen war. Er schloß die Augen. Hoffentlich konnte er es umgehen, ihr von Brenda – und Donalds zerstörter Ehe – zu erzählen, bis er sicher war, daß Brenda nicht mehr zurückkehrte. Manchmal schien es ihm, als hätte er sein ganzes Leben damit verbracht, Rosamond vor Unannehmlichkeiten und Kummer zu beschützen. Nun ja, wenn Donald nichts für seine Art konnte, dann konnte der alte Mann auch nichts dafür, daß er so war. Ein Narr vielleicht. Eine Frau zu lieben, unerschütterlich, die eitel und sehr egozentrisch war und nun allmählich erkennen mußte, daß ihre Schönheit dahinwelkte und sie keinen Grund zur Eitelkeit mehr besaß.

Doch dann merkte er, daß es die Haustür gewesen war, die er gehört hatte. Schritte näherten sich durch die geräumige Diele.

Er richtete sich auf. Donald trat ein. Er sah elend aus und grinste verloren, schien aber erstaunlicherweise noch immer nüchtern. »Ich wußte, daß du noch wach bist.«

»Wo, zum Teufel, hast du gesteckt?« Die ärgerlichen Worte waren ihm kaum entschlüpft, als er merkte, wie er wieder in die alte Rolle verfiel, die er annahm, sobald er seinen Sohn in einer mißlichen Situation wie dieser sah. »Du hättest wenigstens im Büro anrufen und Bescheid geben können, daß du nicht kommst.«

»Ich wußte, daß du schon allein zurechtkommst.« Donald ließ sich auf dem Ledersofa nieder. Mit herabhängenden Schultern betrachtete er den flimmernden Bildschirm, ohne wirklich etwas wahrzunehmen. »Ich war einmal durch die Hölle und zurück.« Er streckte sich aus. »Ich dachte, Skilaufen täte mir gut, aber dann bin ich noch vor Vermont umgekehrt. Hast du etwas gehört?«

»Von Brenda? Nein. Aber sonst einiges, Junge.«

»Von dem Bastard Preston Brice, was?«

Orin erhob sich. »Der Bastard Preston Brice hat Anzeige erstattet.« Er schaltete den Fernseher aus. »Du hast gestern hier gesessen und behauptet, es sei ein normaler Unfall gewesen. Daß die Straße glatt gewesen sei und du nicht gewußt hättest, wessen Wagen es war. Daß du den Kopf verloren hättest und weggefahren wärst.«

»Das ist die Wahrheit, Dad. Ehrlich. Ich hätte mir denken können, daß Preston Brice die Sache aufbauscht. Du kennst doch die Anwälte.«

»Ich kenne auch die hübschen Ausdrücke, mit denen sie um sich werfen. Zum Beispiel schwerer tätlicher Angriff mit Körperverletzung. Rücksichtslose Gefährdung. Fahrerflucht nach einem Unfall mit Körperverletzung.«

Donald schreckte hoch. »Wurde jemand verletzt?«

»Nein, aber das ist nicht dein Verdienst. Nach Brices eidesstattlicher Aussage haben sie nur die Sitzgurte davor bewahrt.«

Donald stand auf. »Sie sind nicht ins Wasser gefallen. Ich habe im Rückspiegel gesehen, daß der Wagen anhielt.«

»Verdammt, begreif doch endlich: Brice ist wütend! Er will Anklage wegen versuchten Mordes erheben.«

»Er ist verrückt.«

»*Er* ist verrückt? Du hast gestern vergessen zu erwähnen, daß Preston Brice von deiner Frau beauftragt worden ist, die Scheidung einzureichen!«

»Immer langsam, Dad. Willst du etwa Mutter aufwecken und sie da hineinziehen?«

Mit gewaltiger Willensanstrengung dämpfte Orin die Stimme, aber innerlich bebte er. »Junge, jetzt ist nicht mehr die Rede von Kavaliersdelikten wie Alkohol am Steuer oder einem Autorennen in einer Grünanlage. Du steckst bis zum Hals in Schwierigkeiten. Und was deine Mutter betrifft – ist dir klar, wie sie auf den Schock und die Schande reagieren wird, wenn die Geschichte in die Zeitung kommt? Ihre Familie hat die Hutfabrik gegründet, die der Stadt überhaupt erst auf die Beine geholfen hat!«

»Jesus, Dad, fang nicht wieder mit diesen ollen Kamellen an.« Er ließ sich in Orins Sessel fallen und vergrub den Kopf in den Händen. »Du bist also auch gegen mich!«

»Fang nur nicht wieder mit dem Gejammere an. Niemand ist gegen dich. Niemand will dir ans Leder. Du bist selbst dein schlimmster Feind! Immer schon gewesen!«

»Das einzige, was mich wirklich bekümmert, ist Brenda. Ich habe mir dauernd eingeredet, daß sie wieder da ist, wenn ich zurückkomme. Sie mußte einfach wieder da sein.«

Orin schüttelte den Kopf. »Wenn sie die ganze Mühe auf sich genommen hat, warum sollte sie es sich dann anders überlegen und zu dir zurückkehren?«

»Sie muß.«

»Warum muß sie?«

»Sie muß eben.«

»Junge, nichts muß geschehen, bloß weil du dir das in den Kopf setzt.«

»Es ist verrückt, das gebe ich zu. Ich sehe überall ihr Bild. Hier. Auf der Fahrt nach Norden. Eine Frau am Steuer. Ein Mädchen auf der Straße in irgendeinem Dorf . . . dunkelhaarig . . .« Er hob den Kopf. »Sie ist so gern Ski gelaufen, Dad.«

Und hat gern Tennis gespielt. Und gekocht. Und das große Haus eingerichtet. Und gelebt. Orin wußte das. Er hatte seinen Sohn manchmal sogar um sein Glück beneidet. Er hatte die Befürchtung nie ganz verdrängen können, daß Donald auch das verspielen würde. Der arme Junge. Das war sein Kreuz: Er konnte nicht anders, als seinen Sohn lieben, mit ihm empfinden, ihm helfen wollen, obwohl er genau wußte, daß Donald sich das alles selbst zuzuschreiben hatte.

»Teufel, ich bin den ganzen Tag nicht einmal irgendwo auf einen Drink eingekehrt. Ich habe mich beherrscht. Ich liebe sie, Dad. Ich liebe sie doch so sehr, Dad. Ich komme mir ohne sie wie abgestorben vor.«

Ich . . . immer ich. Sollte er die Agentur Forsythe erwähnen? Noch nicht.

Statt dessen setzte er sich auf den Sessel hinter dem Schreibtisch und sagte: »Mach du dir wegen Brenda Sorgen. Ich kümmere mich um Preston Brice.« Er sah, wie ein Hoffnungsschimmer in Donalds Augen trat. »Frag mich nicht, wie. Brice ist sauer und vielleicht sogar rachsüchtig, aber ich mache mit einigen seiner wichtigen Mandanten Geschäfte. Es trägt wenig zum Ansehen eines Anwalts in den Augen der Öffentlichkeit bei, wenn er sich zum Mittelpunkt einer solchen juristischen Auseinandersetzung macht.«

»Du meinst, es läßt sich erledigen?«

»Es wird dich einen neuen Wagen für Brice kosten. Und ich würde dir nicht raten, beim Weihnachtsball seine Frau abzuklatschen.«

»Oh, Gott, Dad, wie kann ich dir danken?«

»Indem du nie wieder etwas so Idiotisches anstellst, weder betrunken noch nüchtern.« Wie oft hatte er das schon gesagt? »Und indem du etwas unternimmst, um deinen Jähzorn in den Griff zu bekommen.« Dieser Satz hatte sich auch kaum verändert, seit der Junge fünf Jahre alt war. »Das nächste Mal kannst du dich vielleicht nicht so leicht herauswinden. Oder ich bin vielleicht nicht mehr da, um die Kastanien für dich aus dem Feuer zu holen.« Er holte tief Luft. »Oder du reitest dich so tief hinein, daß niemand dich herausholen kann.« Zum Beispiel? Er wollte den Gedanken nicht zu Ende denken.

»Ich werde es versuchen«, sagte Donald. »Ehrlich. Ich werde mich verdammt anstrengen.« Er fuhr sich mit der Hand durch das zerzauste Haar. »Manchmal, Dad, manchmal ist es so, daß ich mich einfach nicht beherrschen kann. Du kannst dir das nicht vorstellen. Es ist wie ein Vulkan, der in mir brodelt – und ich selbst habe davor am meisten Angst, Dad. Vielleicht mehr als sonst jemand.«

Das war das erste Mal in all den Jahren, daß Donalds Fassade zusammenbrach und er so offen redete. Orin war gerührt – und entsetzt.

»Hast du mit Brenda darüber gesprochen?«

»Sie meint, ich brauche einen Psychiater.« Er wich dem Blick seines Vaters nicht aus: Die Qual, die sich in seinen Augen spiegelte, war grauenvoll. »Was ich wirklich brauche, ist Brenda. Wenn ich nur mit ihr reden könnte. Ich habe Mac von der Telefongesellschaft um Hilfe gebeten – du weißt schon, daß sie die Anrufe registrieren, die sie auf unsere Nummer abbuchen läßt oder die im Haus ihrer Eltern ankommen –, aber er wies das zurück. Es sei gegen die Vorschriften der Gesellschaft und sogar gegen das Gesetz.« Er lehnte sich zurück und wendete sich ab. »Wenn ich nur wüßte, wo sie ist. Daß es ihr gutgeht. Daß Toby in Ordnung ist . . .«

Unfähig, dieses Elend, das jetzt auch ihn ergriff, länger zu ertragen, faßte Orin einen Entschluß. Er nahm eine Visitenkarte vom Schreibtisch. »Ich habe heute mit einem Mr. Michael Collins gesprochen.« Er warf einen Blick auf die Karte: *Forsythe Auskunftei – diskret und zuverlässig* stand da. »Collins behauptete, daß seine Firma jeden Menschen aufspüren könnte. In Fällen wie diesem hätten sie eine Erfolgsquote von neunzig Prozent.«

Donald sprang auf und riß ihm die Visitenkarte fast aus der Hand. Er hielt den Atem an.

»Die örtliche Filiale ist über dem Herrenausstatter Steinberg in der Main Street. Mr. Collins sagte, es wäre hilfreich, wenn er eine Liste von Freunden und Verwandten bekäme. Hat Brenda ein Adreßbuch oder eine Liste für den Versand der Weihnachtskarten oder etwas Ähnliches?«

»Vielleicht hat sie es mitgenommen. Ich werde nachschauen.«

Donald ging um den Schreibtisch herum, und Orin erhob sich.

»Danke, Dad. Ich weiß nicht, wie ich es ausdrücken soll. Du wirst es nicht bereuen.«

Er umarmte seinen Vater mit dem bärenähnlichen Druck seiner Arme und klopfte ihm mit einer Hand auf den Rücken. Ins Ohr sagte er ihm: »Ich werde es dir vergelten. Und Mutter auch. Euch beiden.«

»Wenn du sie findest, mein Junge«, erwiderte Orin brummend, »mußt du ihr deutlich zeigen, wie sehr du sie liebst.«

»Das verspreche ich, Vater! Ehrlich!«

Nachdem Donald gegangen war, schaltete sein Vater die Lampe aus, wollte aber nicht mehr fernsehen. Er ließ sich wieder in seinem Sessel nieder und kippte ihn so weit nach hinten, wie die Mechanik es zuließ.

Hatte er richtig gehandelt?

Würde er das jemals mit Sicherheit wissen?

Er wünschte, er könnte darüber mit Rosamond reden. Aber sie würde sich nur mit einem weiteren Drink stärken und in ihre Astrologiebücher schauen. Was prophezeiten die Sterne Donald für heute, für morgen? Nun gut, wenn es ihr Trost bereitete . . .

Er schloß die Augen. Er konnte die Nacht genausogut hier verbringen – besser, als ihr noch unter die Augen zu kommen und sie mit düsteren Vorahnungen zu belasten. Der Schlaf würde sich schon einstellen.

Aber seine Gedanken kamen nicht zur Ruhe. Hatte Donald ihn jetzt hintergangen? Nicht bewußt, aber durch eine gewisse emotionale Verschlagenheit. Indem er wieder einmal die Liebe und Anteilnahme seines Vaters ausnützte und für seine Zwecke mißbrauchte?

Verzagtheit und Verzweiflung schlichen sich in Orins erschöpfte Seele. Und Hilflosigkeit: Was konnte er noch tun, nachdem er in all den Jahren ein ums andere Mal versagt hatte? Hätte er Donald dazu zwingen sollen, die Konsequenzen für seine unverantwortlichen Streiche zu tragen?

Und Furcht: Wird der Vulkan wieder ausbrechen?

Und gegen wen wird er sich richten?

Das Haus war flach und langgestreckt, orientalisch im Entwurf, aber im Detail modern, mit breiten Schiebetüren zwischen großen Panoramafenstern. Sein korallenfarbener Anstrich und die schwarzen Holzverstrebungen waren wetterverblichen und verschmolzen zum rosigen Schimmer einer Muschel.

Der Besitzer hat mir erzählt, daß er früher einen freien Blick über den Golf hatte, war Charlenes Einführung am vergangenen Abend bei ihrer Ankunft gewesen, *ehe sie auf der anderen Straßenseite am Strand entlang die Häuser bauten. Aber bis auf eine einzige Geschmacksverirrung sind sie hübsch, und es ist noch immer eine ruhige Nachbarschaft. Keine Wohnblocks und keine Hochhäuser, und tags wie nachts kaum Verkehr.*

Als sie das Haus innen sah, fiel Brenda als erstes die heitere Ruhe und Gelassenheit auf. Schiebewände, Alkoven, exquisite japanische Tuschezeichnungen an Wänden mit Grastapeten und eine unverstellte Weiträumigkeit prägten das Bild. Das Wohnzimmer war sehr lang, mit einem Parkett, das im Muster Tatami-Matten glich. Von der hohen Decke hingen an Kupferketten Lampen aus Japanpapier. In der Mitte des Raumes war eine Vertiefung mit Sitzpolstern in Bodenhöhe und einem ebenso hohen eingelegten Lacktisch. *Und hier,* hatte Charlene begeistert erklärt, *eine japanische Konversationsgrube. Man hat das Gefühl, auf dem Boden zu sitzen, ohne die Beine wie ein Buddha unterschlagen zu müssen.*

Nur ein Mingbaum schmückte die Tischplatte.

Dahinter war alles durchsichtig: ein Glasfenster an der Schmalseite der Sitzgrube, daneben breite Schiebetüren, die auf einen kieselgepflasterten Innenhof führten. Dieser ging in einen tiefer gelegenen, dämmrig beleuchteten japanischen Garten über. Hier waren locker angelegte Pflanzengruppen, horizontal beschnittene Nadelbäume und dazwischen Felsbrocken, eine dekorative Laterne, Moos, Holzstücke und braune Kiesel in anmutigen Mustern arrangiert, dazwischen ein kleiner Wasserfall. Das tropfende Plätschern vertiefte noch den Eindruck des Friedlichen.

Sogar Toby war beeindruckt. *Sauber,* hatte er gesagt. *Hier m-m-muß man fast f-f-flüstern.*

Aber Charlene hatte gelacht und vorgeschlagen, schnell an den Strand zum Sonnenuntergang zu laufen, ehe sie ihnen die Zimmer zeigte. *Wir schaffen es gerade noch. Je tiefer sie steht, desto schneller ist sie versunken. Und ihr könnt mir glauben, der Anblick ist umwerfend.*

Sie hatte nicht zuviel versprochen: Der glutrote Feuerball berührte den Horizont und glitt innerhalb von eineinhalb Minuten hinab. Toby erinnerte sich an eines seiner Lieblingsbücher, an die Geschichte vom roten Luftballon, der über die Dächer von Paris schwebt. Der Himmel loderte in feurigen Farben, die erst nach langer Zeit der Dunkelheit wichen und Brenda mit einem überwältigenden Gefühl von Zuversicht erfüllten. Als sie durch das Wäldchen australischer Kiefern gingen, das die Straße vom Strand trennte, war Tobys begeisterter Kommentar: *Ich dachte immer, Sand ist braun. Aber der hier ist w-w-weiß.*

Nachts in ihrem Zimmer, das durch eine breite Schiebetür von Tobys Raum getrennt war, kreisten ihre Gedanken nicht wieder um Donald. Oder um das, was vor ihr lag. Sie hatte sich ganz der heiteren Gelassenheit des Hauses hingegeben und trotz allem tief und friedlich geschlafen.

Jetzt, im sonnendurchfluteten Innenhof, wo sie frühstückten, erkundigte sich Charlene: »Kannst du schwimmen, Toby?«

»Noch nicht. Aber Mama b-b-ringt es mir bei.«

»Na schön. Aber dann geh nur bis zu den Knien ins Wasser.« Sie erhob sich, weil sie zur Arbeit mußte. »Es gibt hier eine Unterströmung. Brenda, fühl dich wie zu Hause. Das ist ein Befehl!«

»Aye, aye, Skipper«, sagte Brenda, und Charlene fuhr in ihrem weißen Kombi weg.

Als sie die Koffer auspackten, wollte Toby wissen, wie lang sie hier bleiben würden. Das hätte sie selbst gern gewußt. »Gefällt es dir hier nicht, Liebling?«

»D-d-doch. Aber nicht für immer.«

Sie nickte. Für immer sollte es nicht sein.

Später, als Toby sich zum Strand getrollt hatte – keine Angst, mehr als knöcheltief würde er sich nicht ins Wasser wagen –, stellte sie die Schreibmaschine auf den eingebauten Frisier-Arbeitstisch in ihrem Schlafzimmer. Sie funktionierte, als wäre sie nie auf den Boden geworfen worden. Vergiß es. Sie begann zu tippen – auch *sie* funktionierte! – und stellte nach einer Stunde fest, daß sie nicht viel verlernt hatte. Das gab ihr Selbstvertrauen. Was man einmal beherrscht hat, kommt schnell wieder. Wie Radfahren oder Schwimmen.

Schwimmen.

Toby hatte sich nicht blicken lassen, was sie aber nicht beunruhigte. Trotzdem wollte sie zum Strand gehen. Sie zog einen einteiligen schwarzen Badeanzug an und borgte sich einen Frotteemantel, der im Bad hing. Charlenes Worte vom gestrigen Abend fielen ihr wieder ein: *Du hast dich kaum verändert. Das fein geschnittene Gesicht, blitzende Mandelaugen, ein bißchen anders. Wachsamer, könnte man das sagen?*

Ja, das traf wohl zu.

Charlene wirkte nicht älter, nur fraulicher. Sie war ein wenig fülliger geworden, was ihr gut stand. Das einst braune Haar war blond, lang und streng nach hinten gekämmt. Aber ihr Wesen war unverändert: herzlich, entgegenkommend, warm.

Nachdem Toby sich ins Bett verzogen hatte, hatte Charlene ihre Drinks nachgefüllt und Brenda auf den massiven Barschrank, eine zauberhafte Lackeinlegearbeit, aufmerksam gemacht, den ihr Bruder Barry für den Villenbesitzer entworfen und angefertigt hatte. Barry war Witwer und lebte einsam auf der Anna-Maria-Insel, einer der kleinen vorgelagerten Inseln. *So wußte ich wenigstens, wo ich hingehen konnte, nach dem sogenannten Trauma der Trennung. Das in Wirklichkeit nicht so traumatisch war. Wie ich die fünf Jahre Ehe mit diesem Superlangweiler überstanden habe, ist mir heute noch ein Rätsel. Er hat Versicherungen verkauft, aber mehr noch sich selbst. Mir war die aufgesetzte Schau plötzlich zuviel. Als ich endlich einsah, daß er im Bett ebensowenig anregend war wie am Eßtisch, reichte es mir – sayonara, arrividerci, au revoir und good bye!*

Nun war sie also hier und verkaufte Eigentumswohnungen in Blocks, die die ruhige Gegend verschandelten. Die Scheidung lag drei Jahre zurück. *Es ist ein herrliches Leben, Schatz. Ich bin mein eigener Herr und kann mir die Männer aussuchen, wenigstens solange ich meine Falten verbergen kann. Im Augenblick versucht ein junger Schauspieler, mich zur Ehe zu bekehren, aber danke nein. Nie wieder.*

Sie hatten sich noch stundenlang unterhalten, wobei Brenda, wie ihr später auffiel, recht sparsam mit Vertraulichkeiten oder Geständnissen umgegangen war. Sie konnte nicht darüber sprechen. Noch nicht. Wie sie sich eingestand, lag ihre Zurückhaltung mehr an ihrem Schuldgefühl als an der Loyalität gegenüber Donald. Nach dem Gespräch mit Charlene empfand sie sich allerdings weniger als Versager.

Während sie die gewundene Straße entlang und dann durch das Wäldchen schritt, stieg eine seltsame Spannung in ihr. Der Strand war erstaunlicherweise fast leer. Ihre Unruhe wuchs, doch da erblickte sie Tobys blonden Schopf in der blendenden Sonne. Er beobachtete die Möwen, die ihre Kreise zogen und sich immer wieder ins Wasser stürzten, um sich Fische zu holen. Das dunkelblaue Wasser des Golfs erstreckte sich bis zum Horizont, und kleine Wellen brachen sich silbern am Strand. Sie schwamm hinaus und versuchte später, Toby das Schwimmen beizubringen. Wieder einmal. Und wieder vergeblich. Obwohl er die Bewegungen beherrschte, verkrampfte sich sein Körper, sobald sie ihn losließ, und er strampelte in panischer Angst um sich. Nach etwa einer Stunde geduldiger Übung gab sie es auf. Verdammter Donald!

Auf dem Rückweg zum Haus erklärte Toby allerdings: »Ich werde es schaffen. Ich z-z-eig's ihm!«

Das war an diesem Tag die einzige Anspielung auf seinen Vater. Aber irgendwie drückte sie die ganze angestaute Frustration und Wut eines Achtjährigen aus, dem es nie gelungen war, die Erwartungen eines manchmal überheblichen Vaters zu erfüllen.

Wir werden es ihm beide zeigen, dachte sie, sprach es aber nicht aus.

Am Nachmittag erforschten sie die Stadt. Bei aller Geschäftigkeit und Verkehrsdichte wirkte sie ruhig. Ohne Hektik. Und so hell! Die Sonne umflutete die weißen und pastellfarbenen Gebäude, und die Hauptstraße hatte im Vergleich zur öden Einförmigkeit von Danbury einen anmutigen Charme. Die Palmen und blühenden tropischen Pflanzen verliehen dem Ort an diesem ersten Tag einen Zauber, auf den beide mit freudiger und doch entspannter Erregung reagierten. Sie konnte nun gut verstehen, warum der Schriftsteller sich ausgerechnet dieses Städtchen ausgesucht hatte, um dort seßhaft zu werden und seine drei Söhne großzuziehen. Ob Toby hier glücklich sein würde?

Auf der Brücke über der Bucht, wo Segel- und Motorboote ohne Eile ihre Bahnen zogen, rief Toby: »Was, zum Teufel, ist das für ein V-v-vogel?«

Den Teufel ignorierte sie, er hätte üblere Schimpfworte in den Mund nehmen können, und erklärte ihm, es sei ein Pelikan, der auf dem Betongeländer hockte. »Ein komischer Vogel, der Pelikan«, zitierte sie, »hält mehr im Schnabel, als sein Bauch fassen kann.«

Toby lachte hellauf und schlug sich vor Vergnügen mit den Händen auf die Schenkel. Danke, Ogden Nash. Oder stammte der Vers von Dorothy Parker? Egal. Tobys Lachen rettete den Tag für sie.

Später entdeckte er in der Villa eine stilisierte, aber nicht eigentlich abstrakte Schnitzerei des Vogels, lebensgroß. Wie durch ein Wunder oder die Kunst verfeinerter Wahrnehmung war die unbeholfene Häßlichkeit des Vogels in etwas Graziöses, Schönes umgewandelt. Und Brenda entsann sich: *Alle nicht orientalischen Skulpturen gehören mir. Mein Bruder arbeitet mit Holz – alles, von Möbeln bis Plastiken. Du wirst ihn kennenlernen. Er ist ein Einzelgänger. Und einer der sanftesten Männer, die ich kenne.*

Charlene kam vom Dienst mit einem blitzenden, roten Fahrrad in dem weißen Kombi zurück. »Kannst du radfahren, Toby? Die Straßen hier sind dafür wie geschaffen.«

Toby hatte aus unerfindlichen Gründen nie radfahren gelernt. Was er nicht zugeben wollte. Er nahm das Fahrrad entgegen und bedankte sich mit einer spontanen Umarmung, die Charlene so zu freuen schien, daß Brenda der Protest über das teure Geschenk in der Kehle steckenblieb.

Nach einer Weile kam er mit einem blutenden Knie zurück und einem Ausdruck von Beschämung und Frustration im Gesicht, das von einem leichten Sonnenbrand gerötet war. »Bitte, k-k-kümmere dich nicht, Mama. Ich weiß, wo das Verbandszeug ist.« Hatte das Stottern nachgelassen, oder bildete sie sich das ein?

Während er sich noch im Bad aufhielt, durchbrach das Röhren eines Motorrads die Stille. Eine Gestalt stieg ab, nahm den Sturzhelm ab und kam durch die Schiebetür ins Haus, die wegen der Klimaanlage geschlossen war. Zuerst war Brenda wenig beeindruckt, doch dann sah sie sein Gesicht. Er war Ende zwanzig, und er küßte Charlene, ehe sie ihn vorstellte. Es war der schönste Mann, dem Brenda jemals begegnet war, jedenfalls von Filmschauspielern abgesehen. Schwarze Haare, schwarze Augen, ein strahlendes Lächeln. Er hieß Malcolm Eggers.

»Mal ist ein wandernder Troubadour. Tritt im Asolo auf, das ist unser Theater. Er kennt den Besitzer dieser Villa, und der hat uns bekannt gemacht. Dummerweise. Denn jetzt glaubt er, daß er mich liebt.«

Mal lachte, tief und kehlig, aber es wirkte nicht unecht.

»Charlene hat mich schon auf Sie vorbereitet. Willkommen in Florida.« Sein Händedruck war kräftig. »Vielleicht können Sie mir helfen. Ich komme nicht dahinter, ob Charl Angst hat, zuzugeben, daß sie mich liebt, oder ob sie Angst hat, daß niemand sie lieben kann.«

»Beides«, rief Charlene. »Außerdem spielst du nicht Golf. Kommt, leisten wir uns einen Drink!«

Nachdem sie mit den Cocktails in der Couchgrube saßen, stellte Brenda fest, daß sie sich wohl fühlte und Mal mochte – er wirkte nicht wie ein Schauspieler in seiner Rolle, er sprach nicht einmal so. Wie paßte er zu Charlene? Sie war nicht eigentlich schön, aber sehr attraktiv; doch dieser Adonis, jünger als sie, hätte sicher an jeder Hand fünf Mädchen haben können, und seine Kolleginnen himmelten ihn bestimmt an. Vielleicht erkannte er in Charlene auch jene Qualitäten, die Brenda zu dem Anruf bei ihr veranlaßt hatten und deretwegen sie ihrer Einladung gefolgt war.

Wenn die Unterhaltung auf das Theater oder seine Arbeit kam, lächelte Mal fast schüchtern und wechselte das Thema. Sie erfuhr jedoch, daß er bei Probeaufnahmen gut abgeschnitten hatte und nach Beendigung der Theatersaison hier mit einem Vertrag in der Tasche nach Hollywood gehen würde.

Als Toby erschien, ließ er das Vorstellen scheu über sich ergehen – sein Sonnenbrand glühte, und sein Stottern hatte sich eher verschlimmert.

Brenda, die es aus Prinzip ignorierte, erschrak, als Mal sagte: »Weißt du was, Toby? Ich habe auch gestottert. Aber wirklich schlimm.«

Toby runzelte die Stirn. Er schwieg.

»Mr. Eggers ist Schauspieler.«

Nun betrachtete Toby den Mann aufmerksam, und Mal wartete, was er sagen würde.

»Ist das Ihr Motorrad draußen?« erkundigte sich Toby.

»Willst du mitfahren?«

»Ich k-k-k-kann nicht mal radfahren.«

Mal erhob sich. »Charlene, wo ist dein Helm?«

»Ich hole ihn.«

Brenda wollte Einspruch erheben, aber Mal erklärte: »Motorradfahren ist etwas anderes. Ich balanciere es aus. Du brauchst dich nur an mir festzuhalten.«

Sie wartete.

»Klar«, sagte Toby. »Danke.«

Erstaunt und mit Herzklopfen ging sie mit Charlene nach draußen und sah zu. Nachdem das Motorrad mit den beiden zweimal um den Block gekurvt war, entspannte sie sich. Erlöst und dankbar.

»Ich lasse mir den Sonnenuntergang nicht entgehen«, meinte Charlene. »Kommst du mit?«

»Ich möchte ein Ferngespräch führen«, entschuldigte sich Brenda und ging auf ihren Wagen zu.

»Wo willst du hin? Im Haus sind drei Telefone.«

Sie blickten einander über den Hof hinweg an, der nicht grasbewachsen, sondern mit braunen Kieseln belegt war. Was sollte sie sagen? Erklärungen wollte sie nicht abgeben. Vor allem wollte sie ihre Angst nicht auf Charlene übertragen.

Was erklären? Daß sie nicht riskieren konnte, von dem Haus aus anzurufen, in dem sie jetzt wohnte? Warum nicht? Wenn er seine Freunde von der Telefongesellschaft überredete, ihn über Gespräche von außerhalb zu informieren, die bei einem ihrer Verwandten oder Freunde ankamen, war es ein Unterschied, ob sie nun von einer Zelle oder vom Haus aus telefonierte? Vielleicht. In der Zelle würde sie Münzen verwenden; die Gebühren würden nirgends festgehalten. Oder war sie übertrieben vorsichtig? Nun, Donald hatte ihre Irrationalität oft genug angeprangert.

»Mutter?«

»Brenda! Endlich! Geht es dir gut? Und Toby?«

»Ja, alles in Ordnung. Wie geht's dir?«

»Etwas aufgeregt.«

»Und Paps?«

Schweigen.

»Mutter . . .«

»Randy ist nicht da.«

»Wo steckt er?«

»Er hat eine Fakultätsbesprechung nach der Vorlesung.«

»Mutter, entschuldige bitte, daß ich dir nichts gesagt habe, als ich am Sonnabend vorbeikam.«

»Das war wahrscheinlich kein Fehler.«

»Warum? Donald war bei euch, oder?«

»Ja.« Und sehr langsam: »Er ist vorbeigekommen. Wir ... wir haben ihm gesagt, daß wir nichts von dir wissen.«

»Aber das hat er nicht geglaubt.«

»Da wir nichts wußten, konnten wir ihm auch nichts verraten. Brenda, brauchst du irgend etwas? Mit neunzig Dollar kommst du nicht weit.«

»Mutter, ist Donald noch in der Stadt?«

»Ich habe ihn auf dem Heimweg vom Krankenhaus in der White Street gesehen. Torkelnd, könnte man sagen.«

»Krankenhaus?«

»Oh – ja. Ich habe eine Freundin besucht. Mrs. Eugene Brown. Margo. Du erinnerst dich an sie?«

»Verschwommen. Mutter, ich werde jetzt regelmäßig anrufen. Aber ich werde mir einen Job besorgen, und deshalb kannst du mich nicht erreichen. Wir wohnen bei ... jemand, den ich von früher kenne. Wenn Donald nochmals fragt, sag ihm, wir seien in Phoenix, Arizona. Sag ihm, ich würde mit einem alten Jugendfreund zusammenleben.«

»Brenda, das kannst du mir nicht weismachen. Dazu kenne ich dich zu gut. Und ich meine auch, du solltest Donald nicht noch mehr aufregen.«

»Du meinst also, ich hätte falsch gehandelt. Ich wußte nicht, daß du Donald so gern magst.«

»Ich mag ihn nicht. Ich hasse ihn.«

»Ihn hassen? Mutter, das klingt gar nicht nach dir.«

»Das hätte ich nicht sagen sollen. Aber es stimmt, Brenda ... nach allem, was er dir angetan hat.«

»Nun, wenn es dich beruhigt: er hat weniger getan, als du annimmst. Und weniger, als ich ihm angekreidet habe.«

»Das ist wirklich eine Erleichterung. Auch für Randy. Danke, daß du dich gemeldet hast, Liebes.«

»Ich werde mich wieder melden. Nach fünf Uhr. Vielleicht täglich in nächster Zeit.«

»Nein.«

»Nein? Warum nicht?«

»Doch, melde dich, bitte. Mach's gut.«

»Alles Liebe für Paps.«

»Werde ich ihm sagen.«

»Mutter, weinst du?«

»Natürlich nicht. Ich bin nur so erleichtert. Auf Wiedersehen, mein Liebes.«

Aber bei der Rückfahrt verspürte Brenda keine Erleichterung. Hatte Donald sich eine seiner betrunkenen Szenen geleistet? Oder was sonst? Sie hatte aus dem Mund ihrer Mutter noch nie gehört, daß sie einen Menschen haßte. Niemals. Und sie konnte sich auch nicht erinnern, daß jemals eine Fakultätsbesprechung am Montag abgehalten wurde.

Da war sie nun dreizehnhundert Meilen von zu Hause entfernt und machte sich Sorgen, was dort los war.

Der Gedanke an Tobys Sonnenbrand, leicht zwar, aber trotzdem schmerzvoll, brachte ihre Gedanken wieder nach 1168 Westway zurück. Charlene hatte ihn in ein kühles Bad gesetzt, und Mal war verschwunden. Gemeinsam machten sie den Jungen zum Schlafengehen fertig. Hunger hatte er nicht, und die Sonne hatte ihn müde gemacht. Sie deckten ihn nur mit einem Laken zu und stellten auf den Nachttisch einen Gong. Dort stand mittlerweile auch der hölzerne Pelikan. Toby hatte ihn sich anscheinend für die Dauer ihres Aufenthalts angeeignet. Wie lange würde das sein?

Sie küßte ihn. »Wir sind nur ein paar Meter entfernt. Wenn es schlimmer wird, brauchst du nur den Gong zu schlagen.« Er hatte genickt, schwach gelächelt, sich mit einem unterdrückten Stöhnen auf die Seite gerollt und war im Handumdrehen tief eingeschlafen. Bei einem mexikanischen Fertiggericht sagte Charlene: »Früher habe ich dich immer wegen deines exotischen Gesichtsschnitts und deiner graziösen Ungezwungenheit beneidet – heute wegen dieses zauberhaften Geschöpfs da drinnen. Was ich mir immer gewünscht habe, war ein kleiner Junge. Ausgerechnet ich!«

Charlene hatte die Klimaanlage ausgeschaltet und die Schiebetüren weit geöffnet, so daß jetzt eine erfrischende Brise vom Golf her durch das Haus strich.

»Na«, meinte Brenda, »ich wette, daß dein Schauspieler-Freund nichts dagegen hat, dafür zu sorgen.«

Charlene lachte. »Ach, Mal. Er spinnt.«

»Wir spinnen alle.«

»Seine Karriere fängt gerade an - du kannst mir glauben, er ist gut - Hollywood und Rampenlicht, Oscars und alles, wovon ein junger Mann wie er träumt. Was soll er da mit einer nicht mehr taufrischen, angeschlagenen Frau wie mir?«

»Er hat dir vor ein paar Stunden hier so etwas wie einen Heiratsantrag gemacht.«

»Und jetzt steht er auf der Bühne und versetzt mit seinem Charme die Zuhörer in Ekstase. Nein, ich bin zufrieden mit dem, was ich bekommen kann. Was ich habe. Und, glaub mir, Schatz, es ist reine Ekstase, so lange es dauert.« Brenda erinnerte sich, wie verlegen sie im College immer Charlenes freimütige und leicht hektische Beschreibungen ihres Sexlebens gemacht hatten. Dann fuhr sie fort: »Da fällt mir ein - es macht dir doch nichts aus, wenn ich abends verschwinde, nachdem Toby schläft?«

Brenda reagierte erschrocken: »Charl, ich werde dich doch nicht aus deinem eigenen Haus vertreiben!«

»Nur keine Aufregung, um Gottes willen. Es ist alles arrangiert. Mal hat ein Zimmer in einem alten Haus drunten in der Stadt.«

»Ein Zimmer! Ihr würdet euch hier treffen, wenn ich nicht hereingeschneit wäre, oder?«

»Hör mal zu, Brenda Whittier. Diesem Bastard von Donald ist etwas gelungen, was die meisten versuchen - er hat dein Selbstvertrauen untergraben, deine Widerstandskraft gebrochen und dich dressiert, als seist du eine Art Haustier. Dich für seine Zwecke gezähmt. Die Männer haben da verschiedene Methoden und auch verschiedene Ziele. Und wir erziehen auf unsere Weise an ihnen herum. Wenn eine Ehe schlecht geworden ist, kaputt, dann braucht man einen Ort, wo man sich erholen und seine Wunden lecken kann.«

»Ich mache da nicht mit, Charl. Nein. Ich nehme mir ein Motelzimmer. Noch heute nacht.«

»Unsinn. Es gibt um diese Jahreszeit kein freies Zimmer im

ganzen Staat, und wenn du den Jungen aufweckst, bekommst du es mit mir zu tun.«

Als Brenda aufstand und sich abwandte, eilte Charlene zu ihr hin und flüsterte ihr ins Ohr: »Hab's nicht bös gemeint. Aber du bist hier willkommen, und ich möchte, daß du hier bleibst.«

»Ich weiß.« Kamen ihr die Tränen? »Ich weiß es.« Trotzdem wollte sie hier nicht länger stören. »Ich bin . . . dir dankbar.«

Charlene umarmte sie einmal kräftig. »Ich will deine verdammte Dankbarkeit nicht. Ich will, daß du dich erholst.«

Eine Stunde später stand Charlene in einem anderen Hosenanzug und mit einem Handköfferchen im Türrahmen. »Schließ alles gut zu. Es hat in der Nachbarschaft keine Vergewaltigungen gegeben, aber die Zeitung ist voll davon. Ich gehe von Mal gleich zur Arbeit und habe später eine Verabredung am Golfplatz. Kommst du allein zurecht?«

»Klar. Ich werde Toby vom Strand fernhalten.«

»Vor zehn und nach fünf, das ist die Regel der Einheimischen. Nur die Touristen bevölkern den Strand in der Zwischenzeit und bekommen einen Sonnenbrand. Sei lieb zu deinem Sohn, sonst bekommst du es mit mir zu tun.« Und, als Brenda lächelte: »Und zu dir auch. Gönn dir etwas. Selbstmitleid ist gut für die Seele. Es läutert sie. Glaub jemand, der sich da auskennt.«

Nachdem der weiße Kombi aus ihrem Blickfeld verschwunden war, schob Brenda die Schiebetüren zu. Dann ging sie zu dem Telefon, das auf einem Tischchen in einem der Alkoven stand. Sie hatte einen Entschluß gefaßt. Je eher, desto besser.

Unbekümmert – wer würde schon daran denken, Anrufe an Preston Brices Nummer zu verfolgen? – ließ sie sich von der Fernsprechauskunft die Rufnummer geben und wählte.

»Hallo?«

»Lucy?«

»Ja. Wer spricht dort?«

»Lucy, ich bin's, Brenda. Brenda Forrest.«

Schweigen.

Dann: »Ja? Was willst du?«

»Ist Preston zu Hause?«

»Er ist schon im Bett. Kann ich dir helfen? Bist du wieder zurück?«

»Nein. Ich komme nicht zurück.« Das war eine Entscheidung, die in ihrem Inneren gefallen war, ohne daß sie es gemerkt hatte.

»Ich möchte nur eines. Den Namen eines Anwalts in Sarasota, Florida. Jemand, den Preston empfiehlt.«

»Brenda ... Preston will mit dieser Sache nichts mehr zu tun haben.«

»Ich will doch nur, daß er mir den Namen durchtelefoniert. Per R-Gespräch. Vorwahl 813, Nummer 555-3887. Hast du das aufgeschrieben?«

»Ich richte es ihm aus.«

»Lucy, was ist denn los?«

»Was los ist? Ach ja, davon kannst du ja nichts wissen. Aber ich will es dir sagen! Dein werter Gatte gehört ins Gefängnis. Er hat am Sonnabend versucht, uns umzubringen. Er hat uns von der Straße abgedrängt! Wir haben Glück, daß wir noch leben. Gute Nacht.«

Klick. Sie saß da und hielt den Hörer in der Hand.

Und jetzt wußte Lucy Brice, wo sie war.

White Street ... war er in der White Street? Im heruntergekommenen Vergnügungsviertel von Danbury, Connecticut? Der ehrenwerte Donald Forrest und die anderen versoffenen Bummelbrüder und Tagediebe. Wie spät war es? War ja egal.

Alles war egal.

Nein, Junge, stimmt nicht.

Brenda war nicht egal.

Er bog um eine Ecke. Wie spät mochte es sein? Er sah das Neonlicht einer Bar. Letzter Stopp heute nacht.

Brenda, wo bist du?

Er wartete auf das Klicken in seinem Gehirn. Sesam, öffne dich – dahinter lag die graue, tote Welt, in der er nicht mehr zu denken brauchte.

Brenda, Liebling, wo bist du denn?

Und Toby. Er vermißte Toby. Er hatte nicht gemerkt, wie

sehr ihm der kleine Bursche abging, bis er sein Zimmer aufräumte. Tut mir leid, Kleiner. Dad wird es wieder gutmachen.

Er kam an der Post vorbei, ging quer über die Hauptstraße zum Greene-Hotel. Er torkelte nicht. Er war fast sicher, daß er noch gerade gehen konnte. Aber der Teufel sollte ihn holen, wenn er eine Ahnung hatte, wo der Mercedes abgeblieben war. Morgen würde er ihn schon wieder finden. Mittwoch. Morgen war ein neuer Tag.

Ohne Brenda.

Ich habe das ganze Haus aufgeräumt und saubergemacht, Darling. Jedes Zimmer. Ganz allein. Sogar die Böden hab ich gewienert. Hab die kaputten Möbel, den ganzen Schutt abtransportieren lassen. Wir kaufen neue Möbel. Nur die schönsten. Wir machen einen ausgedehnten Einkaufsbummel. Das wird ein Spaß! Denkst du noch daran, wie wir das Haus eingerichtet haben, Brenda? Alles, was dein Herz begehrt, alles für dich, Liebling . . .

Es war nicht mehr das Greene-Hotel. Das war vor Jahren, als er noch ein Junge war. Jetzt war es eine Art Motel. Aber die Empfangshalle mit Bar wirkte einladend. Nicht so elegant wie im Klub, aber schummrig, mit Musik und leer bis auf eine Figur am Ende der Theke.

Brenda, ich flehe dich an, wo, zum Teufel, steckst du?

»Hallo, Don. Das übliche?«

»Na schön.« Hab vergessen, wie du heißt.

»Jack Daniels. Doppelt. Richtig?«

Phoenix. Phoenix, Arizona. Quatsch! Wenn du in Phoenix wärst, Brenda, dann hättest du es nicht deiner Mutter verraten. Oder wenn du es ihr gesagt hättest, hätte sie mich nicht eigens angerufen, um es mir mitzuteilen. Eine Verschwörung. Alle stecken unter einer Decke. Lügen. Du weißt genau, Brenda, daß ich kommen werde, sobald ich herausgekriegt habe, wo du wirklich steckst! Und du weißt, warum. Und wenn du mich siehst, wenn du merkst, was ich wirklich für dich empfinde, wie ich mich verändert habe . . .

Du weißt, wie ich Lügen hasse, du kleines Miststück.

»Wir schließen in zehn Minuten.«

»Dann noch einen. Schlaftrunk, richtig?«

»Sind Sie sicher?«

»Ich bin überhaupt nicht mehr sicher.«

Wo du auch bist, ich weiß, was du treibst, du kleines Miststück.

Nein, Liebling, ich meine es nicht ernst, ich kenne dich besser.

»Du trinkst allein, Don?«

»Woher kennst du meinen Namen?«

Das Mädchen lachte. Es klang hübsch. Jung. »Knurr mich nicht an, Don.« Er hatte gar nicht gemerkt, daß sie sich neben ihn an die Theke gesetzt hatte. »Charlie hat mir gesagt, wer du bist. Charlie, der Barkeeper.«

Du tanzt mit einem anderen Mann, oder nicht, Brenda? Nicht nur das ... du küßt ihn ... sein Körper gegen deinen gepreßt, seine Hände an deinem Rücken, um deinen Hals, in deinem Haar ...

»Du willst mich zu einem Drink einladen? Danke, Don.«

Er nickte nur. Nein, du bist nicht beim Tanzen. Du bist im Bett. Nackt. Er starrt dich an. Diesen wunderschönen, weichen, nackten Körper. Nackt. Du liegst da, nackt, bereit.

»Hast du deinen Wagen mit, Don?«

»Ich kenne dich nicht, oder?«

Er beugt sich über dich. Ich bringe den Hurensohn um, wenn er dich berührt.

»Ist ja auch egal. Jedenfalls gehen wir zusammen, okay?« Wieder das gurrende Lachen.

Na schön, Brenda, wenn du es so willst, das kann ich auch ...

»Wirklich?« Er betrachtete das Mädchen. Ihr Gesicht verschwamm in den Rauchschwaden und dem schummrigen Licht. Liebe Güte, sie war bildhübsch. Ein Kind. Und ihr enges Kleid hatte einen endlos tiefen Ausschnitt.

»Ich weiß nicht mal, wie du heißt.«

»Sandy. Wegen meiner Haarfarbe. Sie ist so hell wie deine. Bist du nie Sandy gerufen worden?«

»Mich nennen sie Bastard. Manche nennen mich sogar Mister Bastard.«

»Sie machen das Licht aus. Ich habe oben ein Zimmer. Oder willst du ein Taxi?«

»Oben?«

Sie hielt das für komisch. »Es gibt einen Aufzug, du Dummkopf.«

Er stand auf. Warf einen Geldschein auf die Theke. Spürte, wie sie ihn bei der Hand nahm. Romantisch. Ein Seitensprung mit einer Nutte. Aber er wollte verdammt sein, wenn sie so aussah. Heutzutage schauen nicht einmal mehr die Huren wie Huren aus.

Außer dem jungen Mann an der Rezeption, der sie mürrisch über den Rand des *Playboy* musterte, war die Empfangshalle verlassen. Im engen Aufzug schaute er auf das Mädchen herunter.

»Schau mich nicht so an. Was denkst du?«

»Nichts.«

»Du schaust so wild. Als wolltest du mich fressen.« Sie kuschelte sich an ihn.

»Ich bin Studentin und muß irgendwie Geld verdienen. Macht viel mehr Spaß als Bedienung spielen. Und bringt eine Menge mehr Geld.«

Fast hätte er aufgelacht. Konnte nicht. Das Lachen war ihm vergangen. Brenda und er waren immer so vergnügt gewesen. Wann? Wie lang war das schon her? Er fühlte sich elend und leer.

»Oberster Stock«, sagte das Mädchen und preßte ihren festen Busen an seine Brust. »Alle Mann an Bord.«

Er merkte, daß der Aufzug stoppte, die Tür aufglitt; er zitterte. »Wieviel?«

Er trat nicht auf den Korridor hinaus. Sie auch nicht. Er konnte sie nur anstarren. Bildhübsch, schön, aber . . .

»Don«, hörte er sie sagen, und ihre Zunge fuhr über die Lippen, »was ist denn mit dir los? Du solltest deine Augen sehen.«

Er roch ihr Parfüm, chemisch süßlich, wie getrocknete, tote Blumen, unecht. Brenda hatte nie Parfüm benutzt, sie roch nach sich selbst, sauber und frisch. Plötzlich haßte er das Mädchen. Gallebitter stieg es in ihm auf.

»Steigen wir nicht aus?«

Er konnte nur den Kopf schütteln. Sein Schädel zerbarst fast vor Haß.

»Wieviel?« fauchte er sie an.

»Warte bis nachher, Don. Ich vertraue dir.«

Aber er holte seine Brieftasche aus der Tasche und zog, während ihr Gesicht vor seinen Augen verschwamm, einen Fünfziger heraus. Es mußte ein Fünfziger sein, weil er zwanzig davon eingesteckt hatte, für den Fall, daß Collins zu einer Zeit anrufen sollte, wenn die Banken geschlossen hatten. *Dieser Bursche Collins behauptet, daß seine Firma jeden Menschen finden kann.* Ohne hinzusehen, steckte er den Geldschein dem Mädchen in den Ausschnitt zwischen die Brüste. Sie waren fest, zu fest, straff und kalt.

Sie verzog gekränkt das Gesicht. »Ich tu es nicht nur wegen dem Geld.« Sie klang enttäuscht, wie ein gescholtenes Kind. »Du weißt nicht, was du dir entgehen läßt.«

»Ach, Scheiße.« Seine Stimme dröhnte hohl durch den verlassenen Korridor. »Mach, daß du rauskommst!«

Sandy setzte sich in Bewegung, schnell, vorsichtig, aber nicht eingeschüchtert. In sicherer Entfernung wandte sie sich um und schaute ihn verblüfft an, etwas zornig und gleichzeitig verschreckt. »Ich weiß nicht, wer Brenda ist, aber ich weiß auch nicht, ob man sie bedauern oder beneiden soll.«

Er drückte auf den Knopf.

»Bist du betrunken oder high oder verrückt oder was?«

Die Tür glitt zu. Einen Moment lang tat sie ihm leid. Er hätte ihr gern noch gesagt, daß er nichts gegen sie persönlich hatte, aber da war es schon zu spät. Allein fuhr er nach unten.

Er versuchte, tief durchzuatmen.

Die schmerzliche Leere in seinem Inneren war wie Hunger, ein Druck, der sich als Schmerz oder Gewalttätigkeit entladen konnte.

Wenn Brenda allein mit einem Mann in einem Aufzug war, mit einem Fremden . . .

Die Frauen sind alle gleich. In Wirklichkeit ist eine wie die andere.

An der Rezeption bat er den mürrischen jungen Mann, ihm ein Taxi zu rufen.

Brenda war nicht wie andere Frauen.

Oder wie seine Mutter.

Brenda, niemand anderer darf dich besitzen. Wenn jemand anderer dich auch nur berührt . . .

Er brauchte noch einen Drink. Noch ein paar, damit seine Gedanken endlich ausklickten. Mit einem Klick, das ihn in die tote graue Welt entführte . . .

Zusammengesunken hockte er im Taxi. Draußen huschte das vertraute Stadtbild schemenhaft vorbei. Steinbergs Herrenausstatter. Darüber das bescheidene Büro der Forsythe-Auskunftei. *Ihr Vater hat sich nicht geirrt. Wir sind in neunzig Prozent solcher Fälle erfolgreich,* hatte sich der schmächtige Mr. Collins gebrüstet. *Meistens gehen sie zu jemandem, den sie kennen. Zu Verwandten. Alten Freunden. Manchmal ist es ein Mann, dessen Name der Ehemann noch nie gehört hat. Mit diesem Adressenbuch ist es ein Kinderspiel, Mr. Forrest. Mit unseren Methoden ist es eine Frage von Tagen, bis wir sie gefunden haben, vielleicht sogar nur von Stunden. Warten Sie nur in Ruhe ab und sorgen Sie dafür, daß wir Sie jederzeit erreichen können.*

»Ein bißchen schneller, Mister«, knurrte er.

Irrtum, Mr. Collins, Irrtum. Es kann sich nicht um einen Mann handeln, von dem der Ehemann keine Ahnung hat. Nicht bei Brenda. Wahrscheinlich erwartete sie ihn bereits zu Hause. *Tut mir leid, Donald. Ich bin umgekehrt und heimgekommen. Toby schläft oben. Du weißt, daß ich dich niemals verlassen kann, Liebling.* Mit Tränen in den Augen würde sie sich in seine Arme werfen . . .

Als das Taxi anhielt, sah er das Licht im Wohnzimmer und über dem Eingang und erinnerte sich, beides angelassen zu haben. Und noch ehe er die Tür erreicht hatte, wußte er: Sie war nicht da.

Schon in der Diele spürte er die kalte Leere des Hauses, die von allen Seiten auf ihn eindrang. Keine Möbel. Nackte Wände. Und Schweigen. Er meldete sich ohne Überzeugung beim Telefon-Auftragsdienst, doch sie hatte nicht angerufen, weder zu Hause noch im Büro.

Wieder erfüllte ihn dieser selbstzerstörerische Haß. Aber er hatte es nicht anders verdient.

Er mußte mit ihr reden, ihr begreifbar machen, daß er seine Schuld einsah. Und daß er sich geändert hatte.

Sie würde Verständnis aufbringen, ihm vergeben. Brenda liebte ihn noch immer. Sie hatte ihn immer geliebt, und das würde sich nicht ändern. Sie war die einzige, die ihn liebte. Ebenso, wie er sie liebte.

Und immer lieben würde.

Und sobald er festgestellt hatte, wo sie sich aufhielt, sobald er bei ihr war: *O Gott, Donald, ich habe dich so vermißt. Ich bin froh, daß du da bist. Bring mich nach Hause. Wir wollen beide heim, wo wir hingehören.*

Er kannte Brenda doch.

Aber als er die Stufen hinaufstieg, mit schmerzenden Muskeln, mit sich überschlagenden Gedanken, weil er noch einen Drink brauchte, überfiel ihn wieder der Zorn. Wie immer fühlte er sich seinem wild lodernden Ansturm hilflos ausgeliefert. Oh, Gott, dieses Gefühl haßte und fürchtete er am meisten – diese Hilflosigkeit. Als habe er keinen eigenen Willen.

Manchmal ist es ein Mann, dessen Name der Ehemann noch nie gehört hat.

Wenn es ein Mann war . . .

Was dann?

Niemand wird sie jemals besitzen. Wenn ein anderer sie auch nur anrührt . . .

Was, zum Teufel, wirst du tun? Was *kannst* du tun?

Ich bringe den Hurensohn um.

Du kannst nicht einfach einen Menschen töten.

Ich würde sogar sie umbringen.

Klick. Auf dem Weg ins Schlafzimmer wurde die Welt um ihn schlagartig tot und grau, dann schwarz. Und ehe er die Besinnung verlor, konnte er sich gerade noch auf das Bett fallen lassen.

2

»Lachtauben?« fragte Toby. »So lustig haben sie aber g-g-gar nicht geklungen.«

Während sie Toby Milch eingoß, lachte Charlene. »Mit Vögeln kenne ich mich nicht so aus. Aber ich höre sie gern. Du auch?«

Sie frühstückten in dem Innenhof, der sich an den versunkenen Garten anschloß. Der Tag sah wenig verheißungsvoll aus, und graue Regenwolken verhüllten den Himmel. »Laßt euch nicht vom Wetter am Morgen irritieren. Mittags kann es schon wieder heiß sein. Aber du nimmst am besten doch einen Regenmantel mit, Buddy.«

Buddy. So nannte Donald Toby gern. Und Donalds Vater seinen Sohn. Immer wieder Erinnerungen. Aber Toby ließ sich nichts anmerken.

»Wohin soll's zuerst gehen?« erkundigte sich Charlene. »Ich habe mir den ganzen Tag freigenommen – keine Arbeit, kein Golf! Heute ist Tobys Tag. Wir können Oldtimer anschauen, alte Eisenbahnen, das Muschelmuseum, den Dschungelpark. Und wenn wir noch Zeit haben, das Ringling-Zirkus-Museum. Es ist eine Zirkusstadt, Toby. Da kann man sogar Liliputanern begegnen.«

»Warum kommst du nicht mit?« fragte Toby Brenda, aber es klang nicht vorwurfsvoll.

»Ich muß mich nach einem Job umsehen«, antwortete Brenda.

»Dann . . .«, meinte Toby, und es klang nicht wie eine Frage, »fahren wir nicht mehr heim.« Er stand auf und ging nach drinnen, wobei er sich an der Schiebetür noch einmal umdrehte. »Entschuldigt ihr mich?«

Brenda nickte und versuchte ein Lächeln. Es mißglückte. Es war nur natürlich, daß Toby wieder nach Hause wollte. Würde ihr doch nicht erspart bleiben, ihm früher oder später zu erzählen, wie der Ort, den er Zuhause nannte, zugerichtet worden war?

Der Tag war geschäftig und dehnte sich endlos hin. Bewerbungen schreiben auf Zeitungsanzeigen hin, Formulare ausfüllen bei Stellenvermittlungsagenturen, Vorstellungsgespräche. Mittags, bei einem Sandwich und einer Coca-Cola an einem weißgestrichenen Tisch vor einer Dairy-Queen-Filiale, mußte sie sich eingestehen, daß es nicht leicht sein würde. Keine Berufserfahrung? Kein Zeugnis, keine Empfehlung eines früheren Arbeitgebers? Kopfschütteln bei den männlichen und weiblichen Gesprächspartnern. Lächeln – mitleidig, mitfühlend, etwas amüsiert. Aber der Gedanke an ihre rasch schwindenden Bargeldbestände trieb sie weiter. Dann fing es zu regnen an, und ein kühler Wind kam auf.

Eine sehr hagere und streng wirkende Frau mittleren Alters in einem Stellenvermittlungsbüro warf einen mißbilligenden Blick auf den vor der Tür geparkten Lancia und sagte: »Um diese Jahreszeit werden immer Bedienungen gesucht.« Na gut, warum nicht? Sie konnte es lernen. Wie sie auch schon gelernt hatte, daß man Selbstmitleid nicht damit bezwingt, daß man beschließt, es nicht zu fühlen.

Im Büro einer Druckerei hatte ein kahlköpfiger, feister Mann mit lüsternem Blick vorgeschlagen: »Es ist sowieso schon zu spät. Gehen wir um die Ecke in die Fünf-Uhr-Bar und besprechen alles bei einem Drink.« Nein, danke, mein Lieber.

Aber im allgemeinen waren die Leute freundlich und angenehm. Wie auch die Menschen auf der Straße. Einige nickten ihr zu, manche sprachen sie an, die meisten lächelten. Und ihr fiel wieder der Unterschied zwischen hier und Connecticut auf. Trotz der frustrierenden Erfahrung bei der Stellensuche wuchs ihr das Städtchen mehr und mehr ans Herz.

Aber sie mußte immer an Toby denken. An seine Bedürfnisse. Was für ein Recht hatte sie als Mutter, das Kind zu entwurzeln, nur weil sie als Ehefrau ein Versager war?

Plötzlich hörte der Regen auf, so schnell, wie er begonnen hatte. Sie überquerte die Brücke im strahlenden Sonnenschein, der auf dem nassen Pflaster und der gekräuselten Wasseroberfläche glitzerte.

Sie konnte den Wagen verkaufen. Er lief auf ihren Namen. Brauchte sie mehr als den Kraftfahrzeugschein? Sie konnte einen gebrauchten Ford oder Chevrolet kaufen. Sie hing an dem schnittigen, blauen Sportwagen, aber zum Teufel damit: Schließlich brauchte sie Geld. Das würde ihr zusätzliche Zeit verschaffen, um einen passenden Job zu finden.

In einer Werbeagentur hatte eine Frau gesagt: *Sie haben im College Kunstgeschichte belegt. Irgendwelche beruflichen Erfahrungen in der Richtung?* Nein. Wie viele Jahre schon hatte sie nicht einmal mehr ihren Skizzenblock in die Hand genommen. Und warum? *Die Gegend hier wimmelt von Künstlern, aber an phantasievollen Werbegrafikern scheint immer Mangel zu herrschen. Tut mir leid, daß ich Ihnen nicht helfen kann.*

Hatte sie in den vergangenen Jahren einen Teil ihres Selbst eingebüßt? Wenn sie hierblieb und eine Sekretärinnenstelle auftrieb, wenn Donald nicht auftauchte und sie zum Weiterziehen zwang, dann würde sie vielleicht die Ruhe finden, ihre verschütteten künstlerischen Talente wieder auszugraben. Sie hatte in der Zeitung die Anzeige einer Kunstschule gesehen. Wenn, wenn, wenn.

Sie fand einen Parkplatz am St. Armand's Circle, einem kleinen, gras- und palmenbestandenen Platz, umgeben von eleganten Läden, vergewisserte sich, daß sie genügend Kleingeld besaß, und rief wieder die Nummer ihrer Eltern an.

Und wieder sagte ihr die warme, vorsichtige Stimme ihrer Mutter, der Vater sei nicht zu Hause.

»Schon wieder eine Fakultätsbesprechung, Mutter?«

»Etwas muß ihn aufgehalten haben, Liebes.«

»Und wie geht es Mrs. Brown?«

»Wem?«

»Deiner Freundin Margo ... ist sie noch immer im Krankenhaus?«

Langes Schweigen. Sie wartete. Sie merkte, wie sie den Hörer mit feuchten Fingern umklammert hielt.

Sie hörte ihre Mutter tief Luft holen. »Ich konnte dir noch nie lange etwas vormachen, Brenda?«

»Sag mir, was los ist.«

»Deinem Vater geht es gut. Er ist nicht mehr in Lebensgefahr.«

»Sein Herz?«

»Randy hatte einen leichten Schlaganfall. Aber er kann schon wieder sprechen. Und morgen beginnt die Therapie.«

»Kann er gehen?«

»Seine linke Seite ist in Mitleidenschaft gezogen. Ach, ich hätte dir das gern erspart. Ich mußte ihm versprechen, dir nichts zu sagen. Wir werden noch eine Weile nicht wissen, wie weit eine Besserung möglich ist.«

Paps. Lieber Paps.

»Wir fliegen heim. Heute noch.«

»Nein, nein, Brenda. Genau das will Randy auf gar keinen Fall! Und ich auch nicht.«

»Du bist ganz allein!«

»Ich habe viele Freunde, Brenda. Und du weißt doch, wie die Studenten an Randy hängen.«

»Toby und ich können bei dir bleiben.«

»Brenda, ich will dich nicht hier haben. Ich will nicht, daß du in diese Stadt kommst!«

Sie fragte nicht, warum. Eine kalte Hand umklammerte ihr Herz, und sie konnte sich eines schrecklichen Verdachts nicht erwehren. »Wann ist Paps krank geworden?«

»Sonntag nacht.«

»Und wann ist Donald vorbeigekommen?« Du brauchst nicht zu antworten. Ich will es eigentlich gar nicht wissen. »Wann?«

Aber sie wußte es ohnehin schon. »Nein, du brauchst es nicht zu sagen.«

»Donald war sehr durcheinander. Er sagte entsetzliche Dinge. Unaussprechliche . . .«

»Mutter, ich lege jetzt auf. Ich fahre zurück. Wir werden am Freitagabend dasein.«

Die Stimme ihrer Mutter klang plötzlich hart. »Kind! Du wirst nichts dergleichen tun! Er ruft dauernd hier an, und ich habe ihm gesagt, was er angerichtet hat. Mir sind die Pferde durchgegangen. Aber du hast keine Ahnung von seiner Verfassung. Ich traue ihm alles zu. Du bleibst also gefälligst, wo du bist. Verstehst du nicht, Brenda ... ich habe Angst um dich! Bleib weg, so weit wie möglich! Und, Brenda, hör zu: Du darfst dir deswegen keine Vorwürfe machen! Oh, ich kenne dich. Es ist nicht deine Schuld, begreifst du? Also tu, was ich dir sage, hörst du?«

»Ich höre, Mutter. Und sag Paps ...«

»Paps weiß, daß du ihn liebst. Und ich liebe dich auch. Mach's gut, mein Kind.«

Langsam legte sie den Hörer auf. Und ebenso langsam fuhr sie zum Haus am Westway Drive zurück. Toby wollte sie nichts von dem Anruf sagen. Ihr fiel ein, daß sie ihrer Mutter Charlenes Telefonnummer nicht gegeben hatte. Vielleicht war das gut so ...

Alles, was er anfaßt – er zerstört alles und alle, die er berührt.

Er hatte schon immer etwas gegen ihr liebevolles Verhältnis zu ihren Eltern gehabt. Ihre eigenen Eltern – als würde die Liebe zu ihnen die Liebe zu ihm verringern oder bedrohen. Es war nicht zu fassen. Alles, was geschehen war und noch geschah, schien einfach unmöglich! Sollte sie trotzdem zurückgehen? Was für ein Recht hatte Donald ...

Ein roter Jeep parkte in der Auffahrt vor dem Haus. Die Schiebetüren standen weit offen, aber Charlenes weißer Kombi war nirgends zu sehen.

Ihr erster Gedanke war, daß Donald zwar mit einem Jeep der Firma zum Flugplatz fahren mochte, sicher aber hier keinen mieten würde. Aber nach der ersten Erleichterung blieb die bange Frage: Wer war im Haus? Dann: Hatte Donald jemand angeheuert? Um ihr nachzuspionieren, sie aufzuscheuchen, sie mit Gewalt zurückzubringen?

Sie traute sich nicht, ihren Wagen zu verlassen. Keine Panik jetzt, du kleine Närrin, redete sie sich zu. Reiß dich am Riemen.

Eine Gestalt erschien hinter dem dunklen Rahmen der Schiebetür und öffnete sie langsam.

Der Mann dort war nicht besonders groß und ziemlich schlank. Er trug ein blaues Hemd, sandfarbene Jeans und schmutzige Tennisschuhe. Er kam heraus. Sein Haar war voll, aber recht kurz geschnitten und von der rostroten Farbe, wie sie sie bei Vollblutpferden gesehen hatte. Sein zartknochiges Gesicht wurde von einem kurzgetrimmten, ebenfalls roten Bart mehr eingerahmt als verdeckt.

Als sie sich noch immer nicht rührte, sagte er: »Hallo. Ich bin Charlenes Bruder.« Hatte er ihre Anspannung und Angst bemerkt? »Sie müssen Brenda sein.«

Sie machte den Schlag auf und stieg aus. Was wußte er? Wieviel konnte er wissen, da sie doch Charlene gegenüber recht wortkarg gewesen war?

»Ja, die bin ich«, erwiderte sie und streckte ihm die Hand entgegen. Seine Hand war schmal, aber schwielig, und sein Griff erstaunlich kräftig. Erstaunt stellte sie fest, daß er ein paar Zentimeter größer war als sie. »Sie sind der Mann, der den wunderschönen Pelikan geschnitzt hat, den mein Sohn so liebt. Nicht, daß er mir nicht auch gefällt!« Sie ging in den kühlen Wohnraum. »Ich finde ihn sehr schön. Sie heißen Barry und wohnen auf einer Insel namens Anna Maria.«

Er war ihr nachgekommen. Seine Lippen und der Bart kräuselten sich zu einem Lächeln. »Entspannen Sie sich, Brenda«, sagte er, und in seinen dunkelbraunen Augen blitzte Belustigung auf. »Ich bin nur vorbeigekommen, um Orangen zu bringen. Eine alte Gewohnheit.« Es klang fast wie eine Entschuldigung. Und plötzlich wurde ihr klar, daß der Mann ebenso verlegen war wie sie. Und schüchtern. So schüchtern, wie Toby oft war.

»Charl muß bald zurücksein«, hörte sie sich sagen und merkte, daß sie ganz seltsam auf seine Gegenwart reagierte. »Möchten Sie einen Drink?«

Wieder das leise Lächeln. »Eigentlich nicht.« Was heißen konnte, daß er die Bar selbst finden würde. Oder daß er nicht bleiben wollte. Oder daß er sich für sein Eindringen entschuldigte. Der Mann war ihr ein Rätsel, und sie wußte nicht so recht, ob sie ihn sympathisch fand oder nicht. Jedenfalls konnte sie keine Ähnlichkeit mit seiner Schwester feststellen. »Aber wenn Sie einen möchten, leiste ich Ihnen Gesellschaft.«

Sie brauchen mir keinen Gefallen zu tun! »Ich habe versucht, eine Stelle zu finden. Ich glaube, ich kann jetzt einen Drink vertragen.«

Aber der eigentliche Grund war, daß sie eine Entscheidung treffen mußte und das nicht konnte, solange dieser verdammte Fremdling hier war.

Aber eigentlich war doch sie der Eindringling, nicht er!

»Was möchten Sie trinken?« erkundigte er sich, während er zu dem von ihm entworfenen und gebauten Barschrank ging, mit einem Hinken, wie sie feststellte. »Meistens hat sie alles vorrätig außer Gin.«

»Bitte einen Scotch. Soll ich Eis holen?«

»Eis ist gut im Sommer. Und für Touristen. Oder möchten Sie welches?«

»Ich passe mich den Einheimischen an.«

Sie sank auf eine Couch in der Sitzgrube und schlug die Beine unter. Entspanne dich, Brenda, wie der Mann gesagt hat. Wenn du dich zum Wegfahren entschließt, hast du in einer knappen Stunde gepackt. Und es wäre klüger, am Morgen die Zelte abzubrechen.

Schon wieder *wenn* . . .

Er setzte sich ihr gegenüber an den flachen Cocktailtisch und steckte eine Pfeife an. Seine Augenbrauen waren ebenfalls rot, und die Haare auf seinen Handrücken schimmerten rotgolden im schrägen Sonnenlicht.

»Heute versäumt Charlene ihren Sonnenuntergang«, sagte Brenda und überlegte sich, wann sie jemals so verlegen um ein Gesprächsthema gewesen war.

»Kaum«, konstatierte der Mann, und Brenda vergegenwärtigte sich, was sie über ihn wußte: daß er etwas älter als seine Schwester war, auf derselben Farm in Wisconsin aufgewachsen sein mußte, daß er Witwer war, ein Einzelgänger. Und *ein ungeheuer sanfter Mann,* wie Charlene gesagt hatte. Von Konversation schien er offensichtlich nichts zu halten.

»Ist das Ihre Beschäftigung – häßliche Dinge wie Pelikane schnitzen und sie schön machen?«

Er zog eine Augenbraue hoch. »Das ist eines der nettesten Komplimente, die ich jemals bekommen habe.«

»Gern geschehen.« Es erstaunte sie, aber sie wäre noch zu mehr Zugeständnissen bereit gewesen. Der Whisky glättete eine tief verborgene Unsicherheit. Und auch die Atmosphäre der Gelassenheit, die das Zimmer ausstrahlte, hatte eine beruhigende Wirkung. Und die Wärme der hereinströmenden Sonne. Sie merkte auf einmal, daß keine Notwendigkeit für ein krampfhaftes Gespräch bestand. Obgleich sie allein im Haus mit einem Fremden war. Höchst merkwürdig.

Er stellte keine Fragen, schien ihre Gegenwart, ihre Person zu akzeptieren, mit der gleichen Selbstverständlichkeit wie Charlene. »Charlene und ich haben eine Freundin auf der Anna-Maria-Insel«, sagte Barry und blies den Rauch aus. »Sie schreibt Kinderbücher. Eigentlich Geschichten. Möchten Sie sie kennenlernen?«

»Gern. Aber ich reise morgen vielleicht schon ab.«

Darauf ging er nicht ein. »Sie tippt ihre eigenen Manuskripte. Hauptsächlich, weil sie niemand finden konnte, den sie mag, der ihr die Arbeit abnimmt.«

Was sollte das heißen? Ein Vorschlag? »Ich schreibe nicht sehr flüssig Maschine«, warf sie vorsichtig ein.

»Mag sein, aber Sie werden ihr gefallen.«

»Woher wollen Sie das wissen?«

»Ich kenne Lavinia.«

»Aber Sie kennen mich nicht.«

»Ich weiß jedenfalls, daß Sie morgen nicht wegfahren.«

»Woher wissen Sie das?«

Er zuckte die Achseln und leerte das Glas. »Sie fahren doch nicht weg, oder?«

»Nein.«

Wieder ein Achselzucken.

Sie richtete sich auf. »Sie reden daher wie ein Narr, das ist Ihnen doch klar?«

Wieder das Achselzucken, begleitet von einem ernsten Blick.

»Sie kennen mich nicht. Vielleicht bin ich ein Narr.« Dann ein entwaffnendes Lächeln.

Sie entknotete ihre Beine und stand auf. Was, zum Teufel, ging eigentlich vor? Es war schon Jahre her, daß sie – ungeachtet Donalds abscheulicher Verdächtigungen – so auf einen Mann reagiert hatte. »Wahrscheinlich sind wir beide Narren.« Plötzlich war sie wütend. Auf ihn. Auf Charlene. Auf sich. Hauptsächlich auf sich. »Ich gehe packen.«

Er erhob sich ebenfalls. »Wegen mir?« Sein Ton klang verlegen, bedauernd, fast jungenhaft. »Wegen mir wollen Sie weggehen?«

»Nein. Wegen ... wegen meines Vaters. Er ist krank. Er braucht mich.«

Du bleibst gefälligst, wo du bist!

Es hupte draußen, und Autoreifen knirschten über den Kies. Plötzlich schwach vor Erleichterung, wartete Brenda, während Barry mit einigen hinkenden und zugleich leichtfüßigen Schritten bei der Schiebetür war und sie öffnete. Sie sah, wie Charlene ihren Bruder umarmte und küßte – die ohne Scheu gezeigte Zuneigung zwischen ihnen war ebenso erstaunlich wie alles, was in der vergangenen halben Stunde passiert war –, ehe Toby ihre Aufmerksamkeit forderte.

Er trug eine ausgestopfte Giraffe und konnte vor Aufregung nicht stillstehen. Er strahlte: »Ich durfte die Züge selbst fahren lassen, und Akrobaten waren da und ein Zauberer. Und, Mama, hör zu! Da ist ein Haus wie ein Palast. Es hat dem Mann gehört, der den Zirkus Ringling, Barnum und Baily gegründet hat, in dem wir in Hartford waren, erinnerst du dich? Und im Dschungelgarten haben sie Vögel aus der ganzen Welt.«

Charlene stellte Toby ihrem Bruder vor. Sie schüttelten sich ernsthaft die Hand, und beide nickten befangen. Dann ließ sich Charlene auf die Couch fallen. »Dein Sohn hat sich auf eine lautstarke Debatte mit einem Kakadu eingelassen. Sie mußten uns hinauswerfen, als sie schließen wollten.«

»O Mama, du mußt es dir einfach anschauen! Und die Flamingos. Ich gehe morgen mit dir hin.«

Sie konnte es ihm nicht sagen. Aber es führte kein Weg

daran vorbei. »Toby, Liebling ... ich glaube, wir müssen morgen heim.« Sie sah, wie sein gerötetes Gesicht starr und verschlossen wurde. Sie blickte in seine erstaunten Augen, sah Kummer darin und dann aufflackernde Wut.

Aber auf seine Reaktion war sie nicht vorbereitet.

»Ich komme nicht mit«, sagte Toby. »Ich will nicht.« Er schleuderte die Giraffe von sich. Wild. Mit einem dumpfen Poltern prallte sie gegen die Glaswand, die das Wohnzimmer vom versunkenen japanischen Garten trennte.

Toby baute sich widerspenstig vor ihr auf.

Da riß Brenda der Geduldsfaden, und die während des ganzen Tages mühsam unterdrückte Spannung entlud sich. »Du kommst mit, wenn ich es sage«, erklärte sie mit einer verbissenen Härte im Ton.

Sofort tat es ihr leid.

Toby machte auf dem Absatz kehrt und rannte hinaus.

Charlene wollte ihm nach, überlegte es sich aber anders. »Die Sonne wird ihm jetzt nicht mehr schaden.« Und zu Brenda gewandt: »Wenn du dich jetzt nicht entschuldigst, ist das das Ende unserer langen, schönen Freundschaft.«

»Wie komme ich dazu, mich zu entschuldigen?« fauchte Brenda. Dann fiel ihr Blick auf Barry, der – zu seinem Glück – nicht feixte.

»Nett, Sie kennengelernt zu haben«, hörte sie sich murmeln. »Ich darf mich jetzt zurückziehen.«

In ihrem Zimmer riß sie die Koffer heraus. Und begann zu weinen. Wie das dumme kleine Kind, das sie war, immer gewesen war und immer bleiben würde ...

Plötzlich gab es ihr einen Ruck.

War es möglich?

Ja. Toby stotterte nicht mehr.

Toby hatte nicht ein einziges Mal gestottert, seitdem er nach Hause gekommen war.

Ihr Entschluß stand fest.

»Sarasota in Florida, 1168 Westway. Lido Shores. Haben Sie alles notiert, Mr. Forrest?«

»Florida?«

»Wenn Sie zu mir ins Büro kommen, können Sie den schriftlichen Bericht mitnehmen.«

»Ich habe es verdammt noch mal aufgeschrieben, aber sind Sie wirklich sicher?«

»Mr. Forrest, wenn ich nicht sicher wäre, hätte ich Sie nicht mitten in der Nacht angerufen.«

»Wie . . . wieso wissen Sie das alles?«

»Das Haus gehört einem gewissen Jason Drake, Schriftsteller und Bühnenautor, der sich zur Zeit geschäftlich in New York aufhält.«

»Wie haben Sie die Adresse herausgebracht, Collins?«

»Geschäftsgeheimnis.«

»Unsinn. Spielen Sie nicht Humphrey Bogart. Schließlich zahle ich dafür.«

»Immer mit der Ruhe, junger Mann. Zwei Ferngespräche wurden mit der Wohnung von Professor und Frau Whittier in Danbury geführt, beide von Telefonzellen am St. Armand's Circle in Sarasota, Florida. Die Whittiers sind doch ihre Eltern, oder?«

»Sie haben ihr Telefon angezapft, habe ich recht?«

»Das war nicht nötig. Unsere Methoden sind weniger primitiv.«

»Gewährsleute in der Telefongesellschaft, stimmt's? Dafür werde ich einiges blechen müssen.«

»Hören Sie mal, Mr. Forrest, meinen Sie, daß Sie in der richtigen Verfassung sind für dieses Gespräch?«

»Zwei Ferngespräche. Beweist gar nichts.«

»Das allein vielleicht nicht. Übrigens, was gesprochen wurde, wissen wir nicht. Aber Sie haben mir das Adressenbüchlein Ihrer Frau gegeben, wie Sie sich erinnern werden. Die einzige Freundin in Florida ist eine Mrs. Charlene Scherwin. Sie steht unter einer früheren Adresse drin, wohnt aber jetzt in dem Haus in Lido Shores. Knapp einen Kilometer vom St. Armand's Circle entfernt.«

»Soll ich Ihnen jetzt vielleicht gratulieren? Was beweist das alles schon?«

»Nun hören Sie mal zu, Mr. Forrest. Ich merke, daß Sie getrunken haben, aber jetzt greifen Sie meine Berufsehre an.«

»Komischer Kauz. Sonst haben Sie keine Sorgen? Ist das alles, was Sie ausgegraben haben?«

»Es reicht. Einer unserer Agenten in unserer Niederlassung in Tampa hat die Auskünfte bestätigt. Mrs. Scherwin hat wieder ihren Mädchennamen Conrad angenommen und fährt einen weißen Ford Kombi. Aber derzeit parkt vor dem Haus nur ein anderer Wagen, ein Fiat, um genau zu sein: ein blauer Lancia Zagato. Sie haben mir selbst die Beschreibung und die Zulassungsnummer gegeben. Möchten Sie die Telefonnummer haben?«

»Die werde ich nicht brauchen.«

»Trotzdem ... haben Sie einen Bleistift?«

»Ich brauche keinen Bleistift. Ich habe ein gutes Gedächtnis.«

»Also 555-3887. Vorwahl 813.«

»Was glauben Sie eigentlich, was ich vorhabe? Das kleine Miststück warnen, daß ich komme?«

»Die Nummer steht nicht im Telefonbuch.«

»Schicken Sie mir die Rechnung.«

»Falls Sie an Ort und Stelle noch Hilfe brauchen, unsere Niederlassung in Tampa steht Ihnen gern zur Verfügung.«

»Ich brauche keine Hilfe – es sei denn, Sie haben sich geirrt. Dann werden *Sie* Hilfe brauchen.«

»Wir irren uns nie, Mr. Forrest.«

»Selbst Gott ist nicht unfehlbar.«

»Wenn wir noch etwas für Sie tun können ...«

»Sie können sich verpissen.«

»Mit Vergnügen, Mr. Forrest.«

Preston Brice hatte den Termin telefonisch von Connecticut aus arrangiert. Als er ihn ihr durchgab, klang er höflich distanziert, ebenso wie seine Frau Lucy bei dem Telefonat am Dienstagabend. Er hatte Donald nicht von sich aus erwähnt, sondern antwortete erst auf ihre Frage hin, daß er sich seines Wissens noch in der Stadt aufhielt. Der arme Preston schien sehr erleichtert, sie an seinen Studienfreund Rex Maynard empfehlen zu können – auf diese Weise hatte er mit der Sache nichts mehr zu tun. Doch das Gespräch in der kleinen, aber eleganten Anwaltskanzlei von Rex Maynard lief nicht gerade gut. Der Rechtsanwalt, ein hochgewachsener, magerer Mann von etwa vierzig, mit einem Bierbauch, Sommersprossen und schütterem, braunem Haar, war bis hin zu seinem Brillengestell in verschiedene Brauntöne gekleidet; er reagierte verbindlich, aber skeptisch. Brenda störte es nicht, taxiert zu werden, aber seine forschenden Blicke gaben ihr das Gefühl, selbst auf der Anklagebank zu sitzen. Als sei ihre Glaubwürdigkeit von vorneherein anzuzweifeln.

Er hatte ihr den grundlegenden Unterschied zwischen der Trennung einer Ehe – wie sie in Florida Gesetz war – und der Scheidung in anderen Staaten erklärt. In Florida wird eine Ehe einfach getrennt, niemand gewinnt, niemand verliert. Dafür müsse sie ihren Wohnsitz mindestens sechs Monate in Florida haben, ehe sie die Trennung erreichen könne. Das bedeutete, daß sie dort auch wirklich wohnen und die Absicht haben mußte, auf Dauer dazubleiben. Später könnte er sie beraten, wie dieser Status einem Richter glaubhaft gemacht werden konnte, aber für den Augenblick sollte sie lediglich einen in Florida ausgestellten Führerschein beantragen, sich Zulassungsschilder des Staates besorgen und bei der Stadtverwaltung ihren Wohnsitz anmelden.

»Später werden Sie einen Zeugen brauchen, der den Wohnsitz bestätigt. Wenn Sie dazu wirklich bereit sind . . .«

Es klang nicht eigentlich wie eine Frage, aber sie beantwortete sie dennoch: »Ich bin zu allem bereit.«

Er zog die Brauen hoch. »Sind Sie sicher, daß Sie nicht eine Weile getrennt leben wollen?«

»Ich will eine Scheidung.«

»Eine offizielle Trennung könnte vom Richter als Bemühung Ihrerseits, die Ehe zu retten, interpretiert werden.«

»Ich will die Ehe nicht retten.«

»Es ist eventuell möglich, Mrs. Forrest, von Ihrem Mann für die Zwischenzeit Unterhalt zu fordern. Sie haben erwähnt, daß Sie auf Stellungssuche sind.«

»Ich werde etwas finden. Auf keinen Fall darf mein Mann erfahren, wo ich mich aufhalte.« Sie beugte sich gespannt vor. »Wird er es erfahren müssen? Auch *nach* sechs Monaten?«

»Ja und nein. Es gibt Wege, das zu umgehen, die wir besprechen können, wenn die Zeit gekommen ist.« Als sie nichts dazu sagte, sondern nur mit steifem Rücken dasaß, fuhr er fort: »Der Richter muß überzeugt sein, daß die Ehe hoffnungslos zerrüttet ist. Es macht die Dinge immer leichter, wenn sich die beiden Partner einig sind und ihre Differenzen vor dem Gerichtstermin beigelegt haben.«

»Darauf läßt sich mein Mann nie ein!«

Rex Maynard blickte gedankenverloren. »Dann wird es problematisch.«

»Wenn er meinen Aufenthaltsort nicht erfährt, Sie sagten, da gäbe es Wege?«

Rex Maynard stützte sich mit den Ellbogen auf die Schreibtischplatte. »Erlauben Sie mir eine Frage, Mrs. Forrest: Glauben Sie, daß Sie sich ein ganzes Jahr lang vor Ihrem Mann verstecken können?«

»Ein Jahr?«

»Nachdem Sie hier Ihren Wohnsitz aufgeschlagen und das amtlich gemacht haben, wird es noch vier bis fünf Monate bis zum Gerichtstermin dauern. Und wenn Mr. Forrest Teile Ihrer Scheidungsklage anficht . . .«

»Was zum Beispiel?«

Er neigte den schmalen Kopf. »Alles mögliche. Den Wohnsitz, Geldangelegenheiten. Das Sorgerecht für den Jungen. Hauptsächlich aber die Behauptung, daß Ihre Ehe hoffnungslos zerrüttet ist.«

»Was passiert dann?«

»Das rechtsgültige Urteil wird hinausgezögert. Besonders, da es auch um ein minderjähriges Kind geht. Im allgemeinen besteht das Gericht in solchen Fällen darauf, daß beide Partner eine Eheberatung aufsuchen. Als Versuch . . .«

». . . die Ehe zu retten, ich weiß. Und wie lange wird es dann noch dauern?«

»Der Zeitraum soll nicht länger als drei Monate sein. Das heißt noch lange nicht, daß man nach den drei Monaten sofort einen Gerichtstermin bekommt. Und wenn sich noch Differenzen wegen des Sorgerechts für das Kind ergeben, kann sich der Fall lange hinziehen.« Er stand auf. »Es tut mir wirklich leid, Mrs. Forrest. Ich kann Ihnen nur durch ehrliche Auskünfte helfen.«

»Dafür bin ich Ihnen auch dankbar«, sagte sie und wunderte sich über ihre Gelassenheit. »Aber es hört sich an, als dauerte es eine Ewigkeit.«

»Ich muß Ihnen noch eine Frage stellen, Mrs. Forrest. Verzeihen Sie mir.« Er kippte die Jalousien gegen die Sonne. »Sie sind nicht deshalb so betroffen, weil Sie wieder heiraten wollen, oder?«

»Ich glaube nicht, daß ich jemals wieder heiraten werde. Aber worauf Sie eigentlich anspielen – es gibt keinen anderen Mann in meinem ›Fall‹.« Sie holte tief Luft. »Obgleich mein Mann das bestimmt annehmen wird. Oder annimmt. Was wahrscheinlich jeder Mann zuerst vermutet.«

»Mrs. Forrest«, erwiderte Rex Maynard beruhigend, »ich stehe auf Ihrer Seite.«

Ihre Blicke trafen sich. Seine Augen waren mittelbraun mit hellen Flecken; das Mißtrauen war noch immer nicht aus ihnen gewichen. Als wären die wenigen Andeutungen über Donald einer erhitzten Phantasie entsprungen, Übertreibungen einer Frau, die ihre Freiheit aus egoistischen Motiven will.

»Sie haben das Sorgerecht erwähnt«, sagte sie.

»Das Gesetz verlangt«, führte er aus, nachdem er sich wieder gesetzt hatte, »daß der Elternteil das Sorgerecht erhält, der die Interessen des Kindes am besten wahrnehmen kann. Obgleich beide Eltern da gleichberechtigt behandelt werden, wird das Kind meistens der Mutter zugesprochen. Die meisten Bundesstaaten – außer Florida und Louisiana – akzeptieren ein gemeinsames Sorgerecht beider Elternteile. Ich entnehme Ihren Worten und Ihrer ganzen Einstellung, daß das für Sie sowieso nicht in Frage käme. Ihrer Meinung nach.«

»Meiner Meinung nach, ja.«

»Es ist besser, wenn beide Elternteile in dieser Hinsicht einen detaillierten Vorschlag ausgearbeitet haben. Aber das kommt wohl in Ihrem Fall – Entschuldigung, unter diesen Umständen – nicht in Frage.«

Sie konnte das nicht lustig finden. »Er bekommt Toby nicht gut«, sagte sie. Noch harmloser und blöder konnte man es nicht ausdrücken! Immerhin stotterte Toby bei ihr nicht mehr. »Er hat einen schlechten Einfluß«, fuhr sie fort. Das wußte sie genau. »Es wäre für unseren Sohn das beste, wenn er seinen Vater nie mehr wiedersehen würde.« Das können Sie nehmen, wie Sie wollen, Mr. Maynard.

»Übrigens, wo ist der Junge jetzt?«

Hinterhältig. »Er ist bei Freunden von mir. Er schaut bei einer Probe im Asolo-Theater zu. Er befindet sich in besten Händen, falls Sie das interessiert.« Wer war eigentlich hier der Angeklagte?

»Mrs. Forrest, auf die Gefahr hin, Sie noch einmal zu kränken, muß ich doch fragen: Sind Sie finanziell unabhängig?«

»Wertpapiere, Bankkonten, andere Einkünfte? Mein Vater ist Professor und stammt aus einer armen Lehrerfamilie. Die Antwort ist nein.« Und dann fügte sie hinzu: »Er liegt im Krankenhaus, was er Donald verdankt.«

Zum Glück ging der Anwalt darüber hinweg. »Haben Sie und Ihr Mann einen Ehevertrag mit finanziellen Regelungen geschlossen?«

»Der Gedanke ist uns nie gekommen.« Wir waren bis über beide Ohren verliebt, so verliebt, das können Sie sich gewiß nicht vorstellen, Mr. Maynard . . .

»Haben Sie anderen gemeinsamen Besitz?«

»Ich besitze überhaupt nichts.« Bis jetzt spielte das auch keine Rolle. Wir haben nie über Geld gesprochen, wir haben es ausgegeben und genossen. »Ich will von ihm kein Geld.«

»Das kann eine Gefühlsduselei sein, die Sie sich nicht leisten können, Mrs. Forrest. Selbst wenn Sie keine Unterstützung wollen, müssen Sie an den Jungen denken.«

Unfair. Das war ein Schlag unter die Gürtellinie. »Ich hatte noch nicht viel Zeit, darüber nachzudenken.«

»Er ist für den Unterhalt des Kindes verantwortlich, wie Sie ja wissen.«

»Ich sorge für Toby.«

»Alles schön und gut. Für den Augenblick. Ich habe selbst eine zehnjährige Tochter. Haben Sie sich einmal überlegt, was heutzutage eine Collegeausbildung kostet?«

»Können Sie mich nicht verstehen, Mr. Maynard? Haben

Sie nicht zugehört? Ich will Donald einfach nicht mehr sehen!«

»Wir können vielleicht eine Unterhaltszahlung arrangieren. Als Pauschalbetrag, damit Sie nicht von monatlichen Zahlungen abhängig sind.«

Sie stand auf. Warum wollte er nicht begreifen? »Dies ist nicht eine Scheidung wie andere. Ich habe Ihnen gesagt, daß . . .«

»Vielleicht ein Treuhandvermögen für Ihren Sohn, damit seine Ausbildung abgesichert ist . . .«

»Das bedeutet, mit ihm zu verhandeln. Ihn zu sehen. Mit ihm zu sprechen. Ich bin hier anscheinend nicht an der richtigen Adresse. In diesem Staat kann ich keine Scheidung erreichen. Ich weiß noch nicht, wie Toby zu seiner Ausbildung kommt. Aber ich werde eine Möglichkeit finden! Ich werde für Toby sorgen. Und wenn ich eine Bank ausrauben müßte . . . Ich werde einen Weg finden!«

»Nur noch eine Frage, Mrs. Forrest. Es ist wichtig.«

Sie nickte nur. Keine Tränen.

»Haben Sie Angst vor Ihrem Mann? Sogar hier? Jetzt? Fürchten Sie sich vor ihm?«

Tat sie das? Ja. Sie nickte wieder, verzagt.

»Sagen Sie mir eines – war Ihr Mann jemals in psychiatrischer Behandlung?«

Diesmal schüttelte sie den Kopf, noch immer ohne Tränen.

Jedesmal, wenn sie einen Vorstoß in dieser Richtung unternommen hatte, war Donald explodiert. Hatte getobt und sie wüst beschimpft.

»Also, Mrs. Forrest?«

Was wollte er von ihr?

»Weil ich nämlich hier einen sehr guten Mann kenne. Einen Psychotherapeuten, der in Fällen wie dem Ihren recht erfolgreich ist. Besonders auch mit Kindern.«

Fälle wie der Ihre – mittlerweile war sie kein juristischer Fall mehr, sondern einer für den Psychiater!

»Ich weiß, was Sie denken«, wehrte sie ab.

»Manchmal sehen Menschen unter großem Streß die Dinge

nicht mehr in der richtigen Perspektive. Sie reagieren übertrieben . . .«

»Besonders Frauen.« Langsam, Brenda, vielleicht will dir der Mann ehrlich helfen, vielleicht . . .

»Das habe ich nicht gemeint«, sagte Rex Maynard.

»Falls Sie sich Sorgen um Ihr Honorar machen, Sie werden es kriegen.« Wieder irrational. Halt lieber den Mund. »Ich habe schon gehört, daß Klientinnen auch mit Dienstleistungen bezahlen . . .«

»Daran ist nichts Ehrenrühriges. Wir können uns da sicher einigen.«

Ein Gedanke schoß ihr durch den Kopf, aus heiterem Himmel. »Fragen Sie doch mal Ihren Freund Preston Brice, was Donald mir vorgeworfen hat. Wie Donald sich vorstellte, daß ich Prestons Dienste abgegolten habe! Ich meine, daß ich für Sie als Gegenleistung tippen könnte. Aber ich weiß, was in Donalds Kopf vorgeht. Rufen Sie Preston Brice an, Mr. Maynard, ja, tun Sie das!«

Er kam um den Schreibtisch herum, aber sie wandte sich ab. Floh. Wieder.

Wieder rannte sie weg. Einen Korridor entlang. Dann war sie im Aufzug und auf dem Parkplatz.

Brenda, reiß dich zusammen!

Dann saß sie hinter dem Steuer. Sah alles durch Tränenschleier. Zum Teufel, warum sollte sie nicht weinen?

Mrs. Forrest, ich stehe auf Ihrer Seite.

Leere Versprechungen. Sie verachtete Rex Maynard. Und sie war an die falsche Adresse geraten. In den falschen Bundesstaat.

Sie überquerte die Brücken des Ringling-Damms. Heute lag die Bucht spiegelglatt da, wie ein See.

Es wimmelte von Booten und größeren Schiffen. Sie entdeckte einen kleinen Raddampfer. Ein schwimmendes Restaurant, hatte Charlene erklärt. Nun, dort würde sie nicht mehr essen.

Als sie über den St. Armand's Circle und nach Norden über die kleine Brücke fuhr, dann zwischen den australischen Kiefern einbog und sich dem Westway näherte, merkte sie, daß sie, obgleich sie sich zum Narren hatte halten lassen, doch einige Klarheit gewonnen hatte.

Ich will diese Ehe nicht retten. Das stimmte, und sie hatte es ausgesprochen, vor sich selbst zugegeben. *Er hat einen schlechten Einfluß. Es wäre für unseren Sohn das beste, wenn er seinen Vater nie mehr wiedersehen würde.* Das waren die nackten Tatsachen, und endlich lagen sie auf dem Tisch.

Sie fühlte sich geläutert und entschlossen, als sie zwischen den anmutigen Häusern entlangfuhr. Plötzlich tauchte vor ihr ein Fahrrad auf und kam direkt auf sie zu.

Toby.

Sie bremste. Und Toby fuhr mit elegantem Schwung neben den Wagen. Sein von der Sonne noch rosa gefärbtes Gesicht glänzte vor Schweiß.

»Es ist ganz leicht«, sagte er.

»Wie hast du das ... wer ... Toby, das war prima!«

»Mama, ich habe darauf gewartet, es dir gleich zu sagen. Ich weiß jetzt, was ich werden will!«

Mit einem Blick in seine ernsthaften Augen erkundigte sie sich: »Ja? Und was?«

»Schauspieler oder vielleicht Regisseur.«

Nicht Rennfahrer oder Feuerwehrmann? Nein, nicht Toby. »Hat Mal dir radfahren beigebracht?«

»Nein. Barry. Er hat gesagt, ich darf ihn so nennen. Er hinkt, weil er einen Unfall hatte, als er so alt war wie ich. Mit einem Traktor. Er ist in Ordnung.«

»Du hast heute ja einiges erlebt, was?«

»Ja, toll.« Sein Blick blieb nüchtern. »Hast du einen Job bekommen?«

»Nein.«

»Fahren wir heim?«

»Nein.«

»Wenn du willst, bin ich damit einverstanden. Es tut mir leid, daß ich die Giraffe ans Fenster geworfen habe.«

»Wir werfen alle Giraffen. Das habe ich auch gerade getan.«

»Na schön, ich wollte es nur wissen. Tschüs.«

Im Rückspiegel sah sie, wie er um die Ecke brauste, eine

kleine Gestalt, die, tief über den Lenker gebeugt, kräftig in die Pedale trat. Er stotterte nicht mehr! Nicht bei einem einzigen Wort hatte er gestockt.

Als sie sich dem flachen Haus näherte, hielt sie nach einem roten Jeep Ausschau. Aber nur Charlenes Kombi und Mals Motorrad standen in der Auffahrt. *Ich glaube nicht, daß ich jemals wieder heiraten werde.* Auch das war die Wahrheit, die sich herauskristallisiert hatte.

»Die geprügelte Frau und der Mann Alkoholiker«, sagte Mary Rinaldi. »Dieses Syndrom ist alltäglich.«

Rex Maynard schüttelte den Kopf. »In diesem Fall steckt mehr dahinter. Viel mehr, fürchte ich. Sie erwähnte, daß ihr Mann ihren Vater ins Krankenhaus gebracht hat. Ich habe es nicht geglaubt, aber er liegt tatsächlich in der Klinik von Danbury. Nach einem Schlaganfall. Meine Güte, und ich war zu der Frau richtig herablassend!«

Sie saßen an einem Holztisch unter gewaltigen Eichen, deren Stämme mit Flechten überzogen waren. Es dämmerte. Die meisten anderen Gäste hatten sich in das gemütliche, alte Haus zurückgezogen, aber einige schlenderten noch an der Bucht entlang. »Das passiert uns allen gelegentlich, Rex«, beschwichtigte ihn Mary Rinaldi und nippte an ihrem Wodka-Tonic. »Du warst wenigstens so vernünftig, der Sache auf den Grund zu gehen und sie nachzuprüfen.«

»Es war fast, als hätte sie mir eine Wette angeboten! Sie hat mir sogar gesagt, welchen Verdacht ihr Mann gegenüber ihrem Anwalt hat, und als ich mit ihm telefonierte, hat er es bestätigt! Es ist unheimlich, wie gut sie ihren Mann kennt! Und Brice hatte es ihr nicht einmal gesagt!«

Mary Rinaldi, eine hochgewachsene, braunhaarige, junge Anwältin mit pausbäckigem Gesicht, die im Büro des Staatsanwalts arbeitete, lächelte ironisch und etwas überlegen. »Und du hast gedacht, das arme Mädchen würde übertreiben. Oder lügen.«

»Das muß ich leider zugeben. Aber es kommt noch schlimmer. Willst du es wirklich hören?«

»Was hat dein Freund in Connecticut denn noch gewußt?«

Rex schüttelte irritiert den Kopf. »Als Brice dem Mann nicht sagte, wohin seine Frau gefahren war, weil er es nicht wußte, hat ihn der Mann – stell dir das mal vor – mit dem Wagen von der Straße abgedrängt! Brice ist sich immer noch nicht darüber klar, ob er ihn umbringen oder nur einschüchtern wollte.«

»Vielleicht wußte das der Idiot selbst nicht.«

Rex betrachtete sie forschend. »Das klingt ja, als würdest du verstehen, wie so ein Mensch tickt.«

»Du hast gesagt, daß er diese Eskapaden unternimmt, weil er sie liebt. Das waren doch ihre Worte?«

»Liebe? So ein Mann, so eine Liebe – das geht über meinen Horizont, ich gebe es zu.«

»Es gibt eine Menge Frauen, junge, traurige, gelangweilte Frauen, die einiges dafür geben würden, so geliebt zu werden.«

»Auf diese Weise?«

Mary Rinaldi zuckte mit den Achseln und verzog den Mund zu ihrem wissenden, rätselhaften Lächeln. »So intensiv, ja. Verstehst du?«

»Gehörst du auch zu den Frauen?«

»Nicht persönlich werden!«

»Verzeih.«

»Schon gut, Rex. Ich kenne dich und Alison, seitdem ich hergezogen bin. Du bist eines der wenigen Mitglieder der hiesigen Anwaltschaft, das mir nie zu nahe getreten ist. Also zugegeben, ich gehöre auch zu den Frauen. Warum nicht?« Ihre dunklen Augen fixierten seine über den Tisch. »Hör mal, du hast Schuldgefühle, weil du an ihr gezweifelt und ihr nicht genug Mitgefühl entgegengebracht hast . . .«

»Sie war verdammt empfindlich. Aber ich habe sie in die Defensive gedrängt.«

»Ich wette, sie sieht sehr gut aus. Bist du sicher, daß sie nicht deine galante Seite angerührt hat. Vielleicht noch etwas anderes . . .«

»Das Mädchen braucht Hilfe, ob sie schön ist oder nicht! Sie gab zu, daß sie Angst hatte. Meiner Meinung nach ist sie fast verrückt vor Angst!«

»Daß er herkommt? Darauf läuft es also hinaus. Du möchtest gern wissen, ob meine Behörde etwas zum Schutz von Mrs. X vor ihrem Monster von Ehemann unternehmen kann?«

»Ja, etwas in der Richtung.«

»Tja, der weiße Ritter in schimmernder Rüstung.«

»Vielleicht.«

»Oder ein engagierter Anwalt mit einem Gewissen. Rex, du kennst die Antwort. Das Rechtssystem ist von Kopf bis Fuß auf die Bestrafung von Verbrechen eingestellt, nicht auf die Verhütung.«

»Ich wußte, daß du das sagen würdest. Was sollen wir denn machen ... abwarten, bis dieser Kerl aufkreuzt und ...«

»Und was?«

»Wie, zum Teufel, soll ich das wissen?«

»Da winkt Alison. Das Abendessen wird serviert.« Sie erhoben sich und schlenderten mit dem Glas in der Hand auf das Haus, auf Stimmengewirr und Gelächter, zu. »Hör mal, mein galanter Ritter, gib mir sicherheitshalber ihren Namen und ihre Adresse. Falls etwas passiert.«

»Ich schreibe sie dir auf. Du sagst also mit anderen Worten, daß das Gesetz erst einschreitet, wenn alles zu spät ist, oder?«

»So ist das Leben.«

»Scheiße.«

»Genau meine Einstellung.«

Aber kannte sie ihre Einstellung, ihre Emotionen? Sie war auf diese Mrs. X etwas eifersüchtig, um die sich Rex so viele Gedanken machte. Noch eifersüchtiger war sie auf Alison, die am Eingang auf sie wartete. Obgleich sie sie mochte, konnte sie die Eifersucht seit Jahren kaum unterdrücken. Liebte sie Rex doch? Während Rex in ihr seit Jahren tatsächlich nur eine nette Kollegin sah, hätte sie viel darum gegeben, ihm mehr zu bedeuten.

Es geschah auf der Brücke, die das Nordende von Longboat Key mit der Anna-Maria-Insel verband. Sie umklammerte das Lenkrad mit schweißnassen Händen, um den Wagen auf der

Fahrbahn zu halten, Schwindel überfiel sie und in ihrem Kopf schien sich alles zu drehen.

»Der Regisseur«, sagte Toby, »ist so etwas wie ein Boß. Er kommandiert . . .«

Sie haßte diese Anfälle, fürchtete sie. Da hatte sie nun die Hunderte von Kilometern nach Florida geschafft, ohne Schwierigkeiten, und nun zitterten ihr die Hände, das Herz pochte, und sie bebte am ganzen Leib.

». . . die anderen. Aber ich weiß nicht. Wenn man Regisseur ist, steht man nicht auf der Bühne, wenn das Stück gespielt wird . . .«

Sie bekam keine Luft mehr. Am Ende der Brücke fuhr sie auf den Randstreifen und ließ den Kopf auf das Lenkrad sinken.

»Mama, geht es dir nicht gut?« Besorgnis, plötzliche Anteilnahme, Panik. »Was kann ich tun?«

»Nichts. Es geht vorüber . . . In einer Minute.«

»Was ist los? Bist du krank?«

»Es ist ein Anfall von . . . Angst.« Sie konnte wieder atmen. Es war immer das gleiche: Es ging vorüber. »Nichts Ernstes.«

Nichts Ernstes, hatte Dr. Bell gesagt. *Manche Leute verwechseln es mit Herzattacken. Die Ursache? Irgend etwas in Ihrem Leben muß Sie bedrohen oder verunsichern.*

Gut geraten, Dr. Bell. Sehr schlau von Ihnen.

Sie ließ den Wagen wieder anrollen und reihte sich in den Verkehr ein.

»Bist du wieder in Ordnung, Mama?«

»Es ist vorbei«, antwortete sie und benützte einen von Tobys Lieblingssätzen. »Hast du Hunger?«

»Großen.«

Sie krochen in der Verkehrsschlange weiter, auf der engen Straße, die über die langgestreckte Insel an Restaurants, Campingplätzen und kleinen Motels vorbeiführte.

»Ist Charlene auch da?«

»Charlene ist mit Mal bei der Kostümprobe.«

»Geht es ihr gut? Ich gehe morgen auch wieder zur Probe. Und morgen abend schauen wir alle das Stück an, richtig?«

»Richtig.» Donalds Wort. Richtig, richtig!

Charlenes Anweisungen folgend, passierten sie einen öffentlichen Strand und erhaschten in einer Kurve den letzten roten Abendschimmer auf den Wellen.

»Wer ist Mrs. Davidson?« erkundigte sich Toby. »Kennen wir sie?«

»Noch nicht. Eine Freundin von Charlene.«

»Und von Barry?«

»Ja, noch mehr.«

»Hoffentlich kann sie kochen. Die Leute machen für Kinder immer Hamburger oder Würstchen. Ich kann sie nicht mehr riechen.«

Sie bog in die 46. Straße ein, eng und von bescheidenen Betonhäusern gesäumt, und stieß nach drei Blocks auf eine Düne, hinter der sich der Strand und der Golf erstreckten. Eine Auffahrt, mit zermahlenen Muscheln bedeckt und von Brasilianischen Pfefferbäumen überschattet, führte nach rechts und um einen Banyanbaum, unter dem der rote Jeep parkte. Von außen glich das Haus einem Blockhaus aus vom Wetter gebleichtem Holz, aber innen war es geräumig und gemütlich, einladend mit graugrüner Zypressenholzverschalung und einer Fülle wuchernder und blühender Pflanzen in hängenden Körben und Kästen. Die Mischung von Bambus- und Rattanmöbeln, einer schweren Seemannstruhe, Drucken, vielleicht sogar einem Original von Rivera und französischen Impressionisten in verschiedenen Größen wirkte warm und bezaubernd. Die Atmosphäre war verblüffend, anregend und gleichzeitig entspannend und sprach für einen unkonventionellen Geschmack. Brenda spürte flüchtig ihre Reaktion: So ein Haus hatte sie noch nie gesehen.

Barry, in einem schwarzen Hemd mit offenem Kragen, schwarzen Jeans und Mokassins, machte sie bekannt. Mrs. Davidson erwies sich als eine stattliche Frau unbestimmbaren Alters, mit lebhaften, dunklen Augen und kurzgeschnittenem, fast weißgrauem Haar. Sie trug einen knöchellangen Rock und eine mexikanisch anmutende Bluse, und Brenda war froh, statt des Hosenanzugs ein schlichtes, weißes Kleid angezogen zu haben. Obgleich Mrs. Davidson höflich und verbindlich war, wirkte sie am Anfang erdrückend und fast kalt. Aber bei einem Glas Wein vor dem Abendessen setzte sie sich neben Brenda auf ein Korbsofa und nahm ihr bald jedes Gefühl der Fremdheit, während Toby eine geschnitzte, fliegende Möwe entdeckte, sie sofort als Barrys Werk erkannte und sich bei ihm nach einem langhalsigen Vogel erkundigte, den er am Strand erspäht hatte.

Mrs. Davidson sprach mit heiserer, kehliger Stimme, die trotzdem melodisch klang.

»Wir haben unser Leben lang in Chicago gewohnt, obgleich wir viel auf Reisen waren. Aber als Max starb, ist mir wieder Bradenton Beach eingefallen.« Sie lachte herzhaft und dröhnend. »Damals konnte ich mir nur ein Haus wie dieses leisten. Aber heute wäre so etwas am Strand unerschwing- Ich kam auch meiner Gesundheit zuliebe hierher. Und schauen Sie mich an. Ich habe vor, ewig zu leben.« Sie erhob sich. »Es gibt heute nur Reste zu essen. Männer, holt die Stühle.«

»Kann ich etwas helfen?« fragte Brenda.

»Klar. Kommen Sie mit in die Küche, sagte die Spinne zur Fliege.«

Beim ausgedehnten Abendessen auf der verglasten Veranda, wo sie die weißgekrönten Wellen fast zu ihren Füßen an den Strand lecken sahen und ihr Rauschen die Hintergrundmusik bildete, merkte Brenda, wie sie sich entspannte und zunehmend wohl fühlte. Während die Dämmerung fortschritt, wurden die Gesichter am Holztisch von einem flakkernden Windlicht angestrahlt.

Toby hatte seine übliche Scheu abgeschüttelt und das Essen für phantastisch erklärt. Mit dem Zusatz: »Auch wenn es Spinat gibt.« Allgemeines Gelächter, in das Toby einstimmte. Barry, der ebenfalls seine Verlegenheit vom vergangenen Tag überwunden hatte, neckte Mrs. Davidson. »Die Reste, die Lavinia auf den Tisch bringt, hat sie vorher extra gemacht.« Sie aßen knackigen, grünen Salat mit einer Knoblauchsauce und einen Fischauflauf. »Da kommt alles an Fisch hinein, was auf dem Markt angeboten wird. Und eine Handvoll Muskat. Ist von euch jemand alt genug, sich an eine makabre Geschichte mit dem Titel *Ein Hauch von Muskat* zu erinnern?«

»John Collier«, sagte Brenda. »Sie steht in einer Auswahl des *New Yorker,* nicht wahr, Mrs. Davidson?«

Das trug ihr einen interessierten Blick ein. »Sieh da, das Mädchen liest. Ich wußte, es gibt noch ein paar Menschen, die an Büchern Gefallen finden. Mein Name ist übrigens Lavinia.«

Während des Essens bekam Brenda einen kleinen Einblick in die Beziehung von Barry und Lavinia. Beide Einzelgänger, teilten sie die Vorliebe für Sonnenuntergänge, besinnliche Abende bei Musik und Wein, philosophische und politische Diskussionen – bittere zivilisierte Debatten, nannte sie Lavinia – und ein freundschaftliches Verständnis, das Brenda beneidenswert und sehr erfrischend fand.

»Manchmal gehen wir auch fischen. Aber wir schwimmen nie gemeinsam«, sagte Lavinia. »Ich stehe zu früh auf. Kannst du schwimmen, Toby?«

Würde er jetzt ins Stottern kommen? Brenda sah, wie sich sein Gesicht umwölkte. »Ich kann nicht schwimmen«, antwortete Toby flüssig. Ohne Stottern. Hoffentlich für immer.

»Schwimmen ist schwierig«, sagte Barry mit dem Blick in Tobys Augen. »Ich bin an einem See in Wisconsin aufgewachsen und habe gedacht, ich würde es nie lernen. Dann hat mich Charlene eines Tages aus Versehen vom Steg gestoßen. Ich konnte an nichts anderes mehr denken, als den Kopf über Wasser zu behalten und mich zu bewegen. Irgendwie bin ich innerlich ganz gelassen geblieben, und als Charlene bei mir angelangt war, bin ich richtig geschwommen. Weil ich auf einmal daran geglaubt habe, daß ich es kann. Ich habe mich nicht verkrampft, und hinterher brauchte ich nie mehr zu überlegen, was ich tun soll. Ich habe es einfach getan.«

»Haben sie dich ausgelacht, als du noch nicht schwimmen konntest?« fragte Toby ernsthaft.

»Klar.«

»Hast du mal Fußball gespielt?«

»Das hat mir nie gefallen.«

»Geboxt?«

»Das mochte ich auch nicht. Und du?«

»Ich hasse es«, erwiderte Toby.

»Warum auch nicht?«

»Ja, das stimmt, warum nicht?« erklärte Toby.

Da mußte Barry lächeln, und Brenda vermied seinen Blick. Irgend etwas war zwischen ihnen geschehen, und sie wußte nicht, was es war. Nur, daß es nicht wie vorher war. Und sie bemerkte Lavinias wissenden Blick und dann ebenfalls ein Lächeln.

Während der Mahlzeit war es dunkel geworden, und Lavinia stand vom Tisch auf und ging zu einem Schalter. »Die Komplimente für das Essen akzeptiere ich gern«, sagte sie. »Aber das ist Barrys Werk.«

Sie betätigte den Schalter, und jenseits der Verglasung wurde es hell am Strand.

Toby sog tief Luft ein und stieß dann einen Ruf kindlichen Entzückens aus. Sie starrten alle auf eine hohe Holzskulptur, die auf einem Betonblock stand.

»Segel«, sagte Toby.

Aber die angestrahlte Plastik war eher abstrakt als gegenständlich: drei segelähnliche Dreiecke erhoben sich mindestens sechs Meter über den Betonblock. Gegeneinander versetzt, vermittelten sie den Eindruck von Wind und Bewegung.

»Ein Geburtstagsgeschenk«, sagte Lavinia. »Zu meinem fünfundsiebzigsten Geburtstag, aber ich werde nicht verraten, wie lang ich die Skulptur schon habe. Jetzt . . . ihr zwei bleibt da. Und Toby kommt mit. Ich will dir noch einen meiner Freunde vorstellen.«

Als die beiden im Haus verschwunden waren, goß Barry ohne zu fragen Kaffee in ihre Tassen, fuhr sich mit der Hand durch den roten Bart und zündete eine Pfeife an.

»Es ist wunderschön«, sagte Brenda und nahm wieder Platz. »Zum Stehlen ist es zu groß, aber irgendein Vandale wird es zersägen, nur so aus Jux.«

»Was dann?«

Er zuckte mit den Achseln. »Dann mache ich eine andere Plastik.« Sein Blick schweifte von ihr zum dunklen Golf hinaus. »Charlene sagte, Sie haben Kunstgeschichte studiert . . .«

»Das ist schon lange her.«

»Waren Sie gut?« Eine leise Herausforderung lag in seinem Ton.

»Ich fürchte, ich bin auf keinem Gebiet besonders gut«, hörte sie sich erwidern. Wie wahr. Sie hatte auf der ganzen Linie versagt.

»Es gibt in Florida mehr sogenannte Sonntagsmaler als irgendwo anders.«

»Vielleicht wage ich mich wieder ran. An einem Sonntag.«

Barrys Bart kräuselte sich um das Mundstück zu einem Lächeln. »Kaufen Sie keine Farben ... ich habe welche übrig. Öl oder Aquarell?«

»Ich mag ... ich mochte Aquarellmalerei.«

Aus dem Haus drangen Geräusche – ein schrilles Krächzen.

»Bobo«, erklärte Barry. »Lavinias Papagei. Wild und rot und laut, aber kaum zu verstehen. Kann Toby portugiesisch?«

»Nein. Warum?«

»Weil der Papagei meiner Theorie nach gotteslästerlich auf portugiesisch flucht.«

Sie lachte. Laut. Seit wann hatte sie nicht mehr gelacht? Nicht einmal insgeheim.

Dann war Toby wieder da. Entzückt. »Er spricht, Mama! Er heißt Bobo, und er kann ›schön‹ sagen und ›verdammt‹.«

»Auf portugiesisch kann er noch mehr«, meinte Brenda mit einem Seitenblick auf Barry.

Er stand auf. »Toby«, forderte er ihn auf, »ich habe ein Buch über Vögel in Florida bei mir zu Hause. Kommst du mit und hilfst mir suchen?«

»Im Jeep?«

»Klar.«

»Mama?«

»Klar«, erwiderte Brenda im gleichen Tonfall wie Barry, und er zwinkerte.

Als sie gingen, merkte sie, daß ihr den ganzen Abend Barrys Hinken nicht aufgefallen war.

»Geschirr?« fragte Brenda.

»Na klar«, erwiderte Lavinia.

Während Brenda den Tisch abräumte und dabei erst dessen schlichte Schönheit entdeckte, räumte Lavinia die Geschirrspülmaschine voll und redete.

Hatte Charlene ihr erzählt, daß Lavinia Schriftstellerin ist? Nein, aber Barry, gestern.

»Romane für Kinder. Überrascht Sie das? Na, ich finde es erstaunlich. Max und ich wollten so gern Kinder. Ich könnte schon Enkel, nein, Großenkel haben. Manchmal schreibe ich auch Detektivgeschichten für Erwachsene, auf die altmodische Art, wo der Leser die Spuren und Lösungen selbst austüfteln kann. Ich komme mit dem modernen Zeug einfach nicht mit. Von Spionen habe ich keine Ahnung, und mir ekelt vor Blutrünstigkeit und Gewalt. Deshalb dürfte Ihnen mein Name auch nicht geläufig sein. Ich habe eine treue, wenn auch kleine Anhängerschaft, die ihre Unterhaltung nicht nur vom Fernseher bezieht. Klingt das snobistisch?«

»Manchmal«, stimmte Brenda zu, »ist Snobismus gleichbedeutend mit gutem Geschmack. Mein Vater . . .«

Sie brach ab. *Es geht ihm schon besser.* Das hatte ihre Mutter berichtet, als sie sie am Spätnachmittag angerufen hatte. *Aber, Brenda, ich will es dir nicht verheimlichen. Es ist zu befürchten, daß sein linkes Bein und sein linker Arm nicht wieder voll funktionsfähig werden.* Der arme Papa, der keiner Fliege etwas zuleide tun konnte . . .

Schon wieder Donald. Zur Hölle mit ihm!

». . . fünfzig Cents pro Seite.«

»Tut mir leid, Lavinia.« Sie gingen in das Wohnzimmer. »Was haben Sie gesagt?«

»Nur, daß es Ihnen finanziell mit fast jedem anderen Job besser gehen würde. Aber so hätten Sie die Chance, bei Toby zu bleiben, und Sie stünden nicht unter Zeitdruck.«

Lavinia blieb plötzlich vor ihr stehen. Dann lächelte sie. »Sie haben nicht zugehört, was?«

»Ich könnte für Sie tippen?«

»Schauen Sie nicht so erstaunt. Ich tue Ihnen keinen Gefallen. Im Norden könnten Sie vermutlich einen Dollar pro Seite bekommen oder noch mehr. Aber in dieser Gegend zahlt man einen halben, und mehr kann ich mir auch nicht leisten.«

»Das ist ein Komplott«, sagte Brenda ungläubig und entzückt. »Der ganze Abend war vorausgeplant. Sie, Barry, Charlene. Von wegen spontane Einladung und Resteessen!«

»Ich mußte mir doch selbst ein Bild machen, ob ich Sie mag oder nicht?«

»Und . . .«

»Mein liebes Kind, Sie sind ganz schön herumgestoßen worden, was? Natürlich mag ich Sie. Wir mögen Sie alle. Am liebsten würde ich Sie in die Arme nehmen und heulen. Kommen Sie her. Dann haben wir uns ausgeweint, wenn die Männer zurückkommen.«

Hören Sie mal, hatte er dem forschen, jungen Piloten erklärt, als sie mit der gecharterten zweisitzigen Maschine vom Flughafen von Danbury gestartet waren, *hören Sie, ich habe sechs Tage lang gesoffen und einen Kater. Ich will nicht reden. Also halten Sie die Klappe und fliegen Sie, klar?*

Also verharrte der Pilot in mürrischem Schweigen. Während er sich nach einem Drink sehnte und sich gleichzeitig zu seiner Standhaftigkeit gratulierte, keine Flasche mit an Bord genommen oder beim Auftanken in Charleston gekauft zu haben. Verdammt, er konnte es nicht riskieren, ihr betrunken unter die Augen zu treten!

Nach dem nächtlichen Anruf von Mr. Collins war er durch das leere, hallende Haus marschiert, hatte alte Gerswhin- und Cole-Porter-Songs gegrölt, Pläne geschmiedet und gesoffen, bis sein Bewußtsein ausklickte und er gerade noch in seinen Schreibtischstuhl sacken konnte.

Gegen Mittag war er erwacht und hatte den restlichen Tag damit verbracht, zu packen, nüchtern zu werden und alles zu arrangieren: den Mietwagen in Sarasota, eine startklare Morgan-Out-Island-Ketsch mit Hilfsmotor, Reiseschecks, Kreditbrief von der Bank, Bargeld – es war ein verdammt hektischer Tag.

Doch die Hölle lag nun hinter ihm. Alle Verdächtigungen und Qualen waren vorbei. Reiner Tisch. Wie konnte er Brenda nur der Untreue verdächtigt haben! Er hatte jetzt seine Gedanken unter Kontrolle. Und sich selbst. Und bald würde auch das bittere, kranke, zermürbende Gefühl der Einsamkeit, das ihn in den vergangenen sechs Tagen beherrscht hatte, verschwunden sein. Sein Kopf war klar, seine Gedanken tickten gleichmäßig, so gleichmäßig, wie das brummende Flugzeug, das sich seinen Weg nach Süden durch die Nacht bahnte, hoch über den Lichtern der Erde. Er wußte endlich, wohin er wollte, und von nun an würde sich alles ändern.

Die Gewißheit und das Hochgefühl hatten ihn bis hierher getragen. Er war angelangt, und das Flugzeug senkte sich allmählich über den Lichterteppich der Stadt und den von Booten gesprenkelten dunklen Golf. Die Freude war stärker als es der stärkste Drink sein konnte – wilder.

Sarasota, nicht Phoenix. Diese Lüge hatte er nie geglaubt. Aber bei dem Gedanken an Brendas Eltern überfiel ihn die Reue. Wenn er daran dachte, wessen er sie beschuldigt hatte . . . Hatte er ihren eigenen Eltern wirklich diese unmöglichen Dinge gesagt? Glaubte er sie denn selbst? Zum Teufel, natürlich nicht. Er war betrunken gewesen. Und einsam. Und verzweifelt. Und jetzt warfen ihm diese Leute auch noch vor, am Schlaganfall des Professors schuld zu sein. Na ja, die Leute machten ihm immer Vorwürfe. Hatten ihm immer die Schuld in die Schuhe geschoben. Sogar sein eigener Vater. Und vor allem seine Mutter. Warum sollte es immer nur an ihm gelegen haben, wenn etwas schieflief?

Der Leihwagen war ein schwarzer Cougar. Das Mädchen hinter der Theke machte ihm schöne Augen. Das war er gewöhnt. Aber zum Teufel mit ihr. Zum Teufel mit allen Weibern außer Brenda. Er ließ sich den Weg zu den Lido Shores beschreiben, während sie die Papiere ausfertigte, und als er dann auf dem Tamiami Trail an einem Schild vorbeifuhr, das neben dem Eingang des Sarasota-Dschungelgartens stand, fiel ihm Toby ein.

Warum dachte er immer erst als zweites an Toby – nach Brenda? Hatte er ihm nicht auch gefehlt? Toby. Seltsamer Junge. Schwächlich. Zu weich. Wenn man ihn böse anschaute, fing er fast zu heulen an. Er mußte widerstandsfähiger werden. Darauf war es Donald immer angekommen, ihn abzuhärten, zu seinem eigenen Besten. Brenda hatte ihm das vorgeworfen. Vielleicht hatte sie nicht so unrecht. *Du kannst ihn nicht zu einem Abklatsch von dir machen, Donald. Glaubst du denn, du wärst das Idealbild eines Mannes?*

Ätzend stieg es ihm in der Kehle auf, während er weiterfuhr. Was war, wenn sie ihn nicht mehr liebte?

Er entdeckte ein heruntergekommenes Gebäude auf der anderen Straßenseite, jenseits der palmenbestandenen Mittellinie: *Broadway Bar.* Aber er hielt nicht an. Der Teufel sollte ihn holen, wenn er jetzt nachgab.

Brenda liebte ihn. Hatte ihn immer geliebt. Genauso, wie er sie geliebt hatte und liebte.

Und wenn sie ihn jetzt sah, wenn sie merkte, daß er den weiten Weg gekommen war, weil er nicht ohne sie leben konnte, dann würde sie in seine Arme eilen. Sie würde ihn küssen. Auf die Lippen. Leidenschaftlich. Der Gedanke ließ ihn am ganzen Leib vor Sehnsucht erbeben. Und die Erregung packte ihn wieder. Er gab noch mehr Gas, passierte einige Motels mit erleuchteten *Besetz*-Schildern, und bei einer Ampel vor einer Kurve entdeckte er das Straßenschild *Lido Beach.* Er bog nach Westen ab, ohne auf Grün zu warten.

Junge, hatte sein Vater ihn einst ermahnt, *du meinst immer, die anderen Leute müßten so reagieren, wie du es von ihnen erwartest.*

Er kannte Brenda. Er wußte, wie sie reagieren würde.

Du verlangst von den anderen, daß sie sich so verhalten, wie du es dir in den Kopf gesetzt hast. Aber, Junge, so läuft das nicht. Nichts geschieht, nur weil du es so willst.

Geh weg, alter Mann. Was weißt du schon? Wenn du so klug bist, wieso läßt du dir dann seit Jahren von Mutter auf der Nase herumtanzen? Oder hast du Bescheid gewußt? Oder zumindest einen Verdacht gehabt? Na, dein Sohn ist schnell dahintergekommen, was los ist. Dein Sohn hat es schon früh begriffen. Er war noch ein Kind, als er merkte, was deine schöne Rosamond brauchte, um ihre verdammte Eitelkeit zu befriedigen.

Nachdem er zwei erleuchtete Brücken über die Bucht überquert hatte, sah er eine Marina mit Bootsstegen, Liegeplätzen und einem langgestreckten Klubhaus mit dem Schild *Sarasota Yacht Club.* Dort hatte er einen Liegeplatz bekommen – ein

Entgegenkommen aufgrund seiner Zugehörigkeit zum Westport Club. Hier würden sie an Bord gehen, alle drei, zurück nach Connecticut fahren – durch den Kanal an die Ostküste, dann allmählich an der Küste entlang in den Atlantik und nach Norden – segeln, wenn das Wetter es zuließ.

Er würde jemand anheuern müssen, um Brendas Wagen heimzufahren.

Sie würden wieder zusammensein, alle drei, Zeit haben, um die Wunden verheilen zu lassen, die Vergangenheit hinter sich zu bringen. Wenn die Chartergesellschaft ihm Hindernisse in den Weg legte, würde er einfach eine Jacht kaufen. Was, zum Teufel, nützte es, Geld zu haben, wenn man es nicht ausgab, um sich damit Glück zu kaufen. Brenda würde von dem Vorschlag sehr angetan sein. Sie liebte Segeln. Und allein in ihrer privaten Kabine oder nachts an Deck bei Mondschein, während Toby in der Heckkabine schlief ...

Die Erregung wurde fast unerträglich. Und während er durch die vier oder fünf Straßen fuhr, aus denen die Siedlung Lido Shores bestand – eine Gegend mit einer Atmosphäre zurückhaltender, untertriebener Eleganz –, hielt er bei jeder Einfahrt Ausschau.

Der Lancia war nirgends zu sehen.

Er konnte natürlich in einer Garage stehen.

Oder Collins hatte sich geirrt. Dann war er den ganzen Weg umsonst gekommen!

Der Westway Drive umrundete den Lido Shores an zwei Seiten. Sehr langsam rollte er ihn entlang, bis er die 1100er Nummern fand. Dann parkte er und setzte seine Suche zu Fuß fort. Einige der Briefkästen trugen Namensschilder. Aber Conrad oder Scherwin stand nirgends. Drake konnte er auch nicht finden.

Manchmal ist es ein Mann, dessen Name der Ehemann noch nie gehört hat.

Dieser zynische, arrogante Bastard. Wenn die Auskunftei sich irrte, würde er ihm die Hammelbeine langziehen! Und wenn da ein Mann war ...

1168. Die Nummer stand da in einer Zierschrift, die zum japanischen Stil des Hauses paßte.

Und das Haus war langgestreckt und flach, mit schwarzen Fensterrahmen und korallenroten Läden.

Die breiten Fenster zu beiden Seiten des Eingangs lagen dunkel da.

Sollte er klopfen?

Der Vorgarten war nicht mit Rasen bewachsen, sondern Steine knirschten unter seinen Schritten. Und da stand ein Fahrrad.

Am Podest angelangt, betätigte er den orientalischen, kupfergeschmiedeten Klopfer.

Das Pochen schien innen widerzuhallen. Hohl.

Kein anderer Laut war zu hören. Niemand machte Licht.

Da überfiel ihn wieder die Wut. Lodernder Haß überflutete ihn.

Man hatte ihn hereingelegt.

Er erstickte fast vor Zorn.

Er hämmerte mit den Fäusten gegen die Tür.

Sie hatten ihn an der Nase herumgeführt!

Manchmal ist es ein Mann . . .

Was nun?

Und wenn es ein Mann war . . .

Was dann?

»Du solltest seine Werkstatt sehen«, sagte Toby. »Es ist eine Werft, wo sie früher Boote gebaut haben. Und das Werkzeug, das er hat. Und es riecht so gut. Nach Sägemehl.«

Von einer warmen Hoffnung erfüllt, fuhr sie weiter. Der Mond stand voll und hoch am Himmel und badete die Straße in blaßblauen Schimmer, so daß sie ohne Licht hätte fahren können.

»Er hat mich wählen lassen, zwischen dem hier oder einem Delphin. Delphine sind die Fische, die in Bögen aus dem Wasser springen.« Er streichelte den polierten Vogel aus Holz. »Der hat mir besser gefallen. Es ist ein Silberreiher. Das ist der Vogel, den ich am Strand gesehen und den ich nicht gekannt habe. Durfte ich das Geschenk annehmen?«

»Hast du dich bedankt?«

»Ach, Mama!«

Der ganze Abend war ein Geschenk gewesen. »Ja, es war schon in Ordnung.«

»Er hat mir auch ein Buch über die Vögel in Florida gegeben. Und er hat mir versprochen, mir das Schnitzen beizubringen. Mama, warum sind eigentlich alle Leute hier so nett zu uns?«

»Das weiß ich nicht. Vielleicht, weil die Menschen, die meisten Menschen, von Natur aus nett sind.«

»Er nimmt mich in einen Park mit, Myakka oder so ähnlich. Wenn wir Glück haben, können wir dort vielleicht ein Gürteltier oder sogar einen Hirsch sehen, hat er gesagt.«

»Ihr werdet es sicher sehen. Alles, was du willst.« Vielleicht sogar den flüchtigen blauen Vogel ...

Sie mußte an Charlene denken. *Wir standen uns nie sehr nah, als wir noch Kinder auf der Farm waren. Aber als ich hier auftauchte und nicht so recht wußte, wohin, da merkten Barry und ich plötzlich, wie sehr wir aneinander hängen.*

Und sie dachte an Lavinia. *Barry war in einem traurigen Zustand, als ich ihn kennenlernte. Verbittert über das Schicksal, vielleicht sogar über Gott, weil er seine Frau auf solche Weise verloren hatte. Durch einen völlig unnötigen Unfall, ein Besoffener nachts auf der Landstraße. Hinter dieser Maske der Schüchternheit verbirgt sich ein sehr einsamer Mann.*

Sie dachte an das, was Barry gesagt hatte, befangen und ernst, als sie sich zum Abschied die Hand geschüttelt hatten: *Wenn Sie uns brauchen, sind wir für Sie da.*

»Es kommt nicht wieder?« erkundigte sich Toby.

»Was?«

»So einen Anfall ... wie hast du es genannt?«

»Angst? Nein. Warum fragst du?«

»Weil du so komisch fährst.«

Sie befanden sich wieder auf Longboat Key und fuhren im Mondlicht zwischen einem Strandstreifen und einem Campingplatz durch. Sehr langsam. War sie so in Gedanken versunken gewesen? Sie gab Gas und schaltete in einen höheren Gang. Die Straße war fast leer. Die Wellen brachen sich in weißem Schaum, und bei offenem Verdeck konnten sie das rhythmische Überschlagen hören.

Lavinia hatte sich ein eigenes Leben eingerichtet. Allein. Und was sie alles unternahm – und wie sie es genoß! Da war ihre Muschelsammlung in einem Regal, und sie kannte jede der verschiedenen Formen mit Namen. Und das Ruderboot, das an einen Betonpfosten unter dem Haus angekettet lag. *Federleichtes Fiberglas, aber an Tagen, wenn kaum Seegang ist, rudere ich stundenlang.*

Nach dem Essen hatte sie sich an ein altes Klavier gesetzt und Stücke von Mozart und Gilbert O'Sullivan gespielt; dann – eine Zeitung über die Saiten gelegt, so daß es blechern klang – Jazz und Boogie-Woogie, zu Tobys Erstaunen und Brendas Entzücken. Wie lang schon hatte sie keinen so anregenden Abend mehr erlebt ...

Nach einigen Kilometern, als sie schon geglaubt hatte, Toby sei eingeschlafen, fragte er: »Liebst du Daddy noch?«

Aufgeschreckt, nervös und plötzlich wachsam stellte sie die vorsichtige Gegenfrage: »Liebst du ihn noch?«

»Ja. Und du?«

»Ich weiß nicht«, erwiderte sie, unsicher und verblüfft über ihre Antwort. »Ich glaube schon.«

Und mit einemmal überschwemmte sie eine Woge der Zärtlichkeit. Konnte sie ihn noch immer lieben, nach allem, was geschehen war, was er ihnen angetan hatte, ihnen beiden? Wieder fragte sie sich, wie es ihm wohl ergehen mochte. Nicht, ob er sie aufspüren und was er dann tun würde, sondern wie er sich fühlte. Sie kannte seinen Kummer, seine Reue, seine Selbstbezichtigungen, seine Qualen und Schuldkomplexe. Und sie konnte sich gut vorstellen, wie sehr sie ihm fehlte. Sie beide. Und wie er litt ...

Selbst jetzt, zu diesem abwegigen Zeitpunkt, zu dem sich ihr eine Möglichkeit zur Unabhängigkeit bot, identifizierte sich ein verquerer Teil ihres Wesens mit seinem Kummer. Und laut sagte sie: »Ja, Toby, ich glaube, daß ich deinen Vater noch liebe.«

Sie fügte nicht hinzu, daß sie nicht mehr mit ihm zusammenleben wollte. Oder daß sie wußte, daß es vorbei war, aber daß Liebe nicht so einfach stirbt, auch wenn eine Person alles Erdenkliche tut, um sie zu zerstören. Sie wünschte, ihre Liebe würde sterben. Aber so weit war es noch nicht, und solange sie sich noch Gedanken machte, wie er es aufnahm, war sie noch nicht frei, ganz gleich, wie viele Kilometer zwischen ihnen lagen.

O Gott, Toby, warum mußtest du das fragen? Ausgerechnet heute nacht, warum, verdammt?

Als sie die kurze Brücke über den New Pass nach Lido Shores überquerten, war Toby eingeschlafen. Und mit großer Erleichterung fuhr sie die letzten Straßen an dunkel daliegenden Häusern entlang in den Westway.

Ein schwarzer Wagen parkte unter einer Straßenlaterne gegenüber dem Haus.

Hatte Charlene Besuch? Nein, sie wollte doch nach der Kostümprobe zu Mal gehen.

Sie umklammerte das Lenkrad und erstarrte in plötzlicher Panik. Sollte sie Gas geben, weiterfahren?

Doch dazu war es zu spät. Die Gestalt, die aus dem Wagen stieg, groß und breitschultrig, und sich in die Mitte der engen Straße stellte und ihr den Weg blockierte, war ausgerechnet der Mensch, dem zu entrinnen sie Tausende von Kilometern zurückgelegt hatte.

»Du hast wie ein Mönch gelebt, das weißt du ganz genau.« Barry lächelte. Die gute Lavinia: immer direkt und unverblümt. Das lag ihr auf den Lippen, seitdem Brenda und der Junge weggefahren waren.

»Mönche kommen auch zurecht«, antwortete er.

Sie spazierten am Strand entlang, knapp oberhalb der geschwungenen Linie der ausrollenden Wellen. Unter ihren Schritten knirschten Muscheln, und der volle Mond tauchte alles in ein milchiges Licht. Es war angenehm, hier entlangzuschlendern – keine Badenden, keine kleinen Boote, keine Stimmen. Draußen auf dem Meer zog ein beleuchtetes Schiff, vermutlich ein Frachter, langsam vorbei. Man fühlte sich wie losgelöst, wie in einer anderen Welt. Sie war ihnen beiden ans Herz gewachsen: Frieden, Gelassenheit, keine Komplikationen, keine emotionalen oder sonstigen Verwicklungen.

»Mönche mögen zurechtkommen«, ging Lavinia darauf ein,

»weil sie ihre natürlichen, menschlichen Regungen sublimieren und dafür himmlischen Lohn erwarten.«

»Manche Mönche haben ein Schweigegelübde abgelegt.«

Lavinia lachte. »Schon gut, mein Lieber, ich lasse dich in Ruhe.«

Wieviel mochte Lavinia erraten haben? Wahrscheinlich zuviel. Diese verdammte Antenne, diese Intuition war manchmal unheimlich.

Er kam sich eigentlich vor wie ein Pennäler. Aber er war dreiundvierzig Jahre alt und kein Junge mehr. Lag es an dem gemmenhaft geschnittenen Gesicht, dem üppigen, schwarzen Haar, dem schlanken, in Weiß gekleideten Körper, der Wärme versprach – zum Teufel, war es ihre körperliche Schönheit, die ihn in diesen verrückten Zustand bibbernder Erregung versetzte? Oder ... war es mehr?

»Hat dir Charlene mehr erzählt als mir?« Es rutschte ihm heraus. Von Charlene hatte er nur erfahren, daß Brenda schon immer verschlossen gewesen war, soweit es ihr Privatleben betraf. Was er respektierte und sogar bewunderte.

»Brenda war heute bei einem Anwalt. Aber ich glaube nicht, daß Charlene mehr weiß, als wir vermuten. Anscheinend hat das arme Mädchen einiges durchgemacht. Und das muß ihr Selbstvertrauen ziemlich angeknackst haben. Es ist schrecklich, wenn einem ein Partner das antut, nicht wahr?«

»In der Tat.« In den wenigen Stunden, seitdem er sie gestern kennengelernt hatte, war in seinem Inneren ein Haß aufgestiegen, ein Haß auf denjenigen, der an dem verschreckten Mißtrauen und dem Kummer in ihrem Blick schuld war. Hatte ihn das veranlaßt, ihr seinen Beistand anzubieten, als er ihr die weiche Hand gedrückt hatte? Was hatte er eigentlich damit gemeint?

Daß er für sie dasein würde, wenn sie ihn brauchte.

Genau das.

Nachdem er Lavinia gute Nacht gesagt hatte – *Lieber Junge, warum kämpfst du gegen deine Gefühle an, wenn du froh sein solltest, daß du noch welche hast?* – und nun gemächlich zu seiner Werkstatt am Nordende der Insel fuhr, mußte er an Jenny denken. Er hatte es sich zur Gewohnheit gemacht, diese schmerzlichen

Erinnerungen zu vermeiden. Jenny ist tot. Schon seit Jahren. Das war ein anderes Leben. Hatte er nicht beschlossen, alles hinter sich zu lassen, als er die Farm in Wisconsin und das Haus, ohne Jennys sonnige Gegenwart leer und öd, verkauft hatte? Um die Vergangenheit auszulöschen. Und sich ganz seiner Arbeit zu widmen, dem Werk, das ihm immer vorgeschwebt hatte? Er hatte eine Methode zum Überleben gefunden.

Aber allein. Er hatte nie daran gezweifelt, daß es nach Jenny keine andere Frau mehr für ihn geben würde.

Gab es jetzt eine?

Nein.

Im Mondschein parkte er den Jeep neben dem Werftschuppen und beschloß, gleich auf sein Boot zu gehen, das neben der Werkstatt an einem Bootshaus vertäut war. Dort schlief er, nahm seine Mahlzeiten zu sich, dort lebte er, las, hörte Musik, wenn er nicht in der Werkstatt war oder zum Fischen auslief. Es war ein behäbiger Trawler ohne Takelage, mit einem Motor, den er einem Fischer abgekauft hatte. Er hatte eine Küche eingebaut und die Kabine zu einem geräumigen Wohnraum ausgestaltet, mit seidenglattem Teakholz verkleidet. Im Bug war eine Art Schlafzimmer mit einem breiten Bett. Bequem genug für die gelegentlichen Frauenbesuche, die er, manchmal schon bevor er mit ihnen schlief, unweigerlich aber nachher bereute. Er sprang an Bord, kontrollierte mechanisch die Leinen und ging nach unten in seinen Unterschlupf.

Aus irgendeinem verdammten Grund war er ihm noch nie so leer erschienen.

So weit, so gut – aber sie war noch nicht mit ihm allein gewesen. Als ihr Wagen angehalten hatte, war Toby herausgesprungen und weinend in die Arme seines Vaters gerannt. *Daddy, Daddy, du bist gekommen! Ich wußte, du würdest herkommen! Ich wußte es!* Und sie hatte es auch gewußt, als sie den Kopf beiseite drehte und er sie nur auf die Wange küssen konnte. In seinen Augen hatte sie Reue und Kummer gelesen.

Aber jetzt . . .

Vom Bett aus fragte Toby flüsternd: »Heißt d-d-das, daß wir heimfahren?«

Wieder das Stottern. Danke, Donald. Besten Dank. Verdammt sollst du sein!

»Möchtest du heim?« hörte sie sich fragen. Eine unfaire Frage, aber sie mußte es wissen, ehe sie Donald im Wohnzimmer wieder gegenübertrat. »Möchtest du, Toby?«

»Ich w-w-weiß nicht.«

Da war die Reaktion: einfach, wahr. Das brachte sie auch nicht weiter.

»Ich weiß es auch nicht«, erwiderte sie – war es nur eine beschwichtigende Lüge? Zögernd verharrte sie noch im schummrigen Schlafzimmer des Kindes. Und wieder überfiel sie die lähmende Woge von Hilflosigkeit, Unausweichlichkeit, Verzweiflung.

Sie deckte Toby zu und küßte sein verschlossenes Gesicht. »Du hast Vater und mir versprochen, daß du gleich die Augen zumachst.« Eine gewisse Schärfe und Nervosität klang aus ihrer Stimme, die doch beruhigend und verständnisvoll hätte sein sollen.

Sie schaltete die Leselampe aus und ging zur Tür. Bei Tobys Worten blieb sie nochmals stehen. »Ihr habt mir auch etwas v-v-versprochen. Daß ihr euch nicht streitet, wenn ich ins Bett gehe. Du hast mir dein W-w-wort gegeben.«

Wie oft hatte sie das schon versprochen? »Ich werde mich bemühen«, entgegnete sie und ging in die Halle hinaus, wobei sie die Schiebetür hinter sich zuzog. Mit der Frage im Hinterkopf: Wie kann ich irgend jemand irgend etwas versprechen? Aber sie wollte es mit aller Kraft versuchen.

Donald wirkte kleinlaut, zerknirscht, fast unsicher.

Während der nichtssagenden Floskeln, die sie bisher ausgetauscht hatten, hatte er sich nicht erkundigt, wo sie den Abend verbracht hatten. Daß er bereits über eine Stunde im Wagen gewartet hatte, hatte er allerdings betont. Seltsamerweise hatte er auch nicht den Versuch gemacht, durch Fangfragen aus Toby herauszubekommen – wie er es gewöhnlich aus Mißtrauen recht hinterhältig tat –, ob ein Mann im Spiel war.

Am erstaunlichsten aber war die Tatsache, daß er anscheinend nicht getrunken hatte. Donald war jedoch nur schwer anzumerken, ob er nüchtern war, jedenfalls bis zu einem gewissen Grad. Deshalb war man auch nie vor seinen Ausbrüchen gewarnt.

Der Wohnraum war leer.

Hatte er sich entschlossen, zu gehen, aufzugeben? Nicht Donald. Und nicht nach all den Anstrengungen. Sie schluckte die kurz aufkeimende Hoffnung hinunter.

Die breite Schiebetür stand offen, und sie konnte von ferne die Brandung hören. Es roch ein wenig nach Tang und Salz, und eine leichte, kühle Brise strich durch das Zimmer und verstärkte dessen beruhigende Atmosphäre.

Dann vernahm sie Schritte draußen auf dem Kies, die knirschend näher kamen.

Einen verwegenen Moment lang war sie versucht, die Tür zuzuschieben und zu verschließen. *Ein guter Schutz,* hatte Charlene gesagt, *nachts, da haben wir einige Ausgeflippte am Strand.* Aber ein anderes Bild schob sich warnend vor ihr inneres Auge: Donald, wie er zornig mit den Fäusten gegen die Tür hämmerte, ihren Namen schrie, fluchte ...

Sie dachte flüchtig an die Nachbarn, an Charlenes Gastfreundschaft ...

Die Schritte hatten die Holzveranda erreicht. Dann war Donalds breitschultriger Schatten im Türrahmen, eine Silhouette vor dem Schein der Straßenlaterne.

Es gab kein Entrinnen. Sie würde es durchstehen müssen.

Er kam auf sie zu, strich sich jungenhaft durch die Haare, grinste.

Gib mir einen Gutenachtkuß, Buddy, hatte er gesagt. *Und mach, daß du ins Bett kommst. Deine Mutter und ich haben eine Menge zu besprechen.*

Er hatte eine ungeöffnete Flasche Jack Daniels in der Hand, als er zum Barschrank ging. »Während ich auf dich wartete, bin ich noch einmal in die Stadt gefahren.« Er drehte die Kapsel mit einem knackenden Geräusch auf, das in ihr böse Erinnerungen wachrief. »In die *Broadway Bar.* Am Tamiami Trail.« Er schenkte zwei Gläser ein. »Kennst du die Kneipe?«

Und da war die Versuchung. Zum erstenmal. Am liebsten

hätte sie gesagt, daß Charlene und sie sich dort jeden Abend an die Theke klemmen. Aber statt dessen ging sie zur Sitzgrube und sagte: »Er heißt Tamiami Trail, weil das ursprünglich die Straße von Tampa nach Miami war.« Sie ließ sich nieder. »Jetzt bauen sie allerdings eine neue Autobahn.«

Die Sicherheit von Banalitäten. Aber wie lang konnte sie ausweichen? Seine lässige Ruhe war bereits ein Sturmzeichen.

Als er sich ihr zuwandte, sah sie deutlich sein Gesicht: blaß, eingefallen, Qual in den blauen Augen. Selbst seine Schritte wirkten zögernd, unsicher. Und als er ihr ein Glas reichte, traf sie sein flehender Blick.

Wie geht's dir, mein Sohn, hatte er gefragt. *Liebst du mich noch immer?*

Na klar, Daddy.

Jetzt, über sie gebeugt, lag die gleiche Frage in seinen Augen. Und sie wußte keine Antwort.

Zu ihrer Verblüffung verspürte sie plötzliches Mitgefühl. Paß auf, warnte sie sich, Sympathie ist ein Luxus, den du dir nicht leisten kannst. Er wird jede Schwäche sofort ausnützen.

Seine Hand berührte ihre. Er zog sie zurück, als habe er glühende Kohlen angefaßt. Sie bemerkte das Aufflackern in seinen Augen. Nicht Zorn, denn dann wurden die Augen immer ganz dunkel.

Als er sich umdrehte und sich auf die andere Couch setzte, hatte sie Mühe, ihre widerstreitenden Empfindungen in den Griff zu bekommen. Wie verzweifelt er schien, wie verletzlich und gequält. Donald, oh, Donald . . .

Aber sie unterdrückte den Impuls sofort. Wie oft hatte dieses Mitleid sie schon in Teufels Küche gebracht!

Und ihre Liebe. Aber liebte sie ihn denn noch? Wenn er sie nun danach fragte?

Aber er sagte nichts. Und hob das Glas auch nicht an die Lippen. Sie auch nicht. Sie spürte seine Blicke, mit denen er sie verschlang.

Sollte sie trinken? Man wußte ja nie, welcher winzige Anlaß plötzlich eine blinde, sinnlose Wut bei ihm auslöste. Oder

– noch schlimmer – seine Leidenschaft anstachelte. Das hat dir doch früher gefallen, Brenda. Du hast seine Leidenschaft mit Vergnügen erregt.

Gott, was für eine Tyrannei!

Sie nahm einen kleinen Schluck, haßte den Geschmack, haßte die Notwendigkeit . . .

»Du mußt nicht trinken«, sagte Donald sehr ruhig, als habe er ihre Gedanken gelesen.

»Es schmeckt mir«, log sie, mit einer Bitterkeit im Ton, die sie auch haßte. »Du bist doch zu höflich, um zuerst zu trinken. Und ich weiß, wie dringend du jetzt deinen Alkohol brauchst.«

Donald streckte die Hand aus und stellte das Glas auf den Tisch zwischen ihnen. »Da irrst du dich, Baby. Ich habe seit gestern abend keinen Tropfen angerührt.« Sie wollte sich ihr Erstaunen nicht anmerken lassen. »Seitdem ich erfahren habe, wo du bist.«

Sie sagte nichts.

»Das willst du doch, richtig? Das hast du dir doch immer gewünscht? Gut, ich habe aufgehört.«

Das hatte sie gewollt – aber war das jetzt noch wichtig? Interessierte es sie jetzt noch? »Das habe ich früher auch schon gehört, Donald. Einige Male.« Hundertmal, tausendmal!

»Ich weiß. Aber jetzt ist es etwas anderes. Du hast mich wirklich aufgerüttelt, Liebling.«

»Mich hat es auch aufgerüttelt.«

»Ich weiß. Ich weiß, und es tut mir leid.«

Sie nickte. Das Gefühl des *déjà vu* ergriff sie wieder. Wie schon so oft. »Hinterher tut es dir immer leid.«

»Es macht dir Spaß, mich zu quälen, was? Aber ich habe es wohl nicht besser verdient.«

Tief im Inneren bebte sie noch immer. Und ihr Körper war erhitzt und schweißnaß, trotz der kühlen Brise. Aber gleichzeitig verspürte sie zu ihrem Erstaunen, wie sie eine sonderbare Ruhe überkam und ihr Selbstvertrauen einflößte. »Ich habe dich nicht verlassen, um dich zu strafen.«

»Es tut mir leid. Alles, Brenda.« Sein Ton war fest, sein Blick direkt und aufrichtig. »Alles, was passiert ist, war meine Schuld. Ausschließlich meine.«

Er sprach in der Vergangenheit. Jetzt, wo er da ist, glaubt er da, alles sei vergeben und vergessen? Konnte er sich das wirklich einbilden?

»Du wirst es erleben, Baby.«

Jetzt die Zukunft ...

»Von jetzt an«, sagte Donald, »wird alles anders, Liebling. Ein völlig neues Leben!«

Da wußte sie Bescheid. Er fragte sie nicht, ob sie mitmachen wollte, er nahm es als gegeben an. Wie immer ...

»Diesmal ist es mir ernst, Brenda.«

Déjà vu. Wieder und wieder.

Dann erhob sich Donald: »Brenda, du mußt mir zuhören!« Er kam auf sie zu, und seine Stimme war voll jugendlicher Begeisterung. »Ich habe ein Schiff gechartert. Morgen um neun Uhr kann ich es übernehmen. Eine Vierzehn-Meter-Morgan mit Ketsch-Besegelung und Motor.«

Groß und selbstsicher, mit strahlender Miene, aus der Erwartung und Abenteuerlust sprachen, was ihn immer besonders attraktiv machte, ging er im Zimmer auf und ab. »Wir können uns einen Monat Zeit lassen, oder zwei oder drei. Soviel wir mögen. Ich mache selbst den Skipper. Dann sind wir drei allein an Bord. Toby bekommt eine eigene Kabine. Und wenn wir die tropischen Gewässer hinter uns haben, wird Toby wie ein Fisch schwimmen.«

Sie war sprachlos vor so viel Wunschdenken. Aber Donald hatte ja immer schon auf diese kindliche Weise die Zukunft durch die rosarote Brille gesehen, ungeachtet der Tatsachen. Was sie noch fassungsloser machte, war ihre eigene Naivität. Wieso hatte sie so etwas nicht vorhergesehen? Sie kannte Donald doch – warum also erstaunt oder schockiert sein?

Als er mit dem Hin- und Herlaufen aufhörte und sie forschend betrachtete, verwandelte sich ihre Fassungslosigkeit in ein Gefühl von Zorn, das sie fast blechern im Mund schmeckte. Doch die ruhige Sicherheit in ihrem Innern blieb. Ihr Entschluß war unumstößlich.

»Na, Baby, was hältst du davon? Das wird uns die Chance

geben, zusammenzusein, die Wunden heilen zu lassen. Richtig? Stell dir vor, wir werden uns an Deck lieben, über uns der Mond und um uns herum nur Meer. Und bis wir heimkommen, ist es Frühling. Du hast doch den Frühling in Connecticut immer geliebt!«

Er trat auf sie zu, aber ihre Worte stoppten ihn. »Heim? Wir haben kein Zuhause!« Sie haßte sich selbst für den ätzenden, verbitterten Zorn, der aus ihren Worten sprach. »Dafür hast du gesorgt.«

Es war wie eine Ohrfeige. Sein Gesicht wurde weiß und fiel ein. Sein Blick zuckte, getroffen von dem unerwarteten Schlag. Langsam und wie betäubt sagte er: »Du weißt doch, daß es mir leid tut, Brenda.«

»Damit ist alles weggewischt, als sei es nie geschehen, was? Reiner Tisch, was?«

»Ich war betrunken«, gab er zu bedenken.

»Das sind die Entschuldigungen: Du warst betrunken und es tut dir leid, und deshalb hast du es eigentlich nicht getan.« Sie schüttelte den Kopf und starrte durch die Scheiben auf den friedlichen japanischen Garten hinaus, voller Haß auf ihn, auf sich, auf alles. Aber trotzdem gab ihr die innere Gewißheit Kraft und Stärke.

Seine Worte überschlugen sich fast: »Hör, Brenda, wenn du wegen des Hauses traurig bist . . . hör zu, wir fangen neu an, wir möblieren es zusammen, oder wenn du willst, dann kaufen wir ein neues Haus. Oder bauen eins. Alles soll so sein, wie du es haben willst. Dann haben wir etwas, auf das wir uns freuen können, wenn wir nach Norden segeln.«

Er brach ab, und seine Worte hallten durch das Haus. Ob Toby zuhörte? Wieviel mochte er mitbekommen haben?

Sie konnte sich nicht mehr zurückhalten. »Dir ist alles andere egal, du denkst nur an dich.« Sie stand auf. *»Du* hast beschlossen. Um mich und Toby kümmerst du dich einen Dreck!« Das war ihr schon früher klargeworden, aber damals zweifelte sie noch. Jetzt gab es nicht mehr den leisesten Zweifel. »Du hast keinen von uns auch nur gefragt, was er sich vorstellt. Dir sind alle anderen Menschen gleichgültig. Für dich zählst nur du, und wir sind ein Teil von dir, denkst du.«

Sanft sagte Donald: »Das seid ihr auch. Ein Teil von mir. Alle beide.«

»Das sind wir nicht. Wir sind eigenständige Menschen!«

Daraufhin schüttelte Donald stirnrunzelnd den Kopf. »So bist du doch noch nie gewesen.«

»Du kennst mich einfach nicht richtig, Donald. Du hast dir nie die Mühe gemacht.«

»So habe ich dich noch nie gesehen.«

»Sechs Tage, Donald. Fast eine Woche bin ich fort. Vielleicht habe ich mich verändert.« Und dann fügte sie mit neuer Sicherheit hinzu: »Ich habe mich verändert.«

Mit einem Unterton von Staunen und Verzweiflung sagte Donald:

»Ich liebe dich. Nur das zählt.«

Sie schüttelte wieder den Kopf: »Wenn du das tust, auch wenn du das wirklich tust, dann ist das nicht alles, was zählt.«

»Du gehörst mir. Du und Toby. Ihr gehört mir.«

»Um mir das zu sagen, hast du die weite Reise hierher unternommen? Mehr fällt dir nicht ein, als daß es dir leid tut und daß wir dir gehören?«

»Ich bin gekommen, um dich heimzuholen.« Sein Ton war wieder fester geworden. »Ich bin durch die Hölle gegangen und . . . du kannst dich nicht vor mir verstecken, Brenda. Es gibt keinen Ort, an dem ich dich nicht finde!«

»Warum, Donald, *warum*?«

»Aus Liebe, Baby.«

»Nein«, sagte sie. Denn irgendwie hatte sie heute nacht etwas begriffen: Wenn er sie wirklich liebte, würde er sie gehen lassen. Er würde sie ihr eigenes Leben leben lassen.

»Vielleicht«, knurrte Donald, »hatte der Mann doch recht.«

»Welcher Mann?«

»Mr. Collins von der Auskunftei. Er sagte, manchmal steckt ein Mann dahinter, von dem der Ehemann noch nie gehört hat . . .«

Vorsichtig jetzt, ganz behutsam – es wurde gefährlich. Sie bewegte sich auf sehr dünnem Eis.

»Donald, Toby schläft, nicht so laut.« Sie wich ihm nicht aus. »Du mußt an Toby denken!« zischte sie. Am liebsten hätte sie gebrüllt, aber sie hielt sich zurück. »Du mußt an ihn denken, nicht nur an dich.«

»Ich denke an jemand anderen.« Sein Blick verdüsterte sich. »Wie heißt er?«

»Es gibt keinen anderen Mann.«

»Wo warst du heute abend?«

Es war hoffnungslos. Die Angst kam wieder, und sie überlegte, ob sie ihm entkommen konnte, wenn er sich auf sie stürzte. »Wir haben bei einer Freundin von Charlene zu Abend gegessen.«

»Wie heißt er?«

»Es ist eine Frau. Eine Schriftstellerin.« Nur kein Wort davon, wo sie wohnte. Und auch kein Hinweis, daß sie ihr einen Job angeboten hatte. »Sie schreibt Bücher. Es ist kein Mann, sondern eine Frau!«

»Lügen. Bist du wegen ihm nach Florida gefahren?«

»Ich habe sie erst heute abend kennengelernt.«

»Ich hasse Lügen«, sagte er. »Du weißt, daß ich Lügen nicht ausstehen kann.«

»Sie hat Toby ein Buch von sich gegeben.« Aber sie wußte, daß er jetzt nicht mehr auf vernünftige Argumente reagierte, sondern völlig seinen Zwangsvorstellungen ausgeliefert war. »Es heißt *Auf der Suche nach dem blauen Vogel.*«

»Wie heißt sie?«

»Lavinia.« Das mußte genügen . . . war schon zuviel. Sie dachte an Lucy und Preston Brice. *Er hat uns von der Straße abgedrängt. Wir haben Glück, daß wir noch leben.*

»Eine ältere Frau, Donald.« Auf keinen Fall durfte sie Charlenes Bruder erwähnen. Sonst . . .

»Wenn sie Charlenes Freundin ist, warum ist Charlene dann nicht hier?«

»Sie hatte etwas anderes vor.« Wie kam sie überhaupt dazu, sich ins Kreuzverhör nehmen zu lassen? »Ihr Freund ist Schauspieler, und heute war Generalprobe.«

»Quatsch.«

»Ach, Donald, zum Teufel, es gibt keinen anderen Mann.

Es hat nie einen gegeben.« Sie setzte sich, niedergeschlagen. Es war hoffnungslos . . .

Sein Gesicht war nun die vertraute Maske, fieberhaft erregt, grausam und mißtrauisch, und davor hatte sie Angst. Donald wirbelte herum und eilte zum Korridor.

»Laß Toby in Ruhe!« rief sie und sprang auf. »Zieh Toby um Himmels willen nicht da hinein, ich bitte dich!«

Er blieb stehen und drehte sich um. »Es existiert kein Buch, was? Und Lavinia gibt es auch nicht.«

Sie setzte sich in Bewegung. »Ich hole das verdammte Buch, wenn du darauf bestehst.«

Aber als sie an ihm vorbei wollte, packte er ihren nackten Arm. »Ich werde Toby nicht aufwecken – unter einer Bedingung«, knurrte er.

»Und welcher?« Aber sie wußte es bereits, las es aus seiner heiseren Stimme, dem verdunkelten Blick . . .

»Du weißt, was ich will, Brenda. Was ich immer will.«

Weder schockiert noch verblüfft, sondern von tiefem Ekel ergriffen, sagte sie: »Laß mich los. Du tust mir weh.«

Sofort ließ er sie los. Langsam bewegte sie sich von ihm fort, vorsichtig. Charlene würde heute nicht mehr nach Hause kommen. Was schadete noch einmal? Aber wenn sie jetzt nachgab, würde er es als Zeichen ihres Einverständnisses zu all seinen Plänen nehmen. Und wenn sie sich weigerte . . .

»Los, zieh dich aus«, sagte er.

»Nicht hier«, widersprach sie, dümmlich, ausgehöhlt. »Nicht hier und jetzt. Wenn Charlene kommt . . .«

»Du hast doch ein Schlafzimmer.«

»Da ist Toby . . .«

»Wir sind doch verheiratet, oder? Toby weiß, was vorgeht.« Aber er ging nicht auf sie zu. Sondern verschlang sie mit gierigen Blicken. »Zieh dich aus.«

Sollte sie wegrennen? Er würde sie leicht einholen. Und da war Toby . . .

»Donald, dafür ist es jetzt zu spät.«

»Halt's Maul. Du bist meine Frau. Wir sind aus dem Haus verschwunden, ehe deine Freundin morgen auftaucht.«

Zorn packte sie. »Du hast mir überhaupt nicht zugehört!«

»Du bist meine Frau, vergiß das nicht. Du gehörst mir.«

»Ich gehöre niemandem!«

»Zieh dich aus. Ich habe eine Woche lang an fast nichts anderes gedacht. Tu, was ich dir sage.« Er trat einen Schritt auf sie zu. »Oder soll ich dich ausziehen?«

»Hör zu, Donald. Es geht nicht.« Wieso glaubst du, dich mit Lügen zu retten, du Närrin? »Ich habe meine Tage.«

Seine Augen wurden dunkel. »Schon wieder Lügen. Das hast du mir schon vor zwei Wochen weisgemacht. Entweder hast du mich damals angelogen, oder du lügst jetzt.«

Unmöglich. Er zwang sie ja zum Lügen. Er zwang sie immer, etwas zu sein, was sie nicht war. »Du hast nicht zugehört. Es ist aus zwischen uns, endgültig.«

»Es wird nie aus sein. Kapier das endlich. Niemals.«

»Donald, willst du mich soweit bringen, daß ich dich hasse?«

Er schüttelte den Kopf. »Du kannst mich gar nicht hassen, Brenda.«

Stimmte das? Vielleicht. Aber sie konnte ihn nicht mehr lieben, das war die Wahrheit.

»Ich will dich sehen. Ganz. Im Licht.«

Ehe sie antworten konnte, trat er blitzschnell auf sie zu. Mit einer Hand packte er den Ausschnitt des Kleids und riß es herunter, mit der anderen zerfetzte er den Träger, bis sie halbnackt vor ihm stand, regungslos.

Er trat einen Schritt zurück.

Sie wußte, daß es seinen Zorn erst richtig entfachen würde, wenn sie einen Fluchtversuch unternähme – wohin auch, um Himmels willen?

»Du hast keine Ahnung, wie ich mich auf diesen Moment gefreut habe«, sagte er.

Und wenn Toby jetzt kam? Wenn er lauschte ...

»Nicht hier«, sagte sie und dachte: Wenn ich ihn aus dem Haus schaffen könnte ...

»Wohin?« fragte er. »Wohin du willst, Baby.«

Von Abscheu geschüttelt, beschmutzt durch seine Blicke, wußte sie, wie vorsichtig sie taktieren mußte. »Um diese Zeit ist kein Mensch am Strand ...«

Donald grinste. »Ich bewundere dich. Immer denkst du an das Kind.« Er stand still. »Zieh den Rest aus, und dann gehen wir zum Strand.«

»Hier stehen ringsum Häuser«, gab sie zu bedenken.

»Schon vor einer Stunde waren auf der ganzen Insel die Lichter aus.«

Konnte sie hinausgehen, wegrennen, in irgendeinem Haus Schutz suchen? An die Tür hämmern? Rufen? Was? Wie sollte sie die Situation erklären?

Aber Donald war mit zwei Schritten bei ihr, preßte sich an sie. Mit einem Arm umschlang er ihren Rücken, mit dem anderen umschloß er ihre nackte Brust. Sie konnte seinen Penis fühlen, steif und pulsierend und fordernd.

»Als ich kam, hast du mir die Wange zum Kuß angeboten wie einem Fremden. Jetzt küß mich, verdammt.«

Sein ganzer Körper bebte vor Gier, und er hielt sie wie ein Schraubstock umklammert, so daß sie kaum Luft bekam. Aber es erregte sie kein bißchen.

Das erleichterte sie. So schwach, elend und ausgeliefert sie sich fühlte, versteifte sich doch ihr Körper, und als er seine Lippen hungrig auf ihren Mund preßte, öffnete sie ihn nicht, sie konnte es nicht.

Seine Hand ließ die Brust los und packte sie grob am Kinn.

Doch ihr Mund blieb geschlossen, ihr Körper steif. Der alte Zauber hatte seine Wirkung verloren, und das erfüllte sie mit neuer Befriedigung. Sie war der Freiheit nahe. Sie begehrte ihn nicht mehr.

Da warf er den Kopf zurück, starrte ihr verständnislos und mit kaum zu bändigendem Hunger ins Gesicht. Mit einem dumpfen Knurren bohrte er Daumen und Mittelfinger in ihre Wangen, daß ihr die Tränen in die Augen stiegen.

Ihr Mund öffnete sich.

Lodernder Haß flammte in ihr auf.

Verschwommen erkannte sie die Grausamkeit und den Triumph in seinen Augen, während sie ihm hilflos ausgeliefert war und er seinen Mund auf ihren drückte. Seine Zunge fuhr ihr zwischen die auseinandergepreßten Zähne, suchend, gierig. Und der Arm um ihren Rücken hielt sie fest.

Einen kurzen Augenblick lang wurde ihr schwach vor Ekel, und dann biß sie in einem Aufwallen von Rebellion und Empörung fest zu.

Ihre Zähne bohrten sich in seine Zunge, an der sie fast erstickte.

Sie vernahm einen würgenden Schmerzenslaut, schmeckte Blut. Dann lockerte sich sein Griff, und er schwankte von ihr weg, während sie tief Luft holte.

Einen schrecklichen Moment lang sah sie sein verzerrtes Gesicht, Blut, das am Kinn herunterlief, schmerzgequälte Augen, aufgerissen und haßdurchglüht.

Dann brüllte er auf wie ein angestochenes Tier, und sein wilder, gequälter Schrei füllte das leere Haus.

Sie ergriff die Flucht, in panischem Schrecken. Aber sie war nicht schnell genug.

Sie hatte die Schiebetür am Eingang erreicht, als er sie an der Schulter packte und herumriß. Hemmungslose Wut loderte in seinen blauen Augen.

Sie hörte nur ein Wort, stammelnd und würgend, immer wieder: »Hure, Hure, Hure!«

Und einen Sekundenbruchteil, ehe sie sie traf, sah sie seine gewaltige Faust auf sich zuschnellen.

Der Schlag explodierte an ihrem Kinn.

Dann wußte sie nichts mehr.

3

Es war ein Uhr morgens, als das Telefon im Korridor eines der altmodischen Häuser in dem etwas heruntergekommenen Viertel nahe dem Stadtzentrum läutete, im Haus Ecke Third Street und Coconut Avenue. Früher wurden diese Häuser von hochherrschaftlichen Familien bewohnt. Jetzt stand auf einem Schild neben der Haustür: Zimmer zu vermieten. »Laß es läuten«, sagte Malcolm Eggers und rollte sich auf die Seite. Nach einer Weile richtete er sich auf. »Verdammter Lärm.«

Charlene schlief noch halb, als er nackt in seinen Morgenmantel schlüpfte. Der Gedanke schoß ihr durch den Kopf, daß so viel Schönheit bei einem Mann verboten gehörte. Wer mochte mitten in der Nacht anrufen? Alle an der Generalprobe Beteiligten waren sich darüber einig gewesen, daß nach einer solchen Katastrophe die Premiere ein rauschender Erfolg sein müßte. Sie verstand Mals Worte am Telefon nicht, aber er murmelte beschwichtigend und schien Fragen zu stellen. Vielleicht ein Kollege oder gar der Regisseur mit selbstquälerischen, mitternächtlichen Zweifeln ...

Am Ende der Spielzeit würde Mal nach Hollywood gehen, und am Abend hatte er, leicht deprimiert, wieder einmal vorgeschlagen, daß sie doch mitkommen sollte. Auf keinen Fall, Schatz. Der Teufel sollte sie holen, wenn sie sich – sechs Jahre älter und glücklich geschieden – an diesen Jungen hängte, dessen Leben und Karriere gerade begann.

Sie räkelte sich, zufrieden über ihren vernünftigen Entschluß, und merkte erst, als Mal die Tür hinter sich schloß, daß das Telefongespräch beendet war.

»Mal! Was ist denn los, Schatz?«

»Charl«, sagte er, »bitte reg dich nicht auf. Ich muß dir was sagen. Es war Brenda . . .«

»Brenda?«

»Etwas Gräßliches ist passiert . . .«

»Brenda?«

»Nein. Ich weiß nicht. Ja. Ich soll es dir ausrichten. Sie braucht uns. Zieh dich an.«

»Was ist denn los?«

»Ich bin nicht ganz dahintergekommen. Mach schnell. Sie dreht durch. Der kleine Toby ist gekidnapped worden.«

Steif saß Brenda im Alkoven neben dem Wohnzimmer und starrte das Telefon blicklos an.

Kidnappen. Warum hatte sie dieses Wort gewählt? Er hatte viele Fragen gestellt, sie zu beruhigen versucht. Hilfsbereit. Obgleich er sie kaum kannte. Charlenes Freund. Aber sehr besorgt . . .

Hatte sie erwähnt, daß Toby vom eigenen Vater entführt worden war?

Konnte eine Frau vom eigenen Mann vergewaltigt werden?

Ja. Ja. Ja.

War wieder einer dieser Angstanfälle im Anzug? Ihr Herz hämmerte wild, Schweiß sammelte sich unter den Achseln und in den Handflächen, und ihr ganzer Körper zitterte vor Schwäche. Das Zimmer schwankte, sobald sie aufstand. Sie konnte sich kaum auf den Beinen halten. Und alles tat weh.

Sie mußte etwas unternehmen. Aber was?

Ihre Rippen schnürten sie mit eiserner Härte ein, nahmen ihr die Luft weg. Hatte er sie gebrochen, als er sie festgehalten hatte?

Hatte er ihr die Rippen gebrochen, um zu beweisen, wie sehr er sie liebte?

Ihre Wangen waren angeschwollen und rot. Der Kiefer pulste heftig, ihr Rücken war mit Blutergüssen und Aufschürfungen übersät, und der stechende Schmerz zwischen den Beinen war so unerträglich, daß sie einen Schrei unterdrücken mußte, als sie sich bewegte.

Liebe. Wie konnte man das Liebe nennen?

Trotz ihrer Schwäche und der Schmerzen verlieh ihr der Zorn neue Kräfte. Sie konnte nicht hier herumsitzen.

Toby, wo bist du? Ist es dir kalt, ohne richtige Kleider? Bist du so verstört und erschrocken ... Lieber Gott, Toby, mein Liebling, wenn er dir irgend etwas antut, dann bringe ich ihn um.

Der Haß packte sie, ungezügelt und überwältigend.

Donald hatte nicht einmal wissen wollen, ob sie ihn noch liebte!

Er hatte nicht gefragt, ob sie ihn haßte.

Vor einer Stunde noch hätte sie das verneint.

Aber jetzt nicht mehr.

Einen Moment lang hatte sie das Gefühl, von ihrem unbändigen Haß zerfressen zu werden.

Aber sie durfte ihm nicht nachgeben.

Sie mußte den Haß als Motor benützen. Ihn in Kraft umsetzen. Aber konnte sie das?

Sie hatte sich noch nie so allein und verlassen gefühlt.

Da tauchte aus der Tiefe ihrer Gedanken Barrys Bild auf, die zurückhaltenden braunen Augen, der rötliche Bart, die sanfte Stimme ...

Der Aufruhr in ihrem Innern ebbte ein wenig ab.

Sie war versucht, ihn anzurufen. Barry Conrad. Aber der Mann war fast ein Fremder.

Laß die Finger von Dummheiten, von impulsiven Entschlüssen, mach dich nicht lächerlich!

Konzentriere dich! Du mußt etwas Vernünftiges, Konstruktives unternehmen. Zum Beispiel ...?

Wohin würde Donald Toby bringen?

Donald war unberechenbar.

Unzurechnungsfähig.

Aber versetz dich in seine Lage.

Sie hob den Telefonhörer ab, mit erstaunlich sicherem Griff, wählte die Vorwahl von Danbury und dann aus dem Gedächtnis die Nummer.

Nach zweimaligem Läuten meldete sich Donalds Vater wie erwartet. Seine Stimme klang hellwach – mitten in der Nacht.

»Orin«, sagte sie mit einer Lebendigkeit, die sie beim Telefonat mit Mal noch nicht hatte aufbringen können. »Orin, hör zu. Ich bin in Florida. Donald hat mich gefunden und Toby mitgenommen. Wenn du ihn siehst . . .«

»Hallo, Mädchen, immer langsam. Vielleicht kommt er gar nicht her. Warum sollte er?«

»Weil er wahrscheinlich nach Hause will. Ich kenne den Bastard.«

»Brenda, du klingst so anders . . . Bist du . . .«

»Bastard, Bastard! Dein feiner Sohn hat mich niedergeschlagen, auf dem Fußboden vergewaltigt, während ich bewußtlos war, und Toby weggeschafft, ehe ich wieder zu mir gekommen bin.«

»Lieber Gott!«

»Das kannst du noch einmal sagen!«

»Brenda, bist du in Ordnung?«

»In Ordnung? Oh, es geht mir gut. Ich war nie besser in Form!«

»Ich kann es einfach nicht glauben!«

»Doch, du glaubst es. Du kennst ihn genau. Du hast ihn zu dem gemacht, was er ist.« Langes Schweigen. Sie hörte Orins heftiges Atmen.

Dann ertönte eine andere Stimme: »Brenda, hier spricht Donalds Mutter.«

»Rosamond«, mischte Orin sich ein, »bitte geh aus der Leitung. Ich komme schon klar.«

Rosamond klang stockend – schlaftrunken? Angetrunken? Oder beides? »Brenda, hör mir zu. Es ist jetzt eine schlechte Zeit für alle Krebsgeborenen. Noch dazu bei Vollmond . . .«

»Rosamond, verdammt, häng ein!«

»Eins noch . . . Brenda, nur eine Frage . . .«

»Rosamond . . . bitte!«

»Toby ist auch sein Sohn, oder? Mehr habe ich dazu nicht zu sagen. Gute Nacht.«

Klick.

Dann Orins Stimme. »Tut mir leid, Brenda.«

Sie sagte nichts. Sie fand keine Worte. Aber Empörung lag ihr wie ein kalter Stein im Magen.

»Brenda«, sagte Orin, und er klang müde und sehr alt. »Brenda, ich hoffe, daß dich, wenn du in meinem Alter bist, niemand für etwas verantwortlich macht, was Toby getan hat.«

Da schmolz ihr Ärger. »Wenn jemand verantwortlich ist«, erwiderte sie, »dann bin ich es.« Glaubte sie das wirklich? Nein, auch diese Art der Selbstbezichtigung war vorbei. Keine Schuldgefühle mehr.

»Brenda, wir machen alle Fehler. Mach dir keine Vorwürfe.«

Eine Sekunde lang erinnerte er sie an ihre Mutter. *Ich kenne dich, Brenda. Du darfst nicht immer alle Schuld bei dir suchen.* Orin fuhr fort: »Also, Liebes, was kann ich für dich tun?«

Was? Warum hatte sie angerufen? »Du kannst Donald ausrichten, wenn du ihn siehst, daß ich mich auf jeden Fall scheiden lasse, und daß ich Toby behalte. Ganz gleich, was die Konsequenzen sind. Schande, Skandal, selbst wenn er dafür ins Gefängnis kommt . . . es ist mir gleich.«

»Ich werde es ihm sagen. Wenn er kommt oder anruft. Aber Donald läßt sich nichts sagen, das weißt du.«

»Ich weiß. Aber diesmal sollte er die Ohren aufmachen. Und . . .«, sie umklammerte den Hörer, daß der Schmerz bis in die Schultern ausstrahlte, »und wenn Toby ein Haar gekrümmt wird, wenn er ihm noch mehr antut als er es ohnehin schon getan hat, dann wird er dafür büßen, dafür sorge ich!«

»Brenda, Liebes, so darfst du nicht denken! Tu nicht aus Verzweiflung etwas, was du später bereuen könntest.«

»Richte es ihm nur aus. Und auch, daß . . . wenn ich ihn nicht anders stoppen kann, werde ich ihn umbringen, und es wird mir nicht leid tun!«

»Brenda, du klingst hysterisch, aber . . .«

»Ich bin auch nicht hysterisch«, sagte sie und merkte mit Staunen, daß das zutraf.

»Warum beruhigst du dich nicht ein bißchen. Sag mir bitte, wo ich dich erreichen kann.«

»Du willst mir Bescheid sagen, wenn . . .«

»Du hast mein Wort, Liebes.«

Sie nannte die Rufnummer und die Vorwahl. Plötzlich war es mit ihrer Beherrschung vorbei. Sie weinte.

»Kopf hoch«, ermunterte sie Orin. »Ich weiß nicht, wie ich dir helfen kann, aber laß dich nicht unterkriegen. Und, Brenda . . . es tut mir sehr leid.«

Sie hatte aufgelegt, ohne sich zu bedanken und ohne sich zu verabschieden. Sie schluchzte und konnte nicht mehr aufhören. Hatte er Toby durch die offene Haustür geschleppt, vorbei am nackten, geschändeten, bewußtlosen Körper seiner Mutter? Oder hatte er ihn durch die Hintertür getragen?

Es war ihm alles zuzutrauen. Alles. Und – ungeachtet seines Vaters, seiner Kindheit, seiner Sterne oder seiner betrunkenen Mutter – es war sein Werk. Er war verantwortlich für seine Handlungen. Er allein . . .

Trotz der Schmerzen bückte sie sich nach dem Telefonbuch und suchte Rex Maynards Privatnummer.

Ohne Zögern und Zweifel wählte sie die Nummer. Charlene und Mal mußten jeden Augenblick eintreffen. Sie brauchte hierfür nicht ihren Rat.

Sie konnte nicht mehr warten. Was getan werden mußte – oder konnte – mußte sie in die Wege leiten.

»Hallo?«

»Mr. Maynard?«

»Ja, am Apparat.«

»Mr. Maynard, es tut mir leid, wenn ich Sie so spät noch störe. Hier spricht Mrs. Forrest . . .«

»Ja, Mrs. Forrest. Was ist passiert?«

»Er hat meinen Sohn mitgenommen. Unseren Sohn.«

»Mrs. Forrest, woher wissen Sie das?«

»Woher ich das weiß?« Sie mußte vorsichtig sein. Sie wollte Taten sehen, brauchte Hilfe, aber . . . »Donald war hier. Wir waren alle drei im Haus. Ich brachte Toby ins Bett. Donald hat mich niedergeschlagen . . .«

»Er hat Sie geschlagen?«

»Als ich wieder zu mir kam, waren beide verschwunden. Wenn man zwei und zwei zusammenzählt . . .«

Die Vergewaltigung hatte sie klugerweise unerwähnt gelassen, dachte sie.

»Nicht immer, Mrs. Forrest. Rechtlich gesehen ergibt zwei und zwei manchmal fünf. Oder drei. Was ich damit sagen will: Es tut mir sehr leid, daß er Ihnen weh getan hat, aber der Junge ist bei seinem leiblichen Vater, und da Sie weder das gerichtlich verfügte Sorgerecht noch eine Scheidung haben ... Das macht die Sache etwas schwierig ...«

»Immer schwieriger«, stimmte sie grimmig zu. »Was wollen Sie mir schonend beibringen, Mr. Maynard?«

»Mrs. Forrest, ich stehe auf Ihrer Seite! Was Sie wollen, ist eine polizeiliche Suchaktion, stimmt's? Nun, ich kann die Polizei zu Ihnen schicken. Aber ich wäre dann gern dabei. Auf der anderen Seite – kann ich annehmen, daß Sie nicht befürchten, daß sich der Vater an seinem Sohn vergreift?«

»Ich weiß es nicht.«

»Habe ich richtig gehört, Mrs. Forrest?«

»Nach dem, was heute nacht vorgefallen ist, weiß ich nicht, ob ich noch *irgend etwas* mit Sicherheit annehmen kann.«

»Mrs. Forrest, darf ich dazu etwas sagen? Es ist Ihr gutes Recht, wütend zu sein. Bleiben Sie dabei, es wird Ihnen helfen. Übrigens, meine Freunde nennen mich Rex.«

Eine lange Pause. Würde sie wieder in Tränen ausbrechen?

»Ich heiße Brenda.«

»Also, Brenda, ich schlage folgendes vor: Ich werde eine Freundin von mir anrufen. Sie arbeitet beim Staatsanwalt. Wir könnten vorbeikommen, aber das könnte Ihren Mann verscheuchen, falls er es sich anders überlegt hat. Er könnte dann meinen, daß er sich in Schwierigkeiten gebracht hat, und einfach mit Toby weiterfahren. Ich hielte es auch für besser, vorerst Stillschweigen über die Sache zu bewahren – sagen wir, für die nächste Stunde oder so. Trauen Sie sich zu, zu fahren?«

»Ja.«

»Tapferes Mädchen.«

»Wohin?«

»Whitfield Estates. Das liegt an der rechten Seite des Trail, gleich nach dem Flughafen. 71 Mango Drive, erstes Haus rechts, im spanischen Stil, zwischen zwei Bauplätzen. Werden Sie es finden?«

»Ja. Jetzt gleich?«

»Ich lasse das Licht über dem Eingang brennen, und meine Frau, die stirnrunzelnd neben mir im Bett sitzt, wird uns Kaffee machen.«

»Danke, Rex.«

»Danken Sie mir noch nicht. Es ist erst der Anfang. Und noch eins. Etwas Entscheidendes. Lassen Sie sich nicht durch Fragen aus dem Gleichgewicht bringen und . . . verschweigen Sie nichts. Jetzt nützt nur die volle Wahrheit. Nur so können wir Ihnen helfen.«

Sie zögerte. Wieso mußte er, mußten die anderen – wer immer das war – erfahren, daß sie vergewaltigt worden war? Darüber konnte sie nicht sprechen. Es kam nur auf Toby an, verdammt.

»Sind Sie noch da?«

»Ja«, erwiderte sie. »Meine Freunde kommen gerade an. Damit jemand hier ist, falls mein Mann kommt oder anruft.«

»Gut. Also bis in ungefähr zwanzig Minuten.«

Was sie gehört hatte, war Mals Motorrad. Aber Mal war feinfühlig genug, nicht hereinzukommen. Entsetzt betrachtete Charlene Brenda, die in einen Hosenanzug geschlüpft war und die Handtasche samt Autoschlüssel unter dem Arm hielt.

»Mein Gott«, sagte Charlene, »was hat er mit dir angestellt!«

»Die Frage ist, was er jetzt mit Toby anstellt.« Sie umarmte Charlene. »Er hat ihn mitgenommen. Vielleicht will er mich damit erpressen. Ich habe gerade mit Rex Maynard telefoniert. Er will sehen, was er tun kann, Polizei und so. Danke, daß du so schnell gekommen bist.«

»Das war doch selbstverständlich.«

»Rex Maynard wollte nicht herkommen, damit die Fahrzeuge Donald nicht abschrecken. Falls er kommt, geh ihm aus dem Weg. Er ist gemeingefährlich. Aber du hast ja Mal als Schutz da. Und bitte, bring Toby ins Bett und ruf mich bei Rex Maynard an, ja?«

Charlene nickte. Dann schnell: »Brenda ...«

»Ja?«

»Hat er dir weh getan?«

»Ja. Es war schlimm. Und der Zeitpunkt auch. Aber ich bin entschlossen, notfalls abzutreiben.«

»Armer Schatz. So habe ich dich noch nie gesehen.«

»Kannst du auch nicht«, sagte Brenda und ging schwerfällig zur Tür. »So bin ich noch nie gewesen. Dank dir für alles, Charl.«

Malcolm Eggers, der draußen im Dunkel der Büsche stand, wünschte ihr mit seiner sonoren Schauspielerstimme: »Alles Gute, Mädchen.«

»Haltet die Stellung«, sagte Brenda und setzte sich in den Lancia.

Als sie in die Straße zurückstieß, überlegte sie kurz, ob Charlene es Mal sagen würde. Es kam nicht darauf an. Aber die Polizei sollte es nicht erfahren. Und Rex auch nicht. Es mußte doch noch etwas geben, was tabu war. Eine Vergewaltigung beispielsweise.

Während der Fahrt überlegte sie, ob der kalte Haß ihr helfen würde, die nächsten Stunden mit Haltung zu überstehen.

»Nach Hause. Wir fahren nach Hause. Ich habe es dir schon hundertmal gesagt. Wir fahren heim, wo wir hingehören.«

Toby starrte durch die Windschutzscheibe und sagte sehr leise: »M-m-m-mama hat gesagt, wir h-h-haben kein Zuhause mehr.«

»Deine Mama und dein Daddy haben eine Meinungsverschiedenheit gehabt. Das kommt bei Erwachsenen manchmal vor.«

»Ihr h-h-habt versprochen, daß ihr nicht streitet. Beide habt ihr es versprochen!«

»Tut mir leid, Buddy. War meine Schuld.«

War es seine Schuld? Ja. Und, lieber Gott, es tat ihm leid! Er war krank vor Reue. Selbst der Jack Daniels konnte das nicht betäuben. Er hatte die Flasche gepackt, als er an der Bar vorbei in Tobys Zimmer gestürmt war. Die Schiebetür war zu, aber hatte Toby etwas mitbekommen?

»Hast du zugehört, was wir gesprochen haben?«

»Nur wenn du g-g-geschrien hast.«

Zum Glück war der Junge nicht in Tränen ausgebrochen. Noch nicht. Er war zu überrascht und verängstigt gewesen, um sich zu wehren, als er ihn aus dem Bett geholt und durch die Hintertür zum Wagen getragen hatte. Das Wohnzimmer hatte er vermieden.

Wo sie wie eine Gliederpuppe nackt und bewußtlos auf dem Boden lag.

Oh, Gott, Brenda, du ahnst nicht, wie leid es mir tut.

»W-w-w-wann kommt Mama? Du hast gesagt, sie p-p-packt und bringt ihren W-w-wagen. Warum konnte ich nicht mit ihr fahren?«

»Buddy, beruhige dich. Du bist bei Daddy, bei deinem Vater. Du brauchst keine Angst zu haben. Ich habe gedacht, es würde dir Spaß machen, in einem kleinen Flugzeug zu fliegen. Da sieht man viel mehr von der Erde, das erlebt man nicht oft.«

Schweigen.

»Du fährst mit mir, weil ich es sage, kapiert?«

Als Toby noch immer nicht reagierte, knurrte er: »Richtig?

Matt und ohne den Kopf zu drehen, erwiderte der Junge: »Richtig.«

Da tat Donald sein ärgerlicher Ausrutscher schon wieder leid. »Hör zu, ich erkläre es dir. Kleine Jungen wollen immer alles genau wissen, richtig? Wir fahren jetzt durch Bradentown. Am Flughafen von Sarasota hätten wir erst um neun Uhr ein Flugzeug chartern können. Und alle Linienmaschinen sind ausgebucht. Also fahren wir nach Tampa und chartern dort ein Flugzeug. Klar?«

»Klar«, sagte Toby.

Nur noch halbvoll . . . Er nahm einen tiefen Schluck aus der Flasche, als er auf einer Brücke eine Bucht überquerte. Der Landkarte nach waren es nur etwa sechzig Kilometer bis nach Tampa.

Er fühlte sich wie ausgehöhlt. Der Whisky nützte nichts. Er konnte noch nicht vergessen, was geschehen war. Was er getan hatte.

Was er Brenda angetan hatte.

Es war ein gewaltiger, explosiver Orgasmus gewesen. Wie er ihn noch nie erlebt hatte.

Er hatte sie wirklich besessen. Sie hatte es nicht gemerkt, aber – Gott, Gott – er hatte sie gehabt!

Aber er hatte sie nicht verletzt. Da war er sicher. Er wollte niemandem weh tun.

Schon gar nicht Brenda. Dich will ich nie verletzen, Brenda!

Eine Welle der Zärtlichkeit stieg in ihm auf.

Er nahm noch einen Schluck.

Du, Brenda, immer nur du, nur du ...

Ein Streifenwagen überholte, nicht besonders schnell.

Von da an war er bei jedem Scheinwerferpaar, das sich im Rückspiegel von hinten näherte, überzeugt, es handle sich um Polizei, bis das Fahrzeug vorbeigefahren war.

Was passierte, wenn sie ihn anhielten? Wenn sie die offene Flasche entdeckten?

Er war schon zweimal wegen Trunkenheit am Steuer eingesperrt worden. Aber jedesmal hatte ihn sein Vater freibekommen – mit Bußgeld oder, wie er vermutete, Schmiergeldern. Aber das war in Connecticut. Hier ...

Oder wenn Brenda zur Polizei gegangen war, nachdem sie das Bewußtsein wiedererlangt hatte?

Was für ein Verbrechen hatte er begangen? Sie war doch seine Frau, oder?

Sie wird das niemals jemandem erzählen. Dazu war sie zu stolz. Er kannte seine Brenda.

»Du bist nicht aufgestanden und zur Wohnzimmertür gegangen oder, Buddy?«

Keine Antwort.

»Buddy, ich rede mit dir. Ich weiß, daß du nicht schläfst. Also sag was!«

»Ich h-h-h-habe nicht geguckt«, antwortete Toby sanft. Dann starrte er seinen Vater an: »Was hast d-d-du mit meiner M-ma-mama gemacht?«

»Nichts. Wir haben geredet, Pläne geschmiedet.«

»Das ist g-g-g-gelogen.«

»Was hast du gesagt?«

Keine Antwort.

Im Halbdunkel konnte er das Gesicht des Kindes ausmachen, nicht aber seinen Ausdruck. Und ihm war, als würde die Wut wie eine Bombe in seiner Brust, in seinem Kopf, in seinem Blut explodieren.

»Nenn mich gefälligst nicht einen Lügner, du Balg. Ich bin dein Vater!«

Da fing Toby zum erstenmal zu weinen an.

»Hör auf zu heulen! Schluß mit dem Gejaule!«

Aber Toby ließ den Kopf zwischen die Knie hängen und schluchzte.

»Willst du wissen, was mein Vater mit mir getan hätte, wenn ich ihn einen Lügner genannt hätte? Willst du es wissen?« Er erinnerte sich sehr gut: *Ich gebe auf. Anscheinend geht es nicht anders. Vielleicht begreifst du das!* »Er hätte mich nach Strich und Faden verprügelt.«

Das Weinen hörte nicht auf, und der kleine Junge wurde von herzerweichendem Schluchzen geschüttelt.

»Männer weinen nicht. Du bist doch ein Mann, oder nicht? Du willst doch ein Mann werden!«

Keine Antwort.

»Soll ich anhalten?«

Schließlich sagte der Junge flehentlich: »N-n-nein, bitte n-n-nicht.«

»Dann halt die Klappe, oder ich zeig dir, wer der Herr ist in dieser verdammten Familie. Genau, wie ich es deiner Mutter gezeigt habe!«

Er schaute nach oben. Die breite Autobahn gabelte sich, und er befand sich auf der linken Fahrbahn unter dem Schild *Route 19*.

Da kam ihm der Gedanke, auf der Fahrbahn zu bleiben und links zu fahren. Er erinnerte sich an die Straßen auf der Autokarte. Die lange Brücke über die Bucht von Tampa führte nach St. Petersburg, in die Nachbarstadt. Er konnte um die Stadt herumfahren und so zum Flughafen von Tampa gelangen. Es würde ausgeschildert sein. Und selbst wenn die Polizei nach ihm suchte, würde sie es auf der kürzesten Strecke tun, dem

Tamiami Trail, von dem er gerade abgebogen war. Wenn er erst wieder in Connecticut war, mit Toby, würde er ihr Bescheid geben. Dann würde sie kommen. Dann kam sie bestimmt schnell heim.

Toby hatte zu weinen aufgehört, aber er saß noch immer zusammengekauert da.

Als einer der zwei weiblichen Anwälte der Staatsanwaltschaft von Sarasota wußte Mary Rinaldi ganz genau, daß ihr einige Fälle wegen ihres Geschlechts und nicht wegen ihrer juristischen Fähigkeiten übertragen wurden. Und so war es leicht zu erraten, daß Rex Maynard sie nur deshalb mitten in der Nacht in sein Haus eingeladen hatte, weil er ihren Rat wegen einer Mandantin brauchte, die in der Klemme steckte.

Als sie seiner Frau Alison in der Küche beim Kaffeekochen half, bestätigte diese bereits ihren Verdacht, daß es sich um die junge Frau aus Connecticut handelte, deren Schicksal Rex persönlich nahezugehen schien. Sie hatte ihn erst gestern auf der Dinnerparty bei Harmons damit aufgezogen, daß er sich wie ein Ritter in schimmernder Rüstung aufführte. Und sich eingestanden, daß sie der Gedanke an seine Ritterlichkeit seltsamerweise ein bißchen neidisch gemacht hatte ...

Alison sagte:

»Rex bekommt hier nicht gern dienstliche Anrufe. Er meint, zu Hause wäre er Privatmann.« Sie lächelte gutmütig. »Aber keine Regel ohne Ausnahme, was?«

Die ungewöhnlichen Umstände schienen ihr aber Spaß zu machen. In einem langen, grünen Hausmantel hantierte sie mit ruhiger Sicherheit in der Küche herum. Mit ihrem frischen, sommersprossigen Gesicht und dem herunterhängenden rötlichen Haar wirkte sie unveränderlich jung. Ihre haselnußbraunen Augen spiegelten eine kindliche Unschuld und Naivität wider, die alle entwaffnete. Sogar Mary Rinaldi, die sie lieber unsympathisch gefunden hätte, weil sie auf sie ziemlich eifersüchtig war.

»Nancy ist zum Glück nicht aufgewacht«, sagte Alison. »Sie hätte sonst unbedingt dabeisein wollen. Zehnjährige müssen ja zu allem ihren Senf dazugeben. Aber ich muß zugeben, ich sterbe vor Neugier. Sie nicht? Rex spricht zu Hause kaum über seine Fälle.«

»Kluger Bursche.«

»Hören Sie? Da ist jemand gekommen.«

Mary Rinaldi trat zur Schwingtür.

Eine tiefe Stimme mit Südstaatenakzent drang vom Wohnzimmer herüber: »Wenn ein Antwalt Rat von einem Polizeibeamten will, dann handelt es sich gewöhnlich um eine Gefälligkeit.«

Leutnant Waldo Pruitt. Erstaunt vernahm Mary Rinaldi, wie Rex dem älteren Mann einen Platz und einen Drink anbot und ihm für sein Kommen dankte. Pruitt lachte säuerlich. »Alkohol kann ich mir bei meiner Gicht nicht leisten. Aber ich rieche Kaffee. Dafür bin ich eher zu haben.«

»Alison ist auch aufgestanden. Und Mary Rinaldi ist da. Aber lassen Sie mich erst kurz berichten, worum es geht, ehe Mrs. Forrest eintrifft.«

Mary Rinaldi nahm das Tablett mit dem Geschirr. »Da drinnen sitzt einer meiner Lieblinge«, erklärte sie Alison flüsternd. »Bei dem muß ich mir immer auf die Zunge beißen.«

»Ich bringe gleich den Kaffee.«

Leutnant Pruitt trug wie gewöhnlich einen verknautschten grauen Anzug. Als wohlerzogener Gentleman stemmte er seine zweihundertfünfzig Pfund Lebendgewicht hoch, als die Damen im Wohnzimmer erschienen. Er nickte Mary zu. »Miß Rinaldi.« Vor Alison machte er fast eine Verbeugung. »Mrs. Maynard . . . auch das Opfer Ihres Mannes?«

»Laßt euch nicht stören«, sagte Alison. Sie genoß die Aufregung ganz offensichtlich, denn sie strahlte wie eine Fünfzehnjährige. »Entschuldigen Sie mich jetzt bitte. Zwei Fremde sind für Mrs. Forrest schon fast zuviel, und ich will nicht im Weg sein.« Sie stellte den Kaffeetopf auf den gekachelten Couchtisch zwischen zwei langen spanischen Sofas und gab Rex einen leichten Kuß. »Ich bin im Bett und lese, falls noch jemand etwas braucht.«

Damit verschwand sie. Merkwürdigerweise empfand Mary Rinaldi in diesem Moment nicht Eifersucht, sondern eine Art trauriger Anerkennung. Sie kannte so wenige gute Ehen, daß ihr die Atmosphäre von Harmonie um so deutlicher bewußt wurde. Rex schaute seiner Frau nach, als hätte er sie am liebsten zurückgehalten. Du wirst ja richtig sentimental, Mary, sagte sie sich – um so mehr, je zynischer und unbeteiligter sie die Dinge betrachtete.

»Entschuldige, Mary«, sagte Rex und goß Kaffee ein. »Ich muß Waldo Pruitt erst noch in groben Zügen informieren.«

Während die Männer redeten, trank Mary nachdenklich eine Tasse Kaffee. Dann sah sie, wie ein blauer Sportwagen am Bordstein ausrollte. Sie wandte sich zu den beiden um und verkündete: »Das Opfer ist angekommen.«

Waldo Pruitt schüttelte den massigen Kopf mit dem kurzgeschnittenen, grauen Haar und seufzte hörbar. »Opfer ist der richtige Ausdruck«, sagte er gedehnt. »Die Dame steckt in der Klemme, und zwar bös.«

Während Rex – ohne Brille und im Gegensatz zu sonst in Jeans und einem offenen Sporthemd – nach draußen ging, stand der Lieutenant mit gerunzelter Stirn auf. Er sagte nichts. Er behandelte sie mit brummiger Höflichkeit, seitdem sie einmal als öffentliche Verteidigerin seine Zeugenaussage gnadenlos zerfetzt hatte. Sie hatte den Fall gewonnen, aber sich einen Feind gemacht. Die Aversion war gegenseitig, denn für Marys Geschmack war der Mann zu sehr der selbstherrliche, respektheischende Polizist der alten Schule. Sie wunderte sich ohnehin, weshalb Rex ausgerechnet ihn heute nacht zugezogen hatte.

Was Mary Rinaldi zuerst an Mrs. Brenda Forrest auffiel, war das Zaudern in ihrem Blick, der Ausdruck eines gehetzten Tieres, das eine Falle wittert. Und sie wirkte so klein und zerbrechlich, wie eine Porzellanpuppe, besonders im Vergleich zu Marys Ein-Meter-achtzig. Trotzdem sah man, daß sie sportlich und durchtrainiert war.

Doch als sie auf einen Sessel zuging, waren ihre Schritte unsicher, als fiele es ihr schwer, sich zu bewegen.

Auf Rex' vorsichtige und behutsame Fragen hin berichtete sie, was vorgefallen war: Sie war nach dem Essen in das Haus zurückgekehrt, wo er gewartet hatte. Sie hatten den Jungen ins Bett geschickt und gestritten. Dann hatte er sie niedergeschlagen, und als sie wieder zu sich kam, entdeckte sie, daß das Kind verschwunden war. Der ruhige Ton, in dem sie sprach, hatte einen schneidenden Unterton, der Marys Aufmerksamkeit erregte. Und sie etwas beruhigte – eine Mischung aus Wut, gespannter Wachsamkeit und Empörung.

»Und obgleich Sie es nicht gesehen haben, besteht für sie kein Zweifel, daß Ihr Mann das Haus mit dem Kind verlassen hat?«

»Keiner.«

»Und Sie wollen, daß er gefunden wird . . .«

»Gefunden, verhaftet. Ich weiß nicht, was der richtige Ausdruck ist, aber ich will Toby zurück. Ist das zuviel verlangt?«

»Keineswegs«, sagte Rex. »Aber . . .«

Daraufhin räusperte sich Lieutenant Pruitt und fragte: »Wegen welchem Delikt soll er verhaftet werden?«

»Kidnapping, das ist es doch?«

Der Leutnant schüttelte den Kopf. »Nein, Madame, das ist es nicht. Nicht, wenn Ihre Vermutungen zutreffen und das Kind bei Mr. Forrest ist.«

»Der Lieutenant hat recht«, stimmte Rex zu. »Andererseits haben Sie angegeben, daß er Sie bewußtlos geschlagen hat. Wie?«

»Mit der Faust. Er hat im College geboxt. Er kennt sich da aus.«

»Hat Ihr Sohn das mit angesehen?« erkundigte sich Lieutenant Pruitt und goß sich noch eine Tasse Kaffee ein.

»Nicht daß ich wüßte. Brauche ich einen Zeugen?«

»Es hilft immer, Mrs. Forrest. Nichts ist besser als ein Augenzeuge, Madame.«

»Mary?« wandte Rex sich an sie.

»Mrs. Forrest, wenn ich Ihre Anwältin wäre, würde ich Ihnen raten, die Anklage wegen Kidnapping zu vergessen . . .«

»Vergessen?«

»Im Augenblick ja. Sie sollten morgen um neun Uhr in das Büro des Staatsanwalts kommen und dort Anzeige wegen schwerer Körperverletzung erstatten.«

Lieutenant Pruitt mischte sich ein: »Miß Rinaldi, Sie wissen genauso gut wie ich, daß wir heutzutage so viele solcher Anzeigen bekommen, daß wir ihnen gar nicht schnell genug nachgehen können.«

»Bedeutet das, daß ich vor dem Richter erscheinen muß?« fragte Brenda Mary Rinaldi.

»Ja. Es wäre nützlich, wenn wir beweisen könnten, daß der brutale Kerl Ihnen den Kiefer gebrochen hat . . .« Sie beugte sich vor. »Woher stammen diese roten Striemen auf Ihren Backen? Hat er Sie mehr als einmal geschlagen?«

Die blutunterlaufenen Schwellungen verliehen ihrem durchscheinenden Gesicht ein krankes Aussehen. Zum erstenmal wirkte sie unsicher. Sie schlug die Augen nieder. »Kann ich bitte noch etwas Kaffee haben?«

Rex sprang auf die Beine und murmelte Entschuldigungen, während er sie bediente. Aber Mary Rinaldi fiel ein, wie vorsichtig Mrs. Forrest das Zimmer betreten und Platz genommen hatte. »Ich hätte Ihnen bereits bei unserem ersten Gespräch raten sollen, eine einstweilige Verfügung zu beantragen«, sagte Rex bedauernd, »aber damals wußten wir ja nicht einmal, daß er hier war, nicht?«

»Friedensangebot, so nannte man es früher«, kommentierte Lieutenant Pruitt. »Manchmal funktioniert es. Wenn ein Mann vernünftig ist und nicht zuviel trinkt. Ach, übrigens, trinkt Ihr Mann?«

»Ja.« Wachsam, verbittert. »Ja, er trinkt.«

»Ist er Alkoholiker?«

»Das weiß ich nicht, ehrlich. Es ist mir auch gleich. Heute war er nüchtern! Und wenn er betrunken gewesen wäre, hätte das seine Tat entschuldigt?«

Inzwischen war Mary Rinaldi ihrer Sache fast sicher. Danke, Lieutenant. »Mrs. Forrest«, sagte sie, »oder darf ich Sie Brenda nennen?« Brenda nickte, abwartend, reserviert. »Brenda, wir sollten alles erfahren.«

Als Brenda wieder nickte, fuhr sie fort: »Hat Ihr Mann Sie noch auf andere Weise brutal behandelt?«

»Wenn das der Fall wäre«, erwiderte Brenda und schaute ihr trotzig in die Augen, »würde dann irgend jemand etwas unternehmen? Anstatt nur herumzusitzen? Würden Sie etwas tun?«

Nun wußte Mary Rinaldi Bescheid. »Möglicherweise. Jedenfalls hätten wir dann eine bessere Handhabe.«

Daraufhin lehnte Brenda sich in ihrem Sessel zurück und sagte mit unbewegter Stimme: »Er hat mich bewußtlos geschlagen, mir die Kleider vom Leib gerissen und mich vergewaltigt, während ich ohnmächtig war.«

Mary Rinaldi wäre am liebsten auf sie zugegangen und hätte sie in die Arme genommen.

»Würden Sie jetzt«, fuhr Brenda fort, »vielleicht endlich etwas unternehmen?«

Niemand sprach. Niemand schaute den anderen an.

Ein niedrig fliegendes Flugzeug dröhnte über das Haus, so daß die Fensterscheiben vibrierten.

Schließlich ergriff Rex das Wort. »Danke. Danke für Ihre offenen Worte. Wir brauchen die ganze Wahrheit.« Er wandte sich an Mary Rinaldi: »Und dir auch danke.« Er schaute den Lieutenant fragend an.

Der große Mann schüttelte den Kopf. »Ein Mann kann nicht wegen Vergewaltigung belangt werden, wenn es sich um die eigene Frau handelt.«

»Das ist aber passiert«, warf Brenda sanft ein.

»Juristisch nicht«, entgegnete der Polizeibeamte.

»Er meint«, erklärte Mary und mußte sich beherrschen, »daß ein Ehemann seine Frau nicht vergewaltigen kann, weil es sein Recht ist.«

»Es ist im Staate Florida nicht gegen das Gesetz. Sie doktern schon über ein Jahr an einem Gesetzentwurf herum, aber . . .«

»Nur in Nebraska und Kalifornien gibt es dagegen ein Gesetz«, fuhr Mary Rinaldi fort und merkte, wie der Zorn ihre Gedanken beflügelte. Dann erklärte sie mit bitterer Ironie: »Was Lieutenant Pruitt meint, ist, daß es nur in zwei Bundesstaaten ein Gesetz gegen eheliche Vergewaltigung gibt, nach dem es ein Verbrechen ist, wenn ein Ehemann den Beischlaf erzwingt. In allen anderen Teilen dieses freien Landes sind Frauen ein sexuelles Spielzeug in den Händen ihrer Ehemänner, und der Trauschein ist die Lizenz.« Sie registrierte Unwillen in Rex' angespannter Miene und den Anflug eines überlegenen Grinsens beim Lieutenant. Das machte sie erst recht wütend: »Diese Frauen gehören ihren Männern mit Haut und Haaren, sie sind ihre sexuellen Leibeigenen.«

Als sie innerlich kochend ans Fenster ging und den anderen den Rücken zudrehte, wurde die Stille im Raum nur durch das Gurgeln der Kaffeemaschine unterbrochen.

»Er hat Sie niedergeschlagen«, ergriff Lieutenant Pruitt endlich bedächtig das Wort. »Körperverletzung kann mit einem Jahr Knast bestraft werden.«

»Und Vergewaltigung«, warf Rex ein, »ist ein Verbrechen ersten Grades und kann bis zu dreißig Jahren Zuchthaus einbringen.«

»Nur, daß es sich nicht um Vergewaltigung handelt. Davon müssen wir hier ausgehen. Zeigen Sie den Mann wegen Körperverletzung an, und ich setze meine Maschinerie in Gang.«

»Und was dann?« rief Brenda und sprang auf die Beine. »Was passiert dann? Und für wie lang? Wie lange dauert es, nachdem morgen das Gericht geöffnet hat, bis mein Junge gefunden wird, bis ich ihn wiederhabe? Wie lang?«

»Aber, aber«, begütigte Lieutenant Pruitt. »Ihr schießt mich ja von allen Seiten an. Ich mache die Gesetze nicht, meine Damen . . . ich habe alle Hände voll zu tun, dafür zu sorgen, daß sie nicht übertreten werden.«

Rex erhob sich und stellte sich vor Brenda. »Ich muß Sie warnen, Mrs. Forrest, selbst wenn die Polizei Ihren Jungen findet, kann sie Ihren Mann nicht wegen Kindsentführung verhaften. Ein cleverer Anwalt hat ihn in einer Stunde auf Kaution frei. Und wir haben keine Handhabe, um den Jungen in Ihre Obhut übergeben zu können. Ich möchte nur vermeiden, daß Sie zuviel erwarten . . .«

»Vielleicht habe ich mich nicht deutlich genug ausgedrückt«, erwiderte Brenda und zeigte zum erstenmal Anzeichen von Panik. »Toby ist ein sensibles Kind. Und Sie kennen Donald nicht. Bei ihm ist alles möglich. Er ist unberechenbar. In diesem Moment kann etwas passieren.«

»Immer langsam«, unterbrach sie der Lieutenant. »Glauben Sie, daß er Ihrem Kind etwas antun könnte?«

»Vor dem heutigen Auftritt hätte ich das verneint. Aber

jetzt bin ich nicht mehr so sicher.« Dann reckte sie das Kinn entschlossen vor. »Etwas antun heißt ja nicht, daß er sich körperlich an ihm vergreift. Begreift denn hier niemand, worum es geht?«

Da eilte Mary Rinaldi zu ihr hin. »Ich verstehe es. Wir begreifen es alle. Vermutlich sogar Lieutenant Pruitt. Wir tun unser möglichstes, im Rahmen der gesetzlichen Möglichkeiten.«

»Gesetz!« Brenda brüllte es hinaus. »Auf welcher Seite des Gesetzes steht ihr eigentlich?« Sie ging um Mary herum und baute sich mit loderndem Blick vor dem Lieutenant auf. »Wenn er von einem Fremden entführt worden wäre, der ein Lösegeld verlangt, dann hätten Sie Ihre Männer längst auf der Straße! Wenn mich ein Triebtäter vergewaltigt hätte, dann würden Sie ihn jetzt bereits jagen, oder?«

Lieutenant Pruitt starrte in das empörte Gesicht. Er ließ eine Weile verstreichen. Dann fragte er stirnrunzelnd: »Was für einen Wagen fährt er?«

»Schwarz. Neu. Augenblick ... Toby hat ihn danach gefragt. Das Modell hat einen Tiernamen. Ein Dschungeltier, eine Raubkatze.« – »Cougar?« schlug Rex vor.

»Ja. Ein Mietwagen«, antwortete Brenda. »Meistens mietet er sie bei Hertz.«

»Und wohin, glauben Sie, ist er gefahren?«

»Nach Hause, vermutlich. Danbury, Connecticut.«

»Er kann noch nicht über die Staatsgrenze sein.«

»Er ist mit einem Charterflugzeug hergekommen.« Sie trat zurück. »Warum ist mir das nicht früher eingefallen? Er konnte inzwischen ...«

»Immer mit der Ruhe«, beruhigte sie Lieutenant Pruitt, während er sich von seinem Sessel hochwuchtete. »Ganz ruhig, und dann werden wir schon sehen, was zu machen ist.«

»Haben Sie vielleicht noch etwas vergessen?« erkundigte sich Rex.

»Das Boot!«

»Boot?« fragte Mary Rinaldi. »Welches Boot?«

»Er hat eine Jacht gechartert. Er wollte sie um neun Uhr übernehmen.«

»Brav!« lobte sie Rex. »Wissen Sie, wo?«

»Hier. In Sarasota. Mehr weiß ich nicht.«

»Hier gibt es nicht viele Chartergesellschaften«, meinte Mary Rinaldi. »Und auch nicht so viele Marinas.«

»Noch etwas?« fragte Rex.

»Ja«, antwortete Brenda entschlossen.

»Was?«

»Die Scheidung. Reichen Sie meinen Antrag oder was sonst notwendig ist sofort ein.«

»Heute morgen noch, Brenda.«

»Und ich«, fügte Mary hinzu, »werde einen Haftbefehl ausstellen lassen, sobald das Gericht aufmacht.«

»Bis dahin«, sagte Lieutenant Pruitt, und alle wandten sich ihm zu, »bis dahin sind es noch sechs Stunden. Also, wir wissen nicht mit absoluter Sicherheit, daß der Vater seinen Sohn mitgenommen hat, oder? Vielleicht ist das Kind tatsächlich entführt worden. Hier treiben sich alle möglichen finsteren Elemente herum. Oder vielleicht hat er nur den Streit zwischen seinen Eltern satt gehabt und ist durchgebrannt. Es gibt eine Menge uneingezäunte Schwimmbecken in der Gegend. Und der Strand ist auch nicht gerade sicher. Ich könnte einen Streifenwagen in die Richtung schicken. Wir haben in jedem Fall eine vermißte Person, mit oder ohne verdammte Anzeige. Es wird also nicht schaden, wenn ich ein paar Telefonate mache und ein paar Streifenwagen alarmiere. Sie haben nicht zufällig ein Foto des Jungen da, Mrs. Forrest?«

»Doch, in der Handtasche.«

»Überlassen Sie es mir. Wer weiß, wen wir betrunken am Steuer antreffen, mitten in der Nacht? Und wenn wir schon dabei sind, haben Sie nicht auch ein Foto Ihres liebenswerten Gatten bei sich?«

»Doch, zufällig ja«, antwortete Brenda. Und während sie in ihrer Tasche suchte, fügte sie hinzu: »Wir sind eben eine glückliche Familie, nicht wahr?«

Und dann stimmte sie zu Mary Rinaldis Verblüffung in das Galgenhumor-Gelächter ein, das die vier im Kreis stehenden Menschen verband. Ein Flugzeug donnerte über das Haus.

Toby war todmüde, aber er konnte nicht schlafen. Vielleicht würde es im Flugzeug gehen. Er tat aber, als schliefe er. So war es besser.

Besonders wenn Daddy in so einer Laune war. Daddy war komisch, mal so und mal so. Manchmal, fast immer, wenn er nichts getrunken hatte, war er ruhig und ein bißchen abwesend, einfach nett. Manchmal war er richtig prima; dann gab er sich sogar mit einem ab und versuchte, etwas zu erklären, beispielsweise, wie man das Gewicht eines neuen Hauses berechnen mußte oder wie man schwimmen lernte. Doch daran wollte Toby lieber nicht denken, weil Daddy dabei sehr ungeduldig geworden war. Und manchmal, wie jetzt, war er irgendwie durcheinander und reizbar, ja wütend, aber nicht so rasend, wie er ab und zu wurde. Er schimpfte nicht mit Toby, sondern mit sich und verfluchte die verdammten Idioten, die die Straßenkarte gemacht hatten und die Tankstellen, die geschlossen waren.

Nur ein Pizzastand hatte offen, in dem ein Mann arbeitete. Zum Flughafen Tampa, Mann, da müssen Sie die Straße über den Damm nehmen, nicht die Hochstraße, und dann ist es ausgeschildert. Daddy nannte den Mann hinterher einen dummen Bastard, aber Toby fand ihn nett und hätte gern eine Cola und eine Pizza gehabt, wagte aber nicht, darum zu bitten.

Jetzt fuhren sie also mutterseelenallein über den Damm, und es war ein ganz komisches Gefühl, weil das dunkle Wasser bis fast an die Straße reichte. Man konnte richtig Angst bekommen. Es war bestimmt sehr tief.

Er kam sich irgendwie verloren vor. In jeder Beziehung. Daddy hatte ihm aufgetragen, nach Hinweisschildern Ausschau zu halten, seitdem sie von der Hochstraße abgebogen waren, aber er sah keine – außer Geschwindigkeitsbegrenzungen. Wozu sollten hier auch Schilder sein? Er war nicht so dumm, wie Daddy immer wieder behauptete.

Es war ihm kalt, und der Schlafanzug klebte feucht an seinem Körper. Daddy hätte ihm sagen können, daß er seine Kleider mitnehmen sollte, als er ihn aus dem Bett holte. Er hätte doch sagen können, daß sie fliegen wollten. Aber er wollte nicht wieder damit anfangen. *Laß sie doch glotzen,* hatte Daddy gesagt, als sie vor langer Zeit am Flughafen Sarasota hielten. *Du bist mein Sohn, oder nicht? Ich kann mit dir fahren, wohin ich will.*

Wenn sie also zum nächsten Flughafen kamen, würde er einfach so tun, als wäre er ordentlich angezogen, und würde sich nicht genieren.

Als sie wieder auf dem Festland waren, sah er eine große Tafel mit einem gemalten Düsenflugzeug. Er wollte Daddy schon darauf hinweisen, wartete dann aber, bis er die Schrift entziffern konnte. Da fragte Daddy: »Wer ist der Mann, mit dem du und Mama zu Abend gegessen habt?«

Mann? Meinte er Barry? Der ihm den geschnitzten Reiher geschenkt hatte? Den er leider nicht mitgenommen hatte. Aber ihm fiel ein, wie sich seine Eltern immer wieder gestritten hatten und auch, was er heute in seinem Bett gehört hatte:

Donald, liebe Güte, es gibt keinen anderen Mann. Es hat nie einen anderen Mann gegeben. Also kniff er einfach die Augen zu und sagte nichts.

»Na los, Buddy. Tu nicht so, als würdest du schlafen. Los, antworte!«

»Wir h-h-h-haben bei Lavinia gegessen. Sie ist eine alte Dame und h-h-h-hat ein tolles Haus. D-d-direkt am Strand.«

»Sie schreibt Bücher, richtig?«

»R-r-richtig.« Er wünschte, er könnte zu stottern aufhören. Aber das würde ihm wohl nie gelingen. Er biß die Zähne zusammen.

»Das hat deine Mutter auch gesagt.«

»Mama lügt nicht.«

Daddy grunzte. Es klang fast wie ein Auflachen, aber nicht fröhlich. »Glaubst du!« sagte er.

Toby schwieg und wartete. Das Schild mit dem Flugzeug lag hinter ihnen. Zum Teufel damit. Das sagten sie immer. Na, wenn Daddy dachte, daß Mama lügt, dann zum Teufel mit dir, Daddy.

»Wer«, fragte Daddy weiter, »wer ist der Mann, der immer aus dem Haus herauskommt?«

Meinte er Mal? Aber Mal war Charlenes Freund. »M-m-m-mit dem Motorrad?« fragte er.

»Ja. Wer ist er?«

»Mal.«

»Das ist kein richtiger Name.«

»Er heißt eigentlich Malcolm. Er ist Schauspieler.«

»Wo spielt er?«

»In Sarasota. Er h-h-hat mich ins Theater mitgenommen. Das war Klasse.« Wenn er vielleicht davon erzählte und nicht von Mal . . .

»Er hat dich und Mama ins Theater mitgenommen . . .«

»N-n-nein, nur mich. Zu einer Probe. Das Theater hat zwei Ränge und Logensitze, aber es ist ganz klein, wie ein Puppenhaus. Es ist zweihundert Jahre alt, und sie haben es aus Italien hergebracht, in einzelnen T-t-t-teilen, und dann wieder aufgebaut. So etwas hast du noch nicht gesehen . . .«

»Wie heißt er mit Nachnamen?«

»Eggers oder so ähnlich. Er . . .«

»Was?«

»Ich denke gerade dran. Es ist d-d-doch jetzt Freitag? Stimmt's?«

»Ja, und?«

»Heute ist Premiere. Mal w-w-w-wollte mich hinter die Bühne mitnehmen.«

»Malcolm Eggers . . . sieht er gut aus?«

»Ja, ich glaube schon.«

»Verdammt, ich habe es doch gewußt. Da steckt ein Mann dahinter!« Und Toby fiel ein, was er noch gehört hatte, als sie heute wieder stritten. Deshalb sagte er laut und deutlich: »Er ist Charlenes Freund.«

»Scheiß Unsinn!«

»D-d-du hast mir verboten, das zu sagen.«

»Charlenes . . . sie steckt hinter der ganzen verdammten Geschichte!« Hart und scharf wie eine Messerschneide hob sich seine Stimme. »Und jetzt steckst du auch drin.«

»W-w-was hab ich denn getan?«

»Gelogen. Alle lügen mich immer an. Sie hat dich auch an der Nase herumgeführt, die kleine Nutte.«

Er wußte nicht, was eine Nutte war, aber so, wie Daddy das Wort ausspuckte, war ihm klar, daß Mutter keine Nutte sein konnte.

»Das ist sie nicht«, protestierte er laut und klar, ohne zu stottern, aber er spürte, wie sich in seinem Magen etwas regte, wie Vögel, die vom Strand aufflattern, und er nahm sich fest vor: Er würde nicht weinen, ganz gleich, was geschah!

»Du wirst es schon noch merken«, knurrte Daddy. »Wenn du größer bist, wirst du schon selbst dahinterkommen. Sie sind alle verlogene Nutten, alle!«

Der Wagen hielt unvermittelt an. Die Bremsen quietschten, und Toby wurde so heftig nach vorn geschleudert, daß er seinen Kopf gerade noch mit den Händen vor dem Aufprall an der Windschutzscheibe schützen konnte.

Dann ruckte der Wagen schnell nach hinten, so daß er in den Sitz gepreßt wurde. Im Scheinwerferlicht sah er ein Schild: *Abbiegen verboten.* Aber der Wagen schoß wieder vorwärts und bog auf die Gegenfahrbahn.

Sie rasten in entgegengesetzter Richtung davon.

Viel zu schnell. Der Motor röhrte, und der ganze Wagen vibrierte. Er schloß die Augen und kauerte sich auf den Sitz. Er mußte zugeben, er hatte eine Höllenangst, er machte sich fast in die Hose vor Angst.

Als sie wieder die Straße über den Damm erreicht hatten, fragte er:

»W-w-wohin wollen wir, Daddy?«

An dem gurgelnden Geräusch konnte er erkennen, daß Daddy wieder einen Schluck aus der Flasche nahm. Das konnte nur bedeuten, daß er mit einer Hand steuerte.

Ob er allmählich völlig betrunken wurde?

Sollte das bedeuten ...

»Wohin, zum Teufel, meinst du, daß wir fahren?«

Wenn Daddy böse war, so wie jetzt, dann klang er wie ein wildes Tier im Käfig, gefangen oder verwundet ...

»Los, antworte.«

»Zu Mama? Werden wir sie sehen?«

»Nicht nur sehen, wir werden sie holen!«

Toby konnte wieder nichts sagen, weil er eine neue Art von

Angst verspürte, aber gleichzeitig war er erleichtert und fast glücklich. Das war zu schön, um wahr zu sein!

Aber . . .

»D-d-d-daddy . . .«

Keine Antwort.

»D-d-daddy, fahr langsamer. Bitte.«

»Wir werden sie holen und wir werden zusammen auf die Jacht gehen und nach Hause segeln. Wir drei. Wie würde dir das gefallen?«

Ein Boot? Zu dritt?

»Wie gefällt dir das?«

»Prima, Daddy. Das wäre prima.«

Dann hörte er sich schreien. Nicht weinen. Er schrie und konnte überhaupt nicht mehr aufhören, obgleich er sich große Mühe gab.

Vor einer Dreiviertelstunde war Alison der Kaffee ausgegangen. Aber ihr liebevoller Gatte Rex hatte weder geschimpft noch geklagt, nicht einmal gemurrt. Vergnügt hatte er Kognak angeboten, was auf allgemeine Zustimmung stieß.

Alison hatte sich in eine Couchecke gekuschelt, das rote Haar zerzaust über dem Morgenrock und das Gesicht so rot vor Aufregung, daß man die Sommersprossen nicht mehr sah. »Jetzt tut es mir leid, daß ich vorhin nicht gewartet habe, bis sie gekommen ist«, sagte sie.

Marys lange Beine baumelten über die eine Armlehne ihres Sessels, ihr Kopf lag auf der anderen. »Wißt ihr, was passieren wird? Irgendein superschlauer Anwalt wird behaupten, sie hätte zugestimmt oder gar die männliche Begierde noch provoziert.«

Auf dem Rücken am Boden ausgestreckt, meinte Rex: »Er wird beschwören, daß er beweisen kann, daß sie eine hinterhältige Schlange mit einem Stall von Liebhabern ist und daß es ihr recht geschieht.«

»Ich werde die Gesetze niemals verstehen«, sagte Alison und reckte die Arme.

»Das Tollste war wirklich«, hing Mary Rinaldi ihren Gedanken nach, »als sie das Foto dieses Scheusals herauszog und sagte: *Wir sind eben eine glückliche Familie, was.* Wer in einer solchen Lage noch über sich lachen kann, der hat meine ganze Sympathie.«

»Wenn ich an seiner Stelle wäre«, sagte Rex, »und eine Frau würde mir unmißverständlich klarmachen, daß sie mich nicht mehr will, dann könnte sie von mir aus zum Teufel gehen und ich würde sie laufen lassen.«

»Also«, sinnierte Alison, »mir kommt der Mann krank vor. Vielleicht nicht gerade psychotisch, aber krank.«

»Fang bloß nicht damit an«, stöhnte Rex. »Es gibt immer eine psychologische Erklärung, also ist niemand jemals schuldig. Was für ein Scheiß.«

»Der dämonische Liebhaber«, sagte Mary und setzte sich aufrecht hin. »Von einem inneren Feuer getrieben.«

»Noch mehr Scheiß«, war Rex' Kommentar.

»Sie haben sein Foto nicht gesehen, Alison. Hübscher Kerl. Blond, ein Athlet.«

»Laßt euch keinen Sand in die Augen streuen. Mein Kollege, der mir diesen verqueren Fall angedreht hat, ist von unserem Mister Amerika fast in einen See gestoßen worden. Zusammen mit seiner Frau. Und das nur, weil Mrs. Forrest mit ihm über die Scheidung gesprochen hat. Als Klientin.«

Alison stand stirnrunzelnd auf.

»Reg dich nicht auf, Schatz«, beschwichtigte Rex. »Ich hätte es nicht erwähnen sollen.«

»Im Gegenteil«, erwiderte Alison ernst, »du hättest schon früher damit herausrücken sollen.«

Das Telefon klingelte, und Rex sprang auf und ging in die Diele. »Unser Freund Waldo«, vermutete Mary Rinaldi.

Sie konnten Rex' Stimme hören, verstanden aber nur ab und zu ein Wort, weil er zu leise sprach.

»Ehrlich«, sagte Mary in der Hoffnung, Alison etwas von ihrer Angst ablenken zu können, »ich habe zuerst nicht verstanden, warum Rex Lieutenant Pruitt zugezogen hat. Aber dann habe ich bei ihm eine ganz neue Seite entdeckt.«

»Hoffentlich hat das Telefon Nancy nicht aufgeweckt«, überlegte Alison.

Aber Mary wußte, daß das nicht ihre eigentliche Sorge war.

»Nur keine Panik. Das Scheusal kennt nicht einmal Rex' Namen.«

Alisons Gesicht war wieder blaß, und die Sommersprossen hoben sich deutlich ab. »Er wird ihn aber wissen, wenn er verhaftet worden ist und vor Gericht steht, oder?«

Ehe die verblüffte Mary antworten konnte, stand Rex wieder im Zimmer.

»Es ist heute Vollmond«, sagte er, »falls ihr das noch nicht gemerkt habt. Und bei Vollmond werden die meisten Gewaltverbrechen verübt.«

»War das alles, was Lieutenant Pruitt wußte?« erkundigte sich Mary Rinaldi.

»Er hat mich nur daran erinnert. Oh, er war sehr aktiv. Er hat von Hertz eine detaillierte Beschreibung des Wagens samt Kennzeichen. Vor ungefähr einer Stunde hat ein Mann, auf den die Beschreibung paßt, vergeblich versucht, auf dem Flughafen Sarasota ein Privatflugzeug zu chartern.«

»Dann muß er also noch in der Gegend sein«, stellte Mary fest.

»Vermutlich. Aber wenn ihr möglichst schnell verschwinden wolltet und es keine freien Zimmer gibt – und davon kann man jetzt in der Saison ausgehen –, was würdet ihr tun?«

»Ich würde es mit einem Flug von Tampa aus versuchen«, schlug Alison vor.

»Eine große Zigarre für die kleine Dame. Das würde ich auch tun. Und derselbe Gedanke kam unserem Freund von der Polizei auch schon. Er hat die Staatspolizei alarmiert, und anscheinend halten alle Streifenwagen Ausschau nach einem schwarzen Cougar auf dem Tamiami Trail, womöglich mit einem betrunkenen Fahrer.«

»Und wenn er nicht betrunken ist?« wollte Alison wissen.

»Dann müssen sie ihn laufen lassen. Nachdem sie sich vergewissert haben. Und während sie sich vergewissern, muß sich doch jemand um den Jungen kümmern. Beispielsweise seine Mutter . . .«

»Waldo Pruitt«, meinte Mary anerkennend, »ist gar nicht so übel.«

»Er hat sich auch um die Charterboote gekümmert, aber da wird erst nach neun Uhr etwas zu erreichen sein, wenn die Firmen ihren Laden öffnen.«

»Wann wollte das Scheusal das Schiff übernehmen?«

»Das«, sagte Rex großspurig, »meine liebe Dame Rinaldi, haben wir beide erfahrenen Verhörspezialisten zu eruieren vergessen.«

»Dann kann ich ja beruhigt ins Bett gehen«, kommentierte Alison.

»Ich mache mich auch besser auf den Weg«, meinte Mary Rinaldi.

»Noch eine pikante Kleinigkeit«, hielt Rex sie zurück. »Unser Lieutenant hält Mrs. Brenda Forrest für ein sehr kluges Kind. Er meint, sie sei überhaupt nicht vergewaltigt worden. Sie hätte das nur erfunden, damit wir aufgerüttelt werden und unseren dicken Hintern bewegen. Ehrlich, das hat Pruitt mir gesagt.«

Als Brenda in den Alkoven ging, um zu telefonieren, schob sie die Trennwand hinter sich zu. Charlene hatte zum hundertstenmal gefragt:

»Wie spät ist es?« Sie rauchte eine Zigarette nach der anderen.

»Ein paar Minuten nach vier«, antwortete Mal. »Um eins ist Stichwortprobe, und der Vorhang geht um acht auf – da kann kommen, was will.«

Während er mit Charlene auf Brendas Rückkehr vom Haus des Anwalts gewartet hatte, hatten sie gemeinsam einen Joint geraucht, um sich zu beruhigen, und Charlene hatte ihm die Stichworte gegeben, nach denen er seinen Text heruntergerasselt hatte.

Brenda war schließlich in einer Stimmung unterdrückter Hektik und Empörung eintroffen. *Anscheinend ist es kein Verbrechen,* hatte sie verkündet. *Die Polizei meint das gleiche wie seine Mutter: Toby ist schließlich sein Sohn, oder?*

In grimmigem Schweigen, das die beiden ausschloß, war Brenda auf und ab gegangen. Mal konnte die wütenden Selbstgespräche nur ahnen, die sie führte: Warum hatte sie so etwas nicht vorausgesehen? Wie konnte sie so idiotisch sein, den wahren Charakter ihres Mannes zu verkennen? Wie hatte er sie so lange einwickeln können?

Mal bot ihr einen Joint an, aber sie lehnte ihn ebenso ab wie einen Drink. *Ich kriege wahrscheinlich im Leben keinen Drink mehr über die Lippen. Das überlasse ich den Experten!*

Charlene hatte sich großartig verhalten. Sie war wirklich eine tolle Frau, und die Ereignisse dieser Nacht bestätigten seine Gefühle: mit oder ohne Trauschein, Charlene war die Richtige für ihn. Aber er hatte in den letzten Wochen immer wieder daran gezweifelt, ob Charlene jemals zugeben würde, daß auch er der Richtige für sie war. Wenn sie nicht zu einer anderen Einstellung kam, war er der Verlierer. Eine traurige Sache!

Sie hatte sorgfältig jedes Gespräch darüber vermieden, was früher am Abend tatsächlich in diesem Raum geschehen war. Aber er konnte sich ungefähr vorstellen, was Brenda widerfahren war, auch ohne zu fragen.

Brenda kam wieder ins Zimmer. »Anscheinend gibt es hier zu viele Motels, als daß die Polizei sie alle kontrollieren könnte«, sagte sie. »Lieutenant Pruitt hat alle Flüge ausfindig gemacht, aber vor sieben Uhr geht keiner ab.« Ihre Stimme war etwas schrill und atemlos, als sei sie kurz vor einem Schreikrampf. »Das habe ich selbst schon festgestellt. Donald hat den Mietwagen nicht zurückgegeben. Jetzt wartet der Lieutenant auf eine Meldung des Sicherheitsbeamten am Flughafen Tampa. Die sollten doch in der Lage sein, einen Mann mit einem Kind im Schlafanzug aufzuspüren, oder? Aber mehr als erkennen können sie sie nicht. Der Vater hat nämlich das Recht, Toby mit nach Hause zu nehmen. Meine Eltern kann ich nicht um Hilfe bitten. Aber vielleicht Preston Brice in Connecticut.«

»Viel wichtiger wäre«, schlug Charlene vor, »daß du zur Ruhe kommst. Du willst doch nicht zusammenbrechen, wenn er vor dem Haus vorfährt und Toby herausspringt . . .«

»Lieutenant Pruitt wird einen Streifenwagen vor dem Haus postieren.« Dann fing sie wieder mit dem Auf- und Abtigern an. »Aber was, zum Teufel, soll das schon nützen?«

Charlene schaute Mal in die Augen, bekümmert und teilnahmsvoll.

Er verstand – und war dankbar. Er erhob sich. »Na ja, ihr wißt ja, wo ihr mich erreichen könnt.« Er stieg aus der Couchgrube und ging zu Brenda, die von seiner Gegenwart keine Notiz zu nehmen schien.

»Wenn Toby zurückkommt, Brenda«, wandte er sich an sie, *»wenn,* dann sagen Sie mir wegen der Probe Bescheid, ja?« Keine Antwort. »Toby ist im Theater so etwas wie ein Maskottchen geworden. Das ganze Ensemble hat ihn sozusagen adoptiert.«

Keine Reaktion. Er fuhr fort: »Ich wette, er ist bis zur Probe wieder da. Übrigens, wenn Sie schon kein Marihuana mögen, wie wär's mit einem Valium oder so etwas?« Immer noch keine Antwort. Er kam sich etwas dämlich vor.

Brenda spazierte weiter auf und ab wie ein Automat, langsam, aber mit kraftvollen Schritten.

Er ging zu Charlene, die ihn zart auf den Mund küßte und dann ihre Wange an seine schmiegte. »Ich komm schon klar, Schatz«, flüsterte sie. »Aber danke für deine Bemühungen.«

Sie umarmte ihn und ging wieder zur Couchgrube. Als Mal die Haustür öffnen wollte, sprach Brenda endlich: »Mal, es tut mir so leid. Ich wollte Sie nicht mit hineinziehen, so viele andere Menschen . . .« Ihre Stimme klang warm und gerührt. »Mal, denken Sie nicht, daß ich nicht dankbar für alles bin, was ihr für mich getan habt. Es ist nur . . . ihr versteht schon. Ich danke euch von Herzen!«

Sie lief auf ihn zu und drückte ihm einen Kuß auf die Wange, und er nahm sie kurz in die Arme. Dann ging er nach draußen, setzte den Sturzhelm auf, schwang sich auf die Maschine und startete. Da er nicht helfen konnte, war er ganz erleichtert, gehen zu können. Aber dieses Gefühl der Ohnmacht und Ratlosigkeit angesichts menschlichen Elends machte ihn ganz krank. Wenn er auch einige Kilometer zwischen sich und das Haus des Wartens legte, so minderte das keineswegs seine Besorgnis. Sehr merkwürdig: Wie oft hatte er Emotionen angesichts dramatischer Entwicklungen gespielt, aber wie das wirklich war, davon hatte er keine Ahnung gehabt.

Die Straßen waren fast verlassen. Schlafende, dunkle Häuser. Als er über die erste Brücke des Ringling-Damms aufs Festland fuhr, ließ er sich durch das Vibrieren der Maschine und das heisere Dröhnen des Motors in ein angenehmes Gefühl des Nochmal-Davongekommenseins wiegen.

Vielleicht bemerkte er deshalb das Scheinwerferpaar in seinem Rückspiegel erst auf halbem Weg über die zweite Brücke. Er warf einen Blick auf den Tacho: Er fuhr fünfundvierzig Meilen, also knapp über dem Tempolimit. Er konnte den Umriß des Wagens hinter sich nicht ausmachen und verlangsamte die Fahrt. Wenn es kein Polizeifahrzeug war, würde es sicher überholen.

Seltsamerweise hielt das andere Fahrzeug den Abstand bei.

Das war verdammt merkwürdig. Kein anderer Wagen war zu sehen, weder auf dieser noch auf der Gegenfahrbahn.

Etwas beunruhigt war er versucht, Gas zu geben. Teufel, diese Triumph Bonneville beschleunigte von fünfundvierzig auf siebzig in fünf Sekunden oder weniger!

Aber einen Strafzettel wegen Geschwindigkeitsüberschreitung wollte er auch nicht riskieren. Das war zu teuer – bei den Gagen, die das Asolo-Theater seinen Schauspielern zahlte. Und nachdem er hier bereits zwei kassiert hatte . . .

Nachdem er die Brücke überquert hatte, konnte er auf den Randstreifen fahren. Den anderen vorbeilassen. Wahrscheinlich handelte es sich um einen harmlosen Betrunkenen auf dem Heimweg von einer Party von Lido Beach.

Aber irgendwie machte ihn der Kerl nervös? Warum überholte er nicht einfach?

Und warum kam man sich auf einem Motorrad immer so ungeschützt und angreifbar vor?

Die Scheinwerfer blieben in derselben Entfernung.

Seine Handflächen wurden feucht, und er merkte, wie sich sein ganzer Körper versteifte.

Zum Teufel, bringen wir's hinter uns. Gas geben und sehen, was passiert. Wenn es ein Streifenwagen war, der ihn an den Rand winkte, mußte er eben in den sauren Apfel beißen. Die Polizisten legten sich besonders gern mit Motorradfahrern und den Fahrern von Sportwagen an, vor allem in einer langweiligen Nacht . . .

Wenn sie sich ihn aber ernsthaft vorknöpften, ihn filzten, nur so aus Jux? Ein bißchen Marihuana hatte er bei sich, ein Joint, mehr nicht. Harte Drogen waren nichts für ihn, aber im Besitz von Rauschgift zu sein, war ein Vergehen und wurde bestraft. Wieviel?

Er fuhr also gleichmäßig mit fünfundsiebzig Meilen weiter. Der Wagen hinter ihm ebenfalls.

Premiere. Seine erste Hauptrolle in Sarasota, zum erstenmal sogar die Titelrolle – die Leitung des Asolo-Theaters hielt wenig von negativer Publicity. Und der Polizei war es sicher egal, daß für seine Rolle keine zweite Besetzung vorhanden war. Er mußte einfach auf die Bühne! Er durfte keine Stunde Knast riskieren. Für eine Kaution hatte er auch kein Geld. Er würde den Job verlieren. Und – noch schlimmer – er würde sich die Hacken nach einem neuen ablaufen müssen, wenn . . .

Er warf einen Blick über die Schulter, um den Wagen besser zu erkennen. Dunkel. Die Polizeiwagen waren hier weiß und blau. Ein schwarzer Wagen . . .

Zum Teufel, hängen wir ihn eben ab. Er drehte am rechten Griff, und mit sattem Gedröhn schoß die Maschine vorwärts. Doch zu spät, vor sich sah er die roten Lichter von drei oben über die Straße hängenden Ampeln.

Er hatte den Tamiami Trail erreicht.

Kein Verkehr. Sollte er trotz Rot weiterfahren?

Warum eigentlich?

Weil sich der schwarze Wagen schnell von hinten näherte und . . .

Er hatte sich im College der Schauspielerei zugewendet, während sich die meisten Jungen aus seinem Freundeskreis mit Sport befaßten. Weil er keine Kämpfernatur war. Raufen war nie seine Sache gewesen . . .

Er kam an der breiten weißen Linie zum Stehen. Zitternd.

Ein innerer Impuls verbot ihm, weiterzufahren, geradeaus oder auf den Trail, zu fliehen. Kämpfen hatte er nie gelernt, aber Weglaufen ebensowenig.

Der Wagen bremste mit quietschenden Reifen und blieb

rechts neben ihm stehen. Er stützte das Motorrad mit dem linken Fuß auf dem Asphalt ab.

Er drehte den Kopf.

Nur eine Person im Wagen, der Fahrer ...

Er konnte die Gesichtszüge des Mannes nicht genau erkennen, nur, daß er etwa vierzig war, blondes, zerzaustes Haar hatte und wütende dunkle Augen, wild ...

Die Wagentür wurde aufgerissen.

Sie traf sein rechtes Bein mit Wucht, und er hörte den Aufprall, während er ihn spürte. Aber alles geschah so schnell, daß er vor Schock und Schmerzen keine Einzelheiten wahrnehmen konnte.

Er lag auf dem Boden, Schmerz schoß durch die Schulter, in den Nacken, die Masse des Motorrads zerdrückte ihn fast, er roch Benzin, sah über sich die Ampeln grün und gelb werden, dann die Beine des Mannes vor der umgefallenen Maschine, und als letztes, wie ein Bein zurückgezogen wurde, Schwung holte und ein Schuh ...

4

In ihrer Phantasie hatte Brenda in den endlosen Stunden das Telefon so oft schrillen lassen, daß sie es fast für eine Einbildung hielt, als es nun im Alkoven schellte.

Aber der Anruf – eine eifrige, weibliche Stimme – war für Charlene, die gerade duschte. Als Brenda an der Badtür klopfte, wußte sie nicht, ob sie erleichtert oder enttäuscht sein sollte: ein Telefonanruf konnte alles und nichts bedeuten.

Während Charlene telefonierte, ging Brenda in den Innenhof. Eine feuchte Brise war aufgekommen, und am Himmel zeigte sich ein erstes Grau. War die Nacht wirklich vorbei? Wo, wo war Toby? Und was dachte er, was fühlte er? Ob er sehr litt?

Die körperlichen Schmerzen hatten etwas nachgelassen. Das Gesicht tat ihr noch immer auf dumpfe Weise weh. Aber sie konnte gehen, auch wenn sie ab und zu ein peinvolles Ziehen verspürte.

Bittere Hoffnungslosigkeit und Resignation hatten von ihr Besitz ergriffen. Wie eine starke, dunkle Droge. Aber sie durfte diesem Gefühl nicht nachgeben. Sie wußte nicht, was noch alles auf sie zukam, wie es weitergehen würde ...

Charlene rief ihren Namen und sagte dann: »Es war das Memorial Hospital in Sarasota.« Und als Brenda zusammenzuckte und herumwirbelte: »Nicht Toby, Schatz. Mal hat einen Unfall gehabt.« Und von der Diele her, während sie schon den Bademantel abstreifte: »Er hat meinen Namen genannt. Viel haben sie nicht gesagt oder gewußt. Sehr schlimm kann es nicht sein, weil er nicht auf der Intensivstation liegt. Aber er muß etwas gebrochen haben. Um sieben Uhr dreißig soll er operiert werden. Das verdammte Motorrad, dieses verdammte Motorrad. Wann wird der Junge endlich erwachsen?«

Nach einer Weile kam Charlene in einem Kleid zurück. Sie wühlte in ihrer Handtasche nach den Schlüsseln. Als Brenda schwieg – das Ganze schien einem anderen Menschen zu passieren, nicht ihr, irgend jemand anderem –, blickte Charlene auf und sagte entsetzt: »Mein Gott, ich kann dich jetzt doch nicht allein lassen.«

Brenda war über die Ruhe in ihrer Stimme überrascht: »Doch, du kannst und du wirst es tun. Es geht schon. Ich bin in Ordnung.« Würde sie jemals wieder in Ordnung sein? »Ich kann ja doch nichts anderes tun als warten.«

Tat überhaupt irgend jemand etwas? Was, zum Teufel, wurde unternommen?

Aber sie fügte hinzu: »Rex und Lieutenant Pruitt haben versprochen, anzurufen.« Dann wurde ihr bewußt, wie egoistisch sie sich verhielt, und beschämt fragte sie: »Kann ich denn etwas für dich tun?«

Charlene stand bereits an der Haustür. »Ja. Ruf bitte Barry an und sag ihm, er soll mich im Krankenhaus treffen. Warum muß immer alles auf einmal passieren?«

Damit verschwand sie und stieg in ihren Wagen. Brenda war froh, nicht länger untätig zu sein. Sie ging zum Telefon im Alkoven.

Ihre Hand zitterte nicht, als sie im Telefonbuch nachschlug. Barry Conrad stand nicht drin. Sie hörte den Kombi davonfahren. Dumpfe Verzweiflung überfiel sie. Panik. Barrys Nummer war nicht aufgeführt. Warum?

Doch dann fiel es ihr ein. Natürlich! Barry lebte auf der Anna-Maria-Insel. Bradenton, nicht Sarasota. Sie wählte die Auskunft, bekam die Nummer, bedankte sich, wählte.

Das Telefon am anderen Ende der Leitung läutete und läutete. Sie umklammerte den Hörer, preßte ihn ans Ohr. Dachte, wie schön es wäre, auch einen Bruder zu haben. Einen Bruder, an den man sich wenden konnte. Sie ließ das Telefon klingeln und klingeln. Und dann fielen ihr Tobys Worte ein: *Du solltest seine Werkstatt sehen. Es ist eine Werft, wo sie früher Boote gebaut haben. Und es riecht so gut.* Und sie erinnerte sich, daß er auf einem Boot wohnte.

Toby. An Toby durfte sie jetzt nicht denken.

»Hallo?«

Sie erkannte seine Stimme sofort. »Mr. Conrad?« Sie sah sein Gesicht vor Augen, mit dem roten Bart, den sanften Augen.

»Ja, Brenda?«

Auch er hatte ihre Stimme sofort erkannt.

»Barry?« sagte sie zögernd.

»Was ist los, Brenda?«

»Charlene hat mich gebeten, anzurufen.«

»Charlene? Was ist?«

»Sie bittet Sie, sie im Memorial Hospital in Sarasota zu treffen. Ein Unfall. Mal. Malcolm Eggers.«

»Ich fahre gleich los. Brenda . . .«

»Ja?«

»Wie geht es Ihnen?«

Plötzlich hatte sie das spontane Bedürfnis, ihm alles zu sagen, es hinauszuschreien, in Tränen auszubrechen . . .

Aber statt dessen sagte sie gefaßt: »Ich bin nur ein bißchen müde.« Eine Lüge. »Die Seeluft.«

»Irgendwie klingen Sie komisch, Brenda.«

»Na ja . . .«, ausweichend, »es ist eine schwierige Situation.« Ein größeres Understatement gab es wohl kaum. Aber er wußte es, sie hatte in seinem beruhigenden Blick beim Abendessen gelesen, daß er alles wußte. »Nichts, womit ich nicht fertig werden kann.«

»Ich sage Bescheid, wenn ich mehr weiß. Bye, Brenda. Gehen Sie wieder ins Bett.«

Als sie den Hörer aufgelegt hatte und ihn immer noch blicklos anstarrte, kamen ihr die Tränen.

Sie schluchzte, daß es sie schüttelte. Mutlos ließ sie den Kopf auf das Telefon sinken, und die Tränen tropften über die Wangen.

In dem Augenblick klingelte das Telefon. Schrill und häßlich.

Sie richtete sich auf und nahm den Hörer beim zweiten Läuten ab.

»Ja?«

»Dein Anschluß war besetzt.« Im ersten Augenblick erkannte sie seine Stimme nicht. »Mit wem hast du gesprochen? Mit deinem Vater?«

Einfach so. Unbeschwert und freundlich mit einem spöttischen Unterton, als würde Donald vom Büro aus anrufen.

Am liebsten hätte sie gebrüllt: Vater ist im Krankenhaus. Wegen dir. Du bist daran schuld. Aber betäubt schwieg sie, wartete ab.

»Wie geht es dir, Brenda?«

»Willst du das wirklich wissen?«

»Aber, aber, beherrsche dich!«

»Wo ist Toby?«

»Toby? Hier bei mir. Wir haben uns in ein kleines, heruntergekommenes Motel verkrochen.«

Er klang nicht gehetzt, nicht drängend, sondern höflich und äußerst liebenswürdig. Sie konnte ihn sich genau vorstellen: bleich und ruhig, ohne Zorn und Erbitterung. Der unterschütterliche Donald Forrest, wie ihn alle kannten . . .

»Kann ich . . . laß mich mit Toby reden!«

»Toby schläft. Und er treibt wieder seine Spielchen. Redet nicht mit mir.«

»Bitte, Donald. Ich muß mit Toby reden!«

»Erst wenn du mir vergeben hast, Brenda.«

Vergeben? Das würde sie ihm nie vergeben! Aber listig sagte sie: »Ich verzeihe dir, Donald.« Niemals, niemals! Und um die Lüge zu untermauern: »Du hattest getrunken.«

»Wahr, Baby, sehr wahr.« Mit wachsendem Vertrauen in der Stimme: »Und du weißt doch, Baby, wie leid es mir tut, nicht?«

»Ja, ja, ich weiß.« Daran zweifelte sie nicht. Das kannte sie zu gut. Seine Reue, auch wenn er sie jetzt ehrlich empfand, bedeutete nichts. Sie sagte: »Jetzt weck Toby auf.«

»Brenda . . . Liebling . . . du hast doch nicht etwa geweint?«

Geweint? »Nein, Donald, ich habe gelacht«, sagte sie verbissen. »Ich lache mich halbtot.«

»Ich habe dir doch nicht weh getan? Es tut mir leid, daß ich dich geschlagen habe, aber wie du mich gebissen hast, habe ich die Beherrschung verloren.«

Ach so . . . es war also ihre Schuld?

Wenn sie alles mit sich hätte geschehen lassen, hätte er sie nicht geschlagen.

»Es war meine Schuld«, log sie. Weil sie unbedingt mit Toby sprechen mußte; sich vergewissern . . .

»Ich weiß, daß ich hart zugeschlagen habe«, bekannte er, vernünftig, ehrlich besorgt. »Ich hätte dir den Kiefer brechen können . . . oh, Brenda, ich hab dich doch nicht wirklich verletzt? Du hast doch nichts gespürt, oder?«

Als du mich vergewaltigt hast? Nein, nichts. Du hast ja dafür gesorgt, daß ich bewußtlos war. Aber sie ging nicht darauf ein. »Wann bringst du mir den Jungen heim?«

»Heim? Heim, Brenda?«

Sie merkte ihren Fehler sofort und fügte schnell hinzu: »Wann kann ich Toby sehen?«

»Zu Hause. Wenn wir auf dem Heimweg sind. Wir alle.«

Da wußte sie Bescheid. Das wollte er also.

»Ich habe dir gestern nacht gesagt, Brenda, daß ich das Boot heute um neun Uhr übernehme.«

»Und wenn ich mich weigere?« Aber sie wußte, was kommen würde.

»Wenn du nicht mitspielst, dann fahre ich mit Toby los. Mexiko, Bahamas, Puerto Rico, Europa. Wohin der Wind uns treibt. Wer weiß . . .«

Er sprach noch immer mit der gelassenen und zuversichtlichen Sicherheit, als hätte sie keine Wahl. Als würde sie automatisch das gleiche wollen wie er.

»Nun, Baby?«

Sie hätte ihm gern widersprochen, aber sie konnte es sich nicht leisten.

»Nur so wirst du ihn wiedersehen«, erklärte Donald.

Er hielt eine Geisel. Und verlangte Lösegeld, wenn auch nicht in bar. Es war eine klassische Entführung . . .

»Du weißt doch, wo der Jachtklub von Sarasota liegt, Brenda?« erkundigte er sich.

»Ich ... ich habe das Schild gesehen.«

»Nur fünf Minuten von deinem Haus. Rechts, bevor man auf die erste Brücke kommt.«

»Ja?«

»Um zehn Uhr. Pünktlich. Mit gepackten Koffern und reisefertig. Wir werden dort anlegen und dich abholen.«

Das konnte doch nicht wahr sein! Sie konnte nicht. Aber sie konnte auch Toby nicht allein mit ihm lassen. Schon gar nicht auf einem Boot. Toby konnte nicht einmal schwimmen! Er hatte einen Widerwillen gegen Schiffe, seit dem Tag, an dem sein Vater ihn über Bord geworfen hatte. Lieber Gott, sie konnte den Jungen nicht diesem Verrückten auf einer Segeljacht ausliefern, diesem Besessenen, diesem Monster ...

»Donald, du bist verrückt!« Sie schrie es ins Telefon, rang um Fassung. »Donald, das kannst du deinem Sohn doch nicht antun!«

»Brenda, ich tue Toby gar nichts an!«

»Mir kannst du das auch nicht antun!«

Schweigen. Sie fröstelte, aber sie zitterte nicht. Sie wartete ab. Ruhig.

»Dir würde ich niemals etwas antun, Brenda. Niemals. Ich liebe dich doch. Das weißt du!«

»Von mir aus, aber ich liebe dich nicht! Ich hasse dich!« Und das war die Wahrheit. In diesem Augenblick haßte sie ihn. Oder konnte sie es nur zum erstenmal zugeben? »Ich hasse dich!«

Wieder Schweigen. Diesmal endlos. Sie hörte das Gurren der Tauben, das Kreischen der Seemöwen. Sie war von Haß erfüllt, verzehrt, ausgehöhlt.

»Das meinst du nicht so«, erklang die verhaßte Stimme, immer noch gleichmütig, begütigend, überzeugend, ein wenig traurig. »Brenda, hast du denn aus der Geschichte nichts gelernt? Merkst du es nicht? Begreifst du es nicht? Du kannst mir nicht weglaufen! Ich werde dich immer finden. Wie ich dich hier gefunden habe. Ich gebe dich niemals auf, Brenda. Du bist ein Teil von mir.«

Und er war ein Teil von ihr – ein Gift in ihrem Körper, eine Krankheit, die sie verpestete. Sie würgte und brachte keinen Ton heraus.

»Du liebst mich doch, Brenda. Ich weiß es.«

Wie kannst du das wissen? Nur weil du es dir einbildest? Ist es deshalb schon wahr? Aber sie wußte, daß sie in Wirklichkeit keine Wahl hatte. Er hatte ihr keine Wahl gelassen.

»Ich kann nicht kommen, Donald. Komm du her. Wir müssen darüber sprechen . . .«

»Wir können tagelang sprechen. Wochenlang. Auf dem Boot.«

Hoffnungslos, es war hoffnungslos.

Doch dann kam ihr ein anderer Gedanke: Wenn diese Ruhe nur gespielt war, nur eine Fassade, hinter der er verbarg, daß er nicht mehr bei Sinnen war? Sie hatte einmal gelesen, daß man in eine Art Euphorie verfällt, wenn man ausgeflippt ist. Bei Nervenzusammenbrüchen kam es zu den merkwürdigsten und völlig unvorhersehbaren Veränderungen.

Wenn das zutraf, war Toby in Gefahr.

»Ich werde dort sein«, sagte sie. »Um zehn Uhr.«

»Ich wußte es, Liebling. Wir brauchen nur ein bißchen Zeit zusammen, dann ist alles wieder in Ordnung.«

»Also . . . laß mich jetzt mit Toby sprechen.«

Pause. »Liebling, du siehst ihn doch in weniger als vier Stunden. Du willst ihn doch nicht unnötig aufregen, oder? Laß ihn schlafen. Er würde sonst nur hysterisch werden. Und, Brenda . . .«

»Ja?«

»Keine Tricks, kapiert?«

Was konnte sie denn schon unternehmen? Welche Tricks? Lieutenant Pruitt könnte ihn am Anlegesteg erwarten. *Selbst wenn die Polizei Ihren Jungen findet, kann sie seinen Vater nicht wegen Entführung verhaften,* hatte Rex Maynard sie gewarnt. *Und von der Anklage wegen Körperverletzung bekommt ihn selbst der dümmste Anwalt in einer Stunde auf Kaution frei.*

Und dann was? Es würde nur wieder von vorn anfangen.

»Keine Tricks«, versprach sie. Weil ihr auch keine Möglichkeit einfiel, ihn auszutricksen.

»Brenda . . .«

»Was noch?«

»Brenda, du hast mich angelogen.«

»Ich lüge dich doch immer an, oder?«

»Du hast gesagt, es gebe keinen Mann.« Sein Ton klang samtweich. »Das war eine Lüge.«

Sie hätte am liebsten geschrien: Nicht einen Mann, du Bastard, sondern Hunderte, Tausende. Ich schlafe mit jedem Mann, der mich will. Aber statt dessen sagte sie: »Bis dann, Donald.« Sie wollte schon auflegen, als sie ihn auflachen hörte, trocken, verächtlich. Sie zögerte.

»Er hat sein Fett abgekriegt«, sagte Donald.

Sie lauschte.

»Du kannst dir die Lügen sparen, Brenda. Ich habe gesehen, wie du ihn an der Haustür geküßt hast. Aber ich habe es ihm heimgezahlt.«

Klick. Sie hielt einen toten Hörer ans Ohr.

Es war also kein Unfall gewesen.

Was Mal passiert war . . .

Lieber Gott, war sie auch daran schuld?

Alle Kraft verließ sie.

Eine schwarze Woge der Verzweiflung packte sie.

Sie konnte sich nicht bewegen.

Sie brauchte sich nicht zu bewegen, die nächsten vier Stunden. Der Jachtklub lag nur fünf Minuten entfernt.

»Schläfst du, Buddy, oder machst du mir da auch was vor?«

Toby schlief nicht. Ja, er machte das vor. Aber das andere nicht. Er konnte es selbst nicht verstehen. Er konnte wirklich nicht mehr reden.

»Treibst Spielchen mit mir, Buddy?«

Er kniff die Augen zu, aber nicht zu fest, weil es sonst nicht natürlich aussah. Ohne es zu sehen, konnte er sich das Zimmer vorstellen: Doppelbetten, ein Fernseher, eine zerkratzte Frisierkommode, ein fadenscheiniger Teppich auf dem kalten Betonboden. Ein kleines, stinkendes Bad. Alles roch hier abgestanden und ungelüftet. Nicht wie die Holiday Inns, in die Mama ihn mitgenommen hatte. Aber an Mama durfte er jetzt nicht denken. Wenn er nur am Telefon mit ihr hätte reden dürfen. Aber Daddy hatte ihn angefahren, er solle ins Bett verschwinden und sich die Decke über die Ohren ziehen. Und er wollte nicht noch eine Ohrfeige. Daddy hatte eine harte Handschrift. Seine Zähne taten ihm noch weh.

Red mit mir, du kleines Mistvieh. Jaul nicht durch die Gegend, sondern sag was!

Er hatte im Wagen nach dem, was Mal geschehen war, nur sagen wollen, daß sie umkehren mußten, weil Mal schwer verletzt sein konnte.

Aber als er den Mund aufmachte, war nur ein Krächzen herausgekommen, und er konnte keines der Worte, die er im Kopf hatte, aussprechen.

Da hatte Daddy ihm eine runtergehauen. Kräftig.

Also hatte er es aufgegeben. Er wollte jetzt auch nicht mehr sprechen. Mit Mama, ja. Aber er hatte gleich gewußt, daß Daddy das nicht erlauben würde. Und während die beiden sprachen, hatte er vorgehabt, zu schreien. Ob er das konnte, wußte er nicht, aber er dachte, es würde schon gehen. Aber wenn er von Daddy eine Ohrfeige bekam, weil er nichts sagte, würde er ihn erst recht verprügeln, wenn er jetzt schrie. Und dann machte sich Mama noch mehr Sorgen. Einmal hatte er ihre Stimme deutlich gehört, als sie etwas gebrüllt hatte, aber verstehen konnte er nichts.

»Na schön, Buddy, du willst also nicht. Ich gehe jetzt ins Bad zum Pinkeln, aber wenn du meinst, du könntest abhauen, dann bist du schief gewickelt. Dann kriegst du Dresche, aber richtig. Mit meinem Gürtel. Wie mein Vater mich versengt hat. Also denk dran, du falscher Hund! Du bist genau so hinterhältig und verlogen wie deine Mutter.«

Er hörte, wie die Zimmertür abgeschlossen und eine Kette vorgelegt wurde und wie Daddy ins Bad ging. Aber die Badezimmertür wurde nicht ins Schloß gezogen.

Ob die Kette zu hoch für ihn war? Er hatte nicht darauf geachtet. Aber selbst wenn er entwischen konnte, wo sollte er hin? Der alte Mann an der Pforte, der Daddy den Schlüssel gegeben hatte, war vielleicht noch wach. Oder saß vor dem Fernseher.

Er könnte dem alten Mann sagen, daß er nicht Daddys Sohn war. Was stimmte. Daddy war nicht mehr sein Vater. Das stand für ihn fest. Also war es auch keine Lüge. Er hatte es im Wagen beschlossen, als er nach *Frei*-Schildern Ausschau halten sollte. Daddy war nicht mehr sein Vater. Von nun an. Aber weil er nicht reden konnte, konnte er es ihm auch nicht sagen. Aber ob er es aussprach oder nicht, änderte nichts daran. Das Wissen, darauf kam es an, das machte es zur Wahrheit.

Als er Daddy das Klo benützen hörte, wagte er die Augen zu öffnen. Das schäbige Zimmer. Und draußen wurde es allmählich hell, wie er durch einen Vorhangspalt erkannte. Es wurde also Morgen. Ihm war alles Zeitgefühl abhanden gekommen. Auf der Frisierkommode sah er die Flasche Whisky, die der alte Mann Daddy verkauft hatte.

Aus der er seitdem getrunken hatte. *Fünfzig Bucks für einen Fünf-Dollar-Whisky, nicht mal eine volle Flasche, ihr seid hier richtige Gangster. Diebe.*

Dann hörte er die Klospülung. Zu spät zum Davonlaufen. Er wälzte sich auf den Bauch und machte die Augen wieder zu. Wenn dieser Mann, der nicht mehr sein Vater war, vielleicht weitertrank und einschlief, könnte er ...

Sie hat ihn geküßt. Die kleine Nutte hat ihn geküßt. Ich habe es gesehen.

Das war, als der Mann wieder in den Wagen gestiegen war, der neben dem japanischen Haus geparkt stand, in dem er sich so wohl gefühlt hatte. Er hatte Stimmen gehört, aber durch das Gebüsch nichts erkennen können. Aber der Mann war ausgestiegen und dann wieder eingestiegen, zornbebend, hatte darauf gewartet, daß Mal mit dem Motorrad davonfuhr und dann gesagt: *Das ist also dein Freund Mal, nicht wahr?*

Dann auf der Fahrt, als sie Mal verfolgten, wußte er, daß etwas Schreckliches passieren würde. Der Mann hatte ihm befohlen, sich auf den Boden vor dem Sitz zu hocken, und deshalb konnte er nichts sehen. Aber er wußte, daß sie dem Motorrad nachjagten. Da hatte er zu flehen begonnen, schluchzend wie ein kleines Baby, bis der Mann ihn angeknurrt hatte: *Halt die Schnauze, sonst geht's dir wie ihm.*

Daran durfte er jetzt nicht denken. Nicht jetzt, niemals. Wenn er nur so tun könnte, als sei es nie geschehen ...

Der Mann war wieder im Zimmer, goß sich Whisky ein. Toby konnte das Gurgeln hören, dann das Klicken des Lichtschalters, dann die Sprungfedern im anderen Bett. Vielleicht, vielleicht ...

Aber während er mucksmäuschenstill dalag und wartete, mußte er wieder an die Szene unter der Ampel denken. Als der Wagen scharf bremste, die Tür wie eine Bombe gegen das Motorrad knallte, wie er einen kurzen Blick auf Mals verblüfftes Gesicht unter dem Sturzhelm erhaschte, während das schwere Motorrad ihn unter sich begrub. Der Motor lief noch, der Mann stieg aus, und dann hatte er nicht mehr hinzuschauen gewagt, hörte nur, auf dem Boden zusammengekauert, Stöße und Schläge und Stöhnen, keine Worte, und immer wieder diese dumpfen Schläge, wie auf Holz ...

Da hatte er kotzen müssen. Auf den Boden. Über seinen Schlafanzug. Er hatte gewürgt und gebrochen.

Er fragte sich, ob er das jemals vergessen würde. Was er gehört hatte und den Anblick der blutigen Knöchel des Mannes am Steuer. *Jesus, stinkt es hier. Du windiger, kleiner Feigling.*

Er hörte, wie der Mann sich wieder einen Whisky eingoß. Das Seltsame, was ihn verwirrte, war die Veränderung, die mit dem Mann vorgegangen war, als er sich den ersten Whisky hier im Zimmer einverleibt hatte. Er war fröhlich geworden, verspielt, als sei alles ein großer Witz, und als er am Telefon mit Mama gesprochen hatte, klang er wie sonst in seiner guten Zeit. Er fragte Toby sogar, ob er beim Baden Hilfe brauchte, und sagte, daß es ihm leid tue, daß es hier keine Hamburger gibt. Mit Mama war er richtig sanft. Als sei überhaupt nichts geschehen.

Toby wurde nicht schlau daraus. Es war ihm auch egal. Und er wollte es gar nicht so genau wissen. Nicht mehr. Der Mann war ein Fremder, und ihn ging er nichts mehr an. Er haßte ihn nicht und er liebte ihn nicht. Er war ihm gleichgültig.

Aber er würde mit ihm auf kein Boot gehen. Das stand fest. Er lauschte. Gleichmäßiges, röchelndes Atmen. Aber kein Schnarchen.

Er wartete, blinzelte mit einem Auge.

Der Mann lag ausgestreckt da. Ein Arm hing über die Bettkante, das leere Glas in der rot angeschwollenen Hand.

Toby schaute zur Tür. Die Kette konnte er erreichen, aber er wollte noch ein Weilchen warten.

Zehn Uhr. Pünktlich. Mit gepackten Koffern und reisefertig. Wir werden dort anlegen und dich abholen.

Er würde um keinen Preis der Welt an Bord eines Schiffes gehen!

Ich wette, du kannst schwimmen, du weißt es nur noch nicht. Er dachte an Barry. Der ihm beigebracht hatte, wie man Fahrrad fährt. Er dachte an die Fahrt mit Barry in seinem Jeep nach dem Abendessen. *Das ist wie Radfahren. Man muß es sich nur zutrauen. Du mußt einfach daran glauben, daß dein Körper nicht versinkt, dann tut er es auch nicht, ehrlich! Und dann brauchst du nur noch die Arme oder Beine oder beides zu bewegen. Das ist alles.* Barry mit der Pfeife im Mund und einem Lächeln. *Die Hauptsache spielt sich in deinem Kopf ab. Vielleicht habe ich bald Gelegenheit, es dir zu zeigen.*

Aber Barry hatte keine Gelegenheit. Und würde sie vermutlich nie mehr bekommen.

Schlief der Mann fest? Jetzt schnarchte er.

Das war der Moment.

Leise kroch er aus dem Bett und bewegte sich leise auf Händen und Füßen zur Tür. Ganz behutsam richtete er sich dort auf. Der Boden war kalt und feucht unter seinen nackten Füßen. Vorsichtig schob er die Kette in der Gleitschiene nach oben.

In diesem Augenblick glitt das Glas aus der Hand des Mannes und zersplitterte am Boden.

Weit mehr, als die Pflicht es fordert – mit diesem Satz hatte Lieutenant Pruitts Frau ihn gern gehänselt, wenn er sich besonders für einen seiner Fälle einsetzte. Meistens fand er dieses Engagement selbst bedauerlich, besonders, wenn seine Überzeugung mit ins Spiel kam. Er hatte sich auch einige üble Dinge geleistet, brutale Übergriffe, an die er sich nicht gern erinnerte. Doch daraus bestand sein Leben jetzt mehr oder weniger: aus Erinnerungen. Aurora war seit langem tot – waren es neun oder zehn Jahre? Und seitdem schlief er nicht besonders gut und hatte nichts dagegen, sich eine solche Nacht für eine gute Sache um die Ohren zu schlagen. Eine verrückte und vielleicht hoffnungslose Sache, aber eine gute.

Auf diese Weise fühlte er sich irgendwie zugehörig. Während die Berichte von Zwischenfällen und Vergehen der vergangenen Nacht vorschriftsmäßig auf seinem Schreibtisch landeten, wobei er den Vorkommnissen mit Trunkenheit besondere Aufmerksamkeit widmete, studierte er einen nach dem anderen und sann wieder über die abwegige Tatsache nach, warum so viele menschliche Wesen einen Teil ihres Lebens damit vergeudeten, sich oder anderen Menschen zu schaden. Zum Teufel, es war kaum zu glauben, aber im vergangenen Jahr wurden allein in Florida über tausend Mordfälle aktenkundig. Ganz zu schweigen von Selbstmorden, Ertrunkenen, durch Unfälle oder anderweitig zu Tode Gekommenen . . . das konnte einen wirklich deprimieren. Auch nach 27 Dienstjahren noch.

Heute waren häusliche Auseinandersetzungen in der Überzahl, Körperverletzung bis zur Krankenhausreife, Wirtshausschlägereien, aber das war bei Vollmond nicht anders zu erwarten. Da konnten sich die Jüngeren ruhig darüber lustig machen, aber Tatsachen waren Tatsachen. Die Telefonzentrale kam kaum noch nach. Die Verrückten gerieten bei Vollmond völlig außer Rand und Band, da gab es keinen Zweifel.

Da war so ein typisches Beispiel: ein Überfall mit Körperverletzung auf einen Motorradfahrer an der Kreuzung Ringling und Trail. Wahrscheinlich das am meisten befahrene Stück Straße. Ungefähr um 4.30 Uhr. Vor zwei Stunden. Opfer: ein Malcolm Eggers, 25 Jahre, wohnhaft in einer Pension in der Third Street. Keine Zeugen. Keine Beschreibung des Täters, nur eine allgemeine Beschreibung seines Wagens, mit dem er in südlicher Richtung wegfuhr: ein schwarzer Mercury, neues Modell. Der Bericht war über Funk von Streifenpolizist Ned Stanley im Wagen 19 eingegangen.

Er warf die letzten Berichte in ein Drahtkörbchen. Sackgasse. So war es schon, seitdem er Anwalt Maynards Haus verlassen hatte. Der Extrastreifenwagen, den er vor Mrs. Forrests Haus vor ungefähr einer Stunde postiert hatte, hatte keine besonderen Vorkommnisse gemeldet, und auch sonst brachten seine Nachforschungen keine Ergebnisse. Mit Sicherheit wußte er nur, daß der schwarze 1981er Cougar weder in Sarasota noch in Tampa bei einem Hertz-Büro zurückgegeben worden war. Also konnten sich Vater und Sohn noch in der Gegend aufhalten. Aber das war natürlich eine sehr vage Vermutung . . .

Schwarz. Mercury. Neues Modell.

Er brauchte den Bericht nicht aus dem Drahtkorb zu nehmen.

Cougar.

Emblem eine Raubkatze.

Der Cougar war ein Modell von Mercury.

Er fühlte ein leises Prickeln im Nacken.

Er hievte seinen schweren Körper aus dem Sessel und griff nach dem Telefon. Teufel, er war sowieso in einer Sackgasse und hatte nichts Besseres zu tun.

Er ließ sich mit Streifenwagen 19, Officer Ned Stanley, verbinden.

Wer weiß? Es gab kein Gesetz gegen Entführung des eigenen Kindes. Vielleicht nicht ganz zu Unrecht, weil sonst die Gerichte mit Tausenden von familiären Auseinandersetzungen zu tun hätten. Und solange kein Verbrechen vorlag, verplemperte er hier nur seine Zeit.

Es sei denn . . .

»Stanley, Wagen 19.« Die Stimme klang jung, aber Lieutenant Pruitt hatte keine Vorstellung von dem dazugehörigen Gesicht. »Sie wollen mich sprechen, Lieutenant?«

»An der Kreuzung Ringling und Trail vor etwa zwei Stunden . . .«

»Ja, Sir?«

»Ihr Bericht war nicht vollständig.«

»Ja, Sir, das weiß ich. Aber es gab keine Zeugen, nur den Lastwagenfahrer, und der sah nur das Opfer auf der anderen Fahrbahn, als er bei der Ampel anhielt. Und den anderen Wagen, der nach Süden wegfuhr, aber nicht genau.«

»Das Opfer muß gesehen haben, wer es zusammengeschlagen hat.«

»Ja, Sir. Aber ich habe den Mann am Tatort nicht befragt. Er war fast bewußtlos und hatte einen Schock erlitten. Er hat nur den Kopf geschüttelt, als ich ihn nach dem Täter fragte.«

»Sind Sie nicht mit zum Krankenhaus gefahren?«

»Oh, doch, Sir. Aber Sie müssen verstehen, die Befragung fand unter denkbar ungünstigen Umständen statt. Er hatte in der Notaufnahme eine Spritze bekommen und eine provisorische Schiene für den Kiefer. Er ist ein Schauspieler, zur Zeit am Asolo-Theater, und er schrieb auf, wer benachrichtigt werden sollte. Die anderen Angaben zu seiner Person stammen aus seinem Führerschein.«

»Haben Sie eine Theorie?«

»Also . . . wir haben ein bißchen Marihuana bei ihm gefunden. Er ist wahrscheinlich kein Dealer, aber man kann es in der Gegend, in der er wohnt, leicht kriegen.«

»Könnte da ein Motiv liegen?«

»Nein, eigentlich nicht. Wahrscheinlich hat sich der andere Fahrer irgendwie belästigt gefühlt. Vielleicht hat er ihn geschnitten oder so was. Und da hat den anderen die Wut gepackt, und er hat ihn an der Ampel angegriffen. Aber das ist reine Spekulation. Er ist ziemlich übel zusammengeschlagen worden. Und, ach ja, man hat ihm nichts gestohlen. Es muß alles sehr schnell gegangen sein. Deshalb gab es auch um die frühe Morgenstunde keine Zeugen. Der Angreifer hat den armen Kerl wirklich übel bearbeitet. Mit beiden Fäusten, mindestens ein Fußtritt in die Rippen.«

»Noch etwas . . .«

»Ja, Sir?«

»Hat der Lastwagenfahrer erkennen können, ob der Mann allein in dem schwarzen Wagen war?«

»Ja. Er sagte, es war nur ein Kopf zu sehen.«

Das Prickeln der Erwartung hörte schlagartig auf. Aber das Kind hätte natürlich auf dem Rücksitz schlafen können. Bei so einem? Unwahrscheinlich.

»Ergänzen Sie Ihren Bericht, wenn Sie reinkommen«, befahl Lieutenant Pruitt und fügte hinzu: »Gut gemacht, Junge.«

»Danke, Sir.«

Der Lieutenant unterbrach die Verbindung. Stanley hatte umsichtig gearbeitet, und dabei fehlten ihm noch ein paar der Informationen, die der Lieutenant hatte. Aber einiges störte ihn trotzdem, und so beschloß er, ins Krankenhaus zu fahren, das knapp zwei Kilometer entfernt war. Zur Sicherheit wollte er doch noch ein paar Fragen stellen.

Auf der Hinfahrt ohne Blaulicht und Martinshorn versuchte er sich einzureden, daß er auf dem Holzweg war. Dieser Donald Forrest hatte es auf niemand abgesehen, außer auf seine Frau. *Er hat im College geboxt. Er kennt sich da aus.* Das beweist gar nichts. *Sie kennen Donald nicht. Bei ihm ist alles möglich. Er ist unberechenbar. In diesem Moment kann etwas passieren.* Unsinn, er wollte sich nur nicht eingestehen, daß er ein Jäger auf einer kalten Spur war. Wieder einmal, Aurora. Morgenröte. Es wurde immer heller.

Von Lido Shores gab es nur zwei Wege zum Festland: einen längeren über die Anna-Maria-Insel und den kürzeren über die zwei Brücken des Ringling-Damms bis zu der Ampel, wo er auf den Trail stieß . . .

Die Nachtschwester auf der Intensivstation hatte nicht die Befugnis, ihm den Besuch bei dem Patienten zu gestatten. Der Patient sollte um sieben Uhr operiert werden. Aber sie wollte Dr. Rosser rufen.

Waldo Pruitt ging in das kleine Wartezimmer. Dort traf er zwei Menschen an, eine blendend aussehende junge Frau mit verwirrtem Blick und einen jungen Mann mit rötlichem Bart.

Die junge Frau stand auf. »Werden Sie ihn erwischen?« fragte sie den Lieutenant. »Ich habe gehört, wie Sie mit der Schwester gesprochen haben. Was hat die Polizei unternommen?«

»Soviel sie kann«, antwortete Waldo Pruitt auf diese Frage, die er bestimmt schon tausendmal gehört hatte. »Sind Sie Verwandte?«

Da erhob sich der bärtige junge Mann. »Meine Schwester ist mit ihm eng befreundet.« Er hatte eine freundliche, gelassene Art, die dem Lieutenant gefiel. »Mal war nämlich kurz vor dem Überfall bei ihr gewesen.«

»Haben Sie irgendeine Vorstellung, wer das getan haben könnte?«

»Noch nicht, Miß.« Das traf zu. Er befand sich ja nur wegen eines vagen und wahrscheinlich absurden Verdachts hier.

»Und Sie?«

Die junge Frau schüttelte den Kopf. »Alle mögen Mal.«

»Sagen Sie, als er von Ihnen wegfuhr, wo war das genau?«

»Vor dem Haus, das ich gemietet habe.«

»Und wo liegt das?«

Der Bruder ergriff das Wort. »1168 Westway.«

Waldo kannte die Adresse, und das prickelnde Gefühl stellte sich wieder ein. »Lido Shores?« Und als die junge Frau nickte, fragte er weiter: »Mr. Eggers hat Ihren Namen genannt; man solle Sie benachrichtigen?«

»Er sagte dem Polizisten ihren Namen und ihre Anschrift«, antwortete der Bruder. »Seine Familie lebt in New Jersey. Aber jetzt darf sie nicht zu ihm hinein, weil er in Kürze operiert wird.«

Knurrend erkundigte sich Waldo Pruitt: »Haben Sie irgendeine Ahnung, wer Ihrem Freund etwas will?«

Der Bruder schüttelte den Kopf und schaute seine Schwester fragend an.

Aber auch sie schüttelte den Kopf. »Ich sage Ihnen doch, Mal war überall beliebt.«

Waldo Pruitt beschloß, seine Unterhaltung mit Mrs. Forrest vor fast fünf Stunden nicht zu erwähnen. Noch nicht – bisher hatte er ja wenig Anhaltspunkte. Außer der Adresse. Statt dessen sagte er: »Wenn ich Mr. Eggers sprechen kann, bringt uns das vielleicht ein Stück weiter.«

»Lieutenant Pruitt?« Eine jugendliche Stimme ertönte hinter seinem Rücken, und als er sich umwandte, stand er einem untersetzten, jungen Arzt in weißem Kittel gegenüber, der einen seltsam distanzierten, aber tüchtigen Eindruck machte. »Ich bin Dr. Rosser. Kommen Sie bitte mit.«

Er führte Waldo Pruitt in ein angrenzendes Büro, klein und ordentlich. Ohne Umschweife kam er zum Thema: »In wenigen Minuten wird der Patient für die Operation vorbereitet.«

»Operation?« fragte Waldo Pruitt.

»Nicht das übliche«, antwortete der Arzt. »Offensichtlich hat er kaum innere Verletzungen erlitten. Das rechte Knie ist gebrochen, und er hat Blutergüsse, eine ausgerenkte Schulter, eine gebrochene Rippe. Aber am meisten hat das Gesicht abbekommen; es sieht übel aus.«

»Mein Gott«, stöhnte Waldo Pruitt. Das hatte er nicht erwartet, so etwas nicht!

»Heute früh werden wir die gröbsten Reparaturen vornehmen, aber er wird noch einige Schönheitsoperationen durchstehen müssen, wenn die Knochen geheilt sind. Ich bezweifle trotzdem, daß es jemals wieder wie früher wird. Man kann mit zwei Fäusten eine Menge Schaden anrichten. Unser Freund hatte Glück, daß er einen Sturzhelm trug.«

Als der Lieutenant, der trotz aller Abhärtung noch immer Abscheu, Entsetzen und Wut empfinden konnte, schwieg, fuhr der Arzt fort: »Ich kenne mich mit den Gesetzen nicht aus, aber wenn Sie das Ausmaß des Verbrechens am Ausmaß der Verletzungen bestimmen wollen, dann haben Sie hier einen schweren Fall!«

»Ich würde Mr. Eggers gern drei, nein, zwei Fragen stellen. Die Dame draußen, Miß . . .«

»Charlene Conrad«, antwortete Dr. Rosser. »Mr. Eggers' Verwandte leben in New Jersey. Ich fürchte, man kann ihn derzeit nicht befragen. Und er könnte auch nicht antworten, selbst wenn sein Gesicht nicht so einbandagiert wäre.«

»Nur zwei Fragen«, insistierte Waldo Pruitt. »Er kann den Kopf schütteln oder nicken.«

Der junge Arzt überlegte. »Ist es so dringend? Jetzt gleich?«

»Wenn ich mich nicht irre, können wir so vielleicht verhindern, daß es einem anderen ähnlich ergeht. Oder noch schlimmer.«

»Kommen Sie mit.«

Sie nahmen den Aufzug und landeten in einem Korridor, wo einige Patienten auf Rollbetten vor einer Tür lagen, auf der *Für Unbefugte kein Zutritt* stand. Hier wurde Malcolm Eggers gerade von einer hellgrün gekleideten Operationsschwester vorbereitet, und sein weiß umwickelter Kopf lag auf einer

Nackenstütze. Seine Augen waren kaum zu sehen. Sie blickten verwirrt, erschrocken und ein wenig neugierig.

»Mr. Eggers«, sagte Dr. Rosser, »Lieutenant Pruitt ist von der Polizei. Er hat zwei Fragen, und Sie sollten sie durch Nikken oder Kopfschütteln beantworten, auch wenn es weh tut. Der Lieutenant hält es für wichtig.«

Waldo Pruitt trat an das Bett. »Mr. Eggers, Sie haben dem Polizisten am Tatort bereits gesagt, daß Sie Ihren Angreifer nicht erkannt haben. Aber ... war ein Kind bei ihm im Wagen?«

Lange Pause. Während der Waldo Pruitt sich fragte, ob der junge Mann nicht verstanden hatte oder sich die Antwort genau überlegte. Vielleicht hatte seine Frage auch einen Gedankengang ausgelöst, der in eine völlig neue Richtung führte.

Schließlich bewegte sich der Kopf langsam von einer Seite zur anderen.

Waldo trat noch näher. Befand er sich wieder in einer Sackgasse? Er spürte kein Prickeln, nur noch klebrigen Schweiß am ganzen Körper.

»Noch eins«, sagte er, griff in die Brusttasche und zog das Foto heraus, das Mrs. Forrest ihm mit dem trockenen Kommentar überreicht hatte, sie seien schon eine glückliche Familie. Waldo Pruitt hielt dem jungen Mann das Foto vor die Nase.

»Mr. Eggers ... ist das der Mann, der Sie angegriffen hat?«

Da sah der Lieutenant – oder war es nur Einbildung? – ein Aufflackern in den matten, schmerzverschleierten Augen. Und während das prickelnde Gefühl wiederkehrte, nickte der Verletzte nachdrücklich mit dem Kopf.

Ein angenehmes Frösteln überfiel den Lieutenant, und ein Prickeln überzog seinen ganzen massigen Körper.

Als er im Haus niemanden antraf, obgleich der blaue Lancia Zagato in der Einfahrt parkte, schlenderte Barry etwa hundert Meter die Straße entlang zu dem Pinienwäldchen und dann zwischen den Bäumen zum Strand. Der Himmel war bleigrau, und schwere Wolken hingen über dem Golf. Bald würde

Wind aufkommen, und später war mit einigen Schauern zu rechnen. Und die Touristen würden sich beklagen, daß nicht jeder Tag so sonnig und strahlend war wie der andere.

Seit drei Stunden, seitdem er mit Charlene im Krankenhaus gewacht hatte, stand er in einem Loyalitätskonflikt zwischen Charlene, die ihn brauchte, und Brenda, die man nicht allein lassen durfte – nach allem, was ihr widerfahren war. Charlene hatte ihm gesagt, daß Toby verschwunden war. *Ein Alptraum,* hatte Charlene geflüstert, als sie bei seinem Eintreffen in seine Arme fiel, *die ganze Nacht war ein einziger Alptraum. Erst Toby . . . und dann das. Es ergibt keinen Sinn. Ich kann nicht glauben, daß das alles wirklich passiert.*

Bei dem Versuch, sie zu trösten und zu beschwichtigen, konnte er nur hoffen, daß seine Gegenwart ihr mehr Stütze war als seine ungeschickten und unbeholfenen Worte. Trotzdem konnte er Toby nicht aus seinen Gedanken verbannen. Charlene wußte nur, daß die Polizei nicht besonders aktiv war, weil nach Brendas Meinung der Vater der Entführer war. Aber er hatte das Gefühl, daß noch mehr hinter der Sache steckte. Was? Hatte es mit Brenda zu tun?

Während Mal im Operationssaal war, hatte er Brenda angerufen und dann Charlene alles berichtet: Inzwischen war klar, daß Toby sich bei seinem Vater befand, der mit ihnen beiden um zehn Uhr mit einem Boot abfahren wollte. Brenda hatte weit weg, leblos, resigniert geklungen, dabei aber entschieden. Und sie hatte immer wieder nach Malcolm Eggers gefragt, so als hätte sie ihre Sorge um ihren Sohn auf den jungen Mann übertragen, den sie ja recht wenig kannte. So wie er Brenda ja auch kaum kannte und dazu auch keine Gelegenheit mehr haben würde.

Auf dem weiten Strand bewegten sich nur einige Gestalten: ein joggender, bierbäuchiger Mann, zwei ältere Damen, die Muscheln suchten, zwei oder drei Spaziergänger. Und Brenda. Sie ging langsam, mit gesenktem Kopf. Sie trug eine lange Hose, einen pastellfarbenen Pullover und hielt die Schuhe in der Hand. Sie bemerkte ihn erst, als er ein paar Schritte vor ihr stehenblieb.

Sie schirmte die Augen mit der Hand ab, als sei sie geblendet, und ihre Lippen zuckten. Dann ließ sie die Hand sinken. Zerbrechlich sah sie aus, verlassen und allein. Aber sie reckte das Kinn vor und straffte die Schultern. »Wie geht es Mal?«

»Er hat die Operation überstanden.«

»Und?«

Er zögerte. Konnte er ihr sagen, was der Chirurg Charlene anvertraut hatte? Daß trotz einer Reihe von Schönheitsoperationen der Junge nie mehr wie früher aussehen würde? Würde sie wie Charlene in Tränen ausbrechen?

»Barry«, sagte Brenda, »ich bin erwachsen. Bitte, sagen Sie mir die Wahrheit.«

Er wich noch immer aus. »Sein Kiefer ist genagelt worden, so daß er die nächsten acht oder zehn Wochen nur flüssige Nahrung zu sich nehmen kann.«

»Es ist noch schlimmer«, vermutete Brenda. »Raus mit der Sprache.«

Erstaunt über ihr intensives Interesse an Mal anstatt an ihren eigenen Problemen, fuhr er fort: »Er wird nie mehr aussehen wie früher, Brenda. Falls Sie das wissen wollten.«

Sie nickte. »Ja.« Und dann setzte sie ihren Weg entlang der Wasserlinie fort. »Die arme Charlene, die arme, liebe Charlene. Ich habe es gewußt!«

Er begleitete sie und war sich wieder ihrer Gegenwart bewußt, weniger ihres Körpers oder ihres Aussehens, als ihrer menschlichen Ausstrahlung. Das war für ihn so ungewohnt, daß er plötzlich wußte, er würde diesen Morgen nie vergessen können, niemals.

»Sie sagten, Sie wollten nach Norden«, hörte er sich sagen, und es sollte wie eine Frage klingen. »So um zehn?«

»Um zehn. Pünktlich. Wie befohlen.« Die Schärfe ihres Tons überraschte ihn. »Mein Gefängniswärter will es so«, erklärte sie. »Ich habe lebenslänglich. Keine Begnadigung.«

Sie ging auf das Pinienwäldchen zu.

»Charlene ist nicht zu Hause«, sagte er. Und als sie stolperte und stehenblieb: »Einige von Mals Freunden aus dem Theater haben sie zum Frühstück geholt.«

Brendas dunkelbraune Augen trafen seinen Blick. »Sie gibt mir die Schuld, nicht wahr?«

Verblüfft fragte er: »Wofür, Brenda? Warum . . . warum sollte sie Ihnen Vorwürfe machen?«

»Ich hätte nicht herkommen sollen«, erklärte Brenda und ging weiter.

Da fiel es ihm ein. *Geh zu ihr, Schatz. Ich weiß nicht, womit sie dich in ihren Bann gezogen hat, aber du verrätst dich jedesmal, wenn ihr Name fällt. Ich weiß nicht, was ich empfinde, aber sag ihr für mich Lebwohl.* Die Bemerkung war ihm gleich rätselhaft vorgekommen, und jetzt verstand er sie noch weniger. Wieder hatte er das Gefühl, vor einem Puzzle zu stehen, dessen Hauptstücke fehlten. Was hatte Mals Unglück mit Brenda zu tun? Und weswegen könnte Charlene Brenda Vorwürfe machen?

Plötzlich drängte es ihn, Brenda in die Arme zu nehmen, nur einmal, ihr einen Kuß zu geben, ehe sie für immer aus seinem Leben verschwand, nur einmal . . .

Da ergriff Brenda das Wort. »Barry, Sie sind sehr lieb zu mir gewesen. Sie und Charl und Lavinia . . . ihr wart sehr freundlich zu mir. Ich werde das niemals vergessen. Sagen Sie das bitte Charl? Gleichgültig, was sie jetzt gegen mich hat, sagen Sie es ihr.«

»Ich verspreche es«, gelobte er, verwirrter denn je.

Inzwischen hatten sie das Pinienwäldchen durchquert und gingen auf der Straße nebeneinander wie Fremde.

Auf der Veranda vor dem Eingang hörten sie schon das Telefon läuten.

Brenda zögerte. Er warf ihr einen Seitenblick zu. Ihr Gesicht sah mit einemmal niedergeschlagen aus – schutzlos, wehrlos. Ein verängstigtes Kind.

»Soll ich rangehen?« fragte er.

Alle Entschlossenheit war von ihr gewichen. Sie nickte nur. Einmal. Und als er zu dem Alkoven ging, schien ihm mit einemmal, als habe diese Frau – dieses Mädchen – genug mitgemacht, als wäre sie keiner weiteren Belastung mehr gewachsen.

»Hallo?«

»Wer spricht?« Die Stimme eines Fremden, tief, überrascht, fast feindselig.

»Hier spricht Barry. Wen möchten Sie?«

Hinter sich hörte er die Schiebetür auf- und zugleiten. Brenda war im Haus.

»Möchten Sie Charlene sprechen? Sie ist nicht da.«

»Ich möchte«, sagte die Stimme, »meine Frau sprechen. *Bitte.*«

»Brenda?«

»Mrs. Forrest. Meine Frau. Ja. Sofort.«

»Mrs. Forrest ist auch nicht da. Kann ich ihr etwas ausrichten?«

»Ja, das können Sie. Falls Sie so verdammt liebenswürdig sein wollen. Sagen Sie ihr, daß ich vom Boot aus anrufe. Ich erwarte sie in genau zwanzig Minuten im Jachtklub. Und wer, zum Teufel, sind Sie?«

Aber ehe er antworten konnte, nahm Brenda ihm den Hörer aus der Hand. Deutlich sah er ihr Gesicht: fahl, gespannt und mit zornig funkelnden Augen. Er überließ ihr den Hörer und ging in den Wohnraum. Aber um keinen Preis wollte er die Schiebetür zum Alkoven schließen!

Er vernahm ihre Stimme: »Es geht dich zwar nichts an, aber er ist Charlenes Bruder ... Es ist noch nicht zehn Uhr. Ich habe versprochen, daß ich komme, und ich halte mein Wort ... Ich brauche keine Fragen mehr zu beantworten. Aber jetzt will ich Toby sprechen ... Wenn du das nicht erlaubst, dann komme ich nicht.«

Hätte er nicht gewußt, wer spricht, hätte er die Stimme nicht erkannt: flach, kalt, scharf und verächtlich.

»Toby? Toby, bist du da?«

Jetzt hatte sich der Tonfall geändert.

»Toby, hier ist Mama. Sprich mit mir!«

»Toby, was ist los?«

Dann wartete sie. Draußen fuhr ein Lieferwagen vorbei. Brenda sagte nichts.

Draußen sang eine Spottdrossel.

Sonst Stille.

Bis Brenda plötzlich herzerweichend flehte: »Toby, Toby, mein Schatz, streng dich nicht an. Mach nicht so ein Geräusch, versuch nicht zu sprechen, bleib ganz ruhig und hör zu: Ich bin in ein paar Minuten bei dir, Liebling. Ganz schnell.

Du brauchst nichts zu sagen, gib dir keine Mühe. Mama versteht dich. Jetzt gib mir noch mal Daddy . . .«

Und während er wartete, hörte Barry ihr Flüstern: »Mein Gott, was hat er angerichtet? Was hat er dir denn getan?«

Dann erfüllte ein Aufschrei das Haus: »Was hast du mit ihm gemacht? Was hast du mit Toby gemacht? . . . Lügner, Lügner, er treibt keine Spielchen, er will nicht Mitleid heischen, er kann nicht reden, oh, du Bastard, du Bastard, du hast Mal Eggers krankenhausreif geschlagen, du hast sein Gesicht zerschmettert, und jetzt auch noch das!«

Aber sie hängte nicht auf.

Jetzt war ihm alles klar. Jetzt hatte der blinde, dumme Barry Conrad endlich begriffen, was wirklich mit Malcolm Eggers passiert war. Wer ihn mißhandelt hatte und warum Charlene Brenda die Schuld gab.

»Ich komme«, sagte Brenda schließlich, und in einem Tonfall, den sie bisher nicht angeschlagen hatte, einer bitteren, mühsam kontrollierten Wildheit, hart und zähneknirschend. »Oh, keine Angst, ich werde dasein, Donald, darauf kannst du dich verlassen. Ich werde dasein, und wir werden zu dritt nach Norden segeln. Für immer.«

Heftig warf sie den Hörer auf die Gabel.

Barry ging auf sie zu, aber er bezweifelte, daß sie ihn überhaupt wahrnahm.

Leise und hoffnungslos sagte sie: »Sie haben es gehört. Jetzt wissen Sie Bescheid.

»Ich verstehe noch immer nicht, Brenda. Warum Mal?«

Ihr Blick war fast spöttisch, aber der verächtliche Tonfall paßte nicht dazu. »Ich habe ihn auf die Wange geküßt. Zum Dank.«

»Lieber Gott!«

»Und jetzt stottert Toby nicht mehr. Er bekommt kein Wort mehr heraus!«

»Glauben Sie, daß Toby alles mitangesehen hat?«

»Ich weiß es.«

Er ging ihr ein paar zögernde Schritte entgegen. »Brenda, Sie können zu so einem Mann nicht zurück.«

»Ach ja? Habe ich denn eine Wahl?«

»Ich bringe Sie nach Holmes Beach. Sie können bei Lavinia bleiben. Da findet er Sie nie.«

Brenda lachte trocken auf. »Und Toby?« Sie schüttelte den Kopf. »Kein Verbrechen, keine Unterstützung. Wer im Besitz einer Sache ist, hat schon so gut wie gewonnen.«

»Brenda . . .«

Sie explodierte. »Barry, halten Sie sich da raus! Mischen Sie sich nicht ein! Ich will niemand mehr in Schwierigkeiten bringen, Sie nicht und Lavinia nicht, niemand. Es ist nicht Ihr Leben. Sie haben mit der ganzen Sache nichts zu tun!«

Da trat er zu ihr hin. »Brenda, ich habe damit zu tun! Ich weiß nicht, wie es geschehen ist, aber es geht mich verdammt viel an!«

Er nahm sie in die Arme.

Und als wäre die harte Kälte von ihr gewichen, lehnte sie sich an ihn.

Mit einer Hand hob er ihr Kinn und küßte sie, erst leicht, auf die Lippen.

In einer Aufwallung von pulsierendem Leben reagierte sie. Sie legte einen Arm um seinen Hals, gab sich dem Kuß hin, und er spürte, wie ihr Körper weich wurde.

Doch dann erstarb der Anflug der verzweifelten Gier. Sie drehte den Kopf und stemmte sich gegen seine Umarmung, so daß er sie freiließ.

Lange standen sie einander wortlos gegenüber.

»Warum«, fragte sie und hatte sich wieder verändert, »warum meinen Männer immer, mit Sex wäre jedes Problem zu lösen?«

Das war wie eine Ohrfeige, wie ein Schlag in die Magengrube.

»Danke, Barry, aber nein danke. Ich habe genug davon für den Rest meines Lebens. Ich werde statt dessen Äpfel essen.«

Er wußte nicht, was er sagen sollte. Aber ein weiteres Puzzlestück fand seinen Platz – eines, das Charlene ihm vorenthalten hatte, wahrscheinlich aus Loyalität Brenda gegenüber. Er begriff plötzlich, was geschehen war, nachdem ihr Mann sie niedergeschlagen und bevor er sich mit Toby aus dem Staub gemacht hatte. Er wurde vor Ekel krank und rasend. In diesem Moment begann er einen Mann zu hassen, den er nicht kannte, den er nie gesehen hatte. Mörderischer Haß flammte in ihm auf.

Er hörte seine Stimme, fremd: »Nimm mich mit auf das Boot.«

Sie runzelte die Stirn. »Ich habe es dir doch erklärt, Barry. Ich weigere mich, anderen Menschen noch mehr . . . Zerstörung zu bringen. Und Kummer!«

»Aber das ist nicht deine Schuld, Brenda! Bring das um Gottes willen nicht durcheinander. Du hast überhaupt nichts verursacht. Es ist seine Schuld!«

»Aber es geschieht wegen mir.«

Sie wandte sich ab, wieder verändert. Als sie sprach, klang sie so steif und entschieden, wie ihr Rücken wirkte: »Ich weiß, was ich tun kann. Was ich als einziges tun kann. Und wenn du jetzt endlich verschwindest, kann ich es tun. Ich habe Lebwohl gesagt. Es war mein Ernst.«

Aber er konnte sie nicht verlassen. Er mußte wissen, was sie vorhatte. »An was denkst du, Brenda? Was planst du?«

Sie wirbelte herum, mit einem wilden, verwegenen Blick. »Das ist meine Sache. Diese Geschichte hat nichts mit dir zu tun. Kannst du das nicht begreifen? Was auch passiert, es wird mein Werk sein!«

»Aber was, Brenda, was? Du kannst dich von ihm nicht in eine noch schrecklichere Situation hineintreiben lassen.«

»Bitte, Barry.« Flehend, verzweifelt, etwas überdrüssig. »Der Wagen ist gepackt. Wenn du wirklich für mich etwas empfindest, dann geh heim und laß mich tun, was getan werden muß.«

Er zögerte nur einen Moment. Wenn sie nicht im Jachtklub von Sarasota erschien, würde Toby es büßen müssen. Und wenn sie ging – was hatte sie mit Donald Forrest vor?

Er drehte sich um und ging durch die Schiebetür hinaus. Als er in seinen Jeep kletterte, war ihm klar, daß er keinesfalls nach Hause oder wieder ins Krankenhaus fahren wollte. Er würde bei Brenda bleiben.

Aber er hatte keine Ahnung, wie er ihr helfen konnte.

Lieutenant Pruitt fuhr auf dem Tamiami Trail Richtung Süden. Er wurde immer nervöser. Er verfolgte eine Spur, die leicht im Sand verlaufen konnte.

Das Sheriffbüro von Lee County hatte aufgrund der Vermißtenanzeige, die Pruitt nach dem Gespräch im Haus des Anwalts herausgegeben hatte, angerufen. Ein Mann und ein Junge hatten in einem der kleinen Familienmotels etwa zehn Meilen nördlich von Fort Myers ein Zimmer genommen und es – so der Motelbesitzer – gegen sieben Uhr früh unter verdächtigen Umständen verlassen. Das Sheriffbüro hatte nur feststellen können, daß sich der Mann als D. Woods eingetragen hatte und einen Mietwagen fuhr. Das Kennzeichen stimmte mit der Nummer überein, nach der er seit sechs Stunden fahnden ließ. Der Name D. Woods war mit Donald Forrest nahe genug verwandt, um ihn von der Identität zu überzeugen. Aber was konnte er durch eine direkte Befragung des Motelbesitzers schon Neues erfahren?

Man wußte nie. Die Polizeiarbeit bestand aus einer Kombination von Verstand, Vermutung, Logik und Intuition. Stichhaltige Beweise ergaben sich oft erst, wenn man seinem Gefühl folgte, das auf verdammt hart erworbener Erfahrung basierte. Die Identifizierung von Donald Forrest durch den armen Schauspieler im Krankenhaus war schließlich auch das Ergebnis von Intuition. Jetzt hatten sie ein Verbrechen, das verfolgt werden konnte! Waldo hatte alle Stellen von dem Haftbefehl in Kenntnis gesetzt, ehe ihn Mary Rinaldi vor knapp einer Stunde vom Gericht ausgestellt bekam. Er hätte der armen Mrs. Forrest jetzt gern erklärt, daß sie nun etwas in der Hand hatten – ein Verbrechen und einen Augenzeugen für die Täterschaft ihres Mannes: das Opfer selbst! Das waren die Spielregeln des Gesetzes, so empörend und frustrierend das auch oft war. Und wenn dieser Donald Forrest verhaftet war, würde sie wenigstens ihren Jungen zurückbekommen.

Was an ihm nagte, war die Tatsache, daß er sich einfach kein Motiv für den Angriff auf den jungen Schauspieler vorstellen konnte. Durch die Befragung der beiden im Krankenhaus war offenkundig, daß Charlene Conrad und Malcolm Eggers eng befreundet waren und Brenda Forrest den Mann nur flüchtig kannte. Weshalb dann der hinterhältige Überfall? Waldo Pruitt erwartete grundsätzlich keine Patentlösungen, aber, verdammt noch mal, es mußte einfach ein Motiv geben!

Er hatte vorhin Rex Maynard zu erreichen versucht, aber der war nicht da. Nun wollte er es noch einmal probieren und rief das Hauptrevier an. Als er verbunden wurde, schilderte er ihm in groben Zügen den Stand der Dinge, ließ dem Anwalt jedoch keine Zeit für überraschte Kommentare, sondern knurrte anschließend: »Nun sagen Sie mir bloß, warum, Junge. Erklären Sie es mir. Warum?«

»Ich kann nur eine Vermutung anstellen«, antwortete Rey Maynard.

»Na schön. Soviel habe ich nicht einmal zu bieten. Also raus damit.«

»Haben Sie schon einmal von krankhafter Eifersucht gehört, Lieutenant?«

»Nichts dergleichen ist mir fremd.«

Dann berichtete ihm Rex Maynard, was er von dem Kollegen in Connecticut erfahren hatte, den Mrs. Forrest mit der Scheidung beauftragt hatte. Daß der Ehemann ihn erst bezichtigt hatte, er würde sich mit Liebesdiensten bezahlen lassen, und dann versucht hatte, ihn und seine Frau von der Straße in einen See abzudrängen. »Wir haben es mit einem Menschen mit einem geistigen Defekt zu tun, Lieutenant.«

»Wir haben es mit einem Verbrecher zu tun«, donnerte Pruitt, »der nicht frei herumlaufen und seine Mitmenschen zusammenschlagen darf!«

»Stimmt. Aber wenn er sich noch in der Gegend befindet und den Jungen noch nicht nach Hause zurückgebracht hat, was nützt uns dann diese Erkenntnis?«

Waldo Pruitts Kopf funktionierte nun so, wie er es schätzte. Allmählich klärte sich das Bild. »Ich meine, daß er den Jungen als Geisel hält.«

»Geisel?«

»Sie ist das Lösegeld. Die Frau.«

»Wenn das zutrifft, warum hat sie mich dann nicht angerufen? Oder Sie?«

»Aus genau dem Grund, aus dem alle Familien bei Entführungen schweigen – aus Angst, er könnte dem Jungen etwas antun, wenn sie die Polizei ins Spiel bringt.«

»Dann ... dann könnte sie jetzt auf dem Weg zu einem Treffpunkt sein. Was können wir dagegen unternehmen?«

»Wir können versuchen, den Bastard vorher zu schnappen. Ich bin gerade dabei.«

»Und wenn wir es nicht schaffen?«

»Dann haben wir noch die andere Anklage. Körperverletzung mit Tötungsabsicht. Versuchter Mord ist ein Verbrechen, bei dem jeder Staat den Täter ausliefert. Vielleicht kriegen wir ihn ein paar Jahre hinter Gitter, und sie hat ihre Ruhe. Ich muß jetzt aufhängen. Wir bleiben in Verbindung.«

Klick. Er schaltete ab, drehte auf die Gegenfahrbahn und hielt auf dem Parkplatz vor dem Buckeye-Motel an.

Dann sprach er mit Mr. Oscar Robb, geboren in Lima, Ohio, einem kleinen, verhutzelten Mann mit whiskyumflortem Blick und beflissenem Wesen. Oscar Robb zeigte ihm die Anmeldung. D. Woods, Adresse New Milford, Connecticut. Er hatte das Zimmer im voraus in bar bezahlt. »Er hatte einen Haufen Fünfziger in seiner Brieftasche, und als ich nicht wechseln konnte – ich laß doch einen Fremden nachts nicht in meine Kasse schauen –, fragte er nach Alkohol, und da hab ich ihm meine eigene Flasche für die Differenz verkauft. Gut angezogener Mann – blauer Blazer, weiß abgesetzte Schuhe ... ich bin ein guter Beobachter.«

»Was haben Sie noch beobachtet?«

»Na, er hat keinen Koffer gehabt. Und er hat den kleinen Jungen nicht getragen. Hat ihn barfuß laufen lassen. Was mich gleich mißtrauisch gemacht hat – der Junge hatte einen Schlafanzug an. Da wundert man sich doch. Hab mir gedacht, er hätte was Unsauberes mit dem Jungen vor, Sie wissen schon. Es gibt 'ne Menge Knallköpfe, und die meisten verschlägt's nach Florida, wußten Sie das?«

»Haben Sie zufällig gesehen, in welche Richtung er fortfuhr?«

»Gleiche Richtung, aus der er herkam. Nach Norden. Nach Sarasota.«

Wieder eine Sackgasse. Er hätte sich die Fahrt sparen können. Aber es juckte ihn sowieso in den Fingern, und im Hauptquartier war nichts los.

»Mr. Robb?«

»Ja, Sir?«

»Sie müssen doch einen Grund gehabt haben, das Sheriffbüro anzurufen.«

»Ich hab es dem jungen Deputy gesagt, aber er fand es nicht wichtig. Hat mir vielleicht nicht mal geglaubt.«

»Probieren Sie es mal mit mir. Wenn ich an Ihrer Stelle wäre, hätte ich mich verdammt vergewissert, daß Mr. Woods mit dem Jungen nichts vorhatte. Ich hätte das für meine Pflicht gehalten.«

»Das hab ich auch gemeint. Drum hab ich reingeschaut.«

»Das ehrt Sie.«

»Die Vorhänge schließen nicht ganz. Es wurde gerade hell, und drinnen brannte eine Lampe.«

»Wir können ihn verhaften, wenn das zutrifft, was Sie vermuten . . .«

»Ich hab mich geirrt.«

»Sie haben also beide geschlafen?«

»Nein, Sir. Der Junge lag auf dem Bauch auf dem Bett. Er hatte nur die Hose an. Und der Mann, der behauptet hat, sein Vater zu sein, stand über ihm und hat die Matratze geschlagen. Mit einem Gürtel. Er hat den Jungen nicht getroffen, immer das Bett, einmal rechts von dem Kind, einmal links. Es hat geknallt wie ein Schuß, jedesmal. Und jedesmal ist der Junge steif wie ein Brett geworden. Er hat keinen Mucks von sich gegeben, aber er hat geweint. Das Gesicht war ganz naß, und er hat so gezittert, daß die Sprungfedern unter ihm vibriert haben.«

Waldo Pruitt brachte seine nächste Frage nur mit Mühe heraus: »Was haben Sie getan?«

»Ich? Ich hatte Angst. Sie hätten das Gesicht des Mannes sehen sollen. Er sah nicht mehr wie ein Mensch aus. Wahnsinnig, verrückt vor Wut, aber irgendwie noch auf andere Weise verrückt. Er war betrunken, das sah man an den Augen, aber so, als hätte er Spaß an der Sache. Ich habe mich fast übergeben. Das war schlimmer, als wenn er ... Sie wissen schon.«

Dem Lieutenant wurde auch übel. Er wiederholte seine Frage: »Was haben Sie getan?«

»Ich bin ein alter Mann. Er war gute einsachtzig ...«

»Was haben Sie getan?«

»Ich bin ins Büro zurück und hab die Tür zugeschlagen. Dann hab ich gerufen: ›Emma, ich glaube, es schleicht jemand draußen rum.‹ Meine Emma ist schon drei Jahre tot, aber das konnte der ja nicht wissen. Und richtig, in Nummer 7 ging das Licht aus.«

»Wie lang«, fragte Waldo Pruitt und hatte Schwierigkeiten mit seiner trockenen Kehle, »wie lang war das, bevor sie abfuhren?«

»Knapp 'ne Stunde.«

»Und da haben Sie den Sheriff angerufen?«

»Ich wußte nicht, was ich tun sollte. Zuerst glaubte ich, er wäre doch, was ich vermutete, aber dann dachte ich, er war wahrscheinlich doch der Vater, und der darf seinen Sohn ja züchtigen. Ich war ganz durcheinander, und ich wollte mit jemand darüber reden. Also hab ich den Sheriff angerufen. Aber das war wohl ein Fehler? Da kann man nichts machen.«

»Sie haben ganz richtig gehandelt, Mr. Robb.«

»Was *kann* man denn machen?«

Das war eine gute Frage, eine verdammt gute Frage. Waldo erklärte: »Der Mann hat den Jungen seiner Mutter weggenommen. Wir versuchen, ihn zurückzuholen.«

Erleichterung breitete sich in Oscar Robbs faltigem Gesicht aus. »Und ich hab ein bißchen geholfen?«

»Sie haben geholfen«, antwortete der Lieutenant. Aber stimmte das wirklich? »Danke.«

»Mir geht es gleich besser.«

»Wir werden ihn schnappen«, sagte Waldo Pruitt und öffnete die Tür. »So oder so, wir kriegen ihn.«

Aber wie?

Er marschierte zum Wagen. Es nieselte. Er stieg ein. Er fühlte sich stark und entschlossen und hilflos. Zorn wallte in ihm auf. Haß.

Verachtung.

Auf dem Weg nach Norden rief er in seinem Büro an.

Dutch meldete sich. »Sind Sie das, Lieutenant?«

»Gibt's was Neues?«

»Wir haben versucht, Sie zu erreichen.«

»Was Neues, verdammt?«

»Eine Menge. Vielleicht was Nützliches. Donald E. Forrest hat Punkt neun ein Charterboot übernommen. Vor fast einer Stunde. Der Junge ist bei ihm. Wir haben eine genaue Beschreibung des Boots. Er ließ sich alles erklären und schipperte dann in den Golf hinaus. Also, Mann, Sie sind noch immer der beste Spürhund in unseren Breiten, Respekt!«

»Sparen Sie sich den Schmus, Dutch. Mußte er der Chartergesellschaft nicht sein Ziel nennen?«

»Er erklärte nur, daß er die Genehmigung habe, den Jachtklub von Sarasota anzulaufen. Er hat den Chartervertrag so geändert, daß das Boot bei einer Gesellschaft in Westport, Connecticut, zurückgegeben werden kann.«

»Dann machen Sie sich auf die Socken. Schicken Sie ein paar Wagen nach St. Armands. Schnell. Sie sollen das Schiff im Jachtklub abfangen und den Mann verhaften. Körperverletzung und Mordversuch.«

»Alles klar, Sir.«

»Benachrichtigen Sie die Hafenpolizei und die Küstenwacht, falls wir sie brauchen.«

»Halt, Lieutenant, nicht so hastig.«

»Sie brauchen mir nicht zu sagen, was zu tun ist. Ich bin sechzig Meilen weit weg. Und ich will diesen Hundesohn in einer halben Stunde in Handschellen sehen, hinter Gittern! Und, Dutch . . .«

»Ja, Sir?«

»Vergessen Sie nicht. Ein Kind ist an Bord.«

»Ich gebe es weiter.«

Klick.

Ein Kind an Bord. Ein Kind, das genug durchgemacht hatte. Mehr als genug.

Er schaltete Blaulicht und Martinshorn ein, fädelte sich auf die linke Fahrbahn ein und stieg aufs Gaspedal. Aurora und er hatten sich immer ein Kind gewünscht. Aber damit hatten sie kein Glück.

Und da ist ein Bastard wie der und ...

Die massigen Schultern nach vorn über das Lenkrad gebeugt, erkannte Waldo Pruitt, daß ein neuer Aspekt in dem Fall aufgetaucht war, einer, der in ihm selbst lag.

Rache.

Ja, verdammt. Vergeltung und Rache. Da konnten sie noch so gelehrt und einfühlsam über Gefängnisse und Bestrafung schreiben, es führte kein Weg daran vorbei, daß Gerechtigkeit und Vergeltung nicht weit voneinander entfernt sind, nicht, wenn es darauf ankommt.

Jetzt wünschte er die alten Tage herbei. Zehn Minuten allein in der Zelle mit diesem Donald E. Forrest würden ausreichen.

Er hatte den Jeep auf dem verlassenen Parkplatz des Jachtklubs von Sarasota geparkt, so daß er die Bucht größtenteils überblicken konnte. Das Klubhaus schmiegte sich an eine schattenspendende Böschung. Durch den Regen und die zunehmende Bewölkung war der Schiffsverkehr im Klub zum Erliegen gekommen, so daß Barry noch keinen Anlaß gehabt hatte, den Feldstecher zu benützen, der immer im Handschuhfach des Wagens lag. Er wartete auf die Ankunft des Bootes oder Brendas und überlegte, wieso er eigentlich Brendas wahre Absicht erraten hatte. Brenda, Brenda, wie konnte man sich nur zu so einer Verzweiflungstat treiben lassen? Trotz seiner Fassungslosigkeit hegte er keinen Zweifel.

Er war sicher, daß Donald Forrest auf der Fahrt nach Norden, weitab von der Küste, wahrscheinlich nachts, damit die Leiche nicht vor dem nächsten Morgen gefunden würde, über Bord gehen würde.

Im Meer ertrinken.

Ein Unfall. So etwas passiert auf Booten immer wieder. Und da das Opfer als schwerer Trinker bekannt war und man Alkohol genug im Blut finden würde ...

Für Brenda mochte das als der einzige Ausweg erscheinen. Um Toby eine lebenswerte Zukunft zu sichern ...

Vielleicht war es so.

Was er nicht ganz verstand, war nicht Brendas Entschluß, sondern die Tatsache, daß er ihn mit großer Sicherheit voraussah.

Wenn auch nicht akzeptierte.

Nein, er konnte es nicht geschehen lassen.

Als er beobachtete, wie der kleine blaue Wagen ankam, hielt, wie sie mit sparsamen Bewegungen die Koffer aus dem Kofferraum holte, überlegte er, was er tun oder sagen konnte, auch noch, als er ausstieg und durch den windgepeitschten Regen zu ihr ging.

Sie erkannte ihn, mit offenem Mund, der sich dann zu einer dünnen Linie schloß, und ihre Augen strahlten eine unerbittliche Härte aus.

Aber er wußte nun, was er tun mußte, und die Zeit wurde knapp. »Ich lasse nicht zu, daß du es tust, Brenda.«

Sie reckte das Kinn vor, daß die Muskeln hervortraten. »Und wie willst du mich davon abhalten, Barry? Ich gehe zu meinem Mann zurück.«

»Um ihn umzubringen.«

Ihr regenbenetztes Gesicht verlor die Fassung, und sie blinzelte. »Wie . . . wie kommst du auf eine so verrückte Idee?«

»Selbst wenn du nicht erwischt wirst, selbst wenn er es verdient – du würdest damit bis ans Ende deiner Tage leben müssen.«

Sie konnte das Zittern nicht mehr unterdrücken und tastete, ohne hinzusehen, nach dem Griff eines Koffers. »Du bist genau so verrückt wie er.«

»Das glaube ich nicht.«

Sie richtete sich auf, den Koffer in der Hand. »Was . . . was bist du für ein Mann?« fragte sie, mit einem verwunderten, fast mitleidigen Kopfschütteln. »Wie konntest du es nur erraten? Hast du das zweite Gesicht? Wieso bist du dahintergekommen?«

»Ich mache mir Sorgen«, sagte er schlicht.

»Nein«, rief sie. »Bitte nicht, bitte, sag das jetzt nicht.« Sie hob einen zweiten Koffer hoch und drehte sich in Richtung Klubhaus um. »Nicht jetzt, verdammt, bitte nicht.«

Er packte den dritten Koffer und folgte ihr. Sie ging am Klubhaus vorbei auf die menschenleeren Bootsstege zu, wo Hunderte von Booten verschiedener Größe und Fabrikate vertäut lagen. Sie stelzte bis zum äußersten Ende des Anlegestegs und setzte die Koffer ab. Mit steifen Schultern wartete sie.

Er trat zu ihr. »Brenda, nach dem Überfall auf Mal Eggers muß die Polizei nach deinem Mann fahnden. Überlaß es ihr.«

Sie wirbelte herum. »Sie tun nichts, und sie können nichts tun. Sie können ihn nicht aufhalten. Er hat schon genug angerichtet. Besonders bei Toby. Ich werde nicht mit ansehen, daß er noch mehr Unheil anrichtet, nie mehr. Verstehst du denn nicht? Kannst du es denn nicht begreifen? Hör auf, mich zu quälen.«

Über ihre Schulter konnte er nur zwei Schiffe auf dem Wasser erkennen: ein kleines Ruderboot mit Hilfsmotor mit einer gelbgekleideten Figur darin, die trotz des Regens das Boot treiben ließ und angelte, und eine zweimastige Jacht, die in einiger Entfernung die Wellen durchpflügte, aber Kurs auf den Anlegesteg hielt.

Und dann geschah etwas mit ihr. Sie ließ die Koffer fallen, so daß einer fast ins Wasser plumpste, und wurde von einem so vehementen Zittern geschüttelt, daß es auch nichts nützte, daß sie die Arme an den Körper preßte.

Er setzte seinen Koffer ab, trat zu ihr und nahm ihr Gesicht in seine Hände.

Auf seine Berührung hin lehnte sie sich mit gesenktem Kopf an ihn, ein zitterndes Nervenbündel.

Er nahm sie in die Arme und flüsterte: »Es ist alles gut, Brenda. Gleich wird alles gut sein. Toby kommt. Wir werden ihn holen und . . .«

In diesem Augenblick hörte er das Martinshorn.

»Wer ist das bei ihr?« brüllte der Mann, eine Hand am Steuer, ein Fernglas in der anderen. »Toby, schau durch das Fernglas und sag mir, wer der rothaarige Hundesohn ist!«

Toby war so starr vor Schreck, daß er sich kaum bewegen

konnte. Er hockte auf dem Boden des Boots, wo er das Wasser nicht sehen konnte. Er war ein Feigling, ein Waschlappen, aber er konnte die überwältigende Angst vor dem tiefen Wasser ringsum nicht unterdrücken. Der Mann hatte versprochen, sie würden Mama treffen, bald, aber das half ihm jetzt auch nichts. Er weinte nicht mehr, er hatte keine Tränen mehr, und so konnte er nur noch im strömenden Regen mit gesenktem Kopf zusammengekauert dahocken und ...

»Hast du nicht gehört?« schrie der Mann über das Donnern des Motors hinweg. »Du verstehst ganz gut, du Scheißer, komm gefälligst her und sag mir, wer der Mann ist, den deine verdammte Mama mitgebracht hat!«

Aber er regte sich nicht. Er konnte nicht. Er konnte nur sitzenbleiben und ...

»Toby!«

Der Haß saß wie ein schwerer, heißer Kloß in seinem Bauch, aber der Rest seines Körpers war kalt und naß. Er drehte nicht einmal den Kopf zu dem Mann hin. Er wollte ihn nie mehr sehen, nie mehr ...

Dann vernahm er ein anderes Geräusch. Zuerst erkannte er es nicht, aber dann – ein Jaulen. Weit weg, aber es kam näher.

Er hörte den Mann fluchen, als das Geräusch lauter wurde – jetzt kam es von allen Seiten. Er mußte wissen, was los war, und hob den Kopf ein wenig. Er zwang sich, die Augen zu öffnen. Der Regen sprühte auf die Wasseroberfläche, und unmittelbar vor sich sah er ein Gewirr von Booten und Docks und Stegen und zwei Gestalten – war das Mama? Dann erspähte er ein flackerndes blaues Licht, das sich auf Polizeiwagen schnell näherte, und da wußte er, woher das Jaulen kam.

»Sie hat mich hintergangen, sie hat mich betrogen!« gellte die Stimme des Mannes, und der Motor hörte zu dröhnen auf, gluckste, es schlingerte, und dann begann das Boot sich zu drehen. Er sah ein kleines Boot mit einem Mann in Gelb und wollte ihm erst zuwinken und um Hilfe rufen, aber der Fischer würde ihn nicht hören können. Er fiel fast hin, als das Boot wieder beschleunigte.

Der Mann brüllte noch immer, aber er verstand nichts, und

das Boot wurde immer schneller, und das Wasser wurde immer breiter, breiter ...

»Die Hure, die Hure, dafür wird sie büßen!«

Das verstand er. Ein Aufschrei. Aber er konnte nur an eines denken, daß sie fortfuhren, immer weiter weg!

»Ich kriege dich, ich hole dich, du kleine Hure, ich komme wieder ...«

Er stand auf. Seine Knie gaben fast unter ihm nach. Er sah das kleine Ruderboot mit dem gelben Mann, sie fuhren ziemlich nahe daran vorbei, nicht nahe genug, aber vielleicht würde er es schaffen, wenn er schwimmen könnte, nur ein bißchen ... und er dachte daran, was Barry gesagt hatte, *du mußt nur fest daran glauben, daß du nicht untergehst* ... wenn er es jetzt nicht versuchte, wäre er wieder dem Mann ausgeliefert, draußen auf dem Golf, er mußte es versuchen, er mußte daran glauben, man sinkt nicht, nur die Arme und Beine bewegen und ...

Brenda schrie auf.

Sie ließ das Fernglas sinken, sackte zusammen und taumelte an das Ende des Stegs.

Barry packte sie mit einem Arm, während er mit der anderen Hand das Fernglas an die Augen setzte.

Er richtete es auf den Bug des Bootes. Er hatte es wenden sehen, langsamer werdend, dann wieder beschleunigend, und nahe bei dem Ruderboot wieder verlangsamend. Er erkannte Donald Forrest am Steuer, schwenkte weiter und erkannte plötzlich, warum Brenda aufgeschrien hatte.

Er sah Toby im Wasser, strampelnd, aber mit dem Kopf an der Oberfläche und langsam an Raum gewinnend, sich auf das Ruderboot zubewegen. Der Mann in dem Boot hatte aufgehört zu angeln, sich in das Heck gesetzt und den Motor angeworfen. Das Kielwasser zeigte an, daß sich das Boot auf den Jungen zubewegte.

»Alles in Ordnung«, brüllte Barry. »Er holt ihn gleich heraus.« Und er spürte, wie Brenda sich aufrichtete. Er ließ sie los.

»Schau selbst«, sagte er und gab ihr das Glas.

Brenda ergriff es.

Auch ohne den Feldstecher konnte er trotz des Regens erkennen, wie das kleine Boot einen Halbkreis beschrieb und dann neben dem Kopf im Wasser trieb. Der Fischer beugte sich heraus und zog den Jungen ins Boot.

Brenda sagte benommen: »Er ist geschwommen. Barry ... Toby ist geschwommen!«

Die Jacht, die etwa dreißig Meter entfernt beigedreht hatte, setzte sich mit aufschäumender Bugwelle in Bewegung.

Wenigstens hatte der Bastard abgewartet, bis sein Junge in Sicherheit war.

Hinter sich vernahm Barry das Aufheulen der Sirenen, dann Stille.

Das Ruderboot mit dem Außenbordmotor glitt auf den Steg zu.

Als er Brenda endlich anschaute, wirkte sie verwirrt und sehr still. Aber sie bebte nicht mehr.

»Stell dir das vor«, sagte sie, als sie ihm das Fernglas zurückgab. Sie schaute ihm in die Augen. Und seufzte. »Gott sei Dank!«

Doch da waren sie bereits von Polizisten in Uniform umringt. Aber nur Barry wußte, daß sie nicht nur wegen Tobys Rettung dankbar war, sondern auch wegen ihrer eigenen. Nun würde ihr die schreckliche Tat erspart bleiben, zu der sie sich durchgerungen hatte.

5

Nachdem er den schwarzen Cougar auf dem Parkplatz der Chartergesellschaft durchsucht hatte, ließ sich Lieutenant Waldo Pruitt vom Geschäftsführer ein Foto der Jacht geben. Der war sehr entgegenkommend; die Registriernummer hatte er bereits der Polizei gemeldet, und jetzt fragte er sich besorgt, ob er nicht einen Fehler gemacht hatte, als er das wertvolle Schiff einem Mann übergeben hatte, nach dem die Polizei fahndete.

Waldo Pruitt versuchte nicht, ihn zu beruhigen, denn er sah dazu keinen Anlaß. Seine Frustration hatte zugenommen, seitdem er den Jachtklub von Sarasota verlassen hatte. Das verdammte Boot war spurlos verschwunden. Inzwischen konnte es sich bereits auf der Fahrt nach Connecticut befinden, aber noch gab der Lieutenant die Hoffnung nicht auf, daß sich der Hundesohn noch in Reichweite befand.

Er stellte sich das Gebiet im Geist vor: Hunderte von Buchten und Inselchen und kleinen Werften und Marinas am ganzen Golf. Wie sollte die Hafenpolizei da eine bestimmte Jacht ausmachen? Er hatte die Küstenwache alarmiert, aber deren einziges für die Gegend zuständige Boot hatte zusammen mit anderen Schiffen und Hubschraubern die Verfolgung von Drogenhändlern etwa siebzig Kilometer nördlich in der Bucht von Tampa aufgenommen. Seitdem Florida der Umschlagplatz für den Rauschgifthandel aus der Karibik und Südamerika geworden war, focht die Küstenwache, natürlich mit zuwenig Personal, einen ungleichen Kampf gegen den Schmuggel zur See und in der Luft aus.

Sie waren zur Zusammenarbeit bereit, aber sie mußten Prioritäten setzen. Und für die Suche nach einem einzelnen Kriminellen war eben in erster Linie die örtliche Polizeidienststelle zuständig. Auch wenn er diesen Umstand verfluchte, mußte er zugeben, daß es nicht anders ging.

Wenigstens war der Junge in Sicherheit. In den Händen seiner Mutter, unter ärztlicher Betreuung im Palms Hospital in Sarasota. Was vermutlich bedeutete, daß er von einem Psychiater behandelt wurde. Und daß er unter Schock stand oder ein seelisches Trauma erlitten hatte. Vielleicht, weil er den Überfall auf den Schauspieler hatte mitansehen müssen. Oder wegen der ekelhaften Szene im Motel, an die der abgebrühte Lieutenant nur mit Grausen dachte. Kein Wunder, wenn auch er seine Prioritäten setzte!

Er ließ sich mit Dutch verbinden. Neues? Nein. Alle Werften und Marinas waren alarmiert, aber das würde wenig bringen. Mit zwei vollen Tanks konnte die Jacht bis Mexiko oder Texas kommen. »Und er weiß, daß wir ihn suchen«, fügte Dutch hinzu. »Er kann sich irgendwo verkriechen und uns an der Nase herumführen.«

»Wir wollen davon ausgehen, daß er sich verkrochen hat. Und daß wir ihn aufstöbern!«

»Okay, Lieutenant. Aber wenn er verschwunden ist, könnten wir uns mal wieder der Arbeit widmen, die sich auf Ihrem Schreibtisch häuft.«

»Ich bin in zehn Minuten da, Dutch.«

Die kleine Miß Coleen Lyons erwartete ihn in seinem Büro. Verdammt. Schnippisch und kokett und neugierig wie immer begrüßte sie ihn: »Was gibt's für welterschütternde Ereignisse, Lieutenant?«

Und wie üblich ließ er sich abweisend in seinen Schreibtischsessel sinken. »Nichts für die Presse, tut mir leid, Miß Lyons.«

»Ich glaube kein Wort.«

Waldo Pruitt erinnerte sich wehmütig an die mit allen Wassern gewaschenen, immer respektvollen jungen Journalisten, die die *Herald Tribune* früher als Gerichtsreporter geschickt hatte. Jetzt mußte er sich täglich mit diesem vorlauten, irischen Gör herumschlagen, das nach jedem Detail bohrte, bevor er es überhaupt einordnen konnte. Er war nicht in der Stimmung für Miß Coleen Lyons.

»Turbulente Nacht«, sagte sie. »Nur welterschütternde Ereignisse können Sie aus dem Bett holen, stimmt's?«

Er sortierte die eingegangenen Berichte, ohne aufzusehen. Was ihn an dem Mädchen am meisten störte, war die Tatsache, daß sie ihren Job zu gut machte – man fragte sich wirklich, woher sie bloß ihre Informationen bezog. Vorsichtig wartete er ab.

»Haben Sie schon eine Spur von dem Mann, der Malcolm Eggers um ungefähr vier Uhr dreißig überfallen hat?«

»Noch nicht.«

»Es gab eine Suchmeldung nach einem vermißten Kind, die vor einer Stunde gelöscht wurde. Gibt es da einen Zusammenhang?«

»Was sollte es da für einen Zusammenhang geben?«

»Die Antwort durch eine Gegenfrage liebe ich besonders. Darin sind Sie Meister.« Sie schlug ihren Notizblock auf. »Wenn mein Chefredakteur in guter Laune ist, läßt er mich ab und zu die Stücke im Asolo rezensieren. Wie schwer sind Malcolm Eggers' Verletzungen, Lieutenant?«

»Fragen Sie doch im Krankenhaus.«

»Das habe ich. Der Mann, den Sie in diesem Zusammenhang suchen, heißt Donald Forrest. Er ist zufällig der Vater des als vermißt gemeldeten Kindes. Genügt das? Ich bin den Streifenwagen vor einer Stunde zum Jachtklub nachgefahren. Ich habe gesehen, wie der Junge an Land gebracht wurde, nachdem man ihn aus dem Wasser gefischt hatte.«

»Sie sind ein schlaues Mädchen«, entgegnete Waldo Pruitt langsam, um etwas Bedenkzeit herauszuschinden, denn ihm kam eine Idee. »Es gibt tatsächlich einen Zusammenhang, und ich werde Sie noch mit ein paar Einzelheiten vertraut machen, wenn Sie mir als Gegenleistung eine Gefälligkeit erweisen.«

»Die Tatsachen sind mir hinreichend vertraut, also tun Sie mir damit keinen Gefallen, Lieutenant.«

Er hätte sie gern kurz abgefertigt, aber statt dessen schob er entschlossen den Papierkram auf dem Schreibtisch beiseite.

»Entweder wir spielen Ball, oder wir lassen es sein, Miß Lyons.«

»Was für eine Gefälligkeit erwarten Sie von mir?« erkundigte sie sich.

Er griff in die Brusttasche und holte das Foto der Jacht heraus, das er gerade erhalten hatte. »Ich möchte, daß dieses Bild in der Nachmittagsausgabe erscheint, und, wenn Sie das managen können, auch in den Mittagsnachrichten im Fernsehen.«

Sie warf einen Blick auf das Foto. »Das könnten Sie doch auch ohne meine Hilfe erreichen, Lieutenant. Warum bitten Sie mich darum?«

»Eine Vierzehn-Meter-Ketsch, Typ Morgan-Out-Island. Heißt *Wanderer*. Bringen Sie bitte auch die Kennummer. Falls ein wachsamer Bürger sie entdeckt, bitte ich um einen Anruf im Hauptrevier.«

Miß Coleen Lyons studierte ihn aus nachdenklichen, spekulierenden Augen. »Mit anderen Worten, Sie wollen sich also raushalten, damit es nicht offiziell wird. Ihnen geht es um mehr, als das eigentliche Verbrechen rechtfertigt, wenn ich das richtig sehe.« Es war keine eigentliche Frage, sondern eher ein leichter Vorwurf. »Wenn ich mitspiele, verraten Sie mir dann, warum Sie diesen Burschen unbedingt schnappen wollen?«

»Das will ich Ihnen sagen«, knurrte der Lieutenant und baute sich vor ihr auf. »Aber das bleibt unter uns. Ich bin überzeugt, daß der Kerl gemeingefährlich ist, und ich halte ihn durchaus für fähig, noch mehr Unheil zu stiften, als er es bisher getan hat.«

Während betroffenes Schweigen eintrat, merkte Lieutenant Pruitt, daß sich sein Magen verkrampfte. Er hörte, wie sich draußen ein Martinshorn näherte und dann erstarb. Auch die Reporterin stand auf, und er sah, wie ein leichtes, anerkennendes Lächeln ihre Lippen kräuselte.

»Lieutenant, Sie überraschen mich.«

Er machte eine wegwerfende Geste mit der Hand. »Werden Sie es tun?«

»Ich bin ein paarmal mit dem Manager des Senders ausgegangen. Und wenn sich der Lokalredakteur sträuben sollte, werde ich meinen weiblichen Charme spielen lassen. Also ... bekomme ich jetzt die ganze Geschichte zu hören? Nur für mich selbst?«

»Setzen Sie sich hin und hören Sie zu«, brummte Waldo Pruitt.

Er versuchte, ihrem Blick auszuweichen. Er konnte ihn nicht ertragen. Ihre braunen Augen starrten geradeaus, ohne die Geschäftigkeit im Warteraum des Krankenhauses wahrzunehmen, leer, tot. Vor Verzweiflung? Mehr als das. Barry konnte sich nicht in sie versetzen. Er kannte sie ja erst seit zwei Tagen. Kannte er sie wirklich? Aber es war seltsam: Es kam ihm ganz natürlich vor, daß er mit ihr auf den Arzt wartete, der Toby untersuchte. Vor knapp zwei Stunden hatte sie ihn eingeliefert. *Ich mache mir Sorgen,* hatte er im Jachtklub erklärt, den Koffer genommen und sie hierher begleitet ...

In jenen düsteren Monaten, nachdem Jenny gestorben war, getötet von einem betrunkenen Autofahrer, mußte er ähnlich dreingeblickt haben – in eine verzweifelte Fassungslosigkeit verkrochen, die ihn immer wieder zu überwältigen drohte. Er hatte einen Modus zum Überleben gefunden, aber wie konnte er dieser fremden, liebenswerten, jungen Frau helfen, mit den Trümmern ihres Lebens fertig zu werden? Verbissen wehrte er sich gegen das Gefühl seiner Hilflosigkeit, seiner Unzulänglichkeit.

»Mrs. Forrest.« Es war Dr. Seymour, ein stämmiger, kleiner Mann mit einer goldgefaßten Brille, den Brendas Anwalt empfohlen hatte. Der Arzt wiederholte mit sanfter Stimme ihren Namen. »Würden Sie bitte mit mir kommen?«

Brenda gab kein Zeichen des Erkennens. Sie bewegte den Kopf leicht, ohne den Arzt jedoch zur Kenntnis zu nehmen. »Ich will Toby sehen«, sagte sie tonlos.

»Ich werde Sie zu ihm bringen«, erklärte Dr. Seymour, »er will Sie unbedingt sehen. Aber ich finde, wir sollten zuerst miteinander reden, einverstanden.«

Brenda stand auf. »Kann Toby reden?«

Dr. Seymour schaute zum erstenmal Barry an. »Darüber

sollten wir sprechen, Mrs. Forrest.« Der Arzt hatte dunkle Augen, in denen ein schmerzlicher Ausdruck stand, ein Mitgefühl, in dem Barry seine Gefühle widergespiegelt fand. Und im gleichen Moment wurde ihm bewußt, daß er den Mann mochte. Und ihm vertraute. »Entschuldigen Sie uns, Mr. Conrad«, sagte der Arzt. »Es kann eine Weile dauern.«

»Brenda«, sagte Barry und vermied jede Berührung. »Brenda, ich werde warten.«

Sie blickte ihn an – und zuckte zurück; aber ihre bleichen Lippen bebten leise.

Als sie gegangen waren, trat Barry durch die Glastür auf eine ruhige Seitenstraße hinaus. Palms Hospital stand auf einem Schild, aber nicht, daß es eine Fachklinik für Psychiatrie war. Nur wenige Straßenblocks entfernt lag Mal Eggers im Memorial Hospital. Zwei Verletzte. Und Brenda? Gehörte sie auch zu den Verletzten?

Es hatte zu regnen aufgehört, aber das Pflaster glänzte noch vor Nässe. Die Sonne schien wieder, hell und strahlend, und nur noch vereinzelte weiße Wolken standen am Himmel. Bald würden die Strände wieder voll sein, typisches Florida-Wetter.

Er erblickte eine Telefonzelle auf der anderen Straßenseite und schaute nach, ob er Wechselgeld hatte. Wahrscheinlich hätte er Charlene schon längst anrufen sollen. Aber was konnte er ihr sagen? Nur was sich in den vergangenen Stunden zugetragen hatte. Nicht aber das, worauf Dr. Seymour Brenda nun behutsam vorbereitete: daß Toby nicht mehr stotterte, sondern daß er, seitdem man ihn aus dem Wasser gezogen hatte, überhaupt nicht mehr sprechen konnte. Damit wollte er Charlene verschonen – Brenda konnte er es nicht ersparen.

Die Sonne schien wieder über dem Golf, aber Donald wußte, daß ihn der Regen gerettet hatte. Deshalb war auch kaum ein Schiff draußen gewesen. Ein Glücksfall war allerdings das kleine Fischerboot gewesen; sonst hätte er umkehren und Toby herausholen müssen. So ein verrückter Bengel, einfach ins Wasser zu springen! Als er gesehen hatte, daß Toby gerettet wurde, konnte er mit voller Kraft südlich in die Bucht und dann westlich in den Golf auslaufen. Wäre er zurückgefahren?

Teufel, ja!

Trotz der Polizisten und der Leute?

Ja, verdammt, ja.

Aber noch immer lauerte ein Zweifel in ihm. Er hatte nur eine Weile durchgedreht. Verrückt gespielt. Er hatte nicht mehr gewußt, was er tat. Nur noch, daß er fort mußte! Was, zum Teufel, wollte die Polizei eigentlich von ihm? Toby war doch sein Sohn, oder etwa nicht? Und ganz gleich, was er getan hatte, Brenda war noch immer seine Frau! Und man alarmiert doch nicht ein paar Streifenwagen, nur weil jemand dem Liebhaber seiner Frau eine Lehre erteilt hat ...

Panik packte ihn. So eine panische Angst hatte er noch nie erlebt. Er wurde zum Sündenbock gestempelt. Alle waren gegen ihn! Wie üblich.

Er umklammerte das Lenkrad der Jacht, um Kurs zu halten. Zitternd, schweißüberströmt, ausgelaugt ... Jesus, er hatte wirklich eine Weile die Kontrolle über sich verloren. Er war im Regen schnurstracks in den Golf hinausgedonnert. Wo wollte er eigentlich hin? Nach Texas? Nach Mexiko? Treibstoff war genügend vorhanden. Vielleicht sollte er sich in den Wasserstraßen zwischen den Inselchen verkriechen. Vielleicht fand er irgendwo eine verlassene Werft, ein Bootshaus. Er studierte die Seekarte – das hätte er schon früher tun sollen. Man kann ein so großes Boot nicht einfach verstecken. Und wenn die Polizei die Beschreibung mit der Registriernummer weitergegeben hatte, würde die Hafenpolizei oder die Küstenwache ihn ausmachen und ein Polizeiboot oder ein Hubschrauber ...

Aber er kehrte nicht um. Als er wieder richtig zu sich kam, schipperte er etwa fünfhundert Meter vor der Küste nach Süden. Am Siesta Key entlang, wie er der Karte entnahm.

Wenn er nur etwas zu trinken hätte ...

Unterhalb von Siesta war Casey Key. Wenn er durch die Wasserstraße zwischen den beiden Keys fuhr, war die Fahrrinne markiert. Und dann weiter – wohin? Nach Miami oder östlich an der Küste entlang? Wo, zum Teufel, wollte er eigentlich hin?

Er konnte Brenda nicht zurücklassen. Brenda war in Sarasota. Mit diesem Kerl. Wer er auch war. Der mit ihr auf dem Steg gestanden hatte. Rothaarig, mit dem roten Bart. Schon wieder ein anderer Mann. Wer mochte er sein? Gleichgültig, er steckte jedenfalls mit ihr unter einer Decke.

Außerdem hatte sie ihn hintergangen. Sie hatte ihn in eine Falle gelockt, damit sie ihn verhaften konnten. Dieses Miststück. Diese hinterhältige, kleine Hure.

Verdammt, wenn er bloß was zu trinken hätte, nur ein paar Schluck, dann könnte er wenigstens *denken*!

Wenn er die Polizei abschütteln könnte, nur das, dann würde er ungehindert Pläne schmieden können, was er mit Brenda tun wollte. Gott, wie er sie haßte. Sie würde ihn ins Kittchen bringen! Wenn sie könnte. Ins Gefängnis. Und was dann? Dann konnte sie bumsen, mit wem sie wollte. Während er hinter Gittern saß und langsam verrückt wurde . . .

Da kam ihm eine Idee. Er hatte ein Funkgerät an Bord. Warum hatte er nicht früher daran gedacht? Die Jacht war luxuriös ausgestattet. Er konnte seinen Vater anrufen. Der alte Herr würde ihm einen Rat geben können. Aber er würde über Seefunk gehen und seine Registriernummer nennen müssen. Na schön, er würde auch sie an der Nase herumführen. Er würde eine Ziffer falsch angeben. Man konnte sich doch mal irren. Und er würde einen falschen Standort nennen, wenn der Mann in der Funkzentrale sich danach erkundigen sollte. Und er würde das Gespräch auf den Apparat seines Vaters buchen lassen und einen falschen Namen nennen. Den Mädchennamen seiner Mutter, und den Vornamen ihres Vaters, der auch Toby hieß.

»Ein Ferngespräch, Mr. Forrest«, meldete seine Sekretärin über die Sprechanlage. »Persönlich, ein R-Gespräch. Von einem Mr. Tobias Carpenter.«

Orin Forrest blieb einen Moment reglos sitzen, ohne den Hörer abzunehmen. Tobias Carpenter? Rosamonds Vater. Aber der Mann war doch schon zwanzig Jahre tot . . .

»Soll ich durchstellen?«

»Woher kommt der Anruf?« fragte er.

»Sarasota, Florida.«

Florida?

Da wußte er Bescheid. *Ich werde sie selbst holen,* hatte Donald gesagt. *Sie ist in Florida. Nicht in Phoenix. Und ich fliege in ein paar Minuten hin.*

»Stellen Sie durch«, befahl Orin und schaltete die Sprechanlage ab. Er holte tief Atem. Er wußte, daß es jetzt geschehen war, das Unausweichliche, auch wenn er keine Vorstellung davon hatte, wie es aussehen mochte.

»Dad?«

»Ich bin hier, Junge.« Es war kein Knurren, sondern die müde Stimme eines alten Mannes. »Was hast du getan?«

»Jesus, Dad, das ist kein guter Anfang. Ich bin in Schwierigkeiten.«

»Das ist mir klar. Was für eine Art von Schwierigkeiten?«

Eigentlich wollte er es gar nicht wissen. Aber er mußte es wissen. »Raus mit der Sprache.«

»Na, es ist nichts Ernstes. Ich brauche deinen Rat.«

»Red schon.«

»Ich bin in eine Schlägerei geraten.«

»Ist das alles?« Er wußte, daß noch mehr kam. »Wie schlimm?«

»Ich bin jähzornig geworden.«

»Wie sehr?«

»Das weiß ich nicht. Ehrlich. Ich weiß nur, daß die Polizei mich sucht.«

Rosamond durfte das nicht erfahren. Er würde schon dafür sorgen. Irgendwie. Wenn es wirklich nichts Ernstes war . . .

»Und Brenda?«

»Kannst du etwas unternehmen, Dad? Sag mir, was ich tun soll!«

»Wie geht es Brenda?« Er war etwas erleichtert, daß Donald nicht betrunken klang. Wenigstens jetzt nicht. »Hast du mit Brenda gesprochen? Hast du sie gesehen?«

»Brenda ist widerspenstig, aber wird schon noch zur Vernunft kommen.«

Du kannst Donald ausrichten, daß ich mich auf jeden Fall scheiden lasse, und daß ich Toby behalte.

»Wo ist Toby jetzt?«

»Dad, hörst du mir überhaupt zu? Ich bin auf einem Schiff im Golf von Mexiko und weiß nicht, was ich tun soll.«

Die unterschwellige Verzweiflung seines Sohns, so vertraut in langen Jahren, rührte ihn wieder, und Orin haßte diese Schwäche. Aber gleichzeitig kochte es allmählich in ihm. »Ich komme runter.«

»Das brauchst du nicht, Dad.«

»Ich nehme das nächste Flugzeug.«

»Verstehst du nicht? Ich kann nicht warten. Ich bin ganz allein hier draußen, und Brenda hat sich auch gegen mich gewendet, und ich werde verhaftet.«

Ganz gleich, was die Konsequenzen sind, hatte Brenda gesagt. *Schande, Skandal, selbst wenn er dafür ins Gefängnis kommt . . . es ist mir gleich.* Und Orin hatte versprochen, es Donald auszurichten.

Aber jetzt setzte sich Orin über dieses Versprechen hinweg. Schließlich war Donald sein Sohn.

»Wie kann ich dich erreichen?« erkundigte er sich.

»Gar nicht. Ich will das Risiko nicht eingehen. Jesus, Dad, ich werde hier draußen noch verrückt. Wenn sie mich einlochen . . .«

»Halt den Mund und hör zu. Ruf mich in einer Stunde noch einmal an.«

»Was willst du tun?«

»Ich werde dir da unten einen Anwalt besorgen, der weiß, was man unternehmen kann. Wenn du wieder anrufst, habe ich die nötigen Informationen.« Und dann fragte er noch wider besseres Wissen: »Bist du sonst in Ordnung?«

»Ja, jetzt schon wieder«, antwortete Donald. »Es geht mir schon besser, richtig?«

»Das hoffe ich«, antwortete Orin. Das hoffte er immer, aber er konnte nie sicher sein, niemals. »Stell keinen Unfug mehr an, hörst du?« Wie oft schon hatte er diese dumme Mahnung geäußert?

Langsam legte er den Hörer auf. Wurde er wieder einmal

ausgenützt? Donald hatte die Frage nach Toby umgangen. Er hatte sich auch nicht genauer über Brenda geäußert. Er war wieder einmal allem ausgewichen. Wie üblich. Aber Donald bekam, was er sich in den Kopf gesetzt hatte, was er brauchte. Und Orin sorgte dafür. Wie immer.

Er nahm den Hörer ab und wählte.

»Und«, sagte Dr. Seymour hinter seinem Schreibtisch, »Sie dürfen auf keinen Fall das Gefühl haben, Mr. Conrad, als hätten Sie durch das, was Sie mir gesagt haben, das Vertrauen von Mrs. Forrest mißbraucht. Wir wollen doch beide helfen, und unter den gegebenen Umständen brauche ich jede mögliche Unterstützung.«

»Ich habe Sie gewarnt«, hatte Barry ihm versichert. »Genau weiß ich es nicht, denn ich kenne die beiden erst seit zwei Tagen.«

»In dieser Zeit ist verdammt viel passiert, nicht wahr? Nun, Mr. Maynard hat mich in groben Zügen informiert, als er mich bat, den Fall zu übernehmen.« Dr. Seymour nahm die Brille ab und blinzelte Barry eulenhaft an. »Ich wußte also, wie Forrest den jungen Schauspieler zugerichtet hat. Und der Junge muß es gesehen haben. Aber Rex hat mir auch berichtet, daß Forrest über seine Frau hergefallen ist. Sie vergewaltigt hat. Ich meine, Sie sollten das wissen.«

»Ich habe es wohl gewußt«, erwiderte Barry tonlos und mit einem stechenden Schmerz im Bauch. »Ich habe es wohl schon die ganze Zeit gewußt.«

»Es tut mir leid, aber um etwas zu vertuschen, ist jetzt nicht der richtige Zeitpunkt.« Und dann fügte er hinzu: »Auch nicht vor uns selbst. Einverstanden?«

»Einverstanden.« Er schluckte, um den bitteren Geschmack aus dem Mund zu bekommen. Der Arzt hatte recht; er durfte nicht länger leugnen, was er eigentlich schon längst wußte. »Einverstanden«, wiederholte er.

»Wer am dringendsten eine psychiatrische Behandlung braucht, ist der Mann selbst. Aber er dürfte inzwischen einige hundert Kilometer entfernt sein, meinen Sie nicht auch?«

»Glaubt Brenda das?« fragte Barry.

»Nein. Und Sie?«

»Ich auch nicht.«

Dr. Seymour maß ihn noch immer mit seinem intelligenten Blick. »Er ist auch ein Opfer, wissen Sie . . .«

»Das ändert nichts an dem, was geschehen ist. Das bringt Toby nicht wieder zum Sprechen, und davon . . .« Er brach ab und fuhr dann fort: »Sagen Sie mir – wie steht's mit Brenda?«

»Sie hat auch ein Trauma. Sie steht unter Schock. Ehrlich gesagt, mache ich mir um ihren Zustand ebensoviel Sorgen wie um Toby. Haß ist eine zerstörerische Emotion, und ich fürchte, sie läßt sich davon verzehren.«

»Kann man es ihr übelnehmen?«

»Übelnehmen gehört nicht zu meinem Handwerk.« Er setzte die Brille auf und rückte sie zurecht. »Trotzdem eine ironische Konstellation. Ich konnte beide nur kurz und oberflächlich untersuchen, aber ich habe das Gefühl, daß der Junge eine gute Chance hätte, die Sprache wiederzufinden, wenn er sich seinen Haß gegen den Vater eingestehen könnte. Und seine Mutter würde sich erholen, wenn sie ihren Haß, den sie tief im Unterbewußten empfindet, unter Kontrolle brächte.«

»Das ist in der Tat eine Ironie.« Barry faßte immer mehr Zuneigung zu diesem Arzt. »Haben Sie auch für mich einen Rat?«

»Wollen wir mal so sagen: Sie hat Toby in dieses Krankenhaus eingeliefert, aber sie weigert sich, sich ebenfalls behandeln zu lassen.« Er erhob sich. Die beiden Männer hatten ungefähr die gleiche Größe. »Wer sich in den nächsten Tagen um sie kümmert, soll auch an meiner sehr begrenzten Einschätzung der Lage teilhaben. Einverstanden?«

»Ja, danke.«

»Sie war damit einverstanden, die von mir verschriebenen Medikamente – in der Hauptsache Beruhigungsmittel – zu nehmen, aber mir wäre es ehrlich gesagt lieber, wenn sie mehr . . . mehr Angst hätte.«

»Vielleicht hat sie sich schon genug geängstigt.«

Dr. Seymour kam um den Schreibtisch herum. »Angst ist eine schützende Emotion. Und unter diesen Umständen recht angebracht. Mr. Conrad, können Sie sich vorstellen, wozu ein Mann in einer solchen Situation und bei seiner gegenwärtigen geistigen Verfassung imstande ist?«

»Ungefähr.«

»Gut, dann schärfen Sie das Mrs. Forrest ein. Was immer ihr innerlich auch zu schaffen macht - und das ist eine Menge -, ihr Quantum an Angst ist anscheinend verbraucht.«

»Er wird nicht an sie herankommen«, sagte Barry.

Der Mund unter dem grauen Schnurrbart verzog sich zu einem Grinsen. »Na schön, hoffen wir, daß Sie notfalls mit ihm fertig werden.«

Nun grinste Barry, aber ohne Fröhlichkeit. »Dann können wir uns ja aufeinander verlassen.« Aus seinen Worten sprach Vertrauen und Dankbarkeit.

»Allzu lange sollte sie wohl nicht mehr bei Toby bleiben - obgleich ich auch nicht weiß, was das beste ist. Ich gebe ihnen noch eine halbe Stunde. Sie hat sich übrigens geweigert, mit ihren Eltern in Verbindung zu treten. Sagte, dem Vater ginge es nicht gut . . .«

»Sie hat trotzdem noch ein paar Menschen.« Er reichte dem Arzt einen Notizzettel mit seinem Namen, ein Geschenk von Lavinia zum letzten Weihnachtsfest. »Ich habe die beiden Telefonnummern aufgeschrieben, unter denen Sie sie erreichen können. Die erste ist meine, die andere gehört Mrs. Lavinia Davidson. Beide nicht im Ortsnetz von Sarasota.«

»Gut. Sonst noch etwas?«

»Ja. Wie gut sind Ihre Sicherheitsvorkehrungen hier?«

»Na ja, normalerweise passen wir schon auf, daß unsere Patienten nicht weglaufen. Die Außentüren sind immer geschlossen.«

»Wenn ich mich darum kümmere, hätten Sie dann etwas gegen einen Leibwächter, wenn er sich unauffällig verhält und nicht uniformiert ist?«

»Nein, unter diesen Umständen nicht. Tobys Zimmer kann nur durch die Aufnahme erreicht werden, und ich habe schon Anweisung gegeben, daß er keine Besuche bekommen darf. Sonst noch etwas?«

»Ja. Viel Glück.«

»Ihnen auch. Wir werden es brauchen.«

Sie schüttelten sich die Hand.

Und dann überquerte Barry die Straße, um Rex Maynard anzurufen. Ein Anwalt würde sich auskennen, wie man eine Leibwache anheuerte. Er hatte von so etwas keine Ahnung. Er hatte es jetzt offenbar dauernd mit Problemen zu tun, von denen er keine Ahnung hatte. Wie lange noch würde er die Übersicht behalten können? Es war wie gegen eine Unterströmung schwimmen ... Schwimmen. Toby war von sich aus aus dem Schiff gesprungen und in Sicherheit geschwommen. Bemerkenswert. Nun, wenn es nicht mehr bedeutete, dann wenigstens, daß er seinen Vater haßte. Auch wenn er es nicht in Worte fassen konnte.

Als er am Telefon wartete, daß Rex Maynard sich meldete, überspülte ihn eine große Welle der Zärtlichkeit, als er daran dachte, wie behutsam der Junge mit dem geschnitzten Reiher und dem Buch über die Vogelwelt Floridas umgegangen war. Ob er noch Zeit hatte, beides aus dem Haus am Westway zu holen, ehe Brenda aus Tobys Zimmer kam?

Donald konnte nicht länger warten. Es waren zwar erst fünfundvierzig Minuten seit seinem Anruf bei seinem Vater vergangen, aber noch eine Viertelstunde hielt er diese Hölle nicht mehr aus. Es war wie im Gefängnis. Er hatte das Boot dreimal an einen anderen Standort verlegt. Nie hatte er dringender einen Drink gebraucht. Der Arm tat vom Halten des Fernglases weh. Seine Augen brannten von der sengenden Sonne. Er hatte brüllenden Hunger. Und Körper und Geist zitterten von der Anstrengung, dauernd den Himmel und die glitzernde Wasseroberfläche nach Verfolgern abzusuchen. Er wußte nicht, ob er einem Boot der Küstenwache entkommen konnte. Oder wohin er sich wenden sollte. Das Meer war ruhig wie ein See, und er ließ das Boot driften.

Es war unerträglich.

Sein Körper war in Schweiß gebadet. Seine Hände zitterten wieder. Er hatte keinen Drink, um diese brennende, bohrende Leere und Verlassenheit zu füllen ...

Er ging in die Kabine hinunter und meldete das Gespräch an. Genau wie zuvor.

»Der Anwalt heißt Hollis Sanford«, sagte sein Vater. »Er hat Erfahrung und kennt alles und jeden. Mein alter Freund Kyle Glendinning hat ihn informiert, und er wartet jetzt auf deinen Anruf. Seine Nummer ist 555-2933. Hast du sie aufgeschrieben?«

»Ich kann sie mir merken.«

»Und, Donald . . .«

»Ja, Dad?«

»Tu, was er dir sagt. Überlaß ihm die Entscheidung.«

»Er meint also nicht, daß ich ins Gefängnis muß?«

»Es ist sein Job, dich davor zu bewahren.«

»Vielen Dank, Dad.«

»Am besten kannst du mir danken, indem du . . . ach, hör um Himmels willen auf, danke zu *sagen* und das Gegenteil zu *tun*. Ruf jetzt den Anwalt an.«

Klick.

Das Gespräch hatte seine Nerven beruhigt. Er war an die Zornausbrüche seines Vaters gewöhnt, und sie boten ihm irgendwie Halt. Wenigstens ein Mensch, der auf seiner Seite stand.

Mutter freilich nicht . . .

Er meldete das Gespräch bei der Funkzentrale an und wartete.

Nein, Mutter nicht. Sie machte ihm wegen allem und jedem Vorwürfe. Immer schon. Mistweib. Daddy mochte sie ja an der Nase herumgeführt haben, aber ihn nicht. Er hatte sie durchschaut, schon mit dreizehn. Und sie wußte es. Hure. Alle Frauen waren gleich.

»Hallo, Mr. Forrest, wie geht es Ihnen?« Hollis Sanborns Stimme klang gut gelaunt und fröhlich und strahlte Optimismus aus. »Immer noch auf dem Schiff?«

»Ja, Sir.«

»Ist ja noch ein schöner Tag geworden, was? Es existiert ein Haftbefehl gegen Sie, das wissen Sie ja wohl?«

»Ich war ziemlich sicher, ja.«

»Nun, ich habe mir gerade die Anklagepunkte vorlesen lassen. Schwere Körperverletzung, Mordversuch, Fahrerflucht, Fluchtgefahr, um sich der Strafe zu entziehen. Klingt recht ernst, nicht wahr?«

»Ja, Sir.«

»Jemand hat es auf Sie abgesehen, Junge.« Er hörte ein Auflachen. »Vielleicht ist da jemand übereifrig. Vielleicht hat ein Polizist was gegen Sie persönlich. Weiß man ja nie. Polizisten sind auch Menschen. Also, waren Sie in irgendwelche ungesetzlichen Geschichten verwickelt, von denen ich nichts weiß? Mit Rauschgift haben Sie doch nichts zu tun – Ankauf, Vertrieb, Transport?«

»Nein, Sir.«

»Dann will ich Ihnen sagen, was wir tun. Sie stellen sich freiwillig. Sie haben gerade erst erfahren, daß die Polizei nach Ihnen sucht. Hatten bisher keine Ahnung. Ich bin bei Ihnen, überlassen Sie mir das Reden. Sie lassen sich ruhig beschuldigen, Sie bekennen sich nicht schuldig, stellen Kaution – das ist alles arrangiert – und ich habe Sie in einer knappen Stunde wieder frei. Wie klingt das?«

»Und was passiert dann?«

»Dann sind Sie ein freier Mann bis zur Gerichtsverhandlung, und bis dahin dauert es Monate. Und jetzt hören Sie gut zu: Sie machen am Field Club fest. Der liegt auf dem Festland, ein paar Kilometer südlich der Stadt. Ich bin Mitglied, berufen Sie sich auf mich. Oder noch besser, ich erwarte Sie dort und fahre Sie zum Gerichtsgebäude. Dann können wir uns kennenlernen. Sie haben doch eine Karte an Bord?«

»Ich schaue sie gerade an. Ich meine, ich müßte es in etwa zwanzig Minuten zum Field Club schaffen.«

»Sagen wir in einer halben Stunde. Sie finden mich bei einem Martini. Übrigens, Mr. Forrest . . .«

»Ja, Sir?«

»Sie sind als Tourist nach Florida gekommen. Wenn wir vor dem Richter stehen, werde ich keinen Staatsanwalt Unsinn über Kidnappen und Nebensächlichkeiten wie tätlicher Angriff, Vergewaltigung der eigenen Frau und dergleichen verbreiten lassen. Sie halten vor Gericht den Mund, klar?«

»Klar.« Jesus, der wußte wirklich alles! »In einer halben

Stunde also, Mr. Sanborn.« Woher, zum Teufel, wußte er das? »Ich bin da. Und danke, Sir.«

»Ehe Sie auflegen . . .«

»Ja?«

»Ich werde einen Martini trinken – Sie nicht. Keinen Tropfen, bis Sie wieder ein freier Mann sind. Klar?«

Donald ging ins Cockpit und startete den Motor.

Ein freier Mann.

In einer knappen Stunde oder so.

Dann würde er also nicht ins Kittchen müssen.

Das bedeutete, daß er nun sehr bald Brenda abholen und sie zusammen nach Connecticut aufbrechen konnten. Und wenn sie erst wieder zu Hause waren . . .

»Nehmen wir meinen Wagen.«

Das waren die ersten Worte, seitdem sie das Krankenhaus verlassen hatten. Sie fuhren am Jachtklub vorbei, wo sie ihren Wagen stehengelassen hatte, als sie mit Toby in einem Streifenwagen zum Krankenhaus gefahren war. »Barry?«

Erfreut und erleichtert, daß sie überhaupt wieder etwas sagte, entgegnete er: »Ich glaube nicht, daß du in deinem Zustand fahren solltest, Brenda.« Und als er ihren Namen aussprach, war es wie ein Streicheln.

Sie saß steif neben ihm im Jeep und schwieg.

Die Sonne stand hoch am Himmel. Es war kaum ein Wölkchen zu sehen. Heute nacht war Vollmond. Aber es war jetzt erst kurz nach zwei Uhr, und er wollte sich nicht ausmalen, was nachts alles geschehen konnte. Er hatte sowieso Schwierigkeiten mit dem Zeitgefühl: So viel war auf ihn eingestürmt, Veränderungen, äußerliche und innere . . . er konnte noch nicht alles begreifen.

Dann sprach Brenda, teilnahmslos, als führte sie ein Selbstgespräch: »Was macht es für einen Unterschied, ob sie ihn verhaften oder nicht?«

Was konnte er darauf antworten? Wo er doch genau wußte, was sie meinte? »Vielleicht würde das Toby Zeit geben, wieder gesund zu werden.«

Sie schwieg. Er wußte es. Sie würde niemals frei sein, sich

frei fühlen. Immer auf der Flucht – wie konnte Toby so leben oder sie? Und wenn der Bastard zu einer Gefängnisstrafe verurteilt würde, wäre das nicht für lange. Er hatte sie hier aufgespürt, er würde sie auch woanders finden. Früher oder später. Und mit dieser Gefahr im Nacken würde sie überall seine Gefangene sein, ebenso wie in diesem Haus in Connecticut.

Als er an der Abfahrt zum Westway vorüberfuhr, schaute sie ihn stirnrunzelnd an.

»Der erste Ort, an dem er dich sucht«, erklärte er, »ist Charlenes Haus.«

»Aber«, protestierte sie, »das will ich doch. Ich will ihn sehen.« Erstaunt und etwas heftig fragte er: »Und was soll das nützen?«

»Warum mußte die Polizei ausgerechnet in dem Moment auftauchen?« sagte sie tonlos und mit geschlossenen Augen. »Wenn sie nicht erschienen wäre . . .«

Sie ließ den Satz in der Luft hängen.

Wenn sie nicht erschienen wäre, hätte sie ihren Plan durchführen können – ein Unfall während der Nacht auf hoher See, wie er einem Betrunkenen leicht zustoßen konnte.

»Hör zu, Brenda«, sagte er eindringlich. »Schlag dir diese Gedanken aus dem Kopf. Ich kann sie dir nicht verübeln, selbst wenn ich wollte, aber sie sind verrückt und gefährlich. Du kannst nicht mit dem Wissen weiterleben, daß du einen Menschen umgebracht hast. Selbst wenn er es verdient hat. Selbst wenn du zu einer solchen Tat imstande wärst. Was ich stark bezweifle.«

Sie antwortete nicht. War er zu ihr durchgedrungen? Mit seinen schwachen Worten? Da war ein Geräusch, tief in ihrer Kehle, ein bösartiges Knurren und Keuchen, und in ihrem Blick lag so viel eiskalter Haß, daß ihm unwillkürlich Dr. Seymours Worte über die zersetzende Wirkung des Hasses einfielen. Sie schien seine Gegenwart vergessen zu haben. Und ihr feinziseliertes Gesicht war eine verzerrte Fratze. Schaudernd wurde ihm bewußt, daß er das Ausmaß der Verzweiflung und Empörung hinter ihrer beherrschten Fassade kaum erahnen konnte, trotz aller Bemühungen und aller Zuneigung.

Er fuhr also den Longboat Key entlang und schwieg.

Schließlich sprach sie wieder, mit dieser teilnahmslosen Stimme einer Schlafwandlerin: »Er sollte seine Bücher bekommen.«

»Ich habe ihm das Vogelbuch und Lavinias *Suche nach dem blauen Vogel* ins Krankenhaus gebracht.«

»Und den Reiher ...«

»Ja, den auch. Ich habe den Schlüssel zu Charlenes Haus.«

»Danke, Barry.«

»Ich mußte irgend etwas tun.«

»Armer Barry. Ich wette, du fragst dich, wieso du in das ganze Schlamassel hineingezogen worden bist. Es tut mir leid.«

»Mir nicht.«

Einige Kilometer Schweigen. Hatte sie ihn gehört? Hatte er es ernst gemeint? Ja.

Seine Gedanken flogen zu Jenny. Wie schon einige Male zuvor. Er hatte nie eine andere Frau als Jenny geliebt. Und er hatte sich damit abgefunden, daß er nie mehr lieben würde. Aber heute hatte er in dem ganzen Durcheinander ein rätselhaftes und geheimnisvolles Gefühl des Erwachens verspürt. Er nahm innerlich wieder teil an etwas, auch wenn es eine tragische und grausame Sache war. Er war in die Geschichte verwickelt, ganz gleich, wie sie ausgehen mochte.

»Halt an«, schrie Brenda. »Halt an und kehr um.«

Er fuhr an den Straßenrand und bremste langsam ab. Brenda starrte mit aufgerissenen Augen nach vorn.

»Ich kann ihn nicht allein lassen.« Sie schrie nicht mehr, aber ihre Worte überstürzten sich. »Es ist niemand bei ihm, wenn Dr. Seymour geht. Bring mich zurück, Barry, bitte. Ich kann nicht riskieren, daß Donald ihn wieder mitnimmt, das kann ich doch nicht!«

»Dafür ist gesorgt, Brenda«, beruhigte sie Barry. »Ich habe mit deinem Anwalt gesprochen, und der hat mich an Lieutenant Pruitt verwiesen. Er schickt einen Beamten als Leibwache ins Krankenhaus.« Sie blinzelte.

»Der Mann müßte eigentlich schon dort sein. Wir können ja bei der nächsten Zelle anrufen und uns vergewissern.«

Sie schaute ihn noch immer fassungslos an, aber nicht mehr mit dem leeren Blick, sondern mit einem verräterischen Glänzen.

Sie wollte etwas sagen, ließ es dann aber. Zum erstenmal lehnte sie sich an, gelockert. »Nein, nicht nötig«, sagte sie nach einer Pause.

Er fuhr wieder an und fädelte sich in den mittäglichen Verkehr ein.

»Nicht nötig«, sagte sie noch einmal. »Wenn Lieutenant Pruitt sich darum kümmert, kann man sich darauf verlassen.«

»Ja«, antwortete Barry mit einem erleichterten Aufseufzen, »den Eindruck hatte ich auch.«

Er hoffte, sie würde sich ein erneutes Dankeschön verkneifen. Sie tat es.

Statt dessen sagte sie: »Als ich gestern abend nach dem Essen hier entlangfuhr, fragte mich Toby, warum alle Leute zu uns so nett sind . . .«

»Und was hast du geantwortet?«

»Daß es vielleicht daran liegt, daß die Menschen von Natur aus nett sind.«

Mehr sagte sie nicht. Doch nach einer Weile legte sie die linke Hand auf seine Hand am Steuer.

»Es tut mir leid, daß ich jemals hergekommen bin.«

»Du darfst dir keine Vorwürfe machen, Brenda.«

»Das sagte meine Mutter auch immer. Aber keiner kann aus seiner Haut.«

Und während sie im dichten Verkehr langsam durch Bradenton Beach fuhren, verspürte er wieder mörderischen Haß in sich aufsteigen. Diese Frau, dieses halbe Mädchen, dieses menschliche Wesen soweit zu treiben . . . Er merkte, wie ein primitiver, wilder Haß von ihm Besitz ergriff.

Und in dem Augenblick war Barry Conrad zum erstenmal seit vielen Jahren wieder ein Mensch aus Fleisch und Blut.

»Frei? Was soll das heißen, frei?«

»Er ist auf der Straße, Rex«, sagte Mary Rinaldis Stimme am Telefon. »Hat sich selbst gestellt, wurde vernommen, Kaution gestellt, lief alles wie am Schnürchen. Eiskalt. Er entzieht sich nicht mehr der Gerechtigkeit, sondern lacht sich ins Fäustchen.«

Von seinem Bürofenster aus konnte Rex über die Dächer auf den Golf hinausschauen, der friedlich und ruhig im Sonnenschein lag. »Es steht ihm also frei, seine krankhaften Neigungen auszutoben ... Ich erkenne deutlich die Handschrift meines raffinierten Kollegen Hollis Sanborn.«

»Ins Schwarze getroffen. Woher weißt du das?«

»Dieser feine Gentleman der alten Schule hat mich während der Mittagspause angerufen. Er habe läuten gehört, daß ich eine Mrs. Brenda Forrest in einer Scheidungssache vertrete. Dann wollte er mich über Mr. Forrest ausholen. Ich habe ihm unverblümt die Meinung gesagt und ihm sein ganzes Sündenregister heruntergeleiert: Scheidung, Prügel, Entführung, sogar Vergewaltigung. Teufel, Mary, ich habe mein möglichstes getan, um den alten Knaben davon abzubringen, den Fall zu übernehmen.«

»Sehr unethisch von dir. Na gut, ich habe vor Gericht auch mein Pulver verschossen. Ich habe die Kaution erst völlig abgelehnt und sie dann auf eine halbe Million hochgeschraubt. Gefahr für die Gesellschaft und so weiter. Bonnie Bielinski war die Richterin, und als alles andere nichts half, habe ich sie aufgefordert, sich die Faust des Angeklagten anzusehen. Das alte Mädchen hat etwas gegen Gewalt und spuckte Feuer, und dann wurde die Kaution auf fünfzigtausend festgesetzt. Wogegen Sanborn wetterte. Die Gerichtsverhandlung wurde auf Mai festgesetzt, und in der Zwischenzeit ist Mr. Donald Forrest ein ebenso achtbarer und freier Bürger wie wir beide.«

»Scheiße.«

»Genau meine Meinung«, bestätigte Mary Rinaldi.

»Schönen Dank für den Anruf, Mary. Aber ich weiß nicht, was ich tun kann, außer seine Frau zu informieren.«

»Verschone mich mit deinen Problemen. Ist dir klar, daß ich keinen einzigen unbeteiligten Zeugen für Forrests Angriff auf Eggers habe? Nur das Opfer. Auf diese Weise sind schon Leute mit Mord durchgekommen. Schöne Grüße an Alison. Und, Rex ...«

»Ja?«

»Verzweifle nicht. Dieser Kerl – gutaussehend wie ein amerikanischer Traummann, anständig und tapfer –, dieses Ungeheuer wird sich unweigerlich wieder in Schwierigkeiten bringen.«

»Und genau das«, antwortete Rex, »verursacht mir Alpträume.«

»Also, halt dich ran, mein Freund.«

Er schlug Brendas Telefonnummer nach und wählte. Und wartete. Stellte sich das Haus in Lido Shores vor. Keine Antwort. Sie konnte noch im Krankenhaus sein. Sollte er sie dort mit seiner Nachricht überfallen? Das Mädchen hatte schon genug um die Ohren. Vielleicht sollte er statt dessen Dr. Ezra Seymour anrufen ...

Ehe er einen Entschluß fassen konnte, leuchtete an seinem Apparat ein Lämpchen auf, und er drückte auf die Taste.

»Nancy will Sie sprechen, Mr. Maynard.«

»Stellen Sie durch.«

Er versuchte, sich auf das Mädchen einzustellen, während er auf ihre Stimme wartete. »Hallo, Daddy, hast du einen Moment Zeit?«

»Für dich immer. Was treibst du? Geht es dir besser, mein Mädchen?«

»Ach, das.« Er stellte sich ihr Gesicht vor, die wegwerfende Miene. »Es ist nur eine Erkältung.« Das klang ganz damenhaft, doch dann kam der Kobold wieder durch. »Eine Frage, Daddy, und dann lasse ich dich wieder in Ruhe. In den Nachrichten um halb eins haben sie im Fernsehen ein Schiff gezeigt, nach dem die Polizei sucht. Hast du das gewußt?«

»Keine Ahnung.«

»Also, heute früh, als du mit Mammi über die Frau gesprochen hast, die heute nacht bei uns war ...«

»Und«, unterbrach er sie und lehnte sich behaglich in seinem Sessel zurück, »die dir eine Erkältung eingebracht hat, weil du unbedingt lauschen mußtest ...«

»Daddy, hör doch zu. Ihr habt doch davon gesprochen, daß jemand eine Jacht gechartert hat, um damit nach Norden zu fahren. Also, ist das das gleiche Schiff? Sie haben im Fernsehen keine Namen genannt. Nur die Nummer und so. Es heißt *Wanderer.*«

»Das muß das Schiff sein.« Der Lieutenant ließ wirklich keine Chance aus. »Und weshalb zerbrichst du dir darüber den Kopf, Kleines?«

»Ich hoffe, daß ihr ihn erwischt.«

»Wo ist deine Mutter?«

»Sie ist zu Sears und besorgt das Ersatzteil für die Geschirrspülmaschine, das du gestern mitbringen wolltest. Wir haben beide keine Lust zum Abwaschen ... Also, bye.«

Als er später die drei Blocks zu dem Gebäude ging, in dem das Gericht und das Polizeihauptrevier untergebracht waren, konnte er sich Hollis Sanborns Argumentation genau vorstellen: Ein Mann war so lange unschuldig, bis seine Schuld erwiesen war. Das traf auf jeden Bürger zu und hatte unzweifelhaft seine Berechtigung, bildete die Grundlage der bestehenden Rechtsauffassung. Aber es kamen immer wieder Fälle vor, die ihn an diesem Rechtssystem zweifeln ließen: ein zu fünfhundert Jahren verurteilter Mann, der nach neun Jahren ein Gnadengesuch einreichen darf, ein anderer Mann, der zu fünfundsiebzig Jahren verurteilt worden war und nicht mehr als zwei davon abbrummte.

Oder ein Kerl wie Donald Forrest, der vorerst ungeschoren mit seiner Luxusjacht abdampfen konnte – und hinterher möglicherweise mit einem blauen Auge davonkam.

Im marmornen Foyer des Gerichtsgebäudes benützte er eine öffentliche Fernsprechzelle, um sich mit Dr. Ezra Seymour in Verbindung zu setzen. Doch der befand sich zur Zeit im Palms Hospital und wurde heute auch nicht mehr in seiner Praxis zurückerwartet. Also rief er ihn im Krankenhaus an. Ezra nannte ihm zwei Telefonnummern, die beide mit 778 begannen. Er wählte die erste und verlangte Brenda Forrest. Die vorsichtige, etwas heisere Stimme einer älteren Dame erklärte ihm höflich, er habe sich verwählt. Er wollte schon auflegen, als er sich besann und sich als Mrs. Forrests Anwalt zu erkennen gab. Daraufhin stellte sich die Frau als Mrs. Davidson vor und bedauerte, daß Mrs. Forrest nicht im Haus sei. Er hinterließ die Nummer seiner Kanzlei und schärfte der Dame ein, daß der Rückruf dringend sei. Dann wählte er die zweite Nummer, doch niemand ging an den Apparat.

Anschließend suchte er Lieutenant Pruitt in seinem Büro auf. Waldo war nicht allein. Ihm gegenüber saß eine zierliche, dunkelhaarige Frau, die er vom Sehen kannte, eine Reporterin, an deren Namen er sich jedoch nicht erinnern konnte.

Ohne Umschweife sagte Waldo Pruitt: »Ich weiß, was Sie wollen. Aber damit kann ich nicht dienen.«

»Was tun Sie jetzt?« fragte Rex.

Waldo Pruitts fleischiges Gesicht verzog sich zu einer mürrischen Grimasse. »Ganz einfach: nichts«, antwortete er. »Schauen Sie sich meinen Schreibtisch an. Haben Sie eine Ahnung, wie viele Verbrechen in den letzten vierundzwanzig Stunden begangen worden sind?«

Das Mädchen lächelte Rex an.

»Ich weiß schon, welche Laus Ihnen über die Leber gelaufen ist«, sagte Rex zu Waldo Pruitt. »Mir auch. Und was machen wir nun?«

»Ich kann Ihnen genau sagen, was mir über die Leber gelaufen ist. Eine Laus wie Ihr verehrter Kollege Hollis Sanborn, der mich vor dem Gerichtssaal zur Rede stellt und mich ermahnt, daß sein Klient nicht mehr verfolgt oder belästigt werden darf. Belästigt, Sie hören richtig. Der Mann hat sich mit seinem juristischen Spürsinn zurechtgelegt, daß ich hinter all den Belästigungen seines Mandanten stecke.« Der Lieutenant erhob sich schwerfällig. »Um auf Ihre Frage zurückzukommen: Wir behalten den Burschen im Auge, aber aus der Entfernung. Bisher ohne Erfolg. Der Hertz-Cougar steht noch bei der Chartergesellschaft, und das Schiff ist wieder mal spurlos verschwunden. Es gibt hier in der Gegend eine Menge Wasser. Wenn es irgendwo gesichtet wird, bekomme ich Nachricht. Das wär's wohl. Und was unternehmen Sie, Mr. Maynard?«

»Ich versuche, Mrs. Forrest zu erreichen.«

Waldo Pruitt nickte. Er sah müde aus, aber irgendwie jünger und aktiver als vergangene Nacht. »Ja, sie sollte Bescheid wissen, je eher, desto besser.«

Die Reporterin stand auf. Sie blickte zuerst den Lieutenant, dann den Anwalt an und sagte schließlich: »Meine Herren, ich bin beeindruckt.« Und auf Waldo Pruitts wegwerfende Geste hin: »Nein, im Ernst. Ich hatte keine Ahnung, daß so viele Anstrengungen unternommen werden, um ein Verbrechen zu verhüten. Im Ernst . . . ich bin beeindruckt.«

»Also, Missie«, hakte Waldo Pruitt ein, sanft, nachdenklich, fast listig. »Erinnern Sie sich an unseren Kuhhandel?«

»Ich habe meinen Teil erfüllt«, sagte die Reporterin. »Das Foto von der Jacht kam in den Nachrichten.«

»Also, mit der Geheimnistuerei ist Schluß. Drucken Sie die ganze Geschichte, so ausführlich wie möglich.«

Rex wollte Einspruch erheben, weil es wenig nützen konnte. Forrest würde sie wahrscheinlich nicht zu Gesicht bekommen, und wenn, dann würde ihn das auch nicht abschrekken. Nicht einen Mann wie ihn. Aber er schwieg.

»Ich habe ihn vor kurzem vor Gericht gesehen«, sagte das Mädchen. »Ich werde ihn beschreiben, blond und blauäugig, blauer Blazer und so weiter.«

»Hier«, sagte Waldo Pruitt und griff in die Brusttasche. »Geben Sie es mir zurück, aber sehen Sie zu, daß es abgedruckt wird.« Er überreichte dem Mädchen das Foto von Donald Forrest und schlurfte dann zum Fenster. »Vielleicht sieht ihn jemand und gibt uns einen Tip, wo er sich herumtreibt.«

»Vielversprechend ist das nicht«, meinte Rex.

»Wissen Sie was Besseres?«

Das Mädchen stellte sich hinter den Lieutenant und tippt ihm auf die Schulter. »Ich will sehen, was ich tun kann. Machen Sie sich nicht so viel Sorgen.«

Sie lächelte Rex zu und verließ das Büro.

Rex sagte: »Ich bleibe mit Ihnen in Verbindung, Waldo. Und danke.«

Als Waldo Pruitt nur nickte und sich wieder hinter seinem überquellenden Schreibtisch niederließ, ging Rex dem Mädchen nach und holte es auf der Treppe ein.

»Wissen Sie, was mich stört?« fragte Coleen Lyons. »Dieser Forrest hat nicht mehr alle Tassen im Schrank. Er ist liebestoll. Wahnsinnig vor Liebe. Ich kenne ein Menge Frauen, die sich darum reißen würden, so geliebt zu werden.«

Rex blieb stehen. Und auch sie hielt inne und drehte sich zu ihm um.

»Miß Lyons, Sie spinnen.«

»Vielleicht«, stimmte sie lächelnd zu. »Aber der Mann liebt doch wenigstens, oder? Das ist heutzutage recht selten.«

Rex ließ sie stehen und eilte die Treppe hinunter. Sie spinnt, so ein Blödsinn! Er mußte schnellstens wieder in die Kanzlei, damit Brenda Forrest ihn erreichen konnte. Damit er sie warnen konnte, sich vor ihrem liebesbesessenen Ehemann zu verstecken. Damit sie nicht wieder aus reiner Liebe zusammengeschlagen und vergewaltigt wurde.

Oder Schlimmeres . . .

Nach dem Anruf von Brendas Anwalt hatte Lavinia keine Ruhe mehr zum Arbeiten. Sie hatte sich wieder in die fliegengittergeschützte Veranda mit dem Blick auf den Strand gesetzt, in der sie die kühleren Tage gern beim Schreiben verbrachte. Die Sonne schien strahlend, aber es gab überhaupt keine Brandung. Der Golf lag still da, und sie vermißte das übliche Rauschen.

Gespannt lauschte sie auf das vertraute Geräusch des Jeeps. Sie hatte nur eine sehr vage Vorstellung von dem, was eigentlich vorging. Barry hatte sie vor einer Stunde vom Krankenhaus aus angerufen. Er hatte wenig gesagt, aber der Unterton in seiner Stimme war unüberhörbar. Und dann – er wußte, daß er nicht zu fragen brauchte – seine Ankündigung: *Ich bringe Brenda mit.*

Also gut, aber wo steckten sie?

Der Anwalt wollte Brenda dringend sprechen. Dringend – das war ein Begriff, mit dem Lavinia in vielen Jahren nicht mehr konfrontiert worden war. Und plötzlich wurde ihr bewußt, wie selbstzufrieden und beschaulich und ereignislos ihr Leben geworden war. Heute war sie in einer merkwürdigen Stimmung, das mußte sie zugeben. Düstere Vorahnungen beschäftigten sie.

Da hörte sie den Jeep. Sie ging hinaus, um Brenda zu begrüßen. Sie wollte nicht viel fragen, sondern sie einfach in das Zimmer führen, das sie vorbereitet hatte.

Doch beim Anblick der jungen Frau blieb sie stehen. Brenda saß noch immer im Jeep, starrte vor sich hin und weinte.

Barry stieg aus, ging um den Wagen und reichte ihr die Hand. Sie ergriff sie und kletterte heraus, das Gesicht tränenüberströmt. Barry warf Lavinia einen undurchdringlichen Blick zu, und Lavinia ging auf die junge Frau zu und nahm sie in die Arme, strich ihr beruhigend über den bebenden Rükken.

Gemeinsam gingen die Frauen auf das Haus zu, und Barry folgte ihnen.

Dringend, hatte Mr. Maynard gesagt. Aber konnte sie ihr das jetzt zumuten?

»Entschuldigt«, sagte Brenda schließlich und schaute sich im Zimmer um, als wüßte sie nicht, wie sie hierhergekommen war.

»Macht doch nichts«, erwiderte Lavinia mit brummiger Aufrichtigkeit. »Ich freue mich, daß Sie da sind.« Und das stimmte. Aber der Mann hatte gesagt, es sei dringend. »Ihr Anwalt hat angerufen.« Verwirrung und ein kurzes Erschrekken, ausgeprägter als am vergangenen Abend. »Haben Sie die Nummer?«

Mit abwesendem Nicken schaute Brenda im Zimmer herum.

»Ich habe ein Telefon in Ihr Zimmer gestellt«, erklärte Lavinia und führte Brenda dorthin. »Lassen Sie sich Zeit.«

Nachdem sie die Tür geschlossen hatte, kehrte sie ins Wohnzimmer zurück. Barry tauchte kurz darauf mit drei Koffern auf.

»Weint sie schon die ganze Zeit?« erkundigte sich Lavinia.

Barry setzte die Koffer ab. »Keine Träne, kein Schluchzen, bis sie das Haus gesehen hat, wo es bis gestern so friedlich war.«

»Erzähl mir von Toby«, forderte sie ihn auf.

Barry schüttelte den Kopf, setzte sich auf die Couch und stopfte seine Pfeife. »Er hat die Sprache verloren«, sagte er. »Er kann nicht sprechen, oder er will nicht. Dr. Seymour steht auch vor einem Rätsel, aber er hat verschiedene Erklärungen.

Entweder kann das Kind nicht mehr sprechen, oder es will nicht, weil es minutenlang stottern würde, bevor es ein Wort herausbrächte, oder es hat einen seelischen Block.« Er steckte die Pfeife an. »Ich verstehe davon nichts, Lavinia. Was weiß ich vom menschlichen Geist? Von seinem, dem seines Vaters? Für mich ist das viel zu hoch.«

Lavinia ließ sich in ihrem Korbschaukelstuhl nieder. »Niemand weiß, was für ihn zu hoch ist, bis er es ausprobiert hat.«

Sie wartete. Barry sog an seiner Pfeife, und der würzige, vertraute Tabaksgeruch füllte den Raum. Er schaute ihr in die Augen.

»Dr. Seymour macht sich um Brenda ebenso große Sorgen wie um Toby.« Mit gedämpfter Stimme berichtete er ihr, was sich in der Nacht zugetragen hatte, ohne etwas auszulassen. »Sie würde ihn am liebsten umbringen«, schloß er, »und ich auch.«

Lavinia gab sich Mühe, sich den Schock nicht anmerken zu lassen. »Das ist nicht dein Ernst.«

Barry starrte sie nur an, blies Rauch aus und sagte nichts. In seinem Blick lag eine wilde Unerbittlichkeit, die sie entsetzte.

Um das Gefühl abzuschütteln, erkundigte sie sich: »Und der junge Mann, Charlenes Freund?«

»Er hat die Operation überstanden. Charlene ist bei ihm.«

Aber das beantwortete nicht ihre Frage. Ein Frösteln überfiel sie.

Dann hörte sie, wie die Tür von Brendas Zimmer aufging.

Barry eilte ihr entgegen, und gemeinsam kamen sie in den Wohnraum.

Brenda weinte nicht mehr. Ihr Gesichtsausdruck war steinern und kalt, ihr Blick hart und zornig.

»Lavinia«, sagte sie, »haben Sie einen Revolver?«

Einen verblüfften Moment lang fand Lavinia keine Worte. »Ich verabscheue die Dinger.«

»Ich auch«, erwiderte Brenda. »Aber haben Sie einen?«

»Nein, Brenda. Warum?«

»Man hat ihn verhaftet und auf Kaution wieder freigelassen.« Mehr sagte sie nicht. Sie durchquerte das Zimmer und ging hinaus.

»Aber«, stammelte Lavinia und schaute der jungen Frau nach, die zum Strand marschierte, wie eine Marionette. »Hierher wird er nicht kommen. Woher sollte er Bescheid wissen?«

Barry blieb stehen. Seine Pfeife war ausgegangen. »Er hat nach Florida gefunden, oder?«

Lavinia erhob sich. »Hast du einen Revolver?« fragte sie.

»Nur das alte Jagdgewehr meines Vaters. Als Erinnerung. Es ist seit Jahren nicht mehr abgefeuert worden.«

»Also?«

Barry klopfte die Pfeife aus, zuckte mit den Achseln und stand auf. »Ich hole es, wenn es dich beruhigt. Und wenn du bereit bist, damit zu schießen.«

Sie überlegte. Lieber Himmel, dachte sie ernsthaft über die Frage nach, ob sie einen Mann niederknallen konnte? Einen Menschen töten? Statt einer Antwort meinte sie: »Ich habe so das Gefühl, du würdest nicht zögern.«

»Dein Gefühl trügt nicht«, stimmte Barry zu.

Als er sie verlassen hatte, merkte Lavinia, wie elend ihr geworden war. Mit weichen Knien ließ sie sich wieder in den Schaukelstuhl sinken.

Ein Alptraum. Die Sonne schien, strahlte in dieses vertraute Zimmer, in dem sie jeden Winkel kannte, ihre Arbeit lag ausgebreitet auf dem Tisch – alles geordnet und bequem und sicher. Aber irgendwie war sie in einen Alptraum gestolpert oder gezogen worden. Und was nun?

Sie zuckte innerlich vor den grotesken, grausamen Bildern zurück, die ihr durch den Kopf schossen. Sie hatte über Mord geschrieben, Mord als hübsches Puzzle. Aber jetzt war ihr ältester Freund weggefahren, um ein Gewehr zu holen und in ihr Haus zu bringen ...

War das erst der Anfang des Alptraums?

Auf dem Weg nach Lido Shores, nachdem sie Mal schlafend im Krankenhaus zurückgelassen hatte, sagte sich Charlene immer wieder, daß Brenda kein Vorwurf traf. Ihr die Schuld zu geben, war unfair. Aber wenn sie sie nur nicht aufgefordert hätte, herzukommen, wenn Brenda nicht ...

Es waren lange Stunden verstrichen, seitdem Mal nach der Operation aus der Narkose erwacht war, und sie hatte gespürt, daß ihm nach dem ersten Schock allmählich die Gewißheit kam, wie schwer seine Verletzungen waren. Ein Teil der Benommenheit lag sicher an den Schmerzmitteln, aber außerdem erkannte sie die nackte Verzweiflung in seinen Augen, die das einzig Lebendige in dem häßlichen Verband um den Kopf waren. Und keines ihrer Worte hatte ihn trösten oder sein Elend lindern können. Sie hatte Verständnis dafür, denn auch ihr war elend. Acht Wochen lang konnte er nur flüssig ernährt werden. Und anschließend ... weitere Schönheitsoperationen ohne die Gewähr, daß er jemals wieder aussehen würde wie früher. Sie wagte nicht, sich auszumalen, was das für seine Karriere, für seine ganze Zukunft bedeutete. Wann immer der Gedanke durch ihren erschöpften Kopf schoß, packte sie ein unbändiger Zorn. Wie unfair, wie verdammt unnötig, welch ein grausamer Zufall.

Sie parkte den Kombi und schloß das Haus auf. Es war leer. Wo war Brenda? Als Barry sie im Krankenhaus angerufen hatte, war nur die Rede davon gewesen, daß Toby wieder bei Brenda war, und daß es ihnen gut ging. *Ich werde mich darum kümmern,* hatte er gesagt. *Bleib du bei Mal.* Und Charlene hatte sich gleichzeitig erleichtert und zurückgesetzt gefühlt. Barrys Gesellschaft fehlte ihr, seine stille Kraft. Aber das wollte sie Brenda um Himmels willen nicht ankreiden. Auch sonst nichts! Brenda hatte genug mitgemacht. Aber ... wenn sie nur nie gekommen wäre

Sollte sie versuchen zu schlafen? Hoffnungslos. Obgleich ihr Körper total erschöpft war, überschlugen sich ihre Gedanken. Wahrscheinlich würde der Schock auch bei ihr noch kommen. Sie beschloß, zum Strand zu gehen. Vielleicht würde Schwimmen helfen, sich zu regenerieren und zu beruhigen. Oder sie wenigstens vorübergehend betäuben ...

Nur Touristen schwimmen um diese Jahreszeit im Meer. Na gut, wenn es zu kalt war, konnte sie im Seichten waten und ein Stück spazierengehen.

Im Bad schlüpfte sie in einen Bikini und studierte dann ihr Gesicht im Spiegel. Sie sah um Jahre gealtert aus. Und so fühlte sie sich auch.

Sie zog einen Bademantel über und kehrte in den Wohnraum zurück.

Und da war er. Sie hatte ihn seit etwa neun Jahren nicht mehr gesehen, aber er hatte sich kaum verändert. Er saß auf einer Couch in der Sitzkuhle, mit übergeschlagenen Beinen, und grinste. Sein Gesicht hatte sie auf dem Foto gesehen, das der Polizist Mal vor Stunden gezeigt hatte. Instinktiv wollte sie zur offenstehenden Haustür rennen. Aber ein würgender Ärger, eine rasende Empörung ließ sie wie angewurzelt stehenbleiben.

»Was, zum Teufel, wollen Sie hier?« herrschte sie ihn an. »Machen Sie, daß Sie rauskommen, oder ich schreie.«

»Nur zu, Charlene. Dann schmeiße ich diesen hübschen Mingbaum durch die hübsche Glasscheibe.«

Dazu war er imstande. Das wußte sie. Ihr fiel ein, was Brenda erzählt hatte.

Sie bewegte sich nicht.

»Wollen Sie mir nicht einen Drink anbieten? Es ist schon nach vier Uhr.«

Er klang freundlich und entspannt, und seine blauen Augen wirkten etwas blaß und distanziert, aber eher spöttisch und amüsiert. Sie erinnerte sich an Brendas Beschreibung: *Er verändert sich kaum, wenn er getrunken hat.*

»Ich habe noch eine Flasche Jack Daniels im Wagen«, sagte Donald. »Noch eine Menge. Aber ich habe keine Lust aufzustehen.«

Sie erwog die Möglichkeit zu fliehen, aber das Haus gehörte nicht ihr, und Jason Drake würde es ihr zu Recht übelnehmen, wenn das zauberhafte Haus durch ihre Schuld beschädigt würde.

»Ich könnte die Polizei anrufen«, sagte sie, noch immer wie angenagelt. »Sie sind hinter Ihnen her.«

Donald lächelte. »Nicht mehr, Charlene.«

Mals Gesicht fiel ihr ein. Wie es einmal ausgesehen hatte. »Dann kann ich sie ja anrufen, oder?«

Donald zuckte mit den Achseln, aber er rührte sich nicht. »An Ihrer Stelle würde ich das lassen.«

Sie holte tief Luft. »Haben Sie nicht schon genug angerichtet? Was wollen Sie denn noch?«

»Meine Frau. Und meinen Sohn.«

»Ich weiß nicht, wo sie sind.«

»Lügen nützt Ihnen nichts.«

»Ich lüge nicht. Ich bin selbst erst eben heimgekommen und . . .«

»Ich habe Sie beobachtet.«

»Und sie waren beide nicht da. Das ist alles, was ich weiß.«

»Ich hasse Lügen, Charlene . . .«

»Vielleicht . . . sind sie nach Norden gefahren. Oder . . .«

»Hören Sie mit dem Unsinn auf. Ihr Wagen steht noch auf dem Parkplatz des Jachtklubs in Sarasota. Ich komme gerade von dort. Ich habe ihn gesehen.«

»Vielleicht sind sie geflogen.«

»Das habe ich kontrolliert. Um diese Jahreszeit gibt es keine Plätze.«

Sie versuchte es von einer anderen Seite. »Okay, ich höre mit dem Unsinn auf, wenn Sie das auch tun, Junge.« Sie stieg in die Couchgrube hinunter, wobei sie den schweren Lacktisch zwischen ihnen ließ. »Es hat ihr gereicht. Das Mädchen hat genug von Ihnen. Also seien Sie ein braver Junge und lassen Sie sie in Ruhe, und uns alle!«

»Ich habe niemand etwas getan. Noch nicht.«

Noch nicht . . . sie schätzte die Entfernung zur offenen Tür ab. Aber gleichzeitig explodierte sie vor Wut. »Wie können Sie so etwas behaupten? Sie glauben das doch selbst nicht? *Wissen* Sie es denn nicht? Mal ist im Krankenhaus mit völlig entstelltem Gesicht – wer hat das getan?«

»Malcolm Eggers, richtig?«

»Sie kennen ihn nicht einmal!«

»Aber ich weiß genug.«

»Was haben Sie bloß gegen Mal, was?«

»Das gleiche, was ich gegen Sie habe. Ihr steckt alle unter einer Decke.«

Sie starrte ihn ungläubig an.

Seine Augen waren dunkel geworden.

»Wieso? Wovon reden Sie eigentlich?«

»Sie kam her, um ihn zu treffen. Und Sie haben den beiden geholfen.«

Charlene war fassungslos. Ihr fehlten die Worte.

»Richtig?«

»Mein Gott«, flüsterte sie schließlich und begriff. »Mein Gott!«

»Richtig, richtig?«

»Nein. Wie kommen Sie nur . . .« Doch dann brach sie ab. »Donald, Mal Eggers ist mein Freund. Nicht Brendas. Ich bin mit ihm liiert! Er kennt Brenda kaum.«

»Sie lügen für sie.«

»Ich lüge nicht.«

»Er hat es verdient.« Donald stand auf. Er war viel größer als Barry, viel größer als Mal. Er funkelte sie an, selbstgerecht, bösartig. »Ich habe gesehen, wie sie ihn geküßt hat. Sie hat ihn geküßt!«

»Mal und ich lieben uns seit vier Monaten. Er hat Brenda erst vor zwei, nein, drei Tagen kennengelernt. Ich bezweifle, daß er überhaupt ihren Nachnamen kennt.«

Schweigen.

Donald schaute verwirrt drein, aber er zuckte mit keiner Wimper. Dann kam er einen Schritt um den Tisch herum. »Wer ist dann der Bursche, der sie zum Steg gebracht hat? Der mit dem roten Bart?«

Barry. Steif und auf alles gefaßt antwortete sie: »Ich weiß nicht.«

»Schon wieder eine Lüge. Ich ersticke in Lügen.« Wie ein verwundetes Tier schüttelte er den Kopf. »Sie ist hergekommen, um sich mit einem Mann zu treffen. Das ist das einzige, was ich weiß.«

Sie würde Barry warnen müssen. Der Himmel mochte wissen, was er tun würde, wenn . . .

»Sie ticken nicht ganz richtig«, flüsterte sie. »Sie sollten sich behandeln lassen.«

Donalds rechte Hand schlug durch die Luft. »Fangen Sie nicht damit an. Das hat sie Ihnen wohl eingeredet, richtig?«

Sein Verhalten änderte sich wieder. Er schien sich über sich – oder über etwas – lustig zu machen. »Immer langsam, Donald. Kühl bleiben. Das sagen sie mir alle, mein alter Herr, mein Anwalt, diese häßliche Hexe von einer Richterin. Benehmen Sie sich, Donald Forrest.«

»Das klingt wie ein guter Rat«, meinte Charlene. »Wenn Sie bedenken, daß Sie bereits ein Leben zerstört haben. Mal war der falsche Mann, verdammt. Sie haben sich umsonst an ihm vergriffen!«

»Wo ist er dann, der richtige Mann?« Er sprang auf sie zu und packte sie an den Revers des Bademantels. Sein Gesicht, verzerrt und brutal, war nur Zentimeter von ihrem entfernt, und er roch nach Whisky. »Keine Lügen mehr. Wo ist er? Wo ist sie?«

Hilflos schluckte sie ihre Angst hinunter. Und fragte: »Was wollen Sie mit mir tun? Mich auch vergewaltigen, wie Sie sie vergewaltigt haben?«

Die Fratze wurde zu einem Stirnrunzeln. Er ließ sie los und trat zurück.

»Ich habe Brenda nicht vergewaltigt«, sagte er, ehrlich verblüfft, als sei ein solcher Vorwurf absurd. Jetzt blinzelte er. »Ich habe sie nicht vergewaltigt. Ich habe sie geliebt.«

Fassungslos wich Charlene zurück, konnte sich aber die Bemerkung nicht verkneifen: »Als sie bewußtlos war!«

Zum erstenmal hob Donald die Stimme. »Ich würde Brenda niemals weh tun! Ich liebe sie!« Er schrie es förmlich hinaus.

Und Charlene wurde das ganze immer unverständlicher. Sie konnte sich des Eindrucks nicht erwehren, daß der Mann tatsächlich glaubte, was er behauptete. Bei diesem Gedanken machte sie eine verstohlene Bewegung in Richtung Tür. Der Kerl war ja krank, wahnsinnig . . .

Donald hatte sich abgewandt, und so war ihm die Regung entgangen. »Was Sie betrifft . . .«, sagte er dann und musterte sie unverhohlen von Kopf bis Fuß; er sprach in einem abschätzigen, heiseren Flüstern, das vor Verachtung und Ekel triefte. ». . . so jemand wie Sie könnte sich splitternackt vor mich hinstellen, eine Hure wie Sie, und sich anbieten. Ich würde sie nicht mit der Kneifzange anfassen. Sie sind nicht Brenda.«

Als wäre das eine Erklärung. Für alles. Aber vielleicht entsprach das seiner unergründlichen, krankhaften Einstellung.

Der Mann hatte ihr versichert, er würde sie nicht vergewaltigen. Doch anstatt Erleichterung zu verspüren, wuchs ihr Entsetzen.

»Also«, fuhr Donald fort, wieder liebenswürdig, wie ein höflicher Gast, sogar lächelnd, »wenn Sie mir jetzt nicht sagen, wo sie ist . . .« Er packte den Mingbaum und hob fragend die blonden Augenbrauen.

Sie konnte sich denken, wo Brenda war. Sie war fast sicher. Brenda war entweder bei Barry oder bei Lavinia oder bei beiden. Aber der Teufel sollte sie holen, wenn sie den Mund aufmachte!

»Ich weiß es nicht«, entgegnete sie. »Ich weiß nicht, wo sie ist.«

Mit einem Achselzucken schleuderte Donald den Mingbaum durch die Glasscheibe, die mit ohrenbetäubendem Krachen zersprang. Die Splitter flogen in den Garten hinaus.

Bevor sie es überhaupt merkte, war Charlene bereits weggelaufen. Sie hatte die Haustür erreicht, rannte schreiend über den Vorplatz und auf die Straße hinaus. Sie wußte nicht, was sie brüllte, während sie zwischen den Häusern hindurchraste; jetzt endlich brach jene Hysterie aus ihr heraus, die sich schon den ganzen Tag in ihr aufgestaut hatte.

6

Es war ein strahlender Nachmittag. Noch zwei Stunden bis zur langsam hereinbrechenden Dämmerung und eine weitere Stunde, bis die Sonne im Golf versunken sein würde. Die Wasserfläche lag so glatt wie ein See da. Lavinia stand auf der Veranda und schaute zu, wie Barry zum Ruderboot hinausschwamm. Das Wasser war sicherlich von der Sonne etwas aufgewärmt, aber trotzdem kalt. Brenda hatte ihn mittlerweile entdeckt und mit dem Rudern aufgehört.

Als Barry sich an der Seite festhielt, ohne den Versuch zu unternehmen, ins Boot zu klettern, überlegte Lavinia, wie Brenda wohl auf dieses Eindringen in ihre Privatsphäre und Einsamkeit, die sie vermutlich brauchte, reagieren würde. Aus der Ferne konnte sie ihren Gesichtsausdruck nicht erkennen, aber sie sah, wie Brenda Barry über den nassen Arm strich.

Ehe er hinausgeschwommen war, hatte Barry gesagt: *Sie nimmt Beruhigungsmittel, aber mir wäre lieber, sie würde weinen und schreien und hysterisch werden. Alles wäre besser als diese Totenstarre.*

Dr. Seymour hatte angerufen und mit Barry gesprochen, als er Brenda nicht erreichen konnte, minutenlang und wie mit einem alten Freund. Barry hatte ihr mit einem erleichterten Lächeln berichtet: *Toby schwimmt. Anscheinend haben sie ein Becken im Krankenhaus. Er hat es gesehen und muß gefragt haben, mit den Augen oder sonstwie. Der Arzt hielt es in Anbetracht des Vorgefallenen für eine gute Idee. Jedenfalls schwimmen die beiden miteinander, und Toby hat eine Menge Spaß dabei.*

Sie sah jetzt, daß Barry neben dem Boot auf dem Rücken lag

und Brenda wieder die Ruder ergriff. Barry schwamm dann wieder in Richtung auf den Strand, während Brenda in entgegengesetzter Richtung weiterruderte. Da läutete das Telefon.

Im Nebenzimmer krächzte Bobo und erhob Protest, wie immer, und während Lavinia zum Telefon ging, dachte sie daran, wie entzückt der kleine Junge über den Vogel gewesen war. Es schien unwirklich, daß das erst gestern abend gewesen war.

Zuerst erkannte Lavinia die Stimme nicht. »Ich muß mit Barry sprechen.«

Als sie schließlich wußte, wer anrief, sagte sie: »Er wird in ein paar Minuten da sein, Charlene. Was ist geschehen?«

»Ist Brenda da?«

»Ja, Charlene, meine Liebe. Was ist denn los?«

Charlenes Stimme klang schroff und verbittert. »Sag ihr nur, daß er sie sucht, das ist alles. Ich habe ihm nichts gesagt, aber er sucht nach ihr. Und er sucht auch nach Barry. Er hat ihn heute früh am Steg gesehen. Er weiß nicht, wer Barry ist oder daß er mein Bruder ist, aber er hat den roten Bart erkannt. Oh, Lavinia, der Mann ist wahnsinnig. Er ist zu allem fähig!«

»Charlene, bitte, reiß dich zusammen und sag mir, was er getan hat.«

»Er hätte überhaupt nichts getan, wenn Barry bei mir gewesen wäre statt bei ihr!«

»Charlene, du bist außer dir. Warum kommst du nicht her? Du weißt, daß du mir immer willkommen bist.«

»Lade keine Fremden in dein Haus ein, Lavinia. Ich jedenfalls werde es nie mehr tun, das ist sicher!«

»Aber, Charl, wir sind doch keine Fremden.« Obgleich ihr Charlene ganz fremd vorkam. »Du kannst zu Barry auf das Boot, wenn du Angst hast.«

Es war, als habe die junge Frau überhaupt nicht zugehört. »Sie war auch keine Fremde. Aber schau mich heute an, schau das Haus an. Du müßtest sehen, wie er es zugerichtet hat.«

»Bitte, Barry wird dich abholen.«

»Barry hat genug damit zu tun, sich um sie zu kümmern, oder? Außerdem kann ich nicht so weit von Mal weg. Und außerdem habe ich einen Job, Lavinia. Ich habe nur angerufen, um euch zu warnen. Das war ich euch schuldig.«

»Barry wird dich zurückrufen.«

»Nicht nötig. Ich werde nicht hier sein. Glaubst du, ich kann hier bleiben? Ich will mit keinem von beiden reden. Ich hoffe, ich werde sie nie mehr sehen!«

»Aber Charl, auch wenn du empört bist, so etwas darf man nicht sagen. Was passiert ist, ist nicht Brendas Schuld. Versuch doch, fair zu sein.«

»Fair? Nichts ist fair. Meinst du, ich werde jemals wieder an Gerechtigkeit oder so was glauben? Was hab ich denn getan? Warum muß *mir* das passieren?«

»Bitte, sei doch vernünftig!«

»Ich bin sehr vernünftig. Ich werde genau das tun, was sie auch tut. Mich verstecken. Sag ihnen beiden . . . ach, wie geht es eigentlich Toby?«

»Besser, glaube ich. Er ist noch im Krankenhaus . . .«

»Im Krankenhaus?«

»Hast du das nicht gewußt?«

»Nein. Und ich will es auch nicht wissen. Nichts mehr. Ich will nichts mehr von der ganzen Sache hören. Sag Barry, er soll mich nicht anrufen.«

Klick. Sie hatte aufgelegt.

Als Lavinia zögernd den Hörer auf die Gabel legte, schweifte ihr Blick auf das Zimmer, als sei es fremd geworden. Ein Alptraum. Würde er nie aufhören? So etwas hatte sie noch nie erlebt. Aber jetzt war sie mit hineingezogen, auf Gedeih oder Verderb, und sie mußte sich überlegen, wieviel von dem eben Gehörten sie Barry enthüllen sollte. Sie sah ihn durch das seichte Wasser zum Strand waten, wobei sein Hinken kaum zu merken war. Die Beziehung zwischen Charlene und Barry war immer so aufgeschlossen und herzlich gewesen, daß es Lavinia eine Freude war, mit einbezogen zu sein. Es war bis zu diesem Augenblick undenkbar gewesen, daß etwas die Zuneigung der beiden trüben könnte. Und nun vergiftete dieser Mann alles mit seiner Bösartigkeit, zerstörte das Leben Unschuldiger . . .

Traurig und angespannt wartete sie auf Barry, der nach einigen Minuten erschien und seinen braunen, gutgebauten Körper abtrocknete.

Sie sagte ihm, daß Charlene angerufen hatte. Sie wiederholte ihre Warnung. Aber sie erwähnte nicht, daß Charlene mit ihnen nichts mehr zu tun haben wollte, und hatte ein schlechtes Gewissen dabei.

»Was ist denn vorgefallen?« wollte Barry wissen und ging zum Telefon.

»Sie war zu durcheinander, um sich klar auszudrücken.« Sie beobachtete, wie Barry wählte. »Aber ich glaube, ihr selbst ist nichts passiert, außer daß er sie sehr erschreckt hat.« Während Barry auf das Klingelzeichen lauschte, fuhr sie fort: »Aber das Haus – er muß es völlig verwüstet haben.«

Nach geduldigem Warten legte Barry den Hörer wieder auf. Ihre Blicke trafen sich. Beide mußten unwillkürlich an das Haus in Connecticut denken. Sie erkannte seinen Konflikt: Sollte er seine Schwester suchen oder bei Brenda bleiben? Sie wartete. Sie konnte auch jetzt nicht Charlenes Ablehnung und bittere Ressentiments erwähnen. Oder sollte sie doch, um der Fairneß willen?

Sie sah, wie Entschlossenheit in seinen Blick trat. »Das Jagdgewehr meines Vaters ist im Jeep«, sagte er. »Ich werde dir zeigen, wie es funktioniert, ehe Brenda zurückkommt.« Er ging zur Tür. »Falls ich es selbst nicht vergessen habe.«

Nachdem er verschwunden war, fiel ihr eine seiner Bemerkungen ein. *Wenn ich meinen Vater jemals enttäuscht habe, dann damit, daß ich nie seine Vorliebe für die Jagd geteilt habe.*

Während sie sich wieder in diesem Alptraum gefangen fühlte, schluckte Lavinia ihren Horror vor Gewalttätigkeit und Schußwaffen herunter. Gegen einen solchen Alptraum war mit bloßen Händen wohl nicht anzukommen. Alpträume bestehen nun mal aus Gewalttätigkeit und Terror.

Es kam darauf an, die Kontrolle nicht zu verlieren. Kühl zu bleiben.

Das Telefon hing nicht in einer Zelle, sondern in einer Plexiglaskugel vor einem Einkaufszentrum. Den braunen Thunderbird hatte er zwischen einem Wohnwagen und einem Lastwagen geparkt, sicherheitshalber.

Diese Hitze. Jesus, die Kleider klebten ihm am Leib, und

der Schweiß troff ihm von der Stirn. Fast fünf Uhr – sollte es nicht um diese Tageszeit etwas abkühlen, selbst in Florida?

Der Mann in Tampa hieß Grimsby. Der andere hatte Collins geheißen. Grimsby wollte sein Büro schon schließen, war aber dann recht entgegenkommend. »Sie müssen verstehen, Mr. Forrest, daß wir schon ein paar Fakten mehr brauchen. Selbst die Forsythe-Auskunftei kann keine Wunder vollbringen.« Er lachte glucksend. »Über Wasser gehen haben wir schon gelernt. Vielleicht sollte ich Sie morgen früh in Sarasota aufsuchen?«

»Morgen?« So, wie sein Herz raste und sein Kopf pochte und zu zerspringen drohte, hielt er es nicht so viele Stunden aus. »Morgen habe ich keine Verwendung mehr für Sie.«

Grimsby prustete. Grimsby fand das wohl komisch. »Immer zur Stelle, das sind wir. Aber Sie müssen auch etwas dazu tun. Zerbrechen Sie sich den Kopf. Geben Sie uns irgendeinen Anhaltspunkt. Schon eine Telefonnummer würde helfen. Damit hat doch auch unser Büro in Danbury Glück gehabt, oder?«

Er gab auf. Forsythe würde ihn auch nicht weiterbringen. Er war ganz auf sich gestellt. »Wenn mir etwas einfällt, wie kann ich Sie erreichen?«

»Über diese Nummer hier. Nachts ist sie auf meine Wohnung umgeschaltet. Ich ruf inzwischen Danbury an und laß mir die Daten geben. Keine Angst, wir werden Ihr Frauchen schon auftreiben. Früher oder später.«

Fast das gleiche hatte Mr. Collins ihm zugesichert. Und er hatte sein Versprechen gehalten, oder?

Ein Anflug von Panik packte ihn, als er aus der Telefonmuschel trat.

Auf dem Rückweg von Lido Shores zum Festland hatte er sich vergewissert, daß der blaue Lancia noch vor dem Jachtklub in Sarasota parkte. Vielleicht hatte sie einen Leihwagen . . .

Doch es gab keinen. Er hatte den Thunderbird nur bekommen, weil Hollis Sanborn ein Arrangement mit dem Fordhändler getroffen hatte. Tüchtiger Mann, der Anwalt, er brachte die Dinge ins Rollen. Für einen guten Preis, natürlich.

Er wollte schon einsteigen, als ihm eine Idee kam. Wenn die kleine Hure die Scheidung beantragt hatte, was Hollis Sanborn bestätigt hatte, brauchte sie doch einen eigenen Anwalt. Wer mochte das sein? Er hätte dieses Miststück Charlene fragen sollen! Verdammt, er mußte sich im Zaum halten! Dort waren ihm wieder die Pferde durchgegangen. Vielleicht in einem Ausmaß, daß sich die Polizei wieder an seine Fersen heftete. Davor hatte er am meisten Angst: daß ihm der Film riß, mittendrin, daß er wütete, ohne zu wissen, was er tat.

Hollis Sanborn würde den Namen von Brendas Anwalt kennen. Und der Anwalt würde wissen, wo sie sich aufhielt ...

Er stieg in den Wagen, ließ sich auf dem Sitz zusammensakken und hob die Flasche an den Mund. Jack machte ihn munter. Aber er würde bald eine neue Flasche besorgen müssen. Konnte nicht noch einmal riskieren, ohne Vorrat zu sein, wie auf dem Boot mit Toby ...

Hieß früher Plaza-Restaurant, hatte ihm Hollis Sanborn auf dem Weg vom Gerichtsgebäude zum Fordhändler gesagt. *War früher der Treffpunkt für die ganze Stadt, sogar für die Literaten. Hat dann ein paarmal den Besitzer gewechselt, aber ich gehe jeden Abend nach der Arbeit hin. Ein alter Hund lernt keine neuen Tricks mehr ...*

Der unverschämte alte Fettsack. Aber Donald mußte ihn bewundern. Und er war ihm dankbar. Wenn in der Stadt Hilfe zu erwarten war, dann von Hollis Sanborn. Danke, Dad ... auf dich ist immer Verlaß.

Mit der eingeschalteten Klimaanlage hatte sich die fiebrige Hitze in ihm etwas gelegt, als er gegenüber dem Restaurant parkte, das jetzt *Merlin* hieß. Merlin, das war doch ein Zauberer aus der Artussage? Na, Mr. Merlin Hollis Sanborn, jetzt zeigen Sie mal, was Sie können!

Als er die Straße mit weit ausgreifenden Schritten überquerte, merkte er, daß die Panik verschwunden war. Er fühlte sich sogar ein wenig *high.* Er betrat die schummrige Bar. Er würde es schaffen. Niemand macht Donald Forrest ungestraft zum Narren. Niemand.

Hollis Sanborn – Fliege, verknautschter Anzug, Zigarre –

saß an der Bar, zwischen jüngeren Leuten, die der Kleidung nach besser an den Strand als in eine elegante Bar paßten. »Darf ich Sie zu einem Martini einladen?« fragte Donald in das Ohr des älteren Mannes.

Hollis Sanborn studierte Donalds Gesicht im Spiegel hinter der Bar, ehe er seinen schwammigen Körper umdrehte. »Na schön, suchen wir uns eine Nische, damit ich meine Beine ausstrecken kann.« Und als sie einander an einem kleinen Tisch gegenübersaßen: »Was macht der Wagen? Zufrieden?«

Donald durchschaute ihn. Er wußte, was sein Vater dem alten Gauner gesagt haben mußte. *Geld spielt keine Rolle.* Donald nickte und fieberte bereits nach dem bestellten Drink. Also wollte er keine Zeit verlieren. »Wie heißt der Anwalt meiner Frau?«

Hollis Sanborn blinzelte ihn durch Rauchwolken seiner Zigarre an, forschend, verschlagen. »Immer mit der Ruhe, mein Junge. Dazu kommen wir gleich.«

»Wie heißt er?«

»Nicht so schnell mit den jungen Pferden, wie man so sagt. Die Scheidung hat noch lange Zeit. Wo waren Sie heute nachmittag? Haben Sie sich gut benommen?«

Die Kellnerin servierte und verschwand. Der Jack war kalt. Donald ignorierte die Frage und wiederholte: »Wie heißt der Kerl? Das ist doch eine unschuldige und vernünftige Frage, richtig?«

»Hängt davon ab, wofür Sie den Namen brauchen.«

»Ein Mann hat doch das Recht, zu erfahren, wo seine Ehefrau ist.«

Die buschigen Brauen hoben sich. »Wirklich? Na, das hängt wohl davon ab, warum er es wissen will, oder?«

»Auf wessen Seite stehen Sie, Mr. Sanborn?«

»Auf Ihrer, Junge, auf Ihrer. Deshalb muß ich Sie auch daran erinnern – Sie sind heute nachmittag auf Kaution freigelassen worden wegen eines Verbrechens. Und da gibt es gewisse Leute, bei denen Sie nicht sehr beliebt sind. Aus dem einen oder anderen Grund.«

»Welche Leute? Mir ist scheißegal, was die Leute von mir denken. Wer ist es denn?«

»Ein gewisser Polizeilieutenant verfolgt jeden Ihrer Schritte mit ungesundem Interesse. Der Himmel mag wissen, warum.«

Donald beugte sich über den Tisch. Das Glas war schon wieder leer. »Ich will nur mit meiner Frau reden.« Das war doch einfach und einleuchtend – warum mußte er das lange erklären? »Das ist alles.«

»Reden? Ist das alles?«

Wieviel wußte der Fettkloß? Und woher hatte er es erfahren?

»Könnte es nicht sein, Junge, daß sie nach dem letzten ›Gespräch‹ mit Ihnen keine große Lust hat, wieder mit Ihnen zu reden?«

Das war es also. Hollis Sanborn steckte auch mit ihnen unter einer Decke. Er wußte alles, jemand hatte ihn informiert. Und er hatte die Seiten gewechselt. Sollte dieses Miststück Charlene in der kurzen Zeit schon Terror gemacht haben? Wollte der Fettkloß ihm bedeuten, daß es auch ein Verbrechen war, wie Donald das Haus zugerichtet hatte?

»Entweder stehen Sie auf meiner Seite«, erklärte Donald, »oder Sie sind gegen mich.«

Hollis Sanborn zögerte einen Moment, ehe er einen neuen Drink bestellte. »Oh, ich stehe auf Ihrer Seite, Junge. Deshalb auch mein Vorschlag: Entspannen Sie sich, ganz ruhig! Wenn man bedenkt, wo sich Ihr Junge befindet – und Sie wissen ja warum, oder? –, dann bin ich nicht so sicher, daß Ihre Frau daran interessiert ist, sich zu einem freundlichen Schwatz mit Ihnen zusammenzusetzen.«

Toby? Wovon redete der Knallkopf eigentlich? »Wo ist mein Sohn?« fragte Donald.

»Ich habe es vorher nicht erwähnt, weil ich hoffte, Sie wären schlau genug, nicht so weiterzumachen . . .«

»Wo?«

»In einer kleinen psychiatrischen Klinik.«

Donald stand auf. »In welcher?«

»Palms Hospital, South Osprey. Aber sie werden Sie nicht zu ihm lassen, also würde ich Ihnen dringend von einem Besuch abraten.«

Donald lehnte sich zurück. Toby trieb noch immer seine Spielchen. Um Aufmerksamkeit zu erregen und die Leute zu erschrecken. Was für ein falscher Hund dieses Kind doch war! Aber wenn er sich im Krankenhaus befand, konnte Brenda nicht weit sein. Nun wußte er Bescheid. Sie war nicht verschwunden.

Die Drinks kamen, und er kippte seinen in einem genüßlichen Zug. Dann setzte er das Glas ab.

Jetzt war alles in Ordnung. Er fühlte sich großartig. Brenda war noch in der Stadt. Und er würde sie finden.

»Tut mir leid wegen Toby«, sagte er. »Er ist ein sensibles Kind. Überempfindlich. Eine Behandlung kann ihm nicht schaden, wirklich.« Doch Hollis Sanborn reagierte nicht; er betrachtete sein Gegenüber aus zusammengekniffenen Augen, schätzte ihn ab. Was sollte er mit jemandem, der ihn taxierte wie ein Stück Vieh?

»Mr. Sanborn«, sagte er, »wenn Sie mich weiter vertreten wollen, dann sagen Sie mir gefälligst, wie der Anwalt meiner Frau heißt. Sofort.«

Der alte Herr schien das sorgfältig zu erwägen, ehe er grinste und sein Glas an die wulstigen Lippen hob. »Er heißt Maynard. Rex Maynard. Im Gebäude der Ellis-Bank. Er steht im Telefonbuch.«

Donald erhob sich. Und ging hinaus, ohne sich noch einmal umzusehen.

Wenn Toby schwimmen konnte, verdankte er das Barry.

Brenda hatte das leichte Fiberglasboot auf den Golf hinausgerudert, weil sie hoffte, in der Einsamkeit ihre Gedanken sortieren und das Chaos ihrer Emotionen ordnen zu können. Zu irgendeinem Ergebnis zu gelangen, sich in den Griff zu kriegen, um irgendeinen Entschluß zu fassen und etwas zu unternehmen. Sie konnte nicht länger wie ein verschrecktes Kaninchen durch die Gegend rennen!

Doch anstatt eine Entscheidung zu treffen, hatte sie nur ihren Körper bis zur Erschöpfung verausgabt. Arme und Rükken schmerzten, und sie wußte, daß sie an den Händen Blasen bekommen würde.

Dann war Barry zu ihr hinausgeschwommen – in dem eiskalten Wasser. Nur, um ihr zu sagen, daß Toby auch schwamm. *Dr. Seymour hält das für ein vielversprechendes Anzeichen, und ich auch.*

Was hatte diese Nachricht bei ihr bewirkt?

Etwas ganz sicher. Viel. Denn nun kehrte sie im goldenen Abendlicht in das Haus am Strand zurück. Ruderte mit zielbewußten Schlägen. Nun wußte sie, was sie tun würde. Und warum.

Sie wollte sich bei Barry bedanken. Für das, was er für Toby getan hatte. Und für sie. Für seine beständige Unterstützung.

Sie würde mit ihm schlafen. Sie würde sich von ihm lieben lassen.

Jetzt.

Jetzt, ehe etwas anderes passierte.

Das war es doch, wessen Donald sie immer verdächtigt hatte. Wessen er sie beschuldigt hatte.

Nach der Eheschließung hatte es für sie nie einen anderen Mann außer Donald gegeben. Nicht ein einziges Mal. Nun, diese Ehe war vorbei, vielleicht schon lange. Sie hatte ihre Rolle mit Aufrichtigkeit und Hingabe gespielt – und was hatte ihr das eingebracht!

Sie hatte keinen Zweifel. Keine Bedenken. Barry war der sanfteste und anziehendste und liebenswerteste Mann, den sie jemals kennengelernt hatte. Und er war allein, einsam, genau wie sie . . .

Ihr Körper bewegte sich rhythmisch, zielstrebig, war von Erregung durchflutet, von Lust.

Die Bar mit dem hübschen Namen *The Five O'Clock Shadow* gehörte zu den Lokalen, in die eine Frau nach der Arbeit allein gehen konnte, ohne belästigt zu werden, falls sie es nicht darauf anlegte. Von jüngeren Angestellten und Managern frequentiert, gelegentlich ein paar Touristen in Bermudashorts und Hawaiihemden, fand Mary Rinaldi hier eine gesprächige Atmosphäre, die ihr zusagte, im Gegensatz zu den vielen allein zu Hause verbrachten Abenden.

Die heutige Premiere im Asolo war abgesagt worden, wegen Erkrankung des Hauptdarstellers. Also würde sie sich nachher zu Hause etwas zu essen machen und fernsehen. Es sei denn, daß unvermutet ein akzeptables männliches Wesen mit ihr eine Nacht verbringen wollte.

Nachdem sie den ersten Gin-Tonic serviert bekommen und sich eine Zigarette angesteckt hatte, schaute sie sich in der verrauchten Bar um. Rex und Alison winkten ihr von einem Ecktisch zu, und so balancierte sie ihr Glas zu ihnen hin.

»Wie findest du diese vorlaute Person«, begrüßte Rex sie und wies auf seine Frau. »Taucht einfach in meiner Kanzlei auf und will einen Drink spendiert bekommen.«

Alison lachte und fügte hinzu: »Ehe wir heimfahren und endlich dem alten Geschirrspüler auf die Sprünge helfen.«

»Nancy hat Angst, sie bekommt sonst rauhe Hände«, sagte Rex und rutschte neben seine Frau.

Mary erkundigte sich, wie die beiden nach der turbulenten Nacht aus dem Bett gekommen waren und ob es Neuigkeiten vom Scheusal gab.

»Ja«, antwortete Rex. »Vor einer halben Stunde hat mich der Kerl angerufen und sich ganz unverfroren vorgestellt.«

»Warum nicht?« fragte Mary. »Er ist ja schließlich ein freier Mann.«

Alison rückte etwas ab. »Das hast du mir nicht erzählt. Was wollte er?«

»Er wollte wissen, wo seine Frau ist.«

»Du hast ihn hoffentlich angelogen?«

»Ich habe Ausflüchte gebraucht. Sagte, ich hätte keine Ahnung. Sie sei wahrscheinlich nach Norden aufgebrochen. Aber das nahm er mir nicht ab. Ihr Wagen stünde noch hier, und der Junge sei im Krankenhaus, und deshalb wäre sie bestimmt noch in der Gegend. Er wollte lediglich mit ihr über Toby sprechen.«

»Du hast ihn doch hoffentlich zum Teufel geschickt«, meinte Mary Rinaldi.

»Nicht gleich. Ich habe es mit vernünftigen Argumenten versucht. Und kam mir wie ein Idiot vor. Dann erklärte er, sie wäre bestimmt bei irgendwelchen Leuten, und wollte den Namen wissen.«

»Weißt du ihn denn?« fragte Alison.

»Nur ungefähr. Eine Mrs. Davison oder Davidson, die Brenda meinen Anruf ausrichtete, als ich eine der beiden genannten Nummern anläutete. Aber ich spiele doch diesem Verrückten nicht in die Hand. Nein, ich bin leider hochgegangen. Er hat mich in die Enge getrieben ... ich habe ihn angeblafft, ob er nicht schon genug angerichtet habe und ob er wisse, warum sein Junge im Krankenhaus sei. Daß Malcolm Eggers in einem anderen Krankenhaus liege und er lediglich auf Kaution freigelassen worden sei und ob er unbedingt ins Kittchen wolle.« Rex nahm einen Schluck von seinem Manhattan. »Ich wollte ihn abschrecken. Ich habe ihm erklärt, du, Mary, würdest schon dafür sorgen, daß er wegen der irreparablen Einstellung von Malcolms Gesicht zu mindestens zehn Jahren verdonnert werden würde.«

»Danke, mein Freund. Hoffentlich hast du nicht vergessen, meinen Namen zu nennen?«

»Was dann?« drängelte Alison.

»Natürlich habe ich ihm nicht gesagt, wie du heißt! Aber das Ganze ließ ihn völlig kalt. Er hob nicht einmal die Stimme, und das hat mich mehr getroffen, als wenn er gebrüllt hätte. Er warnte mich ganz ruhig: Er habe durchaus das Recht, mit seiner Frau zu sprechen, und wenn ich ihm ihre Anschrift nicht gebe, würde er sie schon herausfinden. Doch nun wollte er meine kostbare Zeit nicht länger in Anspruch nehmen. Er war so kühl, daß es gespenstisch wirkte.«

»Du hast zwei Telefonnummern erwähnt ...« sagte Mary und verspürte wieder Zorn in sich aufsteigen, »... du weißt also, wo sie ist?«

»Dr. Seymour nannte zwei Nummern, aber keine Adresse. Nein, ich weiß nicht, wo das Mädchen steckt, und ich will es auch gar nicht wissen. Das einzige, was mich interessiert, ist, unterwegs drei Steaks einzukaufen und dann die Geschirrspülmaschine zu richten. Ich habe von Donald Forrest für heute genug.«

»Du hast mir nicht erzählt, daß der kleine Junge im Krankenhaus ist«, sagte Alison und strich sich die Haare zurück, während sie aufstand.

»Ich habe dir eine Menge noch nicht erzählt, Schatz, weil die Zeit nicht gereicht hat«, antwortete Rex und fuhr, zu Mary gewandt, fort: »Oder soll ich vier Steaks besorgen?«

»Klar«, stimmte Alison zu. »Kennen Sie sich mit dem Innenleben von Geschirrspülmaschinen aus?«

Mary fand es verlockend, schüttelte aber den Kopf. »Nein, danke. Es war ein harter Tag.«

»Hoffentlich ist er vorüber«, sagte Alison. »Rex, übrigens, Nancy hätte wahrscheinlich lieber Schweinefleisch, wegen ihrer Zahnklammer. *So long,* Mary.« Damit gingen sie. Und Mary kam sich noch verlassener vor als sonst. Sie erwog, sich wieder an die Theke zu setzen. Sie hatte ihre Lebensweise gründlich satt. Fand sie zum Kotzen. Sie bezahlte ihren Drink und ging nach draußen. Sie kannte solche Phasen und kam sonst ganz gut damit zurecht. Sie war zu groß und zu mollig und zu langweilig. Jedenfalls hatte sie keine Ahnung, was sie mit dem angebrochenen Abend anfangen sollte.

Die Sonne stand tief, und es hatte ein wenig abgekühlt. Ein grauer Wagen stand am Bordstein, und als sie fortgehen wollte, stieg der Fahrer aus.

»Könnte ich mal mit Ihnen sprechen, Missie?«

Lieutenant Waldo Pruitt persönlich. Er blieb neben der Fahrertür stehen.

»Wenn Sie mich nicht mit Missie anreden«, antwortete sie, »spreche ich gern mit Ihnen.« Sie ging zum Wagen. »In Ihrer Wohnung oder in meiner?«

Das klang wie eine Aufforderung zum Tanz, aber der Lieutenant zuckte nicht mit der Wimper. Statt dessen ging er um den Wagen herum und hielt ihr die Tür auf. Das rührte und freute sie irgendwie. »Von mir aus, nennen Sie mich Missie«, sagte sie feixend und stieg ein.

Während der Lieutenant anfuhr, wartete sie ab. Jetzt war er dran. Es dauerte nicht lange.

»Miß Rinaldi, ich bin in einer Klemme.«

»Raus mit der Sprache.«

»Sie kennen das japanische Haus am Westway? Also, es ist ein Trümmerhaufen, wenigstens im Inneren. Es sieht aus wie nach einem Hurrikan.«

»Und«, nahm sie das Stichwort auf, »Sie glauben den Namen des Hurrikans zu kennen . . .«

»Die junge Frau, die das Haus gemietet hat, bleibt dabei, es seien Vandalen gewesen, unbekannte Täter, kein Name, keine Beschreibung.«

»Aber wir wissen es besser.«

»Ich weiß es besser, weil die fragliche Frau schreiend die Straße entlanggerannt ist, bis ein Nachbar sie in sein Haus gebracht und die Polizei benachrichtigt hat. Als ich dort eintraf, erzählte sie, daß sie heimgekommen sei, die Verwüstungen gesehen habe und hysterisch geworden sei.«

»Aber Sie haben so eine Ahnung . . .«

»Ahnung, Teufel!«

»Aus welchem Grund will sie nicht, daß man den oder die Vandalen identifiziert und aus dem Verkehr zieht?«

»Nun?«

»Das wissen wir doch beide ganz gut. Und wir verstehen es sogar, nicht wahr? Sie hat panische Angst.«

»Sie weigert sich sogar, eine Anzeige zu erstatten. Wie, zum Henker, soll ich meine Pflicht erfüllen, wenn nicht einmal die Opfer eines Verbrechens mitarbeiten?«

»Soll ich das beantworten?«

»Nein, das nicht, Missie . . . Verzeihung. Ich will etwas anderes wissen . . .«

»Was, Lieutenant?«

»Folgendes: Wie kann ich diesen Mistkerl zum Verhör vorführen lassen, obwohl ich keine Verbindung zu dem Verbrechen beweisen kann, ohne daß Hollis Sanborn Zeter und Mordio schreit und Theater macht wegen illegaler Verhaftung eines unschuldigen Bürgers, dessen Rechte mit Füßen getreten werden?«

Mary Rinaldi überlegte. Wenn das Verhör Anhaltspunkte dafür erbrachte, daß der Mann schuldig war, könnte die Anklage dann aufgrund der Tatsache zurückgewiesen werden, daß die Verhaftung und das Verhör nur auf einen Verdacht hin erfolgt waren?

»Gibt es irgendwelche Hinweise von dritter Stelle, Lieutenant?«

»Eine Nachbarin aus dem Haus gegenüber, eine Arztfrau, sah vor dem Haus einen braunen Thunderbird parken, und ein Dienstmädchen hat einen solchen Wagen kurz darauf in schnellem Tempo wegfahren sehen. Kein Kennzeichen, keine Beschreibung des Fahrers.«

»Na, ein Verbrechen ist begangen worden, ein bestimmter Wagen wurde am Tatort gesichtet. Was soll Sie daran hindern, wegen des braunen Thunderbird Alarm zu geben und den Fahrer zum Verhör vorzuladen?«

»Ich will Ihre Anklage im Fall Eggers nicht beeinträchtigen. Da haben wir wenigstens einen Zeugen und eine unterschriebene Anzeige.«

»Andererseits kann das Scheusal wenigstens in der Zeit, in der es in der Zelle schmort und auf das Verhör wegen eines ganz anderen Delikts wartet, nicht wieder auf Jagd gehen, oder?«

Waldo Pruitt schaute sie bewundernd an. »Sie sind ein kluges Mädchen.«

»Danke, mein Junge.«

»Ich kam mir schon wieder so ohnmächtig vor. Sie haben mir genau das bestätigt, was ich hören wollte, nur daß ich es nicht so recht zusammenbekam. Entschuldigen Sie mich jetzt.«

Er nahm das Handmikrophon aus der Halterung und erteilte einem Sergeant namens Dutch Anweisungen.

Mary Rinaldi lehnte sich auf ihrem Sitz zurück. Na, es konnte noch immer ein aufregender Abend werden. Und er war, wie sie vermutete, noch lange nicht vorüber. Sie überlegte, ob Waldo Pruitt etwas dagegen hatte, wenn sie mit ihm zurück ins Revier fuhr.

Doch er ergriff die Initiative. Als er das Mikrophon verstaute, fragte er, ohne sie dabei anzuschauen: »Haben Sie Hunger?«

In dem Augenblick, als Brenda das Haus betrat, erkannte Lavinia an ihrem Gesichtsausdruck, daß sich etwas geändert hatte. Zum Guten. Die braunen Augen zeigten nicht mehr den leeren, verlorenen Ausdruck, sondern glänzten sanft, befriedigt irgendwie, geheimnisvoll. Selbst an ihrer Haltung war abzulesen, daß sie zu einem Entschluß gekommen war. Aber zu welchem?

»Heim kommt der Seemann«, zitierte Brenda. »Heim von der See.« Das erfüllte Lavinia mit einem Hoffnungsschimmer, und sie mußte unwillkürlich lächeln. Brenda trat impulsiv zu ihr hin und schloß sie kurz in die Arme.

Dann drehte sie sich um zu Barry, der, in Arbeitshose und kariertem Hemd, etwas unbeholfen und schüchtern in der Ecke stand und sie beobachtete.

»Danke, Barry«, murmelte Brenda und blieb ein paar Schritte vor ihm stehen, obgleich es sie zu ihm drängte. »Danke, Barry, daß du Toby das Schwimmen beigebracht hast.«

Barry grinste ein wenig verwirrt. »Ich bin nicht einmal mit ihm im Wasser gewesen.«

Da erinnerte sich auch Lavinia an Tobys ernsthaften Bericht, als er gestern abend von Barrys Werkstatt zurückgekehrt war: *Barry hat gesagt, man muß nur glauben, daß man nicht untergeht, daß man es kann – und dann kann man es.*

War Brenda das draußen auf dem Meer eingefallen?

Brenda ließ Barrys Gesicht nicht aus den Augen. Aber sein Blick glitt zu ihren Händen hinunter.

»Wie fühlen sie sich?«

»Was?«

»Deine Hände? Du wirst Blasen bekommen.«

Da schaute Brenda sie auch an, hob sie hoch und entdeckte die häßliche Rötung der Handflächen.

»Brenda, Kind, das muß doch weh tun«, rief Lavinia.

»Ein bißchen.«

»Na, das müssen wir doch behandeln. Erst kühlen wir sie in kaltem Wasser, und dann habe ich eine Salbe.« Sie eilte hinaus und genoß es sehr, sich um jemand kümmern zu können. Doch im Bad hörte sie Brendas Stimme: »Gibt es auf deinem Boot auch kaltes Wasser?«

»Sogar Eis«, antwortete Barry.

»Dann nehmen wir die Salbe mit und tragen sie auf dem Boot auf.«

Mit einer halbleeren Tube kehrte Lavinia zurück. Die beiden hatten sich nicht bewegt. Aber Barry schaute nicht mehr Brendas Hände an, sondern hielt ihre Augen mit den seinen fest. Und jetzt war ihr Blick strahlend und unverhüllt – entflammt, wie Lavinia feststellte.

Barry wußte anscheinend nicht so ganz, wie ihm geschah. »Der alte Mann in Hemingsways Buch hat seine in Meerwasser gekühlt«, sagte er.

»Dann«, antwortete Brenda, irgendwie atemlos, »werde ich sie über Bord hängen lassen. Hast du einen Anker?«

»Klar.«

Lavinia war eindeutig nicht eingeladen. Sie hätte es auch nicht gewollt. Denn jetzt verstand sie die Situation und fühlte sich nicht etwa ausgeschlossen, sondern sehr befriedigt – als sei sie die Glückliche, die das zuwege gebracht hatte, und nicht das Schicksal und die besonderen Umstände.

Brenda ging nach draußen. Barry starrte ihr einen Moment nach, drehte sich dann zu Lavinia um und nahm ihr die Salbe aus der Hand.

»Du brauchst nicht zu kochen«, sagte er unter der Tür. »Ich bringe Hamburger mit.«

Dann war er verschwunden. Wetten, daß nicht, Barry, mein Guter? Wetten, daß es Speck und Eier sein werden, wenn du etwas zu essen mitbringst – für das Frühstück?

Verdammt. Gott verdammt. Der Teufel soll sie alle holen. *Zehn Jahre,* hatte der Bastard von einem Anwalt gesagt. *Zehn Jahre können Sie kriegen für Körperverletzung mit Mordabsicht, Forrest, und nicht nur ich hoffe, daß Sie zu soviel verdonnert werden. Ich werde dazu tun, was ich kann.*

Dad hatte ihn immer gewarnt, daß er eines Tages zu weit gehen würde ...

Na schön, wenn es so war – durch einen Unfall, durch *Zufall!* –, kam es nicht mehr darauf an, was er jetzt noch tat, richtig? Es spielte keine Rolle, ob er den matten metallenen Revolver benutzte, oder?

Er hatte angenommen, daß der Kauf einer Schußwaffe eine große Sache sei. Es war ein Witz! Man sucht ein Waffengeschäft im Branchenverzeichnis. Die ersten beiden Läden hatten darauf bestanden, daß er ein Papier ausfüllte. Gesetz. Zum Teufel damit. Dafür hatte er keine Zeit. Also erzählte er dem pockennarbigen Verkäufer im dritten Laden – überall Waffen, es sah aus wie in einem Arsenal! –, daß er ein Tourist auf der Durchreise sei und von den Brüdern seiner Exfrau verfolgt würde; das sprach dessen Sinn für dramatische Ereignisse an, außerdem ein Fünfzigdollarschein extra, und so konnte er unter dem Ladentisch einen Revolver kaufen. *Schönen Tag noch, Sir, und beehren sie uns wieder.*

Er hielt an und kaufte noch eine Flasche Jack. Er mußte einen klaren Kopf bekommen. Vielleicht hatte Toby sich erkältet, als er ins kalte Wasser gesprungen war. Der Schock hatte ihn vielleicht umgeworfen. Der Junge war so verdammt verweichlicht. Baseball ja, Rugby nein. Wollte nicht einmal ein Spiel im Fernsehen anschauen! Aber es brauchte Mumm, um ins tiefe Wasser zu springen, alle Achtung! Aber wann, zum Teufel, hatte er schwimmen gelernt?

Er nahm einen großen Schluck aus der Pulle. Wenn Toby noch hier war, war auch Brenda noch in der Stadt. Er kannte Brenda.

Und wie er sie kannte. Und wenn er ins Gefängnis käme, wüßte er genau, was sie täte. Also konnte er es nicht zulassen, daß sie ihn einlochten, richtig? Es würde ihn verrückt machen – nichts zu trinken und zu wissen, zu wissen ... diese verdammte kleine Nutte! Aber nichts dergleichen würde geschehen, wenn er sie finden würde.

Noch einen Schluck. Der Jack tat seine Wirkung – sein Gehirn funktionierte wieder. Klick.

Mango Drive. Er sah das Schild *Whitfield Estates*, ohne es wirklich wahrzunehmen. Als es ihm ein paar Blocks weiter bewußt wurde, machte er kehrt. Er brauchte nicht auf der Karte nachzusehen, nein, auf seinen Kopf konnte er sich verlassen. Er kannte Rex Maynards Privatanschrift; sie stand unter der Adresse der Kanzlei im Telefonbuch. Teufel, war er schlau, selbst sein Vater mußte das zugeben. Baumbestandene Straßen, Rasenflächen, Betonhäuser, Mittelklassekomfort, wahrscheinlich viele Pensionäre ...

Er fuhr langsam und suchte nach der Hausnummer. Er wollte keine Aufmerksamkeit erregen – man konnte ja nicht wissen, was die Polizei vorhatte, wieviel sie wußte. Selbst Hollis Sanborn hatte zugegeben, daß ein Bulle es auf ihn abgesehen hatte.

71 Mango Drive. Rex Maynards Haus war älter als die Häuser in der Nachbarschaft. Größer. Erbaut im spanischen Stil der dreißiger Jahre. Das einzige mit einer Mauer. Aber ziemlich weit entfernt von den Nachbarn. Was konnte er mehr verlangen?

Er brauchte jetzt nur noch die Finger von der Flasche zu lassen, sich einen unauffälligen Parkplatz in der Nachbarschaft zu suchen, und dann zum Haus zurückzumarschieren und sich auf den Plan zu konzentrieren, den er sich in seinem Kopf zurechtgelegt hatte.

»Was ist?« fragte Barry.

»Der Duft«, sagte Brenda. »Toby sagte schon, daß deine Werkstatt gut riecht.«

Von der kleinen Balustrade hinter dem Eingang schaute er in den ungeteilten, hohen, weitläufigen Raum mit seinem geordneten Durcheinander. Der Geruch von Sägespänen und frisch poliertem Holz war ihm so vertraut, daß er ihn normalerweise nicht mehr wahrnahm. Brenda war in Gedanken versunken und gleichzeitig sehr aufmerksam die Stufen hinabgegangen und wanderte nun zwischen den Hobel- und Arbeitsbänken, Zeichentischen, Maschinen und Werkzeugen, halbfertigen und fertigen Arbeiten herum und streichelte gelegentlich eine Plastik mit bewundernder Intensität.

Ihre Stimmung verwunderte und provozierte ihn. Sie hatte sich seit ihrer Fahrt im Ruderboot auffällig verändert, als habe sie die lauernde Verzweiflung abgeschüttelt. Im Jeep auf der Herfahrt war sie wieder ziemlich schweigsam gewesen, aber auf andere, gelöstere Art als zuvor.

»Willst du deine Hände baden?« fragte er.

»In Salzwasser«, sagte sie leise und schlenderte weiter. »Auf dem Boot.«

»Ich habe die Salbe mitgebracht, aber wenn es helfen soll,

empfehle ich Aloe, die wirkt Wunder.« Er redete zuviel und zu hastig, er merkte es selbst, aber er wußte nicht, warum. »Soll ich sie holen?«

»Wir nehmen sie mit, wenn wir ablegen.«

Die schwächere Abendsonne schickte schräge Strahlen in die Werkstatt, und sie hob sich gegen das Licht fast schemenhaft ab, verschwommen. Fast unwirklich.

»Ich sage dir, was ich will, Barry«, sagte sie mit Entschiedenheit, aber auch einem Anflug von Befangenheit. »Ich will mit dir auf dein Boot. Weit hinaus aufs Meer. Aber zuerst will ich, daß du herunterkommst und mich küßt.«

Er fuhr durch das geöffnete Tor, an Alisons VW vorbei und direkt in das Bogengewölbe, das Bestandteil des Hauses war und als Garage für einen Wagen diente. Um sich die Suche nach den Hausschlüsseln zu ersparen, balancierte er die drei Aluminiumschalen mit dem Abendessen, das hoffentlich noch warm war, durch den Kücheneingang und ließ die Garagentür offen. Regen war nicht zu erwarten. Heute war Vollmond. Durch den Essensduft, der sich im Wagen verbreitet hatte, war sein Hunger gewaltig gewachsen.

Nun stand er in der Küche, die mit ihren bemalten Kacheln immer anheimelig wirkte. Doch die Frühstücksecke war leer, niemand war im Eßzimmer und der Tisch war nicht gedeckt.

»Jemand zu Hause?« rief er wie üblich. Er stellte die Schalen auf den Eßtisch und trat unter den Bogen, der zum Wohnzimmer führte.

Alison saß in einem Sessel neben dem offenen Kamin. Sie rauchte, was sie seit Jahren nicht mehr getan hatte. Ihr schmales Gesicht war so blaß und angespannt, daß die Sommersprossen deutlich hervortraten. Und ihre Augen funkelten zornig.

»Wir haben einen Gast«, sagte sie höhnisch.

Da erblickte Rex ihn. Zum erstenmal. Und erkannte ihn sofort. *Wir sind eben eine glückliche Familie.* Donald Forrest trug einen blauen Blazer, eine graue Hose und eine zufriedene, freundliche Miene.

»Kommen Sie ruhig näher«, sagte er. Er saß auf einer

Couch, mit lässig übergeschlagenen Beinen, reglos. Seine blauen Augen blickten leer, ausdruckslos, aber nicht feindselig. »Ihre Frau will mir keinen Drink anbieten. Wie steht's mit Ihnen?«

Unmut und Zorn erfaßten Rex Maynard. »Sie haben doch schon genug, oder?« Er trat ins Zimmer. Hatte Forrest getrunken? Und wenn . . .

»Ich habe noch nicht zuviel«, sagte Donald Forrest. »Falls Sie das meinen.« Und dann grinste er – wie ein Gast auf einer Cocktailparty!

»Wie sind Sie reingekommen?«

Aber ehe Donald Forrest antworten konnte, sagte Alison: »Nancy ist nicht da. Und du weißt doch, daß sie nie die Tür verschließt.«

»Also habe ich es mir hier bequem gemacht.«

»Er wollte mir nicht sagen, was er will«, berichtete Alison.

Sehr ruhig konstatierte Donald Forrest: »Ihr Mann weiß, was ich will.«

Rex reagierte mit Vorsicht und versuchte, die Lage realistisch einzuschätzen, ohne einen Fehler zu machen. Er setzte sich nicht hin. »Ich praktiziere nicht zu Hause, Mr. Forrest. Tut mir leid.«

»Wenn Sie den Ton anschlagen, Mr. Maynard, wird es Ihnen bald noch mehr leid tun.«

»Wenn Sie einen Termin für Montag früh verabreden wollen . . .«

»Quatsch.«

Rex taxierte den anderen Mann: ungefähr seine Größe, aber um fünfzehn oder zwanzig Pfund schwerer, und wahrscheinlich besser trainiert. Boxer im College, hatte seine Frau gesagt. Und mach dir nichts vor: Du hast seit der Grundschule nicht mehr gerauft oder gekämpft. Sondern gelernt, daß Argumente und Worte wirkungsvollere Waffen sind. Aber in diesem Fall? Man brauchte nur an den Schauspieler zu denken . . .

»Darf ich Sie daran erinnern«, sagte Rex, »daß Sie auf Kaution freigelassen wurden. Das ist wie Bewährung; sie kann entzogen werden.«

»Weswegen? Was tue ich denn?«

»Hausfriedensbruch. Einbruch, wenn die Tür nicht unverschlossen war.«

»Darauf würden Sie sich berufen?«

»Genau.«

Alison hatte nichts dazu gesagt. Jetzt drückte sie die Zigarette aus und entspannte sich ein wenig. Aber Rex fragte sich, nach allem, was er von dem Mann erfahren hatte, wie lang er ihn würde hinhalten können und ob seine Worte zu ihm durchdrangen.

»Ich habe meinen Wagen auf dem Parkplatz des Golfklubs an der Ecke abgestellt«, sagte Donald Forrest und stand auf. »Sie brauchen mir nur zu sagen, was ich wissen will, dann sind Sie mich sofort los. Keine große Sache.«

Wie sollte er einen derart irrationalen und fanatischen Menschen überzeugen, daß er es wirklich nicht wußte? »Die einzige mir bekannte Anschrift ist Westway.«

Sehr langsam und mit samtweicher Stimme antwortete Donald Forrest: »Wenn ich etwas nicht leiden kann, dann sind das Lügen. Das ist eine freundliche Warnung. Wenn Sie das begriffen haben, werden wir gut miteinander auskommen, richtig?«

»Sag dem Ekel, was er wissen will«, schlug Alison vor. »Ehe Nancy nach Hause kommt.«

Rex ging auf sie zu. »Ich kann ihm nichts sagen, was ich nicht weiß!«

Alisons Blicke verrieten ein leises Mißtrauen. »Ich glaube dir, Rex.« Aber war das die Wahrheit?

Nun begann Donald Forrest, mit langen Schritten auf und ab zu tigern. »Sie glaubt Ihnen, Rex. Teufel, sie hat mich sogar einen Lügner geschimpft, als ich ihr sagte, wie meine Frau ihre Rechtsanwaltshonorare zu zahlen pflegt.«

Sofort schoß es Rex durch den Kopf: *Fragen Sie Ihren Freund Preston Brice, was er mir vorwirft!* Das hatte er getan, und er hatte einen tiefen Einblick in das verworrene Bewußtsein und die Besessenheit dieses Mannes gewonnen. Und noch ein Satz fiel ihm ein: *Er hat versucht, uns beide umzubringen; ich schwöre es.* Erst jetzt begriff er die Bedeutung dieser Anschuldigungen in vollem Umfang. Hier war größte Vorsicht geboten. Mit so jemandem hatte er noch nie zu tun gehabt.

»Also«, sagte Donald Forrest und betrachtete das Ehepaar. »Wollen Sie abstreiten, was ich gerade sagte?«

»Das hat er nicht nötig«, erwiderte Alison voller Zorn und Verachtung. Und dann, als ob sie Rex erinnern oder warnen wollte: »Der Mann ist . . .«

»Ich werde versuchen, die gewünschte Information am Montagvormittag zu beschaffen, und dann Ihren Anwalt informieren.« Aber noch während er sprach, wußte Rex, daß dieses Manöver vergeblich war.

»Und am Montag ist sie dann wieder woanders. Bis Montag kann sie in Europa sein, und Toby auch. Am Montag können Sie mich wieder verhaften lassen. Wegen Einbruch. Treiben Sie gefälligst keine Spielchen mit mir, Maynard.«

Der ausdruckslose, monotone Tonfall und seine Beherrschung konnten trügerisch sein. In krassem Gegensatz zu dem inneren Aufruhr stehen. Aber Rex wollte es trotzdem mit einem Bluff versuchen.

»Dann muß ich die Polizei anrufen«, sagte er und bewegte sich zur Diele hin, war sich der Gefahr bewußt, wollte aber vor diesem Hurensohn nicht klein beigeben. Er hob den Hörer ab.

»Er hat die Leitung herausgerissen«, sagte Alison.

Da drehte sich Rex zum Wohnzimmer um. Zu spät.

Was er sah, ließ ihm das Blut in den Adern gefrieren. Er erstarrte mit dem Hörer in der Hand.

Alison saß noch immer im Sessel, Donald Forrest über ihr mit ausgestrecktem Arm. Und einer Pistole, deren Mündung Alisons Ohr fast berührte.

Er konnte ihr Gesicht nicht sehen.

Das war auch nicht nötig.

»Lieben Sie sie?« fragte Donald Forrest. »Lieben Sie sie so, wie sie Sie liebt?«

Rex legte den Hörer auf und kam mit weichen Knien ins Wohnzimmer. Fassungslos betrachtete er die Szene. Das konnte doch nicht Wirklichkeit sein? Dann vernahm er Alisons Stimme: »Er wird es nicht tun, Rex.«

Aber Rex war nicht so sicher. Wie konnte man in einer solchen Lage sicher sein?

»Wenn Sie uns umbringen«, hörte er sich sagen, »dann bekommen Sie lebenslang, Forrest. Wollen Sie das?« Und dann berechnend: »Dann werden Sie sie nie mehr wiedersehen.«

Würde es funktionieren? Gab es überhaupt einen Ausweg?

Der Arm senkte sich nicht, keinen Millimeter, aber ein neuer Ton – Unsicherheit? Furcht? – schlich sich in seine Stimme: »Zehn Jahre, haben Sie am Telefon gesagt. Das ist nicht viel weniger als lebenslang, oder?«

»In Florida«, sagte Rex, »haben sie die Todesstrafe wieder eingeführt.«

»Das ist mir gleich. Ohne sie will ich sowieso nicht mehr leben.«

Jetzt war es heraus – ein gequälter Aufschrei, eine flehentliche Bitte. Aber was hatte er dagegenzusetzen? Welche Waffe? Welchen Ausweg?

Alison sagte mit steifem Nacken: »Rex, die Telefonnummern.«

Zuerst begriff Rex nicht ganz. »Telefonnummern?«

»Du hast Mary und mir gesagt, daß du zwei Telefonnummern weißt.«

Gott, wie konnte er das vergessen? Unter dem Schock war ihm völlig entfallen, daß Ezra Seymour ihm zwei Nummern gegeben hatte. Mit zitternden Fingern holte er das Notizbuch mit dem Goldrand aus der Brusttasche, das Alison ihm zu seinem vierzigsten Geburtstag geschenkt hatte.

»Nehmen Sie den Revolver weg!« brüllte er. Er riß die Seite aus dem Buch und warf schnell noch einen Blick auf die Nummern. »Das ist alles, was ich habe.« Er hielt ihm das Blatt entgegen. Er wollte Brenda warnen. Schnell. Das war das einzige, was er noch für sie tun konnte.

Er sah, wie sich der Arm mit der Waffe senkte, wie Donald ihm mit der anderen Hand das Papier aus den Fingern riß, um ihn herumging, während Alison in seine Arme eilte, bebend und schwach, aber ohne Tränen. In dem Moment hörte er ein anderes Geräusch. Das Öffnen der Haustür.

Die drei Gestalten im Wohnzimmer wirbelten gleichzeitig herum.

Nancy stand in der Diele. Stirnrunzelnd, überrascht.

»Es ist schon gut, Nancy«, beschwichtigte Alison sie hastig, atemlos. Der Blick des Mädchens glitt an Donald hinab, und sie sah den Revolver. Außer im Fernsehen hatte sie noch nie eine Schußwaffe gesehen.

Aus dem Augenwinkel sah Rex, wie er den Revolver hob, bis er auf das Kind gerichtet war.

Rex spürte ihren Impuls, wegzulaufen, und rief warnend ihren Namen. Aber da stolperte sie bereits in panischer Angst zur Haustür und zerrte an dem massiven Holz.

Er erreichte sie, ehe sie die Tür aufbekam, drückte sie an sich, konnte aber die Schreckensschreie nicht dämpfen, nicht ersticken, wollte nur das hysterisch um sich schlagende Mädchen beruhigen. Und sah deshalb den Schlag nicht kommen, der von hinten seinen Schädel traf. Sein Kopf schien zu explodieren, er hörte ein Dröhnen, ohrenbetäubend, noch bevor er den Schmerz spürte. Dann gnädige Stille . . . bis er aus unbekannten Tiefen wieder auftauchte. Er konnte nicht atmen, roch und schmeckte Blut, und über ihm schwebte ein Gesicht, unkenntlich, verzerrt, mit zuckendem Kiefer, schwarzfunkelnden Augen, ein blutbeschmierter Revolver, zum Schlag erhoben, aber er konnte nicht einmal den Kopf abwenden . . .

Wortfetzen drangen zu ihm, Knurren. Etwas über Lügen . . . überall Lügen . . . zum Ersticken . . .

Dann schnitt eine Stimme wie ein Messer durch den peinvollen Nebel. »Aufhören. Aufhören. Ich weiß die Adresse.«

Alisons Stimme. Er konnte sie nicht sehen. Das Gesicht über ihm drehte sich zum Wohnzimmer.

Und obgleich der Revolver nicht noch einmal auf seinen Schädel knallte, merkte er, wie er langsam wieder in die unendlichen, schmerzlosen Tiefen der Bewußtlosigkeit versank.

7

Als sie erwachte, schlug sie nicht gleich die Augen auf. War nur einen winzigen Moment überrascht, sich nackt unter einer leichten Wolldecke zu finden. Sie bewegte sich nicht. Wollte sich nicht rühren, sondern noch dieses sinnliche Gefühl des Wohlbefindens, körperlich und emotional, fast geistig, auskosten, das nicht enden sollte und das sie so lange entbehrt und herbeigesehnt hatte.

Der Motor lief nicht. Von weit her war das Tuten eines anderen Schiffs zu hören. Sie spürte ein leichtes Schwanken, ein glucksendes Plätschern und Schwappen, und ohne die Augen zu öffnen, wußte sie, daß sich die Gezeiten geändert hatten und Wind aufgekommen war.

Wie lang war sie schon hier? Sie hatte nicht geahnt, daß man sich so zart und doch so überwältigend lieben konnte, daß die leidenschaftliche Erregung und Begierde sich so zu steigern vermochten, daß man beim zuckenden Höhepunkt zu fliegen vermeinte, körperlos ...

Und nun war sie ganz von Befriedigung durchdrungen. Nicht verausgabt und satt, sondern schwer und ruhig. Mein Gott, wie lang war es her, daß sie einen solchen allumfassenden Frieden empfunden hatte?

In der breiten, in das Heck des alten Trawlers eingebauten Koje, Tausende von Kilometern von ihrem eigentlichen Zuhause entfernt, von fremden Geräuschen und Gerüchen umgeben, fühlte sie sich mehr eins mit sich selbst als je zuvor. Oder weniger im Zweifel darüber, wer sie wirklich war.

Sie schlug die Augen auf und konnte im Liegen zu den beiden Bullaugen hinausschauen. Kleine Schaumkronen standen auf der gekräuselten Wasseroberfläche, in der Ferne zog ein Segelboot seine Bahn, und die untergehende Sonne tauchte alles in einen goldroten Schimmer.

Sie richtete sich auf und schaute an der Kombüse vorbei in die Kajüte. Er war nicht zu sehen, aber der schwache Duft von Rauch zog zu ihr hinein, und sie konnte ihn sich gut vorstellen.

Und eine tiefe Verwunderung erfaßte sie. Er war nicht wie die Männer, die sie bisher gekannt hatte – die Schuljungen, die nach ihr gegrabscht hatten, ihr erster Liebhaber, den nur ihr Körper interessiert hatte, und Donald, für den es jedesmal ein Akt des Besitzergreifens war, eine heftige Befriedigung seiner eigenen Lust . . .

Nein, an Donald wollte sie jetzt nicht denken.

Nur an Barry. Barry Conrad, der sanft und zärtlich und fürsorglich war. Für sie – nicht für sich. Gehörte er zu einer neuen Sorte Mann? Oder war sie bisher darum betrogen worden, einen solchen Mann kennenzulernen? Ohne spöttische Überheblichkeit, angeberische Dominanz, übertriebenes Selbstbewußtsein . . .

Und dann sank aus heiterem Himmel eine düstere Wolke nieder und hüllte sie ein. Alles stürmte wieder auf sie ein, die grausame Ungewißheit, die traurige Realität, die Hoffnungslosigkeit . . .

Und das Schuldgefühl.

Aber warum? Schuld weswegen?

Daß sie leichtherzig und ehebrecherisch mit einem Mann geschlafen hatte, den sie erst seit zwei Tagen kannte? Daß es mit Hingabe und Vergnügen und Absicht geschehen war? Nein. Sie war nicht mehr verheiratet. Sie hatte niemand betrogen, niemand!

Bis auf Barry.

Aber wieso?

Sie schaute wieder durch die kleinen Bullaugen. Sie konnte nicht aufstehen, sich anziehen, ihm unter die Augen treten. Warum nur?

Weil sie ihn benützt hatte, seine Sanftheit, sein Mitleid und seine Männlichkeit ausgenützt hatte. Nach allem, was er für sie getan hatte, hatte er nicht verdient, von ihr kaltblütig mißbraucht zu werden. Um eine Stunde lang alles zu vergessen. Eine Stunde verzweifelter Leidenschaftlichkeit – mehr nicht.

Nur keine Verwechslung. Keine romantische Stilisierung. Es war keine Liebe. Liebe ist sowieso nur eine Illusion. Eine Falle. Hast du das noch nicht begriffen? Zumindest eine Falle. Vergiß das nicht. Nie wieder! Oh, Gott, wie konnte sie nur die verständnisvolle Sanftheit dieses Mannes so mißbrauchen? Wie konnte sie ihm jetzt unter die Augen treten, mit diesem Wissen, wo sie sich selbst so abscheulich fand, so sehr haßte?

3800 South Tamiami Trail. Dieses verdammte Weib hatte gelogen. Es war ein Bürogebäude. Sie hatte ihn ausgetrickst. Das Büro war geschlossen.

Er hatte den Kopf verloren, als das Mädchen hereingeschneit war und der Anwalt es gerade noch an der Tür eingeholt hatte. Irgendwie hatte er keine andere Wahl gehabt, als dem Hurensohn zu zeigen, daß er die Lügen, die Tricks, endgültig satt hatte. Donald Forrest ließ sich von niemandem mehr zum Narren halten.

Aber er hätte ihn umbringen können. Da hatte er noch Glück gehabt. Mit dem Revolverkolben hätte er ihm den verdammten Dickschädel zertrümmern können.

Als er jetzt vom Bürogebäude zum Wagen ging, tat es ihm leid, daß er den Hund nicht erschlagen hatte.

Er hatte die Frau gewarnt, die ihm die Adresse zwei- oder dreimal mit erstickter Stimme zugerufen hatte, was er mit ihr tun würde, wenn sie ihn hereinlegte. Er würde zurückkommen!

Aber jetzt konnte er nicht dorthin zurück. Das Haus würde von Polizisten wimmeln. Vielleicht ein Krankenwagen für den Anwalt.

Der Parkplatz hinter dem Bürohaus war leer. Hier konnte er nicht bleiben. Die Frau würde der Polizei bestimmt auch diese Adresse nennen.

Er nahm einen großen Schluck aus der Flasche, fuhr einen

Block nach Westen und bog dann rechts ab. Nach Norden. Und jetzt?

Er hatte die Telefonnummern. Also eine Zelle suchen.

Der Revolver steckte in seiner Blazertasche. Er mußte die Waffe loswerden. Sie war blutverschmiert.

Oh, Jesus, Brenda, wie kannst du mich nur in so ein Schlamassel hineinreiten. Warum zwingst du mich zu alldem?

Er genehmigte sich noch einen Drink. Auf der Straße war wenig Verkehr.

Was passierte, wenn der Anwalt seine Geschichte erzählte? Teufel, mochte er schwätzen. Sie wußten nicht einmal, was für einen Wagen er jetzt fuhr. Sie hielten noch nach dem schwarzen Cougar Ausschau, der am Jachtklub parkte, wo das Boot vertäut lag.

Vielleicht sollte er wieder an Bord gehen, die Telefongespräche von dort aus führen? Aber vielleicht kontrollierten die Bullen, besonders der eine, vor dem Hollis Sanborn ihn gewarnt hatte, den Funkverkehr.

Scheiße. So vieles, was man in Erwägung ziehen mußte. Aber er war ganz ruhig, die ganze Zeit schon, der Whisky half, und er hatte zumindest Brendas Nummer. Aber warum zwei Nummern? Etwa zwei verschiedene Männer?

Er entdeckte sie einen Block entfernt, eine altmodische Telefonzelle am Straßenrand. Er parkte, betrat die Zelle, hatte genügend Kleingeld. Glück muß man haben.

Als er die erste Nummer wählte – 555-2726 –, sah er, daß seine Hand leicht zitterte, und entdeckte Blut an seinen Fingern. Der Anwalt hatte bekommen, was er verdiente – wie oft hatte er Brenda wohl auf seiner Bürocouch gebumst?

Er hörte das ferne Läuten. Immer wieder. Er wartete. Jesus, war er schon wieder angeschmiert worden?

Niemand antwortete.

Keine Brenda. Niemand.

In der Zelle war es heiß. Er schwitzte, unter den Armen, am Rücken, zwischen den Beinen.

Er legte den Hörer auf und sackte gegen die Glaswand. Wenn er all das umsonst getan hatte . . .

Er holte die Münze heraus und wählte die andere Nummer:

555-2466. Diesmal läutete es nur dreimal, ehe ein Knacken kam.

Er rappelte sich auf.

»Ja?« Eine Frauenstimme. Aber nicht Brenda. »Ja?«

»Kann ich bitte mit Mrs. Brenda Forrest sprechen?« brachte er heraus.

Kurzes Schweigen. Dann die Frauenstimme – angenehm, selbstbewußt, fast kühl: »Tut mir leid. Sie haben die falsche Nummer.«

»Mrs. Brenda Forrest«, wiederholte er. Log die Frau oder hielt sie ihn hin?

Immer noch höflich antwortete sie: »Tut mir leid, hier gibt es niemand, der so heißt.«

»Wer ... wer spricht dort?«

»Mein lieber Mann«, antwortete die Stimme, »da ich nicht Mrs. Forrest bin und es hier keine gibt, kann es Sie doch nicht interessieren, wer ich bin. Guten Tag.«

Sie hatte aufgelegt.

Sie steckte mit unter der Decke. Sie gehörte zu ihnen. Er wußte es ...

Er rammte noch einen Vierteldollar in den Schlitz und wählte wieder, schnaubend vor Wut. Sie wußte, wer er war, und wo Brenda war, die alte Hexe.

»Ja?«

Aber während er sprach, war ihm klar, daß es wieder die gleiche Stimme war, und daß sie wieder lügen würde, als er nach Brenda Forrest fragte.

»Sie haben sich verwählt. Stören Sie mich jetzt bitte nicht mehr. Ich bin eine alte Frau und brauche meine Ruhe.«

»Sie sind eine verlogene, alte Hexe«, brüllte er zähnefletschend. »Sagen Sie Brenda, daß ihr Mann am Apparat ist. Ich habe ein Recht, mit meiner Frau zu sprechen!«

Klick. Wieder eine tote Leitung. Die alte Hexe. Sie waren alle gleich – sie, die hinterfotzige Anwaltsfrau, Brenda, seine Mutter! Am liebsten hätte er das Telefon aus der Wand gerissen.

Keuchend kam er zur Besinnung. Wenn er das täte, könnte er Mr. Grimsby in Tampa nicht mehr anrufen. Mr. Grimsby, der keine Wunder vollbringen, aber mit neunzig Prozent Erfolg jeden beliebigen Menschen aufspüren konnte ...

Mr. Grimsby ließ sich zwar anmerken, daß er nur ungern zu Hause gestört wurde, hörte aber geduldig zu und ließ sich die beiden Telefonnummern wiederholen. »So aus dem Handgelenk scheint die 555 nicht zum Amt Sarasota zu gehören, aber ich werde mich gleich am Montag darum kümmern.«

»Heute abend«, forderte Donald.

»Mein lieber Mr. Forrest, Sie müssen sich darüber im klaren sein, daß meine Verbindungsleute Angestellte der Telefongesellschaft sind. Für sie ist Wochenende.«

»Zweitausend Dollar«, sagte Donald.

»Wiederholen Sie das bitte.«

»Zweitausend Dollar zusätzlich zu den Gebühren.«

Kurzes Schweigen. Dann: »Wo kann ich Sie erreichen, Mr. Forrest?«

»Ich rufe Sie an.«

»Ich brauche etwa zwei Stunden.«

»Ich rufe Sie in einer Stunde an. Vollbringen Sie ein Wunder«, sagte Donald und legte auf.

Er war völlig erledigt. Er wußte nicht, wie er weitermachen sollte. Er hatte keine Kraft mehr.

In dem Moment sah er den Streifenwagen. Er parkte am Straßenrand hinter dem Thunderbird, mit rotierendem Blaulicht.

Er dachte an den blutverschmierten Revolver in seiner Jakkettasche.

Barry wußte nicht, was ihn erwartete, als er Brenda in der kleinen Kabine herumgehen hörte. Er hatte gehofft, sie würde ein paar Stunden schlafen. Sie mußte völlig erschöpft sein. Als er sie die Kajütentreppe heraufkommen sah, war er wie elektrisiert, und eine unsagbare Zärtlichkeit schnürte ihm die Kehle zu.

Sie kam ihm in diesem Augenblick wie die schönste Frau der Welt vor. So schön wie Jenny. Und so lebendig.

Aber er eilte ihr nicht entgegen, weil ihn etwas in ihrer Haltung, in ihrem Blick davon abhielt.

»Können wir jetzt zurückfahren?« fragte sie.

Betroffen antwortete er: »Klar. Ich wollte dich nicht aufwecken.«

Was für eine seltsame Begrüßung.

»Also, dann los«, sagte sie.

Betroffen drehte er sich um und machte sich daran, den Anker zu lichten. Er konnte sie nicht ansehen. Ihr Gesicht wirkte ausdruckslos. Nichts mehr von Leidenschaft und Glück. Eher ein Schatten von Verbitterung in ihrem Blick. Oder Bedauern.

Als der Anker an Deck lag, ging er fast blind zum Steuerrad.

»Wie lange?« fragte sie.

Er startete den Motor. »Was?«

»Wie lange dauert die Rückfahrt?«

Er blickte auf die Spitze der Anna-Maria-Insel und antwortete mit fremder Stimme: »Halbe Stunde.«

Sie stand nun hinter ihm, hatte ihm den Rücken gekehrt. Er betätigte den Gashebel und steuerte den gewünschten Kurs.

Er hielt fast den Atem an. Er hatte mit allem möglichen gerechnet – einem Kuß, einer Umarmung, einem verlegenen Lächeln, einer gewissen Unsicherheit –, aber nicht mit so etwas. Was immer es auch bedeuten mochte.

Hinter seinem Rücken sagte sie: »Danke.«

Die Situation irritierte ihn so, daß er eine Gänsehaut bekam und mit ungewohnter Ironie reagierte. »Ich danke *dir*«, erwiderte er und wußte nicht, ob er ärgerlich werden sollte.

»Ich meine es ernst«, fuhr sie fort, immer noch, ohne ihn mit seinem Namen anzusprechen. »Ich bin dir sehr dankbar.«

Er wußte nicht, was er darauf sagen sollte. Ein Kabinenkreuzer rauschte arrogant an seinem Bug vorbei, und er drosselte die Geschwindigkeit.

»Außerdem tut es mir leid«, sagte sie.

»Leid? Mir nicht.«

Ihre Stimme kam näher. »Nicht das, was geschehen ist ... das meine ich nicht.«

»Was denn?« erkundigte er sich.

Endlich sprach sie seinen Namen aus. »Barry ... Kennst du

die Bibel? Ich glaube, es steht im Alten Testament: Tröste mich mit Äpfeln.«

»Weil ich von der Liebe genug habe«, zitierte er weiter. Und wußte nun, was sie meinte.

»Woher weißt du das?« fragte er.

»Was?«

»Daß du vor Liebe krank bist?« Er hatte einen trockenen Mund und eine ausgedörrte Kehle. Seine Stimme klang hart. »Woher willst du das wissen, wenn du noch nie geliebt worden bist?«

Wie konnte er etwas so Häßliches und Grausames sagen? Woher nahm er das Recht, diesem bezaubernden, leidgeprüften Mädchen vorzuwerfen, daß sie die wahre Liebe nicht kannte?

»Bis jetzt«, hörte er sich grimmig hinzufügen, so laut, daß er das Dröhnen des Motors übertönte. »Bis jetzt.«

Rex Maynard war ein gebrochener Mann. Dieser Gedanke ließ Mary Rinaldi nicht los, während sie zuhörte. Zerbrochen und eingeschüchtert.

Sie hatte mit Waldo Pruitt in seinem Büro gesessen, nach einem gemütlichen Spaghetti-Abendessen mit Chianti in seinem Lieblingsrestaurant *Gigi*, als Rex' Anruf sie erreichte. Er müsse Waldo Pruitt sofort sprechen, aber nicht im Hauptrevier. Als der Lieutenant erwähnte, daß Mary auch da sei, schlug Rex vor, ihr Büro als Treffpunkt zu nehmen, und so saßen sie jetzt im Wartezimmer in dem sonst menschenleeren Gebäude.

Während sie sich auf Rex' Worte konzentrierte, musterte sie ihn immer wieder. Der arme Mann, wenn sie nur etwas gegen seine Schmerzen tun könnte! Sie konnte sich lebhaft vorstellen, wie weh die blutige Beule am Kopf tat, die Alison notdürftig verbunden hatte. Er hatte sich geweigert, sich im Krankenhaus oder von einem Arzt versorgen zu lassen, weil er keine Fragen beantworten wollte. Der Grund wurde ihr allmählich klar.

Nachdem er den Vorfall ruhig und sachlich geschildert hatte, schloß er: »Alison ist ihn losgeworden, ich nicht. Mein

Kopf funktionierte nicht. Ich konnte nur den verdammten Revolver anstarren.«

Unglücklich, fast als schämte er sich, nahm er die Hornbrille ab und tastete nach dem Verband. Da wurde ihr klar, daß der arme Mann sich als Versager fühlte, schuldig. Als hätte er sich falsch verhalten, unehrenhaft, feige.

Aber ehe sie ihn etwas aufmuntern konnte, erhob sich der Lieutenant. Er klang erleichtert und zufrieden, als er das massige Kinn vorschob und triumphierend knurrte: »Jetzt haben wir ihn. Mary, fertigen Sie die Papiere aus: Einbruch, Angriff mit einer tödlichen Waffe, Flucht, Besitz einer Waffe ohne Waffenschein und was Ihnen sonst noch einfällt. Ich gehe ins Büro und veranlasse, daß er festgehalten wird.«

»Festgehalten?« fragte Rex stirnrunzelnd und stand auf.

»Festgehalten«, bestätigte der Lieutenant. »Unser Freund wurde vor einer Weile an der Ecke Osprey und Laurel wegen Trunkenheit am Steuer in Verwahrung genommen. Sie überprüfen ihn gerade. Er hat ins Röhrchen gepustet und offenbar genug Promille gehabt. Ich habe ihn mir in der Ausnüchterungszelle angesehen. Sein Anwalt ist auf dem Weg. Aber jetzt haben wir genügend Anklagepunkte, und zwar stichhaltige. Also Kopf hoch, Rex, und lassen Sie Onkel Waldo machen.« Inzwischen war Mary klargeworden, warum Rex sie nicht in Waldos Büro hatte treffen wollen. Sie ahnte schon, was kommen würde.

»Langsam, Lieutenant. Hören Sie. Ich zeige ihn nicht an.«

Waldo Pruitt riß die Augen auf, und seine Züge wurden hart. »Das brauchen Sie auch nicht. Ich werde es tun.«

»Ich meine, Waldo ... von mir können Sie nicht erwarten ...«

»Soll das heißen, daß Sie die Anzeige nicht unterschreiben wollen?«

Rex Maynard wich seinem Blick nicht aus. »Ich meine, daß alles, was ich Ihnen erzählt habe, juristisch nicht geschehen ist.«

Waldo Pruitt konnte seinen Widerwillen nicht verbergen und warf Mary einen Seitenblick zu: Das durfte doch nicht wahr sein! Dann fragte er heiser: »Und Ihre Frau?«

»Alison und Nancy sind auf dem Weg zu ihrem Bruder in Asheville, North Carolina. In ihrem Volkswagen. Und ich bin auch auf dem Weg.« Er setzte sich in Bewegung. »Ihr glaubt doch nicht, daß ich sie noch eine Sekunde in diesem Haus lasse? Ihr habt diesen Amokläufer nicht erlebt. Ihr habt keine Ahnung.«

»Aber wir haben ihn in Haft«, sagte Waldo Pruitt. »Er sitzt in diesem verdammten Augenblick in einer Zelle.«

Rex setzte die Brille wieder auf. »Tut mir leid, Waldo. Ich habe es mir gut überlegt, glauben Sie mir. Aber es geht um meine Familie. Er hat Alison gedroht, daß er zurückkommen würde, wenn sie ihn hereinlegt. Sie haben den Mistkerl nicht erlebt, Waldo. Sie haben nicht mitangesehen, wie er auf meine Frau gezielt hat. Sie haben sein Gesicht nicht gesehen, nachdem er mir eins über den Schädel gegeben hat. Er war kurz davor, mich umzubringen, nur, weil er meinte, ich hätte ihn angelogen. Er hätte uns alle töten können.«

Fast sanft sagte Waldo Pruitt: »Sie oder andere Menschen. Glauben Sie, daß er hier aufhört?«

»Darum kann ich mich nicht mehr kümmern. Ich kann nicht mehr. Es würde mich nicht wundern, wenn er inzwischen unser Haus niedergebrannt hätte. Tut mir leid, daß ich jetzt so handeln muß, aber es führt kein Weg daran vorbei.«

Waldo Pruitt nickte. »Ich wollte, ich wüßte, was *ich* tun muß«, sagte der beherrscht. Dann packte er Rex plötzlich am Revers und knurrte: »Ich kenne ihn auch. Ich weiß, wie er seinen Jungen behandelt hat. Ich könnte Ihnen einiges erzählen. Sie haben das Gesicht seiner Frau gesehen – was meinen Sie, wird er mit ihr anstellen, wenn er wieder in ihre Nähe kommt?«

Mary stand auf. Rex wehrte sich nicht gegen den Griff des Lieutenants. Aber sie sah sein verschlossenes und störrisches Gesicht und die Wut in seinen Augen. »Waldo«, sagte sie nur beschwörend. Mehr nicht.

Der ältere Mann ließ den Anwalt los. Fast behutsam, als wollte er sich entschuldigen. Rex trat zurück.

»Waldo«, sagte er dann. »Hatte Forrest einen Revolver bei sich, als er verhaftet wurde?«

»Meines Wissens nicht.« Er krächzte förmlich. »Nur eine halbleere Flasche Alkohol unter dem Sitz. Routineuntersuchung.« Er ging auf das nächste Zimmer zu. »Welches ist Ihr Büro hier, Mary?«

»Das dritte rechts.«

Er betrat den Raum und nahm den Hörer ab.

»Du hältst mich wahrscheinlich auch für einen Bastard«, sagte Rex.

»Ich verstehe, daß du deine Familie sehr liebst.« Und im gleichen Moment wurde ihr klar, wie hoffnungslos und närrisch ihre Verehrung für Rex gewesen war, ihr schulmädchenhaftes Schwärmen, ihre verborgene Sehnsucht ...

»Alison hat wirklich etwas unternommen«, sagte Rex. »Ich nicht. Ich war starr vor Schrecken.«

Mary lächelte. »Na, Junge, du hattest um sie Angst, nicht um dich. Deshalb bist du noch lange kein Feigling.«

Seine Augen wurden schmal. »Alison hat so etwas Ähnliches gesagt, ehe sie abgefahren ist.«

»Kluges Mädchen.«

»Ihr beide.«

»Man tut, was man kann. Aber ehe wir auch dich verlieren ... Du hast zwei Telefonnummern erwähnt, die das Scheusal jetzt auch hat.«

Rex nickte. »Ich konnte sie mir gerade noch merken, ehe ich ihm den Zettel gab. 555-2726. Die andere begann auch mit 555. Das ist die Vorwahl von Manatee County, oder? Ich glaube, es war 2466.«

Wahrscheinlich die Anna-Maria-Insel. Bradenton Beach, Holmes Beach und das Dorf selbst. »Ich werde Waldo bitten, das zu überprüfen.«

»Wahrscheinlich muß man ihr nicht erst sagen, daß er versucht, sie aufzustöbern, aber ich wollte sie auf meiner Fahrt nach Norden anrufen.«

»Das übernehme ich«, sagte Mary.

»Danke. Ich würde ganz gern erreichen, daß Waldo mich versteckt.«

»Er versteht das schon.«

»Bestimmt nicht.«

»Doch. Genau das irritiert ihn ja so. Der Mann ist durch und durch menschlich. So etwas zu entdecken, ist eine seltene Freude.«

»Du bist auch in Ordnung, Mary.«

»Danke. Ich möchte dir das Kompliment zurückgeben. Wie hat Nancy das alles verkraftet?«

Rex schüttelte bedächtig den Kopf. »Ich glaube nicht, daß sie jemals brutale Gewalt erlebt hat. Sie wird drüber wegkommen, aber wenn sie es jetzt im Fernsehen sieht, wird sie wissen, wie hart die Wirklichkeit ist.« Er wandte sich zum Gehen. »Also, Mary . . .«

»Ja?«

»Ich bin zur Stelle, wenn er wirklich hinter Gittern ist.«

Nachdem er wirklich einen Menschen umgebracht hat? Aber das sagte sie nicht. »Laß deinen Kopf untersuchen.« Es klang nicht ironisch.

Rex ging zu ihr hin und gab ihr einen Kuß auf die Stirn. Er brauchte sich nicht zu bücken.

Dann verschwand er, und einen Moment später hörte sie den Wagen starten. Irgendwie hatte sie Rex Maynard und ihren Illusionen Lebwohl gesagt.

Sie steckte eine Zigarette an. Das Licht draußen hatte sich verändert; bald würde die Sonne untergehen.

Kurz darauf tauchte Waldo Pruitt wieder bei ihr auf. »Sie haben eine Leibesvisitation gemacht. Keine Feuerwaffe. Nun durchsuchen sie den Thunderbird noch einmal.« Er hielt ihr die Tür auf – wie ritterlich er war. »Sein zuverlässiger Anwalt ist erschienen und hat die übliche Kaution gestellt. Für lausige vierhundert Dollar wird er wieder in die Freiheit marschieren. Zum zweitenmal an einem Tag.«

»Vielleicht ist er in Panik geraten und hat die Waffe in eine leere Baustelle oder so geworfen.« Sie paßte ihre Schritte dem Tempo des Lieutenants an.

»Oder er hat sie einfach zum Fenster hinausgeworfen, damit irgendein unschuldiges Kind damit spielen kann.«

Möglich. Die Eskalation des Bösen – wo würde sie enden? Oder die nächstliegende Frage: Wen würde er sich als nächstes vornehmen?

»Waldo«, fragte sie, »können Sie noch mehr schlechte Nachrichten verkraften?«

»Wenn es sein muß.«

»Ich wollte es Ihnen schon beim Abendessen sagen, aber die Spaghetti waren so gut. Ich wollte Ihnen nicht den Appetit verderben. Ich habe Ihre Gesellschaft genossen.«

»Hören Sie mit dem Schmus auf.«

»Warum, Lieutenant Pruitt?«

»Also?«

»Ich habe den jungen Dan Gregory heute nachmittag zu Malcolm Eggers ins Krankenhaus geschickt, um noch mehr Details herauszubekommen. Reine Routine.«

»Und?«

»Nun, der junge Eggers ist unsicher geworden. Er weiß nicht mehr, ob der Mann auf dem Foto ihn wirklich angegriffen hat.«

Waldo Pruitt marschierte weiter. »Unsicher? Er hat ihn mir gegenüber identifiziert.«

»Ja, aber nur mit einem Kopfnicken, wenn ich mich recht entsinne. Und auf dem Weg in den Operationssaal. Er übergab Dan eine Notiz, die er mit der Hand geschrieben hatte. Er behauptet jetzt, er hätte unter dem Einfluß von Betäubungsmitteln und unter Schock gestanden.«

Schweigend gingen sie weiter.

Dann sagte Waldo tonlos: »Charlene Conrad.«

»Verheiratete Scherwin. Sie ist seine Freundin. Was ist mit ihr?«

»1168 Westway«, sagte der Lieutenant nur.

Da verstand sie und erinnerte sich an Waldo Pruitts Beschreibung der Verwüstungen. Und daß Charlene ebenfalls keine Anzeige erstattet hatte.

»Mein Gott«, sagte sie, »er terrorisiert alle.«

»Er schüchtert sie so ein«, knurrte Waldo Pruitt, »daß der Hundesohn mit allem durchkommt.«

Sie trafen im Polizeirevier ein. Licht im vergitterten Gefängnistrakt. Schatten dahinter. Und Donald Forrest in der Ausnüchterungszelle. Oder nicht?

Aber so leicht wollte Waldo Pruitt nicht aufgeben. In seinem Büro schaltete er die Sprechanlage an und redete mit jemand namens Dutch. Keine Waffe im Thunderbird. Und Donald Forrest auf dem Weg in die Freiheit, mit seinem Anwalt.

Der Lieutenant ließ sich in seinen Sessel sinken und setzte ein schiefes Grinsen auf.

Mary nahm einen Zettel und schrieb die Nummern auf, die Rex ihr gegeben hatte. »Darf ich Ihr Telefon benützen?«

Waldo betrachtete die Nummern. »Sie gehören zu Bradenton, Anna-Maria-Insel.« Und während Mary wählte: »Wenn Sie die Anschrift haben, werde ich die drei Reviere dort alarmieren. Mehr als die Augen offenhalten können sie allerdings auch nicht.« Er sah müde aus, älter als beim Abendessen. »Ich frage mich nur, warum ich mich so in diesen einen Fall verbeiße.«

Doch das bedurfte keiner Antwort, und beide wußten es.

Das Telefon klingelte.

»Sagen Sie ihr, daß wir alles tun, was in unserer Macht steht«, sagte Waldo Pruitt. »Aber sagen Sie ihr nicht, daß das wahrscheinlich nicht ausreichend ist. Und auch nicht rechtzeitig.«

Bis jetzt.

Diese Worte hatten das Motorengedröhn übertönt.

Sie hatte gesagt, daß sie von der Liebe genug hatte. Und er hatte gefragt, woher sie das wissen wollte, wenn sie noch nie geliebt worden war.

Bis jetzt.

Verwirrt, von widerstreitenden Gefühlen mehr denn je hin- und hergerissen, hatte sie sich ins Heck zurückgezogen und ließ die Hände ins Wasser baumeln.

Zuviel. Es war zuviel. Sie wurde nicht damit fertig. Alles geschah auf einmal. Zu schnell. Und immer mehr kam dazu. Zuviel . . .

Sie hatte versucht, an Toby zu denken. Er war in Sicherheit. Verletzt, in Mitleidenschaft gezogen, aber sicher, am Leben. Und vielleicht auf dem Weg der Besserung.

Sie hatte jeden Gedanken an Donald aus ihrem Gedächtnis verbannen wollen – wo er sein mochte, was er tat. Sie konnte nur hoffen, ihn nie wiederzusehen, nie wieder seine Stimme zu hören.

Sie wünschte nicht länger seinen Tod. Aber, bei Gott, sie würde ihn auch nicht betrauern.

Sie merkte, daß sich das Motorengeräusch veränderte. Sie fuhren zwischen einer Kette von palmenbestandenen Inseln und dem langen Key mit einem öffentlichen Park, Häuschen und Docks durch, und nicht weit voraus konnte sie das Dach von Barrys Werkstatt erkennen. Ein Aufflackern von Panik riß sie aus ihrer Lethargie. Sie konnte nicht an Land gehen, zu Lavinia zurückkehren ohne ... ohne was? Es gab so viel, was sie ihm sagen mußte, ihn fragen wollte, aber was?

Sie stand auf, rieb ihre blasenübersäten Hände an ihrer Hose und stellte sich so dicht hinter ihn, daß er ihre Stimme hören konnte.

»Du hast gesagt, ich sei nie geliebt worden.«

»Wenn ich dich damit verletzt habe«, antwortete er mit sanfter Stimme, »dann tut mir das leid, Brenda.«

»Es ist wahr«, sagte sie sinnend. »Vielleicht habe ich es schon eine Weile gewußt. Vielleicht war es nur nötig, daß du es ausgesprochen hast.«

Seine kalte Pfeife klemmte zwischen den Zähnen. »Wenn es nötig war, dann tut es mir auch nicht leid.«

Sie fand sich damit ab, mit einem Gefühl leiser Trauer, ohne Selbstmitleid, sah der häßlichen Tatsache ins Auge und war ihm dankbar. Das sagte sie auch. »Danke, Barry.«

»Ich will deine Dankbarkeit nicht«, wehrte er ab.

»Was willst du dann?«

»Daß du endlich das eine begreifst, was ich mit absoluter Sicherheit weiß: daß dich keine Schuld trifft, und daß du ein für allemal dieses lausige Schuldgefühl abschütteln mußt. Daß du nicht für seine Gefühle verantwortlich bist. Gib die verdammte Schuld endlich dem, der sie hat.«

Das ... das hatte er also auch geahnt. Aber er klang dabei fast zornig. Auf sie?

»Ich habe eine Weile gebraucht«, fuhr er mit zusammengekniffenen Augen fort und korrigierte den Kurs, »bis ich dahintergekommen bin. Ich habe hier gestanden und mich zurückgesetzt gefühlt, als du vor einer Weile an Deck gekommen bist. Aber nun ist Schluß damit. Ich verstehe, was dir zu schaffen macht.«

Wirklich? Wie konnte er das? Sie war ja selbst noch nicht sicher. Konnte sie ihm anvertrauen, wie leid es ihr tat, ausgerechnet die Eigenschaften, die sie an ihm am meisten bewunderte, mißbraucht zu haben? Mein Gott, was war sie für ein elendes Geschöpf.

»Ich weiß inzwischen auch, was mir zu schaffen macht«, sagte sie mit abgewandtem Blick.

»Du machst dir selber die Hölle heiß. Du glaubst, du hättest mich irgendwie ausgenützt, und jetzt machst du dir Vorwürfe.« Er griff hinter sich und drehte sie zu sich herum. »Meinst du, es macht mir etwas aus, wenn ich zu deiner Rache an diesem Hundesohn beigetragen habe?«

Sie starrte ihn an. Rache? Was meinte er?

»Wir wissen doch beide, wovor er am meisten Angst hat. Gut, du hast es ihm gezeigt. Wir haben es ihm gezeigt. Ich hoffe nur, daß einer von uns die Gelegenheit haben wird, es ihm ins Gesicht zu sagen!«

Aber ... an Rache hatte sie überhaupt nicht gedacht! Sie spürte seine kräftigen Finger an ihrer Schulter. Sie schüttelte den Kopf.

»Leugne es nicht, Brenda. Es gibt nichts zu bedauern! Gib es zu!«

Nein, nein, er irrte sich. Sie entzog sich seinem Griff.

»Gib es zu, Brenda, genieße die Rache. Er hat es nicht anders verdient. Rache ist süß!«

Oder hatte er doch recht? Sie war ganz verwirrt. Wenn mit Barry schlafen nichts anderes war als ...

Das Boot bog in den Kanal ein, und das Wasser klatschte gegen den Bug.

»Das ist fürchterlich«, sagte sie. »Das ist noch schlimmer.«

»Quatsch. Sag mal, was ist denn an Rache so fürchterlich. Oder an Mitleid?«

»Mitleid?«

»Klar. Ich habe dir leid getan, oder? Und du hast mir auch leid getan. Du tust mir noch immer leid. Na und? Wer sagt denn, daß Mitleid nicht ein Teil von Liebe sein kann? Und Dankbarkeit - du bist dankbar, daß du mich getroffen hast, und ich bin dankbar, daß ich einem Menschen helfen kann. Das gehört alles zusammen. Es ist doch völlig gleich, aus welcher Ecke die Liebe kommt, Brenda.«

Der graue, hölzerne Bug schob sich an den Landesteg, so präzise und leicht, daß das Boot nicht einmal schaukelte.

Bis jetzt.

»Mach dich nützlich«, befahl er und ergriff ein Tau. »Spring raus und mach das Boot fest.«

Sie tat, was er sagte, mit unbeholfenen, zitternden Fingern, und jede Faser ihres Körpers war entflammt.

»Liebe?« fragte sie.

»Du hast richtig gehört.«

»Wohin bringen Sie mich?«

»Hyatt House«, sagte Hollis Sanborn.

»Da ist alles besetzt«, erklärte sein Mandant.

»Wenn man die richtigen Leute kennt, bekommt man immer ein Zimmer.«

Donald Forrest war in einer düsteren, mürrischen Stimmung. Wie ein Verbrecher fotografiert zu werden, Fingerabdrücke abgenommen zu bekommen, das ganze Registrierverfahren war nicht gerade eine erhebende Erfahrung oder ein Erfolgserlebnis. Wahrscheinlich hatte der junge Mann außerdem dringend einen Drink nötig.

»In fünf Minuten sind wir da«, sagte der Anwalt und steckte eine Zigarre an. »Sie hätten Ihren wichtigen Anruf auch vorher machen können.« Er war neugierig, weil Forrest so verbissen darauf bestanden hatte. »Was ist denn daran so wichtig? Kann Ihr Anwalt Ihnen dabei helfen?«

»Vielleicht.« Vorsicht kroch in die belegte Stimme, eine Art listiger Wachsamkeit. »Ich habe zwei Telefonnummern. Ich brauche die dazugehörigen Adressen. Der Bastard in Tampa, mit dem ich sprach, hat mich sitzengelassen.«

Hollis Sanborn überlegte. Allmählich mußte er selbst vorsichtig sein. »Die lassen sich wahrscheinlich feststellen. Am Montag.«

»Zur Hölle mit Montag.«

»Das nützt Ihnen gar nichts, junger Mann. Geben Sie mir die Nummern trotzdem.«

»555-2726 und 555-2466«, antwortete Donald Forrest bokkig.

Hollis Sanborn merkte sie sich. Auch mit siebenundsechzig funktionierte sein Gedächtnis noch hervorragend. »Klingt nach Bradenton. Ich werde die Adressen beschaffen.«

Keine Reaktion. Der junge Forrest starrte düster vor sich hin. Er war schon ein seltsamer Kauz, aber er bedeutete bares Geld: Solche Verrückten ritt zwar der Teufel, aber mit genügend Moneten im Hintergrund kriegte man sie aus dem übelsten Schlamassel heraus. Das war nicht nur ein willkommenes Polster für seinen Ruhestand, sondern auch eine Herausforderung an seine Fähigkeiten, manchmal.

»Warum bringen Sie mich nicht zu meinem Wagen?«

»Den Sie im Suff gefahren haben, Sohn? Dagegen gibt es hier Bestimmungen. Zum einen ist Ihnen der Führerschein für drei Monate entzogen worden, zum anderen wurde der Wagen abgeschleppt. Normalerweise könnte man ihn nach Begleichung der Abschleppgebühr abholen, aber Ihr Thunderbird ist aus Gründen, gegen die wir erst am Montag vorgehen können, beschlagnahmt worden.«

»Dann bringen Sie mich zu meiner Jacht.«

»Im Field Club? Junger Mann, Sie sind nicht in der Verfassung, ein Schiff zu steuern. Außerdem werden wir uns erst ein ausgiebiges Abendessen genehmigen und so viele Drinks kippen, wie Sie Lust haben, während wir auf die Ankunft Ihres Vaters warten.«

Er hoffte, diese Nachricht würde den verkaterten jungen Mann aus seiner Lethargie reißen. Aber eher das Gegenteil trat ein.

Undankbarer Junge. Orin Forrest hatte angekündigt, daß er um 19 Uhr 15 in Hartford landen würde, und er hatte verdammt besorgt geklungen. Dieser Sorte Leute kam es nicht auf das Geld an, wenn damit eine Katastrophe abgewendet werden konnte.

Deshalb überlegte Hollis Sanborn, daß er dem Vater gegenüber eine gewisse Verantwortung trug und versuchen sollte, an das restliche bißchen Verstand dieses verzogenen, durchgedrehten Bengels zu appellieren.

»Jetzt hören Sie mir mal gut zu. Ihr Daddy bezahlt mich für meinen juristischen Rat, also spitzen Sie die Ohren. Ich kenne mich hier am Ort recht gut aus, das ist mein Geschäft. Warum Sie wegen Ihrer Umtriebe im Haus am Westway nicht angezeigt worden sind, ist mir noch nicht klar. Aber der Überfall auf den Schauspieler wird Sie vor Gericht bringen. Außerdem weiß ich vom Anwalt Ihrer Frau, was Sie mit ihr angestellt haben. Einige Leute hier haben es verdammt auf Sie abgesehen, und das ist äußerst ungesund. Vor allem, wenn Sie sich jetzt noch etwas leisten. Irgend etwas! Wenn Waldo Pruitt persönlich anruft, wird die Sache brenzlig. Ich glaube, er ist stocksauer wegen etwas, was Sie Ihrem Sohn angetan haben. Wissen Sie, was er meint?«

»Ich habe meinem Sohn nichts getan. Ich liebe meinen Sohn.«

»Immerhin ist er in einer psychiatrischen Klinik. Und Lieutenant Pruitt gibt Ihnen die Schuld. Klingelt's da bei Ihnen?«

»Sie haben gesagt, man würde mich nicht zu ihm lassen.« Zum erstenmal richtete Donald Forrest sich auf. »Wie heißt sein Arzt?«

»Das zu eruieren habe ich leider vergessen. Tut mir leid.«

Er bog in den Boulevard of the Arts ein, und einen Block vor ihnen erhob sich zur Linken Hyatt House über der Bucht. Die Sonne war hinter den Keys ins Meer gesunken.

»Das Krankenhaus würde mir doch den Namen des Arztes nennen müssen, oder?«

Hollis Sanborn gab auf. Was sollte man mit so einem Dickschädel anfangen? Dieser junge Mann lebte in einer eigenen Welt nach seinen eigenen Gesetzen.

Als er vor dem Hotel anhielt und ein Hoteldiener die Wagentür öffnete, hievte er seinen Körper heraus und sagte mit gespielter Fröhlichkeit: »Alle Mann von Bord.«

Aber Donald Forrest machte keine Anstalten auszusteigen.

Statt dessen glitt er, ehe der Page einsteigen konnte, auf

den Fahrersitz, schlug die Tür zu, rammte den Gang hinein und gab heftig Gas. Alles ging blitzschnell.

Verblüfft schaute Hollis Sanborn seinem weißen Cadillac Seville nach, der die Rampe hinunter auf den Boulevard of the Arts und zur Ampel am Tamiami Trail preschte.

Was nun? Er konnte unmöglich der Polizei melden, daß sein Mandant seinen Wagen gestohlen hatte. Er händigte dem Hoteldiener ein großzügiges Trinkgeld aus und ging kopfschüttelnd in die elegante Lobby. Der Junge war komplett verrückt. Er hatte den Verstand verloren, war völlig ausgeflippt.

Na schön, wenn er sich noch tiefer hineinritt, war das nicht sein Bier. Sein Job war es, den Angeklagten zu verteidigen und nicht, ein möglicherweise bevorstehendes Verbrechen zu verhindern.

Er schlurfte zur Rezeption, wo er eine Nachricht für Mr. Orin Forrest hinterließ: Hollis Sanborn erwartete ihn im Speisesaal.

Wenn dieser Narr nicht hören wollte und weiter Amok lief – na schön. Nichts war lukrativer und erregte die Aufmerksamkeit der Öffentlichkeit und der Presse mehr als ein sensationeller Mordfall.

Sonnenuntergang. Während sie den orangeroten Feuerball erst langsam und dann schneller ins Wasser tauchen sah, hörte Lavinia den Motor des Jeeps und merkte, daß sie darauf, wenn auch mit wenig Hoffnung, gewartet hatte. Sie hätten bis zum Morgen wegbleiben sollen. Nicht nur, weil sie beide eine Verschnaufpause verdienten, sondern weil Brenda auf Barrys altem Fischerboot draußen auf dem Golf am sichersten war.

Während der Ewigkeit seit dem wütenden und erschrekkenden Anruf von Brendas Mann hatte sie ziellos im Haus herumgewerkelt und mit Bobo idiotische Gespräche geführt und angespannt gewartet. Würde er hierherkommen, die Tür eintreten, noch einmal anrufen? Doch als das Telefon wieder geläutet hatte, war es eine Mary Rinaldi gewesen, die eine Telefonnummer hinterlassen hatte.

Sobald Brenda eingetreten war und ehe Lavinia ihre Stimmung oder Verfassung einschätzen konnte, sagte sie: »Die

Polizei! Wir haben auf den letzten paar Kilometern drei Streifenwagen gesehen. Waren sie hier?«

»Nicht eigentlich«, antwortete Lavinia und sah Barry an, wachsam, fragend, etwas alarmiert. »Zwei Wagen sind bis an das Grundstück gefahren und wieder umgekehrt. Aber, Brenda ... er hat angerufen. Er wollte Sie sprechen.«

»Und?«

»Ich sagte, ich hätte nie von Ihnen gehört.« Was sie ihm am liebsten gesagt hätte, verschwieg sie. Oder daß sie zum erstenmal in ihrem Leben eine verlogene Hexe geschimpft worden war. »Ob ich sehr überzeugend klang, kann ich nicht beurteilen.«

Brenda schwieg. Barry hatte eine Hand auf ihre Schulter gelegt.

»Sonst noch etwas?« Brendas Tonfall war ebenso ausdruckslos wie ihre Miene. »Dr. Seymour?«

Lavinia schüttelte den Kopf. »Nein. Aber eine Miß Mary Rinaldi. Ich war zurückhaltend, aber dann sagte sie, sie rufe im Auftrag von Mr. Maynard an. Also habe ich ausgerichtet, daß Sie bald zurückkommen.« Dann fügte sie hinzu: »Aber nicht vor morgen.«

»Hat sie eine Nummer hinterlassen?«

»Sie steht auf dem Block neben dem Telefon, Brenda. Sie wollte meine Anschrift wissen. War es richtig, sie ihr zu geben?«

Brendas blasses Gesicht war noch immer undurchdringlich. Sie nickte und bedankte sich. Dann ging sie in ihr Zimmer.

Barry schaute ihr einen Augenblick nach und seufzte dann. Er ließ sich auf dem Rattansofa nieder und sagte, gleichsam als Antwort auf Lavinias unausgesprochene Frage: »Kann sich ein Mann in weniger als einer Woche verlieben?«

»Wenn er vernünftig ist ...«

Barry grinste. »Oder wenn er völlig unvernünftig ist.« Dann verschwand sein Grinsen. »Etwas von Charlene?«

Lavinia setzte sich neben ihn. Sie konnten durch das Fliegengitter auf das Meer hinausschauen, das golden überhaucht war, sanft, beruhigend, erfrischend.

»Kein Wort«, sagte sie und wußte, was ihm auf dem Herzen

lag. »Sie wird die Dinge bald in einem anderen Licht sehen. Manchmal muß man eine Wahl treffen.« Sie legte ihre Hand auf seine. »Du hast keine Hamburgers mitgebracht.«

»Glatt vergessen.«

»Macht nichts«, murmelte sie und erhob sich, »dann müssen wir eben essen, was in der Speisekammer ist.« Unwillkürlich mußte sie an den heilsamen Haß denken, von dem der Psychiater gesprochen hatte.

Brenda war wieder hereingekommen, aber sie sagte nichts und schien sie überhaupt nicht wahrzunehmen.

»Brenda?« Barry ging auf sie zu. »Wer ist Mary Rinaldi?«

»Assistentin im Büro des Staatsanwalts«, antwortete Brenda. »Sehr nett.«

»Und?«

Brenda blinzelte. »Donald hat vor einer Weile meinen Anwalt aufgesucht. Zu Hause. Mit einem Revolver.«

Sie warteten. Lavinia mußte an das Jagdgewehr denken, das hinter ihrer Schlafzimmertür stand. Barry berührte Brendas Arm.

»Ich habe keinen Anwalt mehr. Was Donald mit ihm angestellt hat, reichte aus, um ihn einzuschüchtern. Er hat die Stadt verlassen.«

»Hat man Donald nicht verhaftet?« fragte Lavinia.

»Nicht deswegen. Ich weiß nicht, warum nicht. Aber er wurde wegen Trunkenheit am Steuer festgenommen.« Sie machte ein paar ziellose Schritte.

Barry ging ihr nach. »Dann ist er im Gefängnis . . .«

Brenda schüttelte den Kopf. »Niemand weiß, wo er ist.« Dann wandte sie sich neugierig und etwas vorwurfsvoll an Barry. »Was hat Donald mit dem zauberhaften Haus angerichtet?«

Ruhig schaute ihr Barry in die Augen: »Er hat das Mobiliar zertrümmert.«

»Wieder einmal«, sagte Brenda. »Und du hast es mir verschwiegen.«

»Ich wußte«, entgegnete Barry, »daß du auch dafür die Schuld auf dich nehmen würdest.« Sie ging darüber hinweg, wandte sich an Lavinia: »Wird Charlene herkommen?«

»Nein, Liebes.«

Brenda nickte. »Sie will mich nicht mehr sehen.« Sie drehte sich zu Barry um. »Und dich auch nicht. Stimmt's? Zuerst Mal, und dann das.«

Barry log nicht. »Sie wird darüber wegkommen.«

Brenda nickte wieder. Automatisch wie eine Puppe. »Es hätte ihr erspart bleiben sollen.«

Barry streckte die Arme nach ihr aus, aber sie wich zurück, stellte sich ans Fenster und starrte die Segelplastik an.

»Ich habe es auf dem Boot gesagt und ich sage es dir nochmals«, sagte Barry fest. »Hör mit den verdammten Schuldgefühlen auf. Du kannst nicht ewig dich für alles verantwortlich machen, was er anstellt!«

»Wohin ich gehe, was ich berühre, wen ich kennenlerne . . .«

Ihre Stimme erstarb, verloren, elend. Nach einer Pause: »Gibt es noch mehr, was ich erfahren sollte?«

Aber ehe Barry antworten konnte, schrillte das Telefon. Sie schauten einander fragend an.

Beim dritten Läuten sagte Brenda: »Ich gehe ran.«

Zweifelnd fragte Lavinia: »Sind Sie sicher?«

Brenda hatte abgehoben, ehe es noch einmal läuten konnte. »Hallo?« Und nach einer Pause: »Ja, Doktor, hier spricht Mrs. Forrest.«

Dann lauschte sie, und Lavinia konnte aus ihrer Haltung keine Rückschlüsse ziehen. Doch schließlich sagte sie etwas, und das klang recht erfreulich: »Vielen Dank, Dr. Seymour. Sie ahnen nicht, wie dankbar ich Ihnen bin. Sie sind ein guter Mensch und ich liebe Sie.«

Überrascht, verblüfft, konnte Lavinia den Blick nicht von der jungen Frau wenden. Hatte sie so etwas schon jemals gesagt? Zu einem Menschen, den sie kaum kannte?

Brenda blickte vom einen zum anderen, ehe sie berichtete: »Toby kann noch nicht reden, aber Dr. Seymour hat einen Weg gefunden, um sich zu verständigen. Er stellt Fragen, und Toby tippt als Antwort ein paar Worte. Auf einer Schreibmaschine.« Ein kleines Lächeln umspielte ihre Lippen. »Dr. Seymour ist sehr zuversichtlich.«

Ihre Erleichterung wirkte ansteckend.

»Dann können wir ja jetzt ans Essen denken«, schlug Lavinia vor.

»Einen Augenblick noch«, sagte Brenda. »Von jetzt an werde ich ans Telefon gehen, wenn es läutet.«

»Bist du sicher?«

»Ja.«

Barry runzelte die Stirn. »Wie du willst.«

»Und ihr werdet aufhören, mich zu beschützen. Ich bin eine erwachsene Frau. Ich brauche keine Rücksicht.«

»Was hast du vor?« erkundigte sich Barry.

»Das weiß ich noch nicht«, antwortete sie in einem hastigen Flüstern, »also frag mich nicht. Ich weiß es nicht. Noch nicht.«

Und als sei ein Damm gebrochen: »Auf keinen Fall werde ich länger davonlaufen. Mich verstecken. Beleidigt sein. Davon habe ich genug. Es steht mir bis da!« Sie fuhr sich mit einer beredten Geste an die Kehle und ging mit funkelndem Blick durch das Zimmer, wie ein Raubtier. »Ich werde nichts mehr einstecken! Ich schaue nicht mehr zu, wie andere Menschen verletzt werden ... Toby ... andere! Ich lasse mir nichts mehr bieten!« Sie hatte sich in eine Art heiligen Zorn hineingeredet, der in einem haßerfüllten Aufschrei gipfelte: »Wenn er wieder anruft, werde ich ihm sagen, was ich denke! Und wenn er nicht anruft, werde ich ihn stellen. Ich denke nicht daran, zitternd und jammernd herumzusitzen. Er hat genug angerichtet! Ich lasse mir nichts mehr gefallen, und wenn ich diesen brutalen, hinterhältigen Hundesohn mit meinen eigenen Händen umbringen muß!«

Vielen Dank, Dr. Seymour. Sie ahnen nicht, wie dankbar ich Ihnen bin.

Manche Tage waren gute Tage. Lohnend und befriedigend.

Ezra Seymour hängte Jackett und Krawatte über eine Stuhllehne, rückte den Schirm der Schreibtischlampe zurecht und streckte sich auf der Couch in seinem Sprechzimmer aus. Es war ein langer Tag, aber ein guter. Trotzdem war er froh, seinen Pflichten entronnen zu sein, auch wenn seine Praxis, die sich zusammen mit drei anderen in einem kleinen Steinhaus befand, keine zwei Kilometer vom Palms Hospital entfernt war. Es dämmerte, und er konnte sich noch etwas entspannen, ehe Dolores kam. Sie würden noch eine Stunde oder so miteinander schlafen, ehe er sie zum Essen ausführte, wahrscheinlich ins *Café l'Europe* am St. Armand's Circle. Dann würde er sie am Krankenhaus absetzen, wo sie Nachtdienst hatte, und zur wohlverdienten Ruhe in seine Junggesellenwohnung auf Longboat Key zurückkehren. Mein Gott, war er müde. Er hatte alle anderen Verabredungen abgesagt und sich auf den einen Fall konzentriert, seitdem ihn Rex Maynard um kurz nach zehn angerufen hatte. Aber es hatte sich gelohnt. Dieses Gefühl gab ihm die Kraft zum Weitermachen. Denn es gab auch Zeiten, wo er sich bei der Behandlung dieser bewußtseinsgestörten Patienten fragte, ob die minimale Besserung den Aufwand an Zeit und Mühe rechtfertigte.

Sie sind ein guter Mensch und ich liebe Sie. Eine solche Wortwahl schien ihm für diese Frau sehr untypisch. Er hatte sogar Bedenken wegen ihrer unterdrückten Hysterie gehabt. Ihre übermäßige Sorge um den Jungen – wirkte sich das nicht erdrückend auf das Kind aus? Aber die Dankbarkeit am Telefon war von Herzen gekommen.

Liebe. Warum nehmen wir das Wort so ungern in den Mund? Obgleich er täglich mit all ihren Variationen und Abarten und Widersprüchen zu tun hatte, hatte er sich schon lange mit der Tatsache abgefunden, daß er nicht liebesfähig war. Dadurch mochte ihm ein bestimmtes Einfühlungsvermögen in seelische Krisen, in das Durcheinander im Innern eines am Rand des Zusammenbruchs stehenden Menschen fehlen, aber andererseits führte gerade dieser Mangel – falls es einer war – zu einer objektiveren Einschätzung der Gegebenheiten bei seinen Patienten und zum Erfolg. Diese Erfolge gaben seinem Leben einen Sinn, bildeten eine tägliche Herausforderung, der zu begegnen seinen Beruf im Gegensatz zu dem vieler anderer Vierzigjähriger zur Berufung machte.

Ja, heute war er einen Schritt weitergekommen. Was ihn auf die Idee mit der Schreibmaschine brachte, wußte er nicht genau; wahrscheinlich die Art, wie der Junge sie neugierig betastet hatte. Die Wortassoziationsmethode war keine neue Erfindung, und er hatte sie spielerisch eingeführt, während er scheinbar ziellos im Sprechzimmer umherging und Toby an der Maschine saß. Er sagte irgendein Wort und ließ dem Jungen genügend Zeit, die Buchstaben zu suchen und ein oder zwei Wörter zu tippen. Wenn der Junge die Sprache verloren hatte oder nicht reden wollte, bestand eine winzige Möglichkeit, daß ...

Als er dann hinter Tobys Schulter stand und die Wörter las, mußte er sich erst seine Stichwörter vergegenwärtigen.

FEHLT MIR ... das mußte Mama sein.

SEXY ... das waren wohl die Krankenschwestern. Sehr gut, Toby.

NETT ... danke für das Kompliment. Er fand sich die meiste Zeit auch nett.

DANKE ... wem dankte er? Ach ja, Barry Conrad. Wofür?

STINKT ... das war seine Einschätzung des Krankenhauses.

HASS.

Die Schlüsselfrage hatte er sich bis zum Schluß aufgehoben. Die nach Daddy.

Diese getippte Antwort erfüllte ihn mit einem Hochgefühl. Es war für einen Patienten sehr schwer, wenn nicht gar unmöglich, Haß auf einen Elternteil zuzugeben. Sogar für erwachsene Patienten. Aber ein Kind, außer in einem Anfall von Wut und Auflehnung ...

Das war der Durchbruch. Wenn der Damm erst einmal angeknackst war, war es eine Frage der Zeit, bis sich der Stausee entleerte und allen Abfall mit sich spülte, den man dann untersuchen konnte ...

Aber jetzt, auf der Couch ausgestreckt, wollte Ezra Seymour sich ernsthaft entspannen. Damit er den herzerfrischenden Überraschungen gewachsen war, die Dolores ihm immer wieder bot. Doch ehe er eindöste, vernahm er draußen Schritte. Verdammt. Sie durchquerten das Wartezimmer, das er wie immer offengelassen hatte. Aber sie rief nicht verspielt seinen Namen wie sonst.

Er stand auf und trat an die Tür.

Es war nicht Dolores.

Ein Mann stand da, breitschultrig und blond, in einem blauen Blazer und mit einer Miene, die Entschuldigung ausdrückte.

»Dr. Seymour?«

Im Krankenhaus waren eine Reihe von Einbrüchen vorgekommen, aber der Mann sah nicht wie ein Dieb aus.

»Dr. Seymour, ich brauche Hilfe.«

Der Ton, die zusammengesunkene Haltung, der flehende Blick – er sah rührend aus, fast verzweifelt.

»Tut mir leid«, antwortete Ezra Seymour. »Sie müssen einen Termin mit meiner Sekretärin verabreden. Meine Praxis ist zwischen . . .«

Doch dann brach er ab. Der Eindringling trat in das Sprechzimmer und schaute sich um.

Plötzlich kam ihm ein Verdacht.

»Mr. Forrest?«

»Ja. Das Krankenhaus nannte mir Ihren Namen. Zu Hause konnte ich Sie nicht erreichen, also habe ich es hier probiert. Ich sah das Licht, hatte also Glück.« Der Mann sprach monoton. »Ich muß wissen, was mit meinem Sohn los ist.«

Ezra vergegenwärtigte sich schnell, was ihm über Donald Forrest bekannt war. Nicht viel. Nur, daß er seine Frau vergewaltigt und seinen Sohn entführt hatte. Und daß seine Frau ihn fürchtete und haßte . . .

»Toby ist auf dem Weg zur Besserung«, antwortete der Arzt vorsichtig. »Er braucht Behandlung, und es wird noch eine Weile dauern, ehe ich mehr sagen kann.«

»Alle schieben mir die Schuld zu«, sagte Donald Forrest. »Gut, ich akzeptiere das.« Ungebeten setzte er sich auf den Patientenstuhl vor dem Schreibtisch. »Ich würde nie etwas tun, was meinem Sohn schadet.«

»Mr. Forrest, ich bin nicht auf eine Konsultation vorbereitet. Ich merke, daß Sie erregt sind . . .«

»Ich trinke nicht«, sagte Donald Forrest. »Richtig?«

Vielleicht nicht im Augenblick. Aber Ezra erinnerte sich an weitere Einzelheiten, die er über den Mann gehört hatte, und er erkannte eine alkoholismusbedingte Depression, wenn er eine sah. Wenn er einen persönlichen Eindruck von diesem Mann bekam, würde das seinen Umgang mit Toby erleichtern. Er nahm hinter dem Schreibtisch Platz.

Donald Forrest hob den Kopf, mutlos, bedrückt. »Ich nehme alle Schuld auf mich.« Flehen lag in seinen Augen, in seinem Ton. Aber auch etwas anderes, was Ezra Seymour sich gewiß nicht einbildete. Er hatte Erfahrung mit der Raffinesse von seelisch Kranken. Und Alkoholikern. Sie machen sich ebenso gekonnt selbst etwas vor wie den anderen. »Sie können mir helfen, Doktor.«

»Falls«, meinte der Arzt behutsam, »Sie vorhaben, mein Patient zu werden, sich in meine Behandlung zu begeben . . .«

»Was Sie für richtig halten.«

Einer solchen Situation hatte sich Ezra Seymour noch nie gegenüber gesehen. Wenn Donald Forrest die Notwendigkeit für eine psychiatrische Behandlung einsah . . .

»Ich will so nicht weitermachen«, sagte Donald Forrest. »Ich habe Angst.«

»Wovor, Mr. Forrest?«

»Ich bin anscheinend nicht in der Lage . . .«

Ezra hegte keinen Zweifel, daß der Mann aufrichtig war: Im Augenblick glaubte Donald, was er sagte, und empfand diese Angst.

»Wozu in der Lage?« hakte er nach, weil ihm auch bewußt war, daß Menschen in einem bestimmten Zustand ehrlich zu sein glauben und gleichzeitig etwas damit erreichen wollen. Das Spektrum des Selbstbetrugs, der Ambivalenz und Doppelzüngigkeit war grenzenlos, und je gestörter der Geist, desto leichter verwischten sich die Grenzen. Interessiert, aber tastend fragte er: »Meinen Sie, daß es Ihnen immer schwerer fällt, Ihre Gefühle unter Kontrolle zu halten?«

Donald Forrest nickte. »Ich mache Sachen, ehe ich es überhaupt merke. Aber . . .«

»Ja?«

»Ich will niemand weh tun. Wirklich nicht.«

Ezra dachte über diesen gefährlichen Konflikt nach. Er beschloß, noch einen heiklen Schritt weiterzugehen, ehe er eine stationäre Behandlung mit zweifelhaftem Erfolg vorschlug. »Sie haben sich nicht nach Ihrer Frau erkundigt«, sagte er.

»Brenda?«

»Sie macht auch Schweres durch, das ist Ihnen doch klar.«

»Wegen mir, richtig?«

»In einer komplexen menschlichen Krise wie dieser, Mr. Forrest, ist es nicht meine Absicht und Aufgabe, jemand die Schuld zu geben, sondern – mit etwas Glück und einer Menge Anstrengung – zu Lösungen zu gelangen. Für alle Beteiligten. Auch für Sie.«

»Ich bin zu allem bereit.«

Das war seine Chance. Er fragte: »Sind Sie auch bereit, sich in eine Klinik zu begeben, wo wir alle Ursachen für diese Krise aufspüren und untersuchen können?«

»Eine Klinik?«

»Es wäre das beste. Der erste Schritt wäre im Idealfall eine Entziehungskur.«

»Wollen Sie etwa sagen, ich sei betrunken? Das meinen Sie doch?« Er starrte ihn aus verschleierten Augen an. »Richtig?«

»Ich meine, Mr. Forrest, daß Sie zuerst wieder einen klaren Kopf bekommen müssen.«

Jetzt trat ein berechnender, listiger Ausdruck in seinen Blick. »Dieselbe Klinik, in der Toby liegt?«

Da schoß ihm Barry Conrads Vorsichtsmaßnahme mit der Leibwache durch den Kopf. »Ich würde das Sarasota Memorial oder das Ärztehaus empfehlen.«

Donald Forrest beugte sich vor. »Brenda hat immer gesagt, daß ich einen Irrenarzt brauche.« Sein Ton war härter geworden, sein Blick dunkler. »Zum Teufel, ich brauche keinen Irrenarzt.«

Es hatte keinen Sinn, ihn daran zu erinnern, daß er um Hilfe gebeten hatte. »Vielleicht nicht. Aber Sie brauchen Hilfe.«

»Alles, was ich brauche, ist Brenda.«

Ezra Seymour hatte schon mit allen möglichen Arten von Besessenheit zu tun gehabt, mit Fixierungen verschiedenster Art. Und er kannte die Gefahren. Aber er konnte nur erwidern: »Ich halte das im Augenblick nicht für ratsam. Jedenfalls nicht heute abend und nicht in Ihrer Verfassung.«

»Das zu entscheiden steht Ihnen nicht zu«, sagte Donald Forrest forsch. »Wo ist sie?«

»Das weiß ich nicht, ehrlich.« Das war die Wahrheit.

»Sie steckt dahinter, was? Sie will mich um jeden Preis in eine geschlossene Abteilung bringen.«

Hoffnungslos, hoffnungslos. Aber begütigend versuchte er es noch einmal. »Woher hätte sie ahnen können, daß Sie mich heute hier aufsuchen?«

In einem Ton tiefer Verzweiflung und Resignation, ohne Zorn, sagte Donald Forrest: »Sie stecken alle unter einer Decke.«

Der letzte Strohhalm, das letzte Eingeständnis, das klassische Symptom. Die Grenzlinie zwischen geistiger Gesundheit und Krankheit war dünn, manchmal trügerisch, aber Donald Forrest hatte sie schon weiter überschritten, als der Arzt zunächst erkannt hatte. Hier waren Vernunft und Argumente fruchtlos, selbst Worte kamen nicht mehr an.

»Wenn ich im Krankenhaus bin, kann sie entkommen, was? Das wollen Sie doch?«

Schweigen.

Donald Forrest beugte sich mit forderndem Blick weiter vor. »Das wollt ihr doch alle erreichen?«

Ehe Ezra reagieren konnte – widersprechen war ohnehin sinnlos –, griff der Mann in seine Jackettasche. Zu seiner großen Verblüffung zog er einen Revolver heraus.

Irgendwo im Hinterkopf registrierte er, daß nun der Moment gekommen war, den alle Ärzte seines Fachs insgeheim fürchteten, über den sie mit Galgenhumor Witze rissen, den sie aber stets verdrängten. Die Szene hatte etwas Unwirkliches. Weder seine Ausbildung noch seine Erfahrung hatten ihn auf einen Verrückten mit einem Revolver vorbereitet.

Donald Forrest zielte nicht. »Sie war noch immer in der Telefonzelle«, sagte er, als sei das Erklärung genug. »Ich will niemand weh tun.« Die klägliche Aufrichtigkeit war bedrohlicher, als ein Aufschrei hätte sein können. »Ich will nur Brenda.«

Ezra Seymour fiel die Adresse 1168 Westway ein, dann der Zettel, den Barry Conrad ihm ausgehändigt hatte. Er traf eine

Entscheidung. Er wollte nicht getötet werden. Er war neununddreißig Jahre alt und wollte nicht sterben. Er würde das Nötige tun, um diesen Wahnsinnigen loszuwerden und anschließend dafür zu sorgen, daß die Frau vor ihm geschützt wurde.

Aber noch blieb eine Alternative. »Ihre Frau wohnt bei Freunden.«

»Wo?«

»Auf Longboat Key.«

Doch Donald Forrest schüttelte den Kopf. »Noch mehr Lügen«, sagte er dumpf. »Ich bin schon genug angelogen worden.«

Ezra versuchte, den Blick vom Revolver zu lösen. »120 Sands Point Road. Appartement 303.«

Zweifel stieg in die geröteten Augen, ein Hoffnungsschimmer. Donald Forrest hätte ihm liebend gern geglaubt.

Doch dann lag der Revolver plötzlich in der zerschrammten Hand auf dem Schreibtisch.

»Sie wollen wohl besonders schlau sein, was?« Es klang fast traurig.

»Sie hat sie mir heute vormittag im Krankenhaus gegeben, als Ihr Sohn eingeliefert wurde.«

Donald Forrest schüttelte den Kopf und legte auf die Brust des Arztes an. »Das ist *Ihre* Adresse!«

Ezra gab auf. Das war alles andere als klug gewesen. Wie konnte er nur so dumm sein. Er verwünschte sich innerlich und starrte in den Lauf des Revolvers. Wenn der Mann seine Praxis im Telefonbuch nachgeschlagen hatte ...

»Wohnt sie etwa bei Ihnen?« erkundigte sich Donald Forrest. »Bezahlt sie so Ihr Honorar?«

Gott, war er ein Esel. Blitzschnell fiel ihm ein, was Barry Conrad ihm über den Angriff auf den jungen Schauspieler erzählt hatte ...

Er konnte den Blick nicht vom Revolver losreißen.

»Ich habe gelogen«, gab er zu, aber der Revolver blieb auf ihn gerichtet. »Ich weiß nicht, wo Ihre Frau ist.«

In seinem Leben hatte er sich nur ein paarmal gefürchtet – als eine Patientin mit einem Messer auf ihn losgegangen war, während der ersten Bombardierung des Lazaretts in Saigon …

Seltsamerweise zitterte er nicht. Er war zu Eis erstarrt, regungslos. Schließlich quetschte er heraus: »Ich habe zwei Telefonnummern.«

»Wo?«

»In meiner Hemdtasche.«

Da der Arzt sich immer noch nicht rührte, stand Donald Forrest auf und rückte näher, bis der Lauf sein Hemd berührte. Dann spürte er eine Hand in der Tasche.

»Schon wieder ein Trick«, sagte der Mann, fast müde. »Die habe ich schon.«

Ezra fiel nichts mehr ein, er wußte einfach nicht, was er sagen, was er tun sollte …

»Wer ist Barry Conrad?« fragte die Stimme über seinem Kopf mit einem neuen Unterton von Wildheit. »Wer ist Barry Conrad?«

Der Mann, von dem er die Nummern hatte, auf dem Blatt eines Notizblocks mit seinem Namen drauf und einer fliegenden Möwe.

»Sie ist bei ihm, richtig? Er ist der Bastard mit dem roten Bart, nicht wahr?«

Ezra überlegte flüchtig, woher Donald Forrest das wissen konnte. Hatte er ihn irgendwo gesehen? Die Mündung wurde spürbar an seine Brust gepreßt. Wenn ihm etwas eingefallen wäre, hätte er es nicht in Worte fassen können. Hilflos schloß er die Augen.

Er roch schalen Whiskydunst aus dem Mund über ihm und hörte plötzlich von draußen ein Geräusch. Schritte auf dem gepflasterten Fußweg. Der Revolver bohrte sich tiefer in seine Brust, und er hörte aus dem Wohnzimmer eine Stimmme verspielt seinen Namen rufen und dann ein rauhes Flüstern: »Es ist der Mann, wegen dem sie hergefahren ist.«

Ein metalisches Klicken war das letzte, was er hörte.

8

Mary Rinaldi kehrte vom Getränkeautomaten mit zwei weiteren Bechern Kaffee in Lieutenant Pruitts Büro zurück. Waldo Pruitts Laune hatte sich verdüstert, und Mary hatte vollstes Verständnis dafür. Ein tatkräftiger Mann wie er fand sich nur schwer damit ab, daß ihm die Hände gebunden waren.

Im Büro traf sie die Reporterin Coleen Lyons an, deren zierliche Figur sie immer ungeschlacht wie eine Riesin erscheinen ließ. Der Lieutenant hatte ein zusammengerolltes Stück Papier in der Hand, las und schimpfte vor sich hin.

»Was tun Sie hier?« fragte die Reporterin ohne Umschweife.

Mary stellte einen Becher auf den Schreibtisch und sagte: »Oh, Lieutenant Pruitt hat mich adoptiert. Ich könnte Sie das gleiche fragen.«

»Ich dachte, ich wäre adoptiert worden«, gab das Mädchen zurück und setzte sich auf einen Stuhl in der Ecke.

An der Rückseite des Gebäudes heulte ein Martinshorn auf. Schritte und Stimmen auf dem Korridor. Keine Aufregung. Es war ein ruhiger Abend.

Mary nahm wieder auf ihrem Stuhl Platz und mußte an eine Kurzgeschichte denken, die sie einmal gelesen hatte. Eine Frau sitzt am Strand und beobachtet, wie die Möwen ihre Kreise ziehen, schweben, herabstürzen, wie ihre Flugbahnen sich überschneideten. Hätte nun jede Möwe einen andersfarbigen Faden im Schnabel, würde sich ein Muster ergeben, so vielfarbig und verschlungen, wie das Leben selbst. Was wollte Mary eigentlich hier heute abend? Und wieso hatte sich die kleine Reporterin ebenfalls hier eingefunden, nachdem in der Zeitung ein paar Blocks entfernt Redaktionsschluß war?

Waldo Pruitt rollte das Manuskript zusammen und nahm den Kaffeebecher in die Hand. »Ihr Chefredakteur will es nicht abdrucken?«

Coleen Lyons schüttelte den Kopf mit den helmartig anliegenden dunklen Haaren. »Sagt, es enthält zuviel Spekulation. Fiktion hat er es genannt. Die harten Tatsachen fehlen. Ich wollte dem Arschloch verklickern, daß es hier um ein menschliches Schicksal geht, nicht um einen Leitartikel, zumal ich keine Namen genannt habe.«

»Ich teile die Meinung Ihres Redakteurs.« Und als Coleen ihm fast ins Gesicht sprang: »Der vermutlich genau das ist, was Sie ihn geschimpft haben, Missie, aber solche Worte gehören in meinem Büro nicht in den Mund von jungen Damen.«

Coleen Lyons stand da mit einem Mund, der noch weiter aufgerissen war als ihre hübschen Augen. »Er will nicht wahrhaben, daß Dinge wie Vergewaltigung und Entführung und brutale Überfälle in einer so idyllischen Gegend vorkommen. Könnte ja die Touristen verschrecken. Die soviel Geld hierlassen. Sind Sie auch Mitglied der Handelskammer geworden?«

Aber Waldo fand das nicht amüsant. »Das ist nicht der Grund meines Einwands.«

»Was dann? Ich habe alles aufgeführt, was Sie wollten.« Zornfunkelnd stellte sie sich an seinen Schreibtisch. »Beschreibung des Cougar, Kennzeichen, die Jacht, das Foto.«

Waldo trank einen Schluck Kaffee. Sein fleischiges Gesicht wirkte eingefallen, als hätte die Hilflosigkeit seinen ganzen Körper gelähmt.

»Ich habe etwas dagegen«, sagte er und überreichte ihr das zusammengerollte Manuskript, »wie Sie aus dem Hundesohn so eine Art romantischen Liebhaber machen.«

»Das war nicht beabsichtigt«, verteidigte sich Coleen Lyons mit einem Seitenblick auf Mary. »Vielleicht habe ich mich ein wenig fortreißen lassen. Rex Maynard fand mich schon idiotisch, als ich sagte, daß eine Menge Frauen gern so besessen geliebt werden möchten.«

Waldo schwieg. Mary wollte die Meinungsverschiedenheit überbrücken: »Er muß krank sein. Vermutlich ein Psychopath.« Da erhob sich Waldo Pruitt, noch immer grimmig. »Für Sie ist er vielleicht ein dämonischer Liebhaber, Coleen, und für Sie eine arme kranke Seele, Mary. Aber in meinen Augen ist er ein Krimineller, und Kriminelle sollten nicht frei herumlaufen dürfen.«

Ehe jemand antworten konnte, summte die Sprechanlage, und Waldo drückte auf den entsprechenden Knopf.

»Ja, Dutch?«

Eine etwas verzerrte Stimme sagte: »Dutch ist schon längst nicht mehr im Dienst, Lieutenant.« Geschäftig, jung. »Hier spricht Sergeant Vendig, Sir.«

»Was gibt's?«

»Mord. 1859 Hibiscus. Es sind bereits Leute dort.«

»Opfer?«

»Arzt mit Namen Ezra Seymour. Ein Psychiater.«

»Zeugen?«

»Eine Krankenschwester. Sie wird gerade verhört. Alles unter Kontrolle.«

»Danke, Sergeant. Ich bin auf dem Weg.« Er schaltete ab.

Coleen Lyons war schon verschwunden.

Im Türrahmen drehte der Lieutenant sich um. »Kommen Sie?«

»Klar.«

Und in Waldo Pruitts Auto, mit flackerndem Blaulicht und heulendem Martinshorn, sagte sie laut: »Sie können nicht jedes Verbrechen in der Stadt mit Donald Forrest in Verbindung bringen.«

Waldo Pruitt wirkte wieder aktiv. »Wetten daß? Ich hab das im Blut, Missie. Jede Wette, daß Dr. Ezra Seymour, Psychiater, einen achtjährigen Patienten namens Tobias Forrest im Palms Hospital hat – hatte? Wetten?«

Mord.

Er mußte den Wagen anhalten. Wenn er nicht stoppte, würde er mit etwas zusammenstoßen, mit entgegenkommenden Scheinwerfern, einer Palme, einer Hausmauer . . .

Und als er es geschafft hatte, den Cadillac in eine dunkle Seitenstraße zu lenken und am Straßenrand zu halten, konnte er sich nicht länger beherrschen. Sein langer, schlanker Körper wurde von wilden Zuckungen geschüttelt. Seine Hände waren zu klamm und zu kalt, um sich am Steuer festzuhalten. Oh, Gott, was war nur los? Das war schlimmer als die zwei oder drei Anfälle, die er bisher gehabt hatte; aber so schlimm hatte es ihn noch nie erwischt.

Er hatte die Scheinwerfer brennen lassen. Jemand wird das Licht sehen, vielleicht ein Polizist, doch mit bibberndem Körper und pulsenden Nerven, leer im Kopf, am Wegdämmern, fand er nicht einmal den Schalter für die Scheinwerfer. Er erinnerte sich vage, daß er etwas vorgehabt hatte. Er mußte etwas Bestimmtes tun, aber was?

Als sein Kopf etwas klarer wurde, konnte er nicht an seine Pläne denken, sondern die Gedanken liefen zurück zu dem, was er getan hatte.

Du steckst in Schwierigkeiten. Bis zum Hals.

Aber es war doch nicht wirklich passiert?

Du hast ihn getötet.

Du hast nicht vorgehabt, irgend jemand zu töten. Nur kräftig erschrecken . . .

Jesus, die Erinnerung stürzte mit einem Schlag auf ihn ein, daß sein Kopf fast zersprang: die Stimme der Frau aus dem Nebenzimmer, das Klicken, mit dem der Revolver gespannt wurde, der ohrenbetäubende Knall, der Blick des Mannes, ohne Überraschung, unverändert, während der Blutfleck auf seinem weißen Hemd immer größer wurde, wie eine aufblühende Blume, dann der Schreckensschrei hinter seinem Rükken.

Jetzt noch gellte ihm der Schreikrampf des Mädchens in den Ohren, er schob es beiseite, ein Blick in seine entsetzten Augen, und dann rannte er torkelnd auf den weißen Wagen zu, noch immer die Schreie im Ohr . . .

Das Luder. Warum war sie gerade in dem Moment aufgetaucht? Was wollte sie, wer war sie, kleine Hure, eine wie die andere, er konnte sich schon denken, was sie um die Zeit wollte, sie war nicht anders als Mutter, als Brenda . . .

Brenda. Jetzt lag es ihm auf der Zunge – was er tun mußte. Wenn er es nicht forcierte, würde es ihm einfallen.

Seine rechte Hand lag schlaff und ohne Zittern auf etwas Glattem. Glas. Die Flasche Jack. Natürlich, er hatte sie auf dem Beifahrersitz gelassen.

Die Flasche mit beiden Händen umklammernd – sein ganzer Körper war ausgelaugt, schlapp –, gelang es ihm, sie an den Mund zu heben und einen langen Schluck zu nehmen, wobei der Flaschenhals gegen die Zähne klapperte.

Im Mund war der Whisky kalt und feucht, in der Brust brennend und schließlich im Magen heiß und belebend.

Fast sofort fühlte er sich ruhiger. Er trank noch einen Schluck und richtete sich auf. Sein Kopf würde in Kürze auch klar sein.

Aber bis dahin konnte er nicht hier herumhocken. Wie weit war er gekommen? In welcher Richtung? Er wollte die Scheinwerfer einschalten und merkte, daß sie bereits brannten. Kleine Fehler und Nachlässigkeiten wie diese konnte er sich nicht leisten. Er drehte den Zündschlüssel. Was nun? Langsam fuhr er an.

Nur keine Panik. Ganz ruhig. Wenn du jetzt in Panik gerätst, weißt du, was passiert, richtig? Du weißt, daß sie dich anklagen, wegen . . .

Mord. Ersten Grades.

Aber nicht, wenn es nicht vorsätzlich geschehen war. War das nicht ein Unterschied?

Siehst du, dein Kopf funktioniert wieder. Jetzt noch ein paar Schluck, und alles klärt sich.

Aber . . . du bist doch mit einem Revolver dorthin gegangen? Du hast ihn dir aus der Telefonzelle geholt, wo du ihn versteckt hattest, als die Polizei deinen Thunderbird beschnüffelte. Und wie durch ein Wunder lag er noch unter den Papierabfällen in der Ecke.

Aber er wollte dem Arzt doch nur einen Schrecken einjagen. Um herauszukriegen, wo . . .

Warum hast du dann verdammt noch mal abgedrückt?

Barry Conrad. Das war der Auslöser. Der Name hatte in seinem Gehirn herumgespukt. Der Name Barry Conrad auf dem

Notizzettel mit der Möwe ... Als er das gesehen hatte, gab es keinen Zweifel mehr: Brenda war wegen dieses Mannes nach Florida gekommen. Und da hatte er zu fest auf den Abzug gedrückt.

Und gewußt, daß dieser Barry Conrad der nächste auf seiner Abschußliste war.

Nicht der verdammte Arzt.

Jetzt konnte er wieder klar denken.

Er gab Gas und hielt gleichzeitig nach einer Telefonzelle Ausschau. Er hatte den Namen und die Nummer ...

Aber konnte er riskieren, anzuhalten?

Er mußte den Revolver loswerden.

Nein. Wenn du den Revolver wegwirfst, kannst du den Hurenbock nicht mehr abknallen.

Eine abscheuliche Gewißheit überkam ihn. Was er tun mußte, ehe sie ihn schnappten, was er unbedingt noch erledigen mußte – er mußte Barry Conrad umlegen. Denn ... solange dieser Kerl lebte, würde er den Gedanken nicht loswerden, daß er Brenda gebumst hatte. Es gab nur einen Weg, diese Vorstellung auszulöschen. Und dann ... dann war es, als sei es nie geschehen, richtig? Dann war die Erinnerung ausgelöscht, und damit der Akt, dann war ... es ... nie ... geschehen.

Gut – er konnte also wieder klar denken.

Jetzt brauchte er nur noch ein wenig Unterstützung. Er konnte nochmals in Tampa anrufen. Aber um diesen Barry Conrad im Telefonbuch nachzuschlagen, brauchte er ein Telefon. Einen Privatanschluß.

Außerdem werden wir uns erst ein ausgiebiges Abendessen genehmigen und so viele Drinks kippen, wie Sie Lust haben, während wir auf die Ankunft Ihres Vaters warten.

Hyatt House. Da konnte er in Ruhe telefonieren. Das bedeutete zwar, daß er seinem Vater gegenübertreten mußte, aber mit dem war er noch immer fertig geworden. Und sein Vater hatte ihm immer beigestanden. Der alte Herr hatte vielleicht sogar einen Vorschlag, wie man die Verhaftung umging. Ehe er tat, was er noch tun mußte ...

Doch Hyatt House lag im Norden. Durch das Stadtzentrum

zu fahren, war zu riskant. Dieses Luder konnte den Cadillac nicht übersehen haben ...

Die Jacht. Der verdammte *Wanderer.* Er hatte Bootsstege am Hyatt House gesehen, an denen Schiffe lagen. Sie hielten sicher nach einem weißen Cadillac Ausschau, aber auf der Jacht konnten sie ihn nicht kriegen.

Jetzt arbeitete sein Gehirn wieder! Klick, klick. Er wußte, wohin.

Das Telefon läutete.

Lavinia zuckte zusammen und dachte an Brendas Wunsch, sich nicht mehr zu verstecken.

Sie hörte, wie Brenda im Gästezimmer nach dem zweiten Läuten abhob und in kurzen Sätzen sprach. Draußen wurde es allmählich dunkel. Das Wellenrauschen am Strand war lauter geworden, und der Wind hatte aufgefrischt.

Wenn das wieder Donald Forrest war, was würde Brenda dann tun?

Sie stellte eine große Holzschüssel mit Salat auf den Verandatisch. Was für ein Unsinn, wahrscheinlich hatte niemand Hunger.

Was mochte in Brenda vorgehen? Wollte sie sich mit dem Verrückten treffen? Versuchen, vernünftig mit ihm zu reden? Ihn bedrohen? Womit?

Jedenfalls würde sie nicht mehr kapitulieren. *Ich lasse mir nichts mehr gefallen, und wenn ich diesen brutalen, hinterhältigen Hundesohn mit meinen eigenen Händen umbringen muß!*

Lavinia entkorkte gerade eine Flasche Chablis, als Brenda von der Tür her sagte: »Es war nicht Donald.«

Gott sei Dank, dachte Lavinia und schaute hoch.

Und erschrak. Brendas zartes Gesicht war bleich, und die Haut spannte über den Knochen. Sie ging schnell auf die alte Dame zu und nahm ihr die Flasche aus der Hand. »Ich habe Ihnen die ganze Arbeit überlassen.« Aber sie sprach wie ein Automat und gleichzeitig wie eine Frau, die wußte, was sie wollte. Sie zog den Korken mit einem kleinen Knall aus der Flasche und erklärte: »Es war Donalds Vater. Er ist in Sarasota und wollte wissen, ob er etwas tun könnte. Für mich. Seltsam. Ich glaube, ich habe Orin unterschätzt.« Trotz der Nachdenklichkeit verlor ihr Ton nichts an konzentrierter Entschlossenheit. »Ich habe ihm Vorwürfe gemacht. Und Donalds armer Mutter. Die alles auf die Sterne schiebt.« Sie goß den blaßgelben Wein in die Gläser. »Aber schließlich und endlich ist jeder Mensch für sich und seine Handlungen verantwortlich.«

Mit Schaudern empfand Lavinia ein Gefühl der Vorahnung. Warum nur? Brenda hatte sich anscheinend mit den Problemen auseinandergesetzt, die sie quälten, und war zu Lösungen gelangt. Was sollte daran erschreckend sein?

Vor einer knappen Stunde war Brendas emotionsgeladener Auftritt wie in einer griechischen Tragödie. Medea oder Antigone. Kompromißlos und leidenschaftlich. *Ich schaue nicht mehr zu, wie andere Menschen verletzt werden.* Und jetzt diese Beherrschung, Entschlossenheit, ohne Rücksicht auf die Konsequenzen.

Welche Konsequenzen?

Um nicht die Frage zu stellen, vor deren Antwort sie Angst hatte, erkundigte sich Lavinia: »Woher wußte Mr. Forrest, wie er Sie erreichen kann?«

»Er ist mit Donalds Anwalt im Hyatt House. Donald muß dem Anwalt die Nummer gegeben haben. Wo Donald sie herhat, weiß ich nicht. Ich habe Orin gesagt, Donald möchte mich hier anrufen.«

Und dann, was dann? Aber auch das wollte Lavinia nicht so genau wissen. »Ich hole Barry«, sagte sie abrupt und ging nach draußen, ohne sich umzusehen.

Sie mußte sich dazu zwingen, ihre Vermutungen im Zaum zu halten. Dieser Ausbruch vor einer Weile – war das die reinigende Katharsis, wie sie hoffte, oder der Übergang zu noch mehr Schrecken? Oh, Gott, hatte der besessene Mann das arme Mädchen über eine unsichtbare emotionale Grenze getrieben, jenseits der es kein Zurück mehr gab?

Es war Mary Rinaldis erste Tatortuntersuchung in einem Mordfall, und sie war erleichtert, als es vorüber war. Und erschüttert. Der Anblick des toten Mannes – der massige Oberkörper noch aufrecht, der Kopf auf die Schulter gesackt, blicklos, das blutgetränkte Hemd. Wirklich tot, ermordet – das war anders als Mordszenen im Fernsehen, blutrünstige Zeitungsberichte oder Gerichtsverhandlungen. Der Polizeifotograf, der die Leiche von allen Seiten blitzte. Dann die Befragung der Zeugin im Nebenraum, untermalt von Schritten und Gesprächsfetzen und Polizeisirenen – das alles zehrte an den Nerven. Jetzt, auf dem Beifahrersitz von Waldo Pruitts Dienstwagen, fühlte sie sich erschöpft und ausgelaugt und hätte am liebsten alles vergessen.

Sie sah, wie Coleen Lyons, gefaßt und professionell, den Lieutenant abpaßte, als er das Haus verließ. Als sie näher kamen, konnte sie Waldo Pruitts verbitterte Gegenfrage verstehen: »Was halten Sie jetzt von Ihrem dämonischen, romantischen Liebhaber, Missie?«

»Ist das offiziell?« fragte die Reporterin. »Ist er der Täter?«

»Es gibt einen Haftbefehl«, antwortete der Lieutenant, als er einstieg. »Mordverdacht. Verdacht, was für ein Unsinn. Wir haben eine Augenzeugin, die ihn eindeutig identifiziert hat, eine Augenzeugin!«

Coleen Lyons eilte davon, in der Hoffnung, noch die Morgenausgabe zu schaffen.

Als sie fuhren, war der Lieutenant wie ausgewechselt. Als sie ihm das Krankenblatt mit dem Namen *Tobias Forrest* gezeigt hatte, war er nicht überrascht gewesen. Auch nicht beim Anblick des Toten. Das Unausweichliche, das Unvermeidliche war eingetreten, das zu verhindern er sich den ganzen Tag bemüht hatte.

»Der arme Kerl«, sagte er schließlich. »Hat nur seinen Job getan und ist dem Verrückten in die Quere gekommen. Jetzt sieht die Sache ganz anders aus.« Er war nicht mehr der müde, alte Mann, als er sein Büro betrat und in die Sprechanlage bellte: »Dutch?«

»Dutch ist weg. Hier spricht Sergeant Vendig, Sir.«

Waldo Pruitts Stimme dröhnte kampflustig: »Also, Sergeant, ich brauche die Beschreibung des Wagens von Hollis Sanborn, Farbe, Modell, Kennzeichen.«

»Sofort, Sir.«

»Wieder Intuition, Waldo?« fragte Mary Rinaldi.

»Was für ein Auto fährt wohl ein betuchter, aufrechter Bürger, eine Stütze der Gesellschaft wie Sanborn?«

»Einen weißen Cadillac vielleicht. Neuestes Modell?«

»Tja, genau so ein Fahrzeug sah unsere beste und einzige Zeugin, Miß Dolores Sanchez, auf dem Parkplatz. Und genau danach fahnden derzeit alle Streifenwagen.«

»Waldo, Waldo, was halten Sie davon, unserem gemeinsamen Freund eine Anzeige wegen Mitwisserschaft und Begünstigung zu verpassen – ich jedenfalls bin dafür. Aber leider wimmelt es in Sarasota nur so von weißen Cadillacs.«

Waldo Pruitt überhörte das. »Und die ganze Welt wimmelt von Hollis Sanborns.«

»Darf ich noch mal raten?«

»Nur zu.«

»Sie haben die Adresse anhand einer Telefonnummer feststellen lassen?«

»Holmes Beach. 141 West 46th Street . . .«

»Und Sie haben dort bereits Streifenwagen postiert.«

»Vor zehn Minuten. Diesmal nicht zum Aufpassen, sondern mit dem Befehl, den Mann sofort zu verhaften.«

»Und jetzt überlegen Sie, ob Sie Mrs. Forrest die Sache mit Dr. Seymour beibringen . . .«

»Nicht ob – wie.«

»Und Sie sind mir bis ans Ende Ihrer Tage dankbar, wenn ich das freiwillig übernehme . . .«

»Mein Leben lang, Missie.«

»Waldo, ich gebe das nicht gern zu, aber Sie haben in mir eine neue Freundin.«

Beim Abendessen, als Brenda sich hungrig über den Salat hergemacht hatte, hatte sie gesagt: *Damit ihr euch nicht wundert – ich gehe zu ihm zurück.*

In diesem Augenblick war Barry alles klargeworden. Es war nicht länger ein Verdacht, sondern Gewißheit. Sie log. Nach ihrem vulkanartigen Ausbruch mußte ihr klar sein, daß sie ihr das nicht abnahmen.

Nachdem Lavinia also zu ihrem Abendspaziergang aufgebrochen war, war er Brenda in das Gästezimmer nachgegangen.

»Ich werde es verhindern«, sagte er.

»Habe ich denn eine andere Wahl?« Sie ließ sich auf das Bett sinken. »Er hat gesiegt. Ich kann nicht die Hände in den Schoß legen und mit ansehen, wie er über alle Leute Unheil bringt. Und für Toby ist es das beste.«

Aber er schüttelte den Kopf. »Komm, sag mir die Wahrheit, Brenda.«

Sie reckte das Kinn vor, trotzig, und Unnachgiebigkeit färbte ihre Stimme. »Es ist mein Leben, oder?«

Er wurde allmählich sicher. Mit einer ungeduldigen Geste schloß er die Tür, damit Lavinia nichts hörte, wenn sie vom Strand zurückkam. »Ich weiß, was du denkst«, sagte er.

»Wirklich?«

»Wir sind wieder bei heute früh zehn Uhr, stimmt's?«

Sie wich seinem Blick aus.

Welche Ewigkeit war verstrichen, seitdem sie im Regen auf dem Steg gestanden und dem Boot entgegengesehen hatten? Koffer gepackt, entschlossen. Und jetzt kam ihr dieselbe Lösung wieder als einzig mögliche vor. Der einzige Ausweg – ein Unfall auf hoher See, Mann über Bord, ein Mann, zu betrunken, um sich lang über Wasser halten zu können. Er hatte ihren Entschluß schon damals verstanden, und nach allem, was geschehen war, leuchtete er ihm noch mehr ein.

Aber er sagte: »Ich lasse es nicht zu.«

Der Widerstand war unverkennbar, aber sie sagte hart und tonlos: »Und ich kann nicht zulassen, daß noch mehr passiert. Anderen Menschen.«

Aber sie hatte nicht abgestritten, daß er ins Schwarze getroffen hatte. Und sie hatte ihre Absicht nicht geändert.

»Überlaß es der Polizei. Du kannst mit ihm ein Treffen verabreden und dann die Polizei informieren . . .«

»Und was dann? Er wird verhaftet. Nach Wochen oder Monaten kommt er tatsächlich ins Gefängnis. Und Toby und ich werden mit dem Blick auf den Kalender leben. Warten. Fürchten, daß sie ihn vorzeitig entlassen, daß er flüchtet. Mit der Gewißheit, daß er früher oder später . . .«

»Die Polizei kann für Schutz sorgen . . .«

Sie schaute ihm in die Augen. »Mein Leben lang? Können sie mich die nächsten Jahre beschützen?«

Sie hatte alles genau überlegt. Ihre Logik war unwiderlegbar.

Aber . . . »Wenn du wirklich tust, was du vorhast . . . was dann?«

Sie schüttelte den Kopf. »Niemand wird es erfahren.«

Er trat auf sie zu. Er mußte mit seinen Worten zu ihr durchdringen. »Ich weiß es.«

Ohne mit der Wimper zu zucken, schaute sie ihn an. Nicht überzeugt. Unbeugsam. »Du hast gesagt, daß du mich liebst.«

»Und du weißt es. Es wird dich zerstören, Brenda. Zerfressen, Jahr um Jahr. Bis du nicht mehr du selbst bist. Die Schuld würde dich nicht aus den Klauen lassen und dich überwältigen. Ich kann es nicht zulassen.«

Schweigen dehnte sich zwischen ihnen. Nebenan kreischte Bobo fröhlich und führte Selbstgespräche.

Hatte er sie überzeugt?

Nein. Sie erhob sich. Kühle Entschlossenheit im Blick und in der Stimme. »Es ist der einzige Weg. Für Toby. Für mich. Für alle.«

Er war versucht, das einzige Wort zu gebrauchen, das düster und grausam in seinem Kopf herumspukte: *Mord.* Aber statt dessen sagte er: »Zurück in den Dschungel – so ist es doch. Jetzt hat er wirklich gewonnen. Du bist genau so wie er.«

»Überleben«, sagte sie. »Selbsterhaltung. Ich habe die Regeln nicht erfunden.« Ihre Augen blickten eisiger, als er je gesehen hatte, und sie schob sich an ihm vorbei.

Seine Stimme hielt sie an der Tür zurück – ein letzter, verzweifelter Versuch: »Wenn du das tust, Brenda, ist mit uns Schluß. Auch wenn ich es verstehe. Aber mit uns ist es Schluß. Nicht wegen ihm. Was ihm passiert, ist mir verdammt egal. Er verdient es nicht anders. Sondern weil es mir verdammt nicht egal ist, was mit dir geschieht.«

Sie ließ die Hand von der Türklinke sinken. Ihr steif aufgerichteter Rücken gab nach, und sie sackte mit gesenktem Kopf gegen die Tür.

»Oh, du verdammter Kerl«, flüsterte sie, »ich verfluche dich, Barry.«

Er wartete.

»Ich hätte es geschafft«, murmelte sie. »Und hätte es getan.« Dann trommelte sie in ohnmächtigem Zorn gegen das Holz. »Aber ich darf dich nicht auch noch verlieren. Ich darf dich nicht auch noch verlieren, verdammt, nicht jetzt, nicht jetzt . . .«

Und ihre Fäuste hämmerten weiter gegen die Tür, und Bobo protestierte lauthals gegen den Krach, und dann lag sie in seinen Armen, und der Papagei krächzte und gluckste und schnatterte und stieß ein schrilles Gelächter aus; das ganze Haus war von seinem mißtönenden, wahnwitzigen Gekreisch erfüllt . . .

Ehe Charlene in die Cafeteria des Krankenhauses ging, um Kaffee und ein Sandwich zu sich zu nehmen, schrieb sie einen Zettel und schob ihn dem schlafenden Mal zwischen die Finger.

Die Cafeteria summte wie ein Bienenschwarm. Eine von Mals Krankenschwestern setzte sich zu ihr und erklärte den Grund der Aufregung:

»Es ist fürchterlich. Ein Arzt ist vor einer Weile ermordet worden. Dolores Sanchez – sie ist Schwester im Palms Hospital – war dabei. Und konnte den Täter identifizieren. Anhand eines Fotos. Gerüchten zufolge soll es derselbe Kerl sein, der Ihren Freund zusammengeschlagen hat. Es wird nach ihm gefahndet. Wußten Sie das?«

»Nein.«

Sie verließ die Cafeteria. Sie mußte ein Telefon finden. Um Brenda bei Lavinia anzurufen. Statt dessen probierte sie Barrys Nummer. Keine Antwort.

Er war bei Brenda.

Wo er hingehörte. Ja, verdammt, sie war froh, daß er sich um Brenda kümmerte!

Hatte Brenda es schon erfahren? Nun, *sie* wollte ihr diese

schlechte Nachricht nicht überbringen! Brenda hatte genug durchgemacht. Schon viel zuviel!

Sie fuhr mit dem Aufzug nach oben.

Mal war wach. Der Zettel lag in seiner Hand. Sie trat an sein Bett.

Sie schaute ihm in die Augen, dunkel in den weißen Binden.

Sie waren nicht mehr matt vor Elend und Verzweiflung, sondern glänzten wieder, erwartungsvol, wie sie – etwa zur selben Zeit – vor seinem Auftritt in der Garderobe des Asolo geglänzt hätten.

»Nun?« fragte sie.

Der einbandagierte Kopf nickte.

Die Antwort war ja.

Sie nahm ihm den Zettel aus den Fingern, setzte sich an den Bettrand und las, was sie geschrieben hatte: *Willst du mich heiraten? Für mich wirst du immer schön sein. In Liebe.*

Ihr Plan hatte funktioniert. Er war zu neuem Leben erwacht. Gut gemacht. Und nun würde sich ihr ganzes Leben verändern.

Wieder.

Wegen Brenda.

Sie sollte dem Mädchen eigentlich dankbar sein, anstatt ihr Vorwürfe zu machen. Wenn sie nicht hergekommen wäre . . .

»Tot?«

Weil sie nicht wußte, welche Beziehung zwischen Mrs. Lavinia Davidson und Brenda Forrest bestand, hatte Mary Rinaldi gebeten, Mrs. Forrest allein sprechen zu können, als die alte Dame ihr die Tür geöffnet hatte.

Im Gästezimmer hatte sie es Brenda so schonend wie möglich beigebracht, und sie hatte nur fassungslos wiederholt: »Tot.«

»Es tut mir leid.« Die Worte klangen in ihren eigenen Ohren leer und nichtssagend. »Lieutenant Pruitt meinte, Sie müßten es erfahren.«

Die Frau, die ungefähr in ihrem Alter sein mußte, jetzt aber sehr mitgenommen aussah, nickte nur. Stumpf. Das Gesicht, das bei dem Gespräch in Rex Maynards Wohnzimmer lebhaft und empört gewirkt hatte, sah ausgezehrt und niedergeschlagen aus.

Brenda schüttelte die dunklen Locken. »Wie . . . wie hat er überhaupt . . .« Aber sie ließ den Satz in der Luft hängen. »Ich hätte es mir denken können.« Den gleichen Ausdruck von Versagen hatte Mary auf dem Gesicht des Lieutenants entdeckt, als er die Leiche sah. »Hätte ich es wissen können?«

Dann kamen Tränen, quollen einzeln aus ihren eingesunkenen, traurigen Augen.

»Ihrem Sohn geht es gut«, tröstete Mary Rinaldi sie. »Er ist in Sicherheit.«

Mutlos sagte Brenda: »Er wird nie in Sicherheit sein. Niemand ist vor ihm sicher.« Und dann: »Nur er. Er ist sicher.«

»Wir tun unser möglichstes. Draußen ist Polizei postiert. Er wird verhaftet werden.«

Brenda schüttelte den Kopf. »Er wird damit durchkommen. Er wird mit allem durchkommen.«

Das eingefallene Gesicht, die schwache Stimme, der erschöpfte Körper, der auf das Bett sank, die blinden Augen . . . Mary spürte, wie die Verzweiflung der Frau auf sie übergriff. Sie schaute sich in dem kleinen Zimmer um. Wie fremd mußte sie sich hier vorkommen, auf der Durchreise, wie ein Flüchtling. Und wie lange hatte die Frau nicht mehr geschlafen?

Um ihre widerstreitenden Empfindungen in den Griff zu bekommen, ging Mary zur Tür. »Soll ich Ihnen Mrs. Davidson hereinschicken?«

Brenda schüttelte schwach den Kopf. »Nein, danke. Sie . . . Sie waren sehr freundlich. Alle sind so freundlich.« Und als ob diese Worte ihr das Grauenhafte, das geschehen war, erst richtig bewußt machten, rollte sie sich auf den Bauch und schluchzte hemmungslos.

»Lassen Sie sich nicht unterkriegen, Brenda«, beschwichtigte sie Mary hilflos und ging aus dem Zimmer.

Im Wohnraum saß Mrs. Davidson in einem Schaukelstuhl mit einem offenen Buch auf dem Schoß, aber sie las nicht. Ein schmaler Mann mit einem roten Bart und einer Pfeife zwischen den Zähnen betrat das Zimmer mit leichtem Hinken.

»Hallo«, stellte er sich vor. »Ich bin Barry Conrad.«

Mary holte tief Luft. Sie hatte keine Wahl. »Es gibt etwas, was Sie beide wissen sollten. Ein weiteres Verbrechen wurde begangen . . .«

»Wo bist du?« fragte Orin Forrest.

»Im Foyer.«

»Komm rauf, Junge«, gebot Orin und legte den Hörer auf, zwischen Wut und Angst hin- und hergerissen, wie schon auf dem Herflug und, mühsam unterdrückt, bei dem Gespräch mit Hollis Sanborn.

Die herzhaften Beteuerungen des Anwalts hatten seine Nerven etwas beruhigt, aber nicht das Mißtrauen ausgeräumt, daß noch mehr hinter der Geschichte steckte.

Die Jugend, Mr. Forrest – sie muß sich die Hörner abstoßen.

Sie sagen, der Motorradfahrer liegt im Krankenhaus. Gibt es keinen Zweifel, daß mein Sohn der Täter war?

Darauf kommt es nicht an. Nicht juristisch. Er ist nicht schuldig, ehe er nicht verurteilt ist.

Orin war erst erleichtert, als der geschwätzige, alte Winkeladvokat endlich zum Ende kam: *Also, anscheinend bringt er mir meinen Wagen heute nicht mehr zurück. Ich nehme ein Taxi. Regen Sie sich nicht auf. Verlassen Sie sich auf Hollis Sanborn.*

Es war noch eine verdammte Menge, was er Orin verschwiegen hatte. Bisher. Aber er würde schon dahinterkommen!

Der Summer an der Tür ertönte.

Er würde bald dahinterkommen.

Aber als er zur Tür ging und Donald erblickte, verließ ihn alle Zuversicht. Und der Zorn wich einer Woge von Mitgefühl und Zuneigung. »Guter Gott, Junge, was ist mit dir geschehen?«

Wortlos, ohne Begrüßung oder Umarmung, betrat Donald das Zimmer. Seine Augen blickten verschwommen, aber irgendwie zielsicher, obgleich er sich wie ein Schlafwandler bewegte.

Orin schloß die Tür. »Ich bestelle Kaffee. Du könntest inzwischen duschen.«

Als hätte er es nicht gehört, ging Donald zu dem Nachttischchen zwischen den Betten und begann stehend, in dem Telefonbuch herumzublättern. Orin fand sein Benehmen empörend, aber er schluckte seinen Zorn herunter und fühlte eine namenlose Angst aufsteigen. Er stand da, hilflos und schwach, während alle Befürchtungen seines langen Lebens ihn wie eine schwarze, alles verschlingende Woge überspülten.

»Was hast du mit Mr. Sanborns Wagen gemacht?«

»Scheiß-Sanborn, er steckt auch mit drin.«

»In was?« hörte Orin sich fragen.

»Sie stecken alle unter einer Decke.«

»Wer sind *sie*«, wollte Orin wissen. »Und unter welcher Decke stecken sie?«

Donald schaute blinzelnd hoch. »Es gibt keinen Barry Conrad in Sarasota«, murmelte er verwirrt, ungläubig. Als wäre das unmöglich, dürfte nicht sein.

»Wer, zum Teufel, ist Barry Conrad?« fragte Orin. Aber hinter dem vertrauten Ärger und Überdruß machte sich ein unbekanntes Gefühl von Terror bemerkbar. »Donald, raus mit der Sprache!«

Vertieft, als sei Orin gar nicht im Zimmer, überflog Donald noch einmal die Seiten, fuhr mit dem Finger die Spalten entlang und warf das Buch dann aufs Bett.

»Der Bastard wohnt nicht in Sarasota«, sagte er, als sei das eine Unverschämtheit.

Die Angst drückte Orin auf den Magen. So hatte er seinen Jungen noch nie erlebt, überhaupt noch niemand. Er konnte nur hoffen, daß er betrunken war. Und nur betrunken. Damit konnte er umgehen.

»Junge, ich bin den ganzen Weg hergekommen . . . Verdammt, mach endlich den Mund auf!«

»Dad«, sagte Donald fast betrübt, »Dad, stell dich nicht auch noch auf ihre Seite.«

»Welche Seite?«

»Auf der sie alle stehen«, erklärte sein Sohn.

Orin lief es kalt über den Rücken. Das kannte er schon, aber bisher war es Gejammer gewesen und nicht eine feststehende, unverrückbare Tatsache.

»Ich bestelle Kaffee, du duschst dich, und dann ...«

Aber als Donald schließlich in einen Sessel sank, war Orin klar, daß das, was dem Jungen widerfuhr oder widerfahren war, nicht mehr mit Kaffee und einer Dusche oder gar einem gesunden Schlaf zu reparieren war.

Womit dann?

»Donald«, sagte er, »ich weiß nicht, ob das der richtige Moment ist und ob ich überhaupt mit dir darüber sprechen soll.« Er holte Luft und fuhr schnell fort: »Ich habe vor etwa einer Stunde mit Brenda gesprochen.«

Donalds blaue Augen richteten sich auf ihn, schienen ihn aber gar nicht mehr wahrzunehmen.

Sag es ihm, hatte Brenda ihm gesagt, *sag ihm, daß es vorbei ist. Ich gehe zu ihm zurück.*

»Sie will, daß du sie anrufst, Donald. 555-2466.«

Donald runzelte die Stirn. »Das ... das ist die Nummer, die ich habe.« Er holte einen Notizzettel aus der Brusttasche seines Hemds. Verwundert sagte er: »Ich habe diese Nummer. Ich hatte sie schon die ganze Zeit. Schon bevor ...«

Aber er brach ab. Gehetzt schaute er im Zimmer umher und schleppte sich dann zum Telefon.

»Du mußt erst eine 9 wählen«, sagte Orin. Er gab wieder Anweisungen, als sei Donald ein kleiner Junge.

Sag ihm, daß ich auf seinen Anruf warte. Ich bin bereit, mit ihm nach Hause zu gehen.

Aber Orin wußte instinktiv, daß es nicht vorbei war. Daß zuviel geschehen war – mehr, als er ahnte.

Erschöpft sank er in den Sessel und schloß die Augen. War er endlich soweit, die Tatsache zu akzeptieren, daß sein Sohn nicht bei Sinnen war? Oder jetzt vor seinen Augen Schritt für Schritt den Verstand verlor?

Er hörte Donalds Stimme: »Brenda?«

Während er zuhörte, überlegte Orin wie schon so oft, ob er richtig gehandelt hatte.

»Brenda, wo bist du, Liebling?«

Barry legte den Hörer des Telefons im Wohnzimmer auf, und es war ihm gleich, ob sie das Klicken hörte. Zum Teufel mit der übertriebenen Rücksicht.

Er stürmte in ihr Zimmer.

Brenda hatte das Klicken sehr wohl gehört. Sie stand aufrecht da, unnachgiebig. »Man lauscht nicht, wenn andere Leute telefonieren«, sagte sie.

Keine Ausflüchte, verdammt, keine Umschweife. »Wieder zurück in den Dschungel?« herrschte er sie an. »Es war mir ernst mit dem, was ich gesagt habe, Brenda . . . wenn du so weitermachst, ist es Schluß mit uns.«

»Und ich habe dir gesagt, daß ich dich nicht verlieren will. Und daß ich mich nicht von ihm zwingen lassen werde, ihn umzubringen. Das war mir auch ernst, Barry.«

»Was dann?«

»Du hast gehört, daß ich ihn hierherlocken wollte.«

»Du hast auch angeboten, ins Hyatt House zu kommen.«

»Ich dachte, ich könnte ihn lang genug an der Strippe halten, damit die Polizei . . .«

»Was dann? Du gehst zu ihm auf die Jacht, und was dann, Brenda?«

»Ich rufe Lieutenant Pruitt an und sage ihm, wo Donald jetzt ist.« Sie wählte. »Wenn sie ihn nicht verhaften, muß ich selbst sehen, wie ich klarkomme.«

»Aber wie, verdammt?«

»Ich will es dir sagen, Barry. Aber du kannst mich nicht aufhalten.« Dann ins Telefon: »Lieutenant Pruitt bitte, dringend.«

Es war eine Konfrontation zwischen Vater und Sohn wie nie zuvor. Nicht Vater und Sohn, von zwei Männern mit geballten Fäusten, ineinander verbohrten Blicken.

»Ich lasse dich nicht fort, Donald. Ich kann nicht.«

»Aber ich sage dir doch. Sie wartet auf mich. Brenda wartet auf mich.«

»Junge, du bist krank. Schau dich doch im Spiegel an. Du bist nicht bei Sinnen.«

»Dad, geh mir aus dem Weg. Bitte. Brenda weiß, was wir tun werden. Sie geht mit mir.«

»Wohin? Nach Hause?«

»Dad, bitte. Ich kann nicht heim.«

»Warum nicht? Du hast gerade Brenda gesagt, daß du nicht hierbleiben kannst, weil die Polizei nach dir fahndet.«

»Geh von der Tür weg, bitte, bitte . . .«

»Hollis Sanborn sagte, du wärst auf freiem Fuß. Aber . . .«

Donald trat einen Schritt vor.

Orin rührte sich nicht von der Stelle. »Was hast du getan, Donald? Was hast du noch getan? Sag es mir.«

»Verdammt, du hast doch gehört. Brenda wartet. Sie liebt mich. Mich. Das hat sie gesagt. Sie wird mir helfen, wegzukommen!«

»Was hast du getan?«

»Geh mir aus dem Weg!«

Orin sah die Bewegung, duckte sich mit gespanntem Körper, hob einen Arm, abwehrend – aber nicht schnell genug. Der Schlag explodierte in seinem Gesicht. Er schmeckte Blut, und dann torkelte er seitwärts, rang um sein Gleichgewicht, als er die Tür aufgehen hörte. Dann wurde sie zugeworfen, und er schwankte zum Bett, fiel mit dem Gesicht nach unten darauf, und Schmerz überflutete ihn . . .

9

Verdammter Barry.

Sie stand am Strand und starrte die Segelskulptur an. Und die Umgebung, hell angestrahlt von dem Scheinwerfer, den sie gerade eingeschaltet hatte.

Das Ruderboot lag nicht im Sand.

Also, wenn Donald hier eintraf – er sagte, es würde über eine Stunde dauern –, würde er das Licht und die Holzsegel erkennen und zwei- oder dreihundert Meter vor der Küste auf sie warten ... aber nun hatte sie keine Möglichkeit, zu ihm hinauszukommen.

Verdammter Barry.

Dazu hatte er kein Recht! Auch wenn er sie liebte, durfte er sich nicht so einmischen ...

Sie konnte es sich schon denken. Als er fortfuhr, hatte er das Ruderboot hinten in den Jeep geladen.

Ich kann nicht zulassen, daß du es tust, hatte er nach dem Telefonat mit Donald gesagt. *Wir wissen doch, daß er ein Killer ist.*

Ein Grund mehr, warum er verhaftet werden muß ... Brenda, er hat Ezra erschossen. Er muß die Waffe noch haben ...

Deshalb muß man ihn aufhalten, verdammt, irgendwie muß ihm das Handwerk gelegt werden!

Aber nicht durch dich, Brenda, nicht auf diese Weise. Es ist ein idiotischer Plan und ich lasse dich auch nicht eine Minute zu ihm auf diese Jacht ...

Nur lange genug, um den Zündschlüssel zu kriegen. Du hast gesagt, daß alle Schiffe mit eingebautem Motor einen Zündschlüssel haben. Also, heute ist kein Wind, er kann also keine Segel setzen! Ohne Mo-

tor bleibt ihm nichts anderes übrig, als zu warten, bis er verhaftet wird.

Wenn du wieder an den Strand schwimmen kannst, dann kann er es auch.

Barry, ich habe es mir genau überlegt. Die Idee kam mir während des Gesprächs. Wenn die Polizei ihn nicht im Hyatt House schnappt, werde ich dem Lieutenant sagen, was ich vorhabe, und dann kann er seine Leute am Strand aufstellen, falls Donald zum Schwimmen nüchtern genug ist . . .

Aber Barry hatte den Kopf geschüttelt. *Nein, Brenda, nein. Locke ihn her mit dem Licht und den Segeln – aber von da an überlaß alles der Polizei.*

Sie hatte zugestimmt, zum Schein. Sie konnte nicht riskieren, daß Donald die Falle erkannte und sich aus dem Staub machte. Sie hatte Barry angelogen – *ganz, wie du willst, Liebling* – und ihren Plan beibehalten.

Und Barry hatte ihre Nachgiebigkeit akzeptiert, zum Schein, und insgeheim einen eigenen Plan entwickelt.

Wenn Donald kam, würde er ein Lichtsignal geben, um seine Position anzuzeigen, und dann im Mondschein die Wasseroberfläche absuchen, das Ruderboot nicht entdecken und merken, daß er an der Nase herumgeführt worden war. Und was dann?

Er würde sie und Gott und die Welt verfluchen und wieder abhauen.

Das war nicht zu verhindern, außer, wenn sie zu der Jacht hinausschwamm, sobald sie sie sah.

Sie ging in das Strandhaus zurück und wartete auf den Anruf des Lieutenants mit der Nachricht, daß Donald verhaftet war. Während sie wartete, zog sie vorsichtshalber den Badeanzug unter die lange Hose an. Für alle Fälle . . .

»Nein, es gibt keinen Zweifel, Mr. Forrest«, sagte Waldo Pruitt. »Tut mir leid.« Mehr konnte er nicht tun, auch wenn es nicht genug war. Frustration und Hilflosigkeit hatten ihn beim Anblick des verletzten Gesichts gepackt. »Es gibt keinen Zweifel, daß er der Täter war, und wir fahnden nach ihm, ja.«

Keine Reaktion. Orin saß mit gesenktem Kopf da, und

Waldo Pruitt schaute auf die schütteren Haare und die hängenden Schultern herab.

»Seine Frau meinte, er wäre vielleicht noch bei Ihnen.«

Keine Antwort. Er mußte den Kummer ignorieren. Er hatte eine Aufgabe zu erfüllen.

»Wie lang ist er schon weg, Mr. Forrest?«

Keine Antwort.

»Es tut mir leid. Ich muß es wissen.«

Ohne den Kopf zu heben, so daß der Lieutenant nicht wieder in die verzweifelten Augen sehen mußte, sagte Orin Forrest: »Ich werde es Ihnen nicht sagen.«

Waldo nickte. Auch gut. »Was für einen Wagen hat er gefahren?«

»Das weiß ich nicht.«

»Wo wollte er hin?«

Da hob der alte Mann den Kopf und sagte: »Ich weiß, daß Sie ihn schnappen werden. Ich weiß, er kommt nicht davon. Aber der Teufel soll mich holen, wenn ich Sie dabei unterstütze.«

Waldo Pruitt wünschte, er wäre so sicher, daß sie den Hundesohn schnappen würden. Er sagte: »Wir tun unser möglichstes, Mr. Forrest. Wir geben nicht auf.« Dann marschierte er zur Tür. »Und es tut mir leid, ob Sie das glauben oder nicht.«

Er stürmte an den Aufzügen vorbei, die Treppe hinunter. Brenda Forrest hatte bei ihrem Anruf gesagt, daß sie mit ihrem Mann gesprochen habe, und daß er bei seinem Vater sei. *Sagen Sie mir bitte Bescheid, ob Sie ihn verhaftet haben oder nicht.* Er wollte es ihr sagen, aber nicht am Telefon.

Er war schon auf dem Weg zu ihr. Genau so wie ihr Mann, vermutete er.

Die Geschwindigkeit eines Schiffes darf nur so groß sein, daß sie im Falle einer Gefahr einen Wechsel von Fahrt voraus auf Fahrt nach achtern zuläßt. War das nicht eine Gedächtnisleistung? Wörtlich die Regel für den Bootsführerschein. Wörtlich.

Und der Irrenarzt wollte ihn in die Klapsmühle stecken! Aber daran durfte er jetzt nicht denken. Der Irrenarzt ... er war schuld, daß er jetzt so tief in der Klemme steckte!

Von Zeit zu Zeit tauchten vereinzelte Schiffe auf. Heller Mondschein. Er ließ die Positionslichter brennen. Gegen die Vorschrift.

Junge, du bist krank. Schau dich doch im Spiegel an. Du bist nicht bei Sinnen.

Was für ein Quatsch, Dad. Mir ist es nie besser gegangen. Ich habe alles im Griff.

Etwa vierhundert Meter vor der Küste. Kurs NNW, volle Pulle. Er hätte den Autopiloten einschalten können, aber er brauchte das Steuerrad in der Hand. Er brauchte es, um nicht wegzudämmern. Es war alles zuviel ...

Brenda ... Liebling, wo bist du?

Hat dein Vater es dir ausgerichtet?

Ich bin bei ihm.

Donald, ich habe gerade erst erfahren, in welchen Schwierigkeiten du steckst. Ich will dir helfen.

Weil du mich liebst. Sag es mir, Brenda.

Mir ist jetzt erst klar, wie sehr. Ja.

Sag es, Brenda, bitte.

Ich liebe dich.

Ich wußte es, ich wußte es. Wo bist du?

Bleib im Hyatt House. Ich komme zu dir.

Ich kann hier nicht bleiben. Sie können jeden Moment die Tür eintreten ...

Dann komm her. Ich sage dir genau, wohin. Hör zu ... hast du noch immer die Jacht?

Mit der bin ich hergekommen, aber ...

Dann komm mit der Jacht her. Bleib draußen im Golf. Kannst du dir ein kleines Boot beschaffen?

Ja. Ohne Motor, aber ich könnte hinausrudern. Das Wasser ist heute ruhig genug ...

Brenda, du liebst mich! Du ...

Schrei nicht. Halt den Mund und hör zu. Donald, wir werden ihnen entkommen. Hör jetzt gut zu.

Als er daran dachte, fiel ihm wieder ein, was geschehen war, als er heute morgen am Steg des Jachtklubs anlegen wollte mit Toby ...

Ob es wieder eine Falle war?

Das konnte er nicht glauben. Nicht mehr.

Du glaubst immer, was du glauben möchtest, Junge.

Der gute alte Dad. Er hatte nichts verstanden. Er hatte nicht verstanden, daß Brenda auf ihn wartete, daß die Polizei ihn suchte, daß er auf die Jacht mußte, daß Brenda sich um ihn kümmern würde . . .

Er erinnerte sich an das fassungslose Gesicht seines Vaters, als er zuschlug. An das Blut an seinen Lippen, als er auf das Bett gefallen war. Er hatte nicht hart zugeschlagen, nur fest genug, um die Tür freizukämpfen. Er wollte dem alten Mann nicht weh tun. Er wollte niemandem weh tun, niemandem, niemals . . .

Mit einer Hand am Steuer angelte er sich die Flasche Jack, die auf dem Nebensitz auf seinem Blazer lag. Viel wollte er nicht mehr trinken. Nur genug, um das Hochgefühl aufrechtzuerhalten, das ihn durchströmte. Nicht so viel, daß es in seinem Kopf wieder so gräßlich klickte. Er wollte unbedingt vermeiden, daß ihm wieder der Film riß, daß er in die tote Welt der Bewußtlosigkeit eintauchte – nicht heute nacht, nicht jetzt, wenn er sie wiederbekam.

Nur ein Schlückchen oder zwei, um die nächsten Meilen auf See durchzustehen.

Als die Schmerzen in seinem Kiefer immer ärger wurden, hielt Mal sie aus, so lange – Charlene wußte es genau –, ehe er den Arm zum verabredeten Signal hob. Dann läutete sie nach der Schwester und erklärte: »Er sollte eigentlich sowieso schlafen.« Kurz darauf kehrte die Schwester immer mit einer Spritze zurück.

Charlene wartete, bis er leise schnarchend eingedämmert war, streichelte seine Hand – schlafe, mein Liebling, schlafe dich gesund – und ging dann nach unten zu ihrem Kombi.

Sie wollte gerade die Richtung zu Mals Bleibe einschlagen, als sie es sich anders überlegte. Wenn Brenda in Lavinias Haus war, wer kümmerte sich dann um Toby? An der Ecke Osprey bog sie nach Süden ab, obwohl sie befürchtete, sie würden sie nicht zu ihm lassen.

»Sind Sie eine Verwandte?«

»Fast«, antwortete sie lahm. »Er hat bei mir gewohnt.«

Die ältliche Frau in der rosa Uniform überlegte. »Nun, Dr. Seymour hat Anweisung gegeben, daß er vor morgen keinen Besuch haben darf. Nicht einmal seine Mutter. Aber . . .« Sie erhob sich. »Augenblick mal.«

Während ihrer Abwesenheit überlegte Charlene, daß sie die Ereignisse seit dem Morgen kaum verfolgt hatte. Sie wußte nicht einmal genau, warum Toby in diesem Krankenhaus war und was ihm fehlte. Sie schaute sich im Wartezimmer um und entdeckte einen uniformierten Beamten, der sie anlächelte und sich dann wieder in seine Zeitschrift vertiefte.

Die Schwester kehrte zurück, setzte sich hinter ihren Tisch und blätterte die Kartei mit den Krankenblättern durch. Dann sagte sie: »Dr. Hunter hat das Besuchsverbot aufgehoben. Angesichts der Ereignisse . . .« Sie blickte auf.

»Ich weiß, was Dr. Seymour passiert ist«, sagte Charlene.

»Ist es nicht fürchterlich? Wir sind alle entsetzt! Dr. Hunter meinte, es würde dem kleinen Burschen guttun, wenn er ein bekanntes Gesicht sieht. Falls er irgend etwas mitbekommen haben sollte.« Sie überreichte Charlene einen Besucherpaß. »Aber Dr. Hunter besteht darauf, daß Dr. Seymour mit keinem Wort erwähnt wird.« Sie lächelte. »Goldiger Kerl, dieser Toby. Wir haben ihn alle sehr gern.«

Toby war in einem Einzelzimmer untergebracht und steckte in einem zu großen Schlafanzug. Vom Krankenhaus wahrscheinlich. Und er stand am Fenster und starrte hinaus.

»Toby?«

Er drehte sich um, abwartend erst, dann strahlend. Und er kam in ihre ausgebreiteten Arme.

Kniend drückte sie das Kind an sich, bis es sich zurückstemmte und sie ernsthaft anschaute.

»Charl . . . h-h-hat Dr. Ezra einen Unfall gehabt?«

Tastend fragte sie: »Kenne ich Dr. Ezra?«

»Er ist mein Arzt.«

»Wie kommst du drauf, daß Dr. Seymour etwas passiert sein sollte?« fragte sie.

Er trat zurück. »Du kennst ihn doch. S-s-s-so heißt er mit Nachnamen. Dr. Seymour. Also weißt du Bescheid.«

»Ich wüßte nicht, was ihm passiert sein sollte.«

Er kletterte auf sein Bett. »Du b-b-bist wie die anderen. Aber ich merke es. Jedesmal, w-w-wenn ich auf dem Gang zwei Schwestern treffe, sind sie still, sobald sie mich sehen.« Mit baumelnden Beinen saß er auf dem Bettrand. »Ich m-m-muß ihm etwas Wichtiges sagen. Und er soll der erste sein.« Er schüttelte den Kopf und schaute betrübt die Wand an.

Wie, zum Teufel, war sie in diese Situation gekommen? Und was konnte sie sagen?

»Ich wollte, die Leute wären ehrlich«, sagte er verächtlich und unwillig. »Ich kann es vertragen.«

»Wirklich, Toby?«

Er schaute ihr in die Augen. »Probier's.«

Aber sie wagte es nicht. Die Anweisung lautete anders. Aber sollte sie ihn wirklich in dieser Ungewißheit lassen?

»Na los, Charl.«

»Dr. Ezra hatte tatsächlich einen Unfall, Toby.« Sie sprach sehr leise und sanft. Und wartete.

»Er ist tot, oder?«

Verblüfft überlegte sie einen Moment. Dann nickte sie. So war es wohl das beste. Sie hatte sowieso schon zuviel gesagt. Wie würde er reagieren, wenn er die ganze Wahrheit erfuhr?

Tränen liefen ihm über die Wangen, aber er schluchzte nicht, sondern blieb aufrecht sitzen.

Ihr drehte sich fast das Herz um, aber sie konnte ihm nicht die ganze Wahrheit sagen. Aber sie zweifelte nicht daran, daß er sie, wenn er sie erfahren würde, verkraften könnte.

Dann – ein Ablenkungsmanöver – fragte sie: »Was wolltest du Dr. Ezra als erstem sagen? Kannst du es *mir* anvertrauen?«

»Du weißt es doch schon.«

»Was weiß ich, Schatz?«

»Ich habe die ganze Zeit gewußt, daß ich es kann, so, wie ich schwimmen kann . . .

»Was kannst du?«

»S-s-s-prechen«, sagte er. »Hörst du mich nicht?«

Um diese Zeit war kaum Verkehr auf der einzigen Straße auf Longboat Key. Mary Rinaldi saß wieder neben Waldo Pruitt in dessen Auto, aber sie hatte schon verschiedene unauffällig zwischen den Häusern parkende Streifenwagen entdeckt, seitdem sie die kurze Brücke über New Pass überquert hatten. Und sie wußte, daß noch mehr auf der Lauer lagen. Der Lieutenant fuhr schnell, mit Blaulicht und Sirene.

Er war gerade aus Hyatt House herausgekommen, als sie ihn einholte – nachdem sie auf der gleichen Straße in die Stadt gefahren war und im Hauptquartier nach seinem Verbleib gefragt hatte – und ihm mitteilte, daß Brenda Bescheid über den Mord an Dr. Seymour wußte. Waldo hatte sie aufgefordert, ihren Wagen stehenzulassen und bei ihm einzusteigen. *Wenn Sie bei der Verhaftung dabeisein wollen. Aber verlassen Sie sich nicht drauf. Ich bin schon wieder auf einer kalten Spur.*

Seit der Abfahrt hatte er Befehle über Sprechfunk erteilt: Straßensperren an allen Zufahrtsstraßen zur Anna-Maria-Insel, Wagen in der unmittelbaren Nähe des Hauses in Holmes Beach. War der weiße Cadillac gesichtet worden?

»Noch nicht, Sir.«

Waldo warf ihr nicht einmal einen Seitenblick zu, aber sie wußte auch so, daß er wieder einmal mit einer Vermutung recht gehabt hatte: Es war der Wagen von Hollis Sanborn.

»Der Mann ist bewaffnet und sehr gefährlich. Also paßt gefälligst auf. Ende.«

Er steckte das Handmikrophon in die Halterung und knurrte: »Dieser verdammte Revolver. Warum haben wir nicht vor zwei Stunden daran gedacht?«

»Woran, Waldo?«

»Der Hundesohn hat die Achtunddreißiger in der Telefonzelle versteckt, als er wegen Trunkenheit am Steuer eingelocht wurde. Und wir Idioten haben den Thunderbird auseinandergenommen! Er brauchte nur zu der Zelle zu fahren, sich den Revolver zu schnappen, Dr. Seymours Praxis aufzusuchen und ihn zu benutzen.«

»Was beweist das?« fragte sie. »Daß nicht einmal Waldo Pruitt an alles denkt?«

»Nein, daß der Arzt noch leben würde, wenn wir richtig geschaltet hätten! Bei der Polizeiarbeit kann man sich keinen solchen Fehler leisten.«

Über das Lenkrad gebeugt verfiel er in Schweigen.

Die Straße wand sich um einen Campingplatz zur Rechten und erreichte links fast den Golf. Draußen auf dem Wasser konnte sie die Lichter und schemenhaften Umrisse von einigen Schiffen erkennen. Die Nacht war von einem vollen Mond erhellt, der rund und gelb über den Dächern und Pinien zu ihrer Rechten hing. Es war schwach bewölkt – eine perfekte Nacht für eine Verbrecherjagd!

Vollmond: Sie mußte an Waldos Theorie denken, nach der die Verrückten bei Vollmond erst richtig durchdrehen. Sie war nicht in der Stimmung, über Aberglauben zu lächeln ... böse Geister, Teufelswerk – wie sollte man das Unerklärliche erklären?

Als sie die enge Brücke zwischen Longboat Key und der Anna-Maria-Insel erreichten, waren die Straßensperren bereits errichtet. Sie wurden durchgewinkt, und dann vernahm sie die jungenhafte Stimme von Sergeant Vendig.

»Lieutenant?«

»Ja, was gibt's?«

»Das gestohlene Fahrzeug, Mr. Sanborns Cadillac ... er ist gefunden worden, Sir. Beim Field Club südlich der Stadt. Leer.«

»Und Mr. Sanborn?«

»Soll ich ihm Bescheid sagen lassen?«

»Bescheid sagen? – Quatsch! Holen Sie ihn zum Verhör. Verdacht auf Mitwisserschaft bei einem Mord, aber verhören Sie ihn nicht. Lassen Sie ihn schmoren. Ich knöpfe ihn mir vor, wenn ich zurückkomme. Und, Sergeant ...«

»Ja, Sir?«

»Haben Sie eine Ahnung, ob der Field Club eine Marina hat?«

»Ja, da sind Liegeplätze.«

»Fragen Sie den Dockmeister – telefonisch, wir können keinen Mann entbehren –, ob der verdammte *Wanderer* dort den ganzen Tag gelegen hat.«

»Sofort, Lieutenant.«

Aber der Lieutenant hegte keinen Zweifel, und sie auch nicht.

»Straßensperren«, sagte er, »Überwachung, eine Hundertschaft von Polizisten, die Maulaffen feilhalten, während Mr. Donald Forrest uns ein Schnippchen schlägt und mit seiner Luxusjacht nach Norden ausgelaufen ist.«

»Was nun, Waldo?«

»Jetzt«, sagte er müde, »alarmieren wir wieder die Küstenwache und hören uns ihre Ausflüchte an.«

Nur vierundzwanzig Stunden waren vergangen, seitdem sie Brenda kennengelernt hatte, aber Lavinia kam es vor, als wäre sie eine alte Freundin. Vielleicht, weil sich die Ereignisse so überschlagen hatten. Sie war nicht nur Zeuge von Gewalt und Brutalität gewesen, sondern auch von menschlicher Größe und Anteilnahme und Selbstlosigkeit – eine Bestätigung ihrer guten Meinung von dem, wozu Menschen fähig sind. Ihre Zurückgezogenheit und Selbstgenügsamkeit waren gestört worden, aber dafür hatte ihre Vitalität auf erstaunliche Weise zugenommen.

Doch diese positiven Gedanken konnten ihre Unruhe ebenso wenig dämpfen wie die Klänge von Haydns *Abschiedssymphonie.*

Brenda war in ihrem Zimmer und wartete auf den Anruf von Lieutenant Pruitt – *vielleicht kann er ihn verhaften, und dann ist alles vorüber* –, aber als das Telefon schließlich klingelte, war es nicht der Polizeibeamte.

Brenda kam aus dem Gästezimmer. Verwundert schüttelte sie den Kopf.

»Charlene«, sagte sie, ungläubig flüsternd, »sie ist bei Toby. Sie hat die Erlaubnis, über Nacht bei ihm zu bleiben. Und, Lavinia . . . er spricht wieder!«

Als wäre das alles zuviel für sie, flüchtete sie wieder in ihr Zimmer. Aber an der Tür drehte sie sich noch einmal um und sagte hart: »Ein Grund mehr . . . ein Grund mehr . . .« Damit verschwand sie.

Ein Grund mehr, daß er seinem Vater nie wieder in die Hände fallen darf, ergänzte Lavinia im stillen. Und stimmte zu. Ein Grund mehr, diesen Mann zu verhaften und einzusperren.

Sie drehte die Schallplatte um, mit unsicheren Händen, und versuchte, die Ängste, die in ihrem Innern tobten, zu beschwichtigen.

Wo war Barry? Hatte er es ernst gemeint? *Der Bastard ist auf dem Weg hierher, aber er kann nur an Land, wenn er ein Beiboot an Bord hat oder schwimmt. Die Polizei parkt hinter dem Haus, also seid ihr zwei sicher, falls er verrückt genug sein sollte, hier aufzutauchen.*

Dann war er mit seinem Jeep weggefahren, nachdem er ihr kleines Ruderboot hinten aufgeladen hatte. Aber er hätte doch schon lange wieder zurücksein müssen. Es sah Barry nicht ähnlich, sie bei seinen Plänen nicht ins Vertrauen zu ziehen.

Die Tür vom Gästezimmer ging auf, und Brenda erschien. Ihr Ausdruck war undurchdringlich, aber ihre Stimme klang verbittert: »Lieutenant Pruitt hat mir versprochen, anzurufen. Jetzt habe ich ihn angerufen. Er ist nicht da. Aber niemand mit Namen Donald Forrest ist verhaftet worden.« Sie ging durch den dämmrigen, umglasten Raum. »Haben Sie ein Fernglas?«

»Nein, aber ein Fernrohr. Und ein Stativ. Soll ich es holen?«

»Ja, bitte.«

Also ging Lavinia in ihr Schlafzimmer und mußte unwillkürlich an das Jagdgewehr hinter der Tür denken. Es hatte ein Zielfernrohr.

Aber als sie nachschaute, war es verschwunden.

Barry mußte es mitgenommen haben.

Wohin?

Ihr Herz begann heftig zu schlagen.

Plötzlich war ihr klar, wohin Barry gegangen war. Auf sein Boot. Mit einem Gewehr.

Mary Rinaldi lernte von Minute zu Minute dazu.

»Ein Bericht über die Maßnahmen der Küstenwache, Lieutenant.« Die Stimme aus dem Lautsprecher erklang, als Waldo Pruitt vom Golf in die 46th Street einbog.

»Schießen Sie los.«

»Sie versuchen, einen Kutter herzuschicken, aber abgesehen von der Rauschgiftrazzia ist ein Tanker vor Key West gestrandet. Kein Flugzeug steht zur Verfügung.«

»Es gibt Prioritäten«, nickte der Leutnant.

»Was bitte?«

»Schon gut.«

Aber Mary verstand. Was war für die Allgemeinheit wichtiger – eine Rauschgiftladung im Wert von Millionen zu beschlagnahmen, eine Ölpest einzudämmen oder einen Mörder mit geladenem Revolver entkommen zu lassen, was dem verdammten Hundesohn auch diesmal wieder gelingen würde?

»Haben Sie sich nach dem Hubschrauber des Sheriffbüros erkundigt?«

»In Reparatur. Er wurde vergangene Woche bei dem Bankraub in Myakka beschädigt, Sie wissen doch.«

»Und unsere Hafenpolizei?«

»Ist schon unterwegs. Aber sie wird zwei Stunden brauchen, auch bei so ruhigem Wasser. Und sie haben mich schon gewarnt, daß sie eine Morgan mit Dieselmotor nicht überholen können, schon gar nicht in freiem Gewässer.«

»Und wie steht's mit den Polizeibooten hier, in Manatee, Bradenton und so weiter?«

»Sie haben keine Boote.«

»Lieber Gott!«

Ja, Mary Rinaldi lernte eine Menge dazu. Anscheinend war die Verbrechenswelle so angewachsen – jederzeit, überall –, daß jeder Fall, der ihren Schreibtisch erreichte und vor Gericht kam, ein Wunder war. Und trotzdem kam die Staatsanwaltschaft nicht nach.

Waldo Pruitt fuhr in die Auffahrt, um den Banyanbaum, und parkte vor dem Strandhaus. Dann ging er zum Wagen der Polizei von Holmes Beach, der neben der Einfahrt parkte, und ordnete an: »Stellen Sie sich so, daß Sie vom Golf aus nicht gesehen werden. Und geben Sie Anweisung an alle Wagen, daß sie sich ohne Licht und ohne Sirene nähern.«

Dann kam er zurück und ging mit ihr zur Haustür. »Wollen wir mal sehen, was die kleine Dame ausgeheckt hat.«

Die »kleine Dame« wartete auf sie, und in der Veranda stellte Lavinia gerade ein Fernrohr auf, das auf den Golf hinter dem Strand gerichtet war.

»Sie wollten mich anrufen«, sagte Brenda vorwurfsvoll und gleichzeitig fragend.

»Ich wollte es Ihnen lieber persönlich sagen, Mrs. Forrest.« Es fiel dem Lieutenant schwer.

»Er ist entkommen?«

»Er verließ das Hotel wenige Minuten nach Ihrem Anruf.« Nun wurde Waldo Pruitts Stimme vorwurfsvoll. »Ich habe irrtümlich angenommen, er würde den Wagen nehmen. Wenn Sie wußten, daß er mit einem Boot herkommen wollte, hätten Sie mir das sagen müssen!«

»Und was hätten Sie dann unternommen?«

»Das gleiche wie jetzt, aber früher. Wir haben Leute in der Marina hinter Pete Reynards Restaurant postiert. Das ist der einzige öffentliche Anlegeplatz, den man zu Fuß erreichen kann. Und wir haben alle anderen Docks und Werften an dieser Küste alarmiert. Es wimmelt von Streifenwagen. Meinen Sie, daß er draußen Anker wirft und an Land kommt? Hat er ein Beiboot an Bord?«

»Mein Fehler, Lieutenant. Danach habe ich ihn nicht gefragt. Wir machen alle Fehler, oder?«

»Aber Sie bezweifeln nicht, daß er sich auf dem Weg hierher befindet?«

Sie schüttelte nur den Kopf, aber mit kühler und gefaßter Gewißheit.

»Und was dann?«

»Das ist Ihre Sache. Verhaften Sie ihn.«

Waldo seufzte und schüttelte den Kopf. »Wir haben ihm die Küstenwache auf die Fersen gesetzt. Aber sie werden ihre Zeit brauchen.«

»Er wird nicht auf sie warten.«

»Mrs. Forrest . . . ich tue, was ich kann. Bei Gott. Ich weiß, daß der Mann nicht mehr bei Verstand ist, schon gar nicht nach dem Mord, aber was erhofft er sich eigentlich davon, mit dem Schiff hierher zu kommen?« Dann kniff er die Augen zusammen und fuhr sich mit der Hand durch die kurzen, grauen Haare. »Oder war das Ihre Idee?«

Plötzlich – und nicht etwa, weil Brenda Forrest mit der Wimper gezuckt hätte, denn ihr Gesicht blieb ausdruckslos –

war Mary klar, daß der Lieutenant wieder den richtigen Riecher hatte.

Aber was auch im Kopf der Frau vorgehen mochte, sie ließ es sich nicht anmerken. »Die Zeitungen sind voll von Geschichten über illegalen Rauschgiftschmuggel aus Südamerika. Hätte die Küstenwache es eiliger, meinen Mann zu verhaften, wenn er ein paar hundert Pfund Heroin an Bord hätte?«

Mary Rinaldi warf dem Lieutenant einen Seitenblick zu. Sie sah, daß er genau wie sie schockiert und gleichzeitig elektrisiert war.

Dann zeigte sich ein breites Grinsen in seinem fleischigen Gesicht. »Missie«, sagte er anerkennend, »Sie sind nicht nur hübsch, sondern Sie haben auch ein schlaues Köpfchen. Entschuldigt mich mal.«

Damit ließ er die drei Frauen stehen und ging zu dem Funkgerät in seinem Wagen.

Als er die Nordspitze der Anna-Maria-Insel umrundete, am Steuer des behäbigen, alten Trawlers, der ihm so ans Herz gewachsen war, und sich an der Küste entlang nach Süden wandte, war Barry noch immer nicht klar, was, zum Teufel, er eigentlich vorhatte.

Der Golf lag wie eine glatte und friedliche Lagune im milchigen Mondschein. Nur wenige Vergnügungsdampfer waren auf dem Wasser, und einige Kilometer entfernt im Westen zogen Frachter und Tanker auf dem Schiffahrtsweg nach Tampa. Es herrschte Zwielicht.

Sollte er die Positionslampen löschen? Noch nicht. Er wußte nicht, was für eine Jacht der Bastard gechartert hatte, aber sicher machte sie ihre acht oder zehn Knoten. Der Trawler tuckerte und vibrierte bei Vollgas, aber mehr als vier oder höchstens fünf Knoten schaffte er nicht. Ob der Bastard bereits sein Ziel erreicht hatte?

Was wollte er eigentlich unternehmen, wenn er rechtzeitig dort eintraf?

Jedes Schiff, das hochseetüchtig war und durch den Atlantik nach Connecticut segeln konnte, hatte zuviel Tiefgang, um nahe an den Strand herankommen zu können. Er konnte natürlich in der Bucht Anker werfen und mit einem Beiboot an Land rudern, falls er eines besaß. Oder schwimmen, wenn er Mumm genug hatte. In dem Fall würden ihm im kalten Wasser um diese Jahreszeit die Eier abfrieren, vielleicht würde er sogar ertrinken. Sollte dieser Glücksfall nicht eintreten und er das Ufer erreichen, würde ihn die Polizei in Empfang nehmen und Brenda beschützen. Und früher oder später mußte die Küstenwache eintreffen, ganz sicher.

Saß er also in der Falle? Teufel nein! Er konnte jederzeit Kurs aufs offene Meer nehmen. Dann ... dann war Brenda nie mehr in Sicherheit. Nie mehr.

Nun, jedenfalls würde sie keinen Augenblick lang mit ihm auf der Jacht sein. Wenn er schon nichts anderes erreicht hatte, dann war ihm wenigstens gelungen, ihr diese verrückte Idee auszureden.

Sie war tatsächlich fest entschlossen gewesen, es zu riskieren – an Bord zu gehen und an den Schlüssel zu gelangen. Obgleich sie wußte, daß der Bastard bewaffnet war ...

Obwohl sie wußte, was er mit Ezra Seymour gemacht hatte.

Zorn und Empörung erfüllten ihn.

Das Gewehr.

Er wußte nicht einmal, wie man damit umgeht. Ob man überhaupt von Schiff zu Schiff zielen und treffen konnte. Noch dazu bei diesem Licht ...

Doch er verspürte den Drang, wild und unbezähmbar, die Welt ein für allemal von diesem Bastard zu befreien. Erst dann war Brenda wirklich sicher, nicht nur im Augenblick, sondern für immer.

Doch er verwarf diesen primitiven Gedanken wieder. Und plötzlich verstand er Brenda.

So weit hatte der Hundesohn sie beide gebracht!

Aber was dann?

Ein anderes Bild schoß ihm durch den Kopf: eine Jacht, gerammt, mit einem ausgezackten Loch in der Breitseite. In das das Wasser strömte ...

Ein Unfall auf dem Meer.

Zwei zusammengeprallte Schiffe. Das passierte nicht gerade selten.

Er schob den Gashebel bis zum Anschlag, aber der alte Trawler gab schon alles, was er an Kraft besaß. Er überließ sich – mit Erleichterung und ungestümer Erwartung und kalter Entschlossenheit – seinem zerstörerischen Impuls. Wie ein Raubtier, das sich im Dschungel anschleicht.

»Hallo?«

»Mr. Forrest, Gott sei Dank sind Sie noch in Ihrem Zimmer. Hier spricht Hollis Sanborn.«

Orins Kiefer, der schon in der Ruhelage weh tat, sandte einen stechenden Schmerz durch den Kopf, als er sprach. »Was gibt's, Mr. Sanborn?« Als hätte ihm der Anwalt noch etwas Überraschendes zu bieten oder würde das kalte Grauen und die Verzweiflung lindern können.

»Die Polizei behauptet, Ihr Sohn hätte einen Mord begangen. Ersten Grades.«

Aber das wußte er bereits. Es war, als hätte er schon immer geahnt, daß es eines Tages so weit kommen würde, so daß ihn die Eröffnung des Lieutenants nicht überrascht hatte. Der einzige Lichtblick war gewesen, Gott möge ihm vergeben, als der Lieutenant sagte: *Nein, nicht Brenda, sondern ein Arzt, der Ihren Enkel behandelt.*

»Mr. Forrest, sind Sie noch dran?«

»Ja.« Aber er kam sich losgelöst . . . weit weg vor, als erlebe das alles eine Schattengestalt, die sich schon lange auf so etwas vorbereitet hatte.

»Die Fahndung nach ihm läuft, und ich werde im Polizeirevier festgehalten.«

»Schlimm.«

»Denken Sie an meine Worte: Er ist nicht schuldig, ehe er nicht von einem Gericht verurteilt wurde.«

»Er ist schuldig. Verdammt.«

»Mr. Forrest, der Junge ist Ihr Sohn . . .«

»Das ist mir gleich . . .«

»Es darf Ihnen nicht gleich sein. Ihr eigenes Fleisch und Blut!«

War das möglich? Wann war ihm der Junge gleichgültig geworden? In dem Moment, als der Lieutenant ihn informiert hatte? Oder schon vorher, als Donald ihn geschlagen hatte und er auf das Bett taumelte und die Tür hinter ihm zuschlug?

Wann auch immer – es war vorbei. Er ließ den Dingen ihren Lauf. Endlich. Und endgültig.

»Mr. Sanborn, hören Sie gut zu.« Er formulierte jedes Wort mit Bedacht. »Es ist mir scheißegal.«

Sein verdammter Kopf spielte ihm wieder Streiche. Es lag nicht am Alkohol. Er hatte sich nur vier oder fünf Schluck auf der ganzen Fahrt genehmigt. Während der vielen, langen Meilen ...

Longboat ist ungefähr zwanzig Kilometer lang ... ihre Stimme am Telefon, wie lange war das her, Stunden, Jahre, warum konnte er sich nicht konzentrieren, was, zum Teufel, war mit seinem Kopf los?

... lange Brücke zwischen Longboat und Anna Maria, und dann kommt ein öffentlicher Strand ...

Er schaute durchs Fernglas. Zu dunkel, um in der Ferne viel zu erkennen – hohe, windzerzauste Bäume hinter einer Sandfläche, Picknicktische, ein paar parkende Autos ...

... vier oder fünf Meilen nördlich liegt noch ein öffentlicher Strand, mit einer kleinen Badehütte ...

Vier Meilen? Fünf? Bei acht Knoten waren das ... eine Seemeile war länger als eine Landmeile ... also sagen wir ...

Er mußte total besoffen sein. Wenn man den ganzen Tag mit schöner Regelmäßigkeit trank ... Das war die einzige Erklärung. Es sei denn ... Oh, Gott ... hatte er durchgedreht?

Mein Gott, war er müde. Er setzte sich hinter das Steuer, schaltete den Autopilot ein und ließ dann das Lenkrad los. Riskante Sache. Aber er würde schon aufpassen. Kein anderes Schiff in Sicht. Nur weit draußen: Lichter, Frachter, Tanker, Schiffahrtsstraße nach Tampa, Scheiß auf Tampa ...

Was er brauchte, war noch ein Drink. Er griff nach der Flasche, aber dann beherrschte er sich doch. Er konnte nicht riskieren, daß ihm der Film riß, mit diesem gräßlichen Klick. Diesem Klick, nach dem alles grau und tot wurde.

Wenn ihm das passierte, wie sollte er die Jacht dann nach Mexiko steuern?

Das war Brendas Idee: *Dort werden wir sicher sein . . .*

Mexiko. Wenn sie erst an Bord war, wenn sie wieder zusammen waren, dann würden sie volle Pulle auf Kurs WSW gehen. Brenda, Brenda, Liebling, du liebst mich noch, wir entkommen gemeinsam, nur wir beide, und zum Teufel mit der restlichen Welt, zum Teufel mit allem außer uns!

Und Toby?

Zum Teufel mit Toby. Er hatte ihn nie gewollt. Sie war diejenige, die sich ein Kind wünschte. Er wollte sie nie mit einem anderen Menschen teilen. Mit niemand. Dieser verdammte Toby – immer hatte er zwischen ihnen gestanden. Nun, jetzt endlich hatte sie zwischen ihnen beiden gewählt. Auf ihn war die Wahl gefallen, nicht auf Toby, auf ihn!

Aber als erstes, wenn sie auf hoher See waren, auf dem Weg in die Freiheit, als erstes würde er den Autopilot einschalten und mit ihr in die Kabine gehen, wunderbar, ihr beim Ausziehen zuschauen, wunderschön, und dann . . .

Er versank in Träume und ließ die Gedanken wandern. Erinnerungen vermischten sich mit Begierde. Das gleichmäßige Dröhnen des Motors und die salzige Gischt und die hohe Kuppel des Himmels und der leuchtende Mond und sein silberner Schein auf dem Wasser – das alles lullte ihn in ein angenehmes und passives Gefühl der Harmonie.

Die Zeit verstrich.

Ein Geräusch unter dem Boot riß ihn aus seinen Träumen. Er erkannte es sofort. Er sprang auf, packte das Lenkrad, schaltete den Autopilot ab, drosselte die Geschwindigkeit. Das Boot verlangsamte die Fahrt, aber das Geräusch war noch deutlicher zu hören – ein Kratzen und Scheuern am Kiel. Jesus, er war auf Grund gelaufen! Er rammte den Rückwärtsgang hinein, riß das Lenkrad nach Backbord und gab Gas. Das Boot kam frei und donnerte aufs Meer hinaus.

Sandbänke. Sie hatte keine Untiefen erwähnt. Sie hatte nur

gesagt, er solle zwei- oder dreihundert Meter vor der Küste ankern.

Er schaute über die Schulter. Da war der zweite öffentliche Strand. Eine Leuchtreklame auf dem Dach der Badehütte. Keine Schwimmer. Ein paar parkende Autos. Er war fast am Ziel!

Er beschrieb einen Bogen nach Steuerbord, nahm wieder Kurs nach Norden auf und verlangsamte die Fahrt.

Du wirst eine Reihe von Häuschen sehen ...

Er war hellwach, lebendig. Alles unter Kontrolle. Er erkannte die Häuschen ...

Vor einem Haus wirst du ein Licht sehen ...

Eindeutig.

... eine Holzskulptur, etwa sechs Meter hoch, sieht aus wie Segel ...

Er sah sie, er war angelangt!

Er löschte alle Lichter.

Er hielt den Atem an.

Wenn du genau gegenüber dem Haus liegst, gib ein kurzes Lichtsignal und warte dann ...

Er hob das Fernglas an die Augen und betrachtete die Skulptur, den Scheinwerfer, das dunkle Haus dahinter ...

Wenn ich dein Lichtsignal sehe, gebe ich dir mit dem Scheinwerfer ein Zeichen.

Er nahm allmählich das Gas zurück und drehte dann den Zündschlüssel. Die Jacht schob sich noch ein paar Längen nach vorn und driftete dann.

Aufmerksam studierte er mit dem Fernglas die Umgebung. Eine bemalte Barriere am Ende der Straße, keine Wagen, zur Linken ein Gewirr von Gebüsch und Bäumen zwischen den Häusern. Die beleuchtete Skulptur. Sand. Aber nirgends ein Ruderboot. Nirgends.

Jesus, wenn das eine Falle war? Wenn ...

Wieder wurde ihm schwach.

Sollte er die Lichter an- und ausblenden?

Brenda, Brenda ...

Er ließ das Glas sinken und streckte die Hand nach dem Lichtschalter aus. Brenda liebte ihn. Brenda hatte endlich erkannt, wie sehr sie ihn liebte. Er schaltete den Suchscheinwerfer an. Aus und an und aus und an.

Und wartete.

Wie sollte er die Minuten überstehen, bis er sie wiedersah. Bis er sie berühren konnte . . .

»Brenda, was machen Sie?«

Aber die Frage war überflüssig. Sie schaltete den Scheinwerfer aus und an, nicht einmal, sondern ein paarmal.

Lavinia stand im Türrahmen. Brenda hatte sich die letzte Stunde nicht vom Fernrohr weggerührt. Nach dem letzten Lichtsignal ließ sie den Scheinwerfer brennen.

»Brenda, soll ich den Lieutenant informieren?«

»Sie schauen zu, sie haben es gesehen.« Sie ging ins Wohnzimmer und zog die Bluse ihres Hosenanzugs aus. »Sie haben ihre Chance gehabt. Sie hatten ihn zweimal in Gewahrsam.« Sie stieg aus der Hose. »Mischen Sie sich jetzt bitte nicht ein, Lavinia. Bitte.« Brenda stand in einem einteiligen schwarzen Badeanzug vor ihr.

Die unsichtbare Hand, die sich seit Stunden um Lavinias Herz krampfte, verstärkte ihren Griff. »Brenda, Sie können das nicht tun. Das Wasser ist eisig.«

Brenda stopfte ein paar schwarze Haarsträhnen unter eine enge weiße Bademütze. »Ich weiß, nur Touristen gehen um diese Jahreszeit ins Wasser. Na schön, ich bin eine Touristin, oder?«

»Sie haben nie bezweifelt, daß er kommt?«

Brenda ging zu ihr hin. »Donald glaubt immer, was er glauben will«, sagte sie und legte ihre Wange an Lavinias. »Schauen Sie nicht so erschrocken. Ich bin eine sehr gute Schwimmerin.«

Lavinia schluckte einen Entsetzensschrei herunter. »Aber . . . aber was wollen Sie tun?«

»Sagen Sie dem Lieutenant, daß er vielleicht versuchen wird zu schwimmen. Aber wenn ich die Jacht erreiche, ehe sie sich in Bewegung setzt, dann entkommt er diesmal nicht.«

Damit lief Brenda schnell und leichtfüßig nach draußen. »Danke für alles, Lavinia.«

Schon hatte sie die Veranda verlassen und rannte mit gesenktem Kopf über den Strand.

Lavinia hörte ihre eigene Stimme. Schreiend, besinnungslos brüllend.

Sie schwankte auf die Veranda, stieß mit dem Schienbein gegen den Schaukelstuhl, stand dann am Fernrohr, noch immer unartikuliert schreiend, und schaltete schließlich den Scheinwerfer aus.

Sie preßte die Stirn an die Glasscheibe der Veranda und sah die schemenhafte Gestalt ins kalte Wasser waten, mit schnellen Sprüngen weiterlaufen und dann hineinhechten . . .

Erschöpft sank sie auf den Stuhl, auf dem Brenda ausgeharrt hatte. Ausgelaugt, zu nichts mehr fähig.

Ob er ohne den Scheinwerfer gesehen hatte, daß Brenda ins Wasser gegangen war? Würde er verschwinden, wenn er sie nicht sah?

Draußen hörte sie Schritte, schwer, eilig.

Was hatte das Mädchen nur vor? Was wollte sie damit erreichen?

Hinter ihr wurde die Tür aufgerissen.

Brenda, Brenda, was wird dir jetzt passieren?

Die Schritte kamen durch das Wohnzimmer.

Sie drehte sich um.

Zwei uniformierte Polizisten standen da. Ihre Blicke schossen durch das Zimmer. Beide hatten Gewehre in der Hand.

10

Nachdem Mary Rinaldi auf Wunsch von Lieutenant Pruitt Mrs. Davidson ausgequetscht hatte und sie nicht dazu bewegen konnte, ein Beruhigungsmittel einzunehmen, ließ sie die alte Dame am Fernrohr sitzen und gesellte sich wieder zu Waldo Pruitt. Hinter einer Düne hatte er Position bezogen, von Gebüsch und kleinwüchsigen Palmen verborgen, von denen aus er den Golf überblicken konnte, ohne gesehen zu werden. »Was ist?« fragte er, ohne die Jacht aus den Augen zu lassen, ein Fernglas auf sie gerichtet. »Ist es wahr?«

Obgleich sie es selbst noch nicht ganz fassen konnte, mußte Mary es bestätigen. »Was Mrs. Davidson den beiden Polizisten sagte, stimmt.«

Waldo fluchte vor sich hin und hob das Sprechfunkgerät mit der Linken an den Mund, ohne das Fernglas sinken zu lassen: »Die Männer sollen sich über den Strand verteilen, sich aber nicht sehen lassen. Mrs. Forrest versucht, zum Schiff hinauszuschwimmen. Sie ändert vielleicht ihre Absicht und kehrt um. Schaffen Sie ein paar erfahrene Lebensretter herbei und einen Krankenwagen. Und zwar ein bißchen plötzlich!«

Mary Rinaldi konnte ohne Feldstecher nur den Schatten eines Schiffs ausmachen – ein schnittiger Bootskörper, zwei Masten ohne Segel. Keine Lichter. Ohne Mondschein wäre überhaupt nichts zu erkennen gewesen. Und wenn sie nicht gewußt hätte, daß es vor der Küste wartete, hätte sie das Boot gar nicht bemerkt.

»Hat Mrs. Davidson gewußt, was das Mädchen vorhat?« wollte der Lieutenant wissen.

»Mrs. Davidson hat die Beherrschung verloren. Es war wohl alles ein bißchen viel für sie; sie ist alt und ... jedenfalls hat sie sich wieder beruhigt.«

»Was hat Mrs. Forrest bloß vor?« knurrte Waldo Pruitt nachdenklich.

»Sie läßt Ihnen durch Mrs. Davidson etwas ausrichten. Daß die Polizei ihre Chance gehabt hat und daß er diesmal nicht entkommt.«

»Was, zum Teufel, kann sie tun?«

»Nur ruhig Blut.«

»Wo sind jetzt Ihre tollen Vermutungen?« fauchte sie ihn an.

»Sie kann die Jacht nicht versenken!«

»Wie kann sie sie manövrierunfähig machen?« Und plötzlich durchzuckte es sie wie ein Blitz. »Sie kann den Zündschlüssel über Bord werfen ...«

Waldo ließ das Fernglas sinken. Langsam. »Jesus«, murmelte er bewundernd.

»Aber dazu muß sie ihn erst in die Finger bekommen ...«

»Vielleicht, wenn er betrunken genug ist ...«

»Wenn er betrunken genug ist, ist er zu allem fähig«, sagte Mary Rinaldi. Daß er außerdem einen geladenen Revolver besaß, bedurfte keiner Erwähnung.

Waldo schnaufte hörbar. »Eine verdammt heikle Sache.«

»Nach der langen Strecke im eisigen Wasser ...«

»Es ist eine idiotische Idee. Hirnrissig.«

»Das Mädchen hat Mumm, eine Menge.«

»Das ist Sache der Polizei!«

»Und sind wir nicht tüchtig?«

»Langsam ...«

»Sehen Sie etwas?«

»Diese verdammten billigen Ferngläser. Ich bin nicht sicher. Etwas Weißes. Das sich bewegt. Nur ein weißer Punkt ...«

»Sie trägt eine weiße Bademütze.«

»Da, schauen Sie mal, verdammt. Vielleicht erkennen Sie was mit Ihren jungen Augen ...«

Sie setzte das Fernglas an die Augen und lehnte sich gegen

einen Baumstamm. Sie spähte über die Wasserfläche, fand fast sofort die Jacht. Jetzt war sie deutlicher zu sehen. Sie lag ruhig da. Obgleich sie an der Linseneinstellung drehte, wurde das Bild nicht schärfer. Dann suchte sie das Meer ab. Das war ja eine gewaltige Entfernung vom Schiff zum Strand! Schwer zu schätzen, vielleicht achthundert Meter?

»Können Sie sie sehen?«

Sie bewegte das Glas in gerader Linie vom Schiff zum Strand. »Nein«, sagte sie, und ein Schauder rann ihr den Rükken hinunter.

»Die Jungs von Holmes Beach haben ein privates Motorboot requiriert«, sagte Waldo Pruitt. »Sie bringen es auf einem Bootsanhänger herüber.«

»Ich kann sie nicht sehen, Waldo. Ich sehe nur ein Flimmern, das verdammte . . .« Sie brach ab.

»Die Küstenwache hat einen Hubschrauber versprochen«, sagte der Lieutenant.

»Es ist mir gleich«, fauchte Mary Rinaldi, »es ist mir gleich, was mit ihm passiert. Wenn sie einen Krampf in dem kalten Wasser bekommt . . .«

»Nicht aufregen, Missie.«

»Und nennen sie mich gefälligst nicht Missie!« schrie sie ihn an.

Dann spürte sie, am ganzen Leib zitternd, wie kräftige Arme sie an einen warmen, massigen Körper drückten, und neben ihrem Ohr flüsterte eine brummige Stimme: »Sch . . . sch . . . sch . . . Ganz ruhig . . .«

Als Barry den Lichtkegel des Scheinwerfers entdeckte, war er noch zu weit entfernt, um die Plastik zu erkennen, nicht einmal durch das Fernglas. Aber als er es zum Meer hinausschwenkte, war der Umriß der Jacht auszumachen. Der Bastard war da draußen und lauerte. Aber nicht mehr lange. Wenn er merkte, daß sie nicht kam, würde er in See stechen, in den Golf hinaus.

Oder nicht? Barry war versucht, den Kurs zu ändern, mehr nach Südwesten. Dann konnte er dem Hundesohn den Weg ins offene Meer abschneiden.

Aber er verwarf den Plan. Er konnte es sich nicht leisten, Zeit zu verlieren.

Statt dessen richtete er den Bug genau auf den Schatten der Jacht.

Während er sich langsam näherte, konnte er auch ohne Fernglas mehr erkennen. Es war ein schnittiges, weißes Schiff, eine Ketsch mit aufgerollten Segeln. Er richtete das Fernglas auf das Cockpit, aber auf die Entfernung war nichts zu erkennen.

Er setzte das Fernrohr wieder ab und überlegte, ob er durch das Zielfernrohr auf dem Gewehr mehr Einzelheiten sehen würde. Er ließ den Blick über den Himmel schweifen – kein Flugzeug, kein Hubschrauber. Er suchte das Meer ab – kein anderes Schiff in Sicht. Was unternahm die Polizei eigentlich? Legte sie die Hände in den Schoß? Wo war die Küstenwache? Der Bastard wartete sicher nicht ewig da draußen.

Und wenn er merkte, daß Brenda nicht kam, oder wenn er den Trawler sah, oder wenn ihn sonst etwas mißtrauisch machte …

Es gab keine Möglichkeit für den Trawler, die Ketsch zu verfolgen, sie einzuholen, keine!

Barry löschte die Positionslichter.

Er nahm das Steuer in beide Hände. Mehr Geschwindigkeit war nicht herauszuholen.

Aber wenn er nahe genug herankam, ehe der Bastard das Motorengeräusch wahrnahm, und wenn sein alter Trawler mit genügend Wucht …

Die Ketsch lag westöstlich mit dem Heck zum Land hin. Wenn sie nicht drehte, würde er sie mittschiffs treffen.

Und im letzten Moment vor dem Aufprall würde er über Bord springen, und sein Bug würde sich in ihren Rumpf bohren.

Wenn der Zusammenstoß den Bastard nicht außer Gefecht setzte, würde er um sein Leben schwimmen müssen. Wenn er die Küste erreichte, lief er ihnen in die Arme. Wenn er verletzt war und ertrank …

Ich lasse mir nichts mehr gefallen, und wenn ich den brutalen, hinterhältigen Hundesohn mit meinen eigenen Händen umbringen muß!

Er hatte Brenda gut verstanden, und er verstand sie noch immer.

Wenn der Bastard ertrank, geschah ihm das recht. Barry würde es nicht bereuen.

Aber er mußte unbedingt an Ort und Stelle sein, bevor die Jacht Fahrt aufnahm.

Er schaute zur Küste. Aus unerfindlichen Gründen war der Scheinwerfer ausgeschaltet worden.

Brenda kommt.

Sie kommt nicht.

Sie muß kommen.

Aber wo war das Ruderboot? Es war zu dunkel, trotz des Mondscheins, um deutlich zu sehen, sie kam bestimmt, sie mußte kommen.

Er konnte nicht mehr lange warten. Er mußte weg. Das Boot driftete. Wie lange lag er schon hier? Er mußte den Motor anwerfen und abhauen . . .

Wohin?

Er konnte jetzt nicht weg. Er war so nah, er war so weit hergekommen, hatte so viel durchgemacht, Jesus, es war doch eine Falle, sie hatte ihn ausgetrickst, es gab kein Ruderboot, er schaute und schaute, sie hatte seine Lichtsignale gesehen, sie hatte mit dem Scheinwerfer ein Zeichen gegeben, aber sie kam nicht.

Es war ein Trick.

Aber das wirst du büßen, Brenda!

Plötzlich erlosch der Scheinwerfer. Sie saß da in dem Strandhaus, im Dunkeln, schaute zu ihm hinaus und lachte sich ins Fäustchen. Sie lachte ihn aus . . .

Die kleine Hure. Es war eine Falle! Brenda, du Miststück, du Hure, du hast mich in eine Falle gelockt!

Aber er hatte den Himmel mit den Augen abgesucht, das Wasser ringsum, immer wieder – keine Schiffe, keine Flugzeuge.

Wenn es eine Falle war, wenn sie ihn hinter Gitter brachten . . .

Er wußte, warum sie ihn in die Falle gelockt hatte. Sein

Kopf war jetzt wieder ganz klar. Sie wollte ihn der Polizei ausliefern, damit er eingesperrt wurde und sie währenddessen frei war und es nach Herzenslust treiben konnte. Während er hinter Gittern saß, eingesperrt und wußte, daß sie da draußen tat, was sie wollte, was sie immer trieb, was sie hier trieb, bumste und bumste ... Vorher bringe ich dich um, Brenda!

Aber wie?

Der Revolver war noch in seiner Jackettasche.

Sein Kopf zerbarst fast. Sie war da drüben. Sie hatte ihm ein Zeichen gegeben, daß sie herauskommen würde. Es gab nur noch eine Möglichkeit: das Boot am Strand auf Grund laufen lassen, ins Wasser springen und schwimmen, ohne daß der Revolver naß wurde ...

Niemand durfte sie besitzen, niemand, niemals ...

Er ließ das Fernglas sinken und ging ans Steuer. Seine Gedanken überschlugen sich. Er drehte den Zündschlüssel, der Motor sprang an.

Er wollte gerade den Hebel auf Fahrt stellen, als etwas Weißes seine Aufmerksamkeit erregte.

Auf der Wasseroberfläche. Ein paar Meter entfernt auf der Backbordseite.

Zuerst wirkte es wie ein schwimmender Wasserball.

Dann schwang ein Arm vor, und einen Moment lang sah er ihr Gesicht, als sie Luft holte ...

Schnell schaltete er den Motor aus. Und er schaltete alle Lichter an. Damit sie ihn sehen konnte.

Damit er sie sehen konnte, wenn sie an Deck kletterte, endlich, endlich ...

Lavinia hatte sich so auf die dunkle Wasserfläche konzentriert – das linke Auge zugekniffen und das rechte an das Teleskopende gepreßt –, daß sie erschrak, als der Motor kurz angelassen wurde und dann wieder erstarb. Sie wußte nicht, was das bedeuten sollte. Ihre Hilflosigkeit hatte sich allmählich in Hoffnungslosigkeit verwandelt. Da sah sie durch das Fernrohr, wie das Wasser um die Jacht plötzlich angestrahlt wurde.

Sie hob den Kopf und richtete sich auf. Alles, was sie sehen konnte, waren die Umrisse des Bootes und das glitzernde Wasser ringsum.

Wollte er abhauen? Warum hatte er dann den Motor wieder ausgeschaltet?

Wieder bückte sie sich an das Fernrohr, stellte mit zitternden Fingern die Schärfe ein. Einen Augenblick lang war alles verschwommen, und dann . . .

Sie sah das Boot ganz nah. Unbewegt. Das Heck ihr zugewandt.

Eine Person stand an Deck. Sie drehte ihr den Rücken zu. Sie hatte Donald Forrest nie gesehen, nicht mal auf einem Foto. Aber selbst wenn er sich umgedreht hätte, wäre sein Gesicht auf die Entfernung nicht zu erkennen gewesen. Breite Schultern. Blondes Haar. Er rührte sich nicht. Die untere Hälfte seines Körpers war hinter der Bordwand verborgen.

Warum hatte er die Lichter angeschaltet?

Und warum stand er so da?

Da wurde ihr alles klar. Eine zweite Gestalt war aufgetaucht, weiße Mütze, schwarzer Badeanzug.

Eine warme Welle der Erleichterung überfiel sie. Brenda hatte es geschafft.

Doch die Erleichterung erlosch sofort: Was stand ihr jetzt bevor? Oh, Gott, war sie im Wasser nicht sicherer gewesen?

Brenda war verschwunden. Wohin? In die Kabine? Um sich eine Decke zu holen? Das Kind mußte ja halbtot vor Kälte sein.

Oder war sie an Deck zusammengesunken? Erschöpft . . .

Der Mann rührte sich nicht. Merkte er nicht, was sie auf sich genommen hatte? Daß sie vor Kälte und Erschöpfung halb erstarrt sein mußte! War es ihm egal?

Was für ein dummer Gedanke . . . der Mann war ein Mörder.

Brenda.

Sie war gekommen.

Wie sie versprochen hatte.

Er konnte es noch nicht glauben.

Sie war selbständig an Bord geklettert. Und jetzt saß sie da.

Nur einen Meter von ihm entfernt.

Sie ließ den Kopf zwischen den Knien hängen ... ihre nackten Schultern hoben und senkten sich ...

Und seine Panik war wie weggeblasen. Warum hatte er den Motor angeworfen? Wo hatte er hingewollt? Oh, Gott, wenn er nicht lang genug gewartet hätte!

Er blieb am Steuer stehen, erschöpft, schlaff, zu schwach, um sich zu bewegen. Oder um etwas zu sagen. Ein ungeheures Gefühl des Friedens war über ihn gekommen. Es war wie das Vergessen im Alkoholrausch. Das angenehme, schwebende Gefühl, bevor das Klicken alles auslöschte und er in die graue und dann schwarze Bewußtlosigkeit versank. Noch nie hatte er sich so *high* und kühl und ruhig gefühlt. Als wäre er ein Teil der Stille, des silbrigen Himmels, des vollen Monds, des weiten Wassers. Das leichte Schwappen des Meeres und Schwanken des Boots verstärkte die unendliche Zufriedenheit. Innerer Frieden, endlich.

»Brenda ...« Seine Stimme klang fremd. Ein Flüstern, das wie ein Echo widerhallte. »Brenda, du bist gekommen ...«

»Ich habe es versprochen.« Es klang gar nicht ärgerlich. Sie war ihm nicht mehr böse.

»Brenda ... laß mich dein Gesicht sehen.«

Er wartete.

Langsam hob sie den Kopf. Sehr langsam. Sie zog mit einer Hand die weiße Bademütze vom Kopf. Das dunkle Haar fiel weich um ihr Gesicht.

Dann stand sie auf. Sie hielt den Mund offen, als könnte sie noch immer nicht genügend Luft bekommen. Sie blickte erstaunt, verwirrt, rätselhaft. Ihr Kinn bebte. Und ihre Haut, vor Nässe glänzend ...

Ihre Haut. Weiß. Sanft. Sie war fast nackt.

Ihre Schönheit rührte ihn. Überwältigte jede Faser seines Körpers, erfüllte ihn ganz.

Aber sie schaute noch immer abwartend, forschend.

Er hätte ihr so gern gesagt, daß er nicht wirklich betrunken war. Daß nichts mehr wichtig war außer ihm und Brenda, die wirklich und wahrhaftig zu ihm gekommen war. Hergeschwommen ...

Um bei ihm zu sein ...

Weil sie ihn liebte ...

Genau so, wie er sie liebte.

Warum lächelte sie nicht? Er sehnte sich nach ihrem Lächeln. Er mußte sie wieder zum Lächeln bringen.

Aber später. Er würde schon einen Weg finden.

Jetzt konnte er nur mit beiden Händen am Steuer dastehen und sie voller Zärtlichkeit und Bewunderung betrachten ...

Durch das Teleskop schien es Lavinia jetzt, als stünden die beiden da wie versteinert – wie Figuren auf einem Wandteppich oder einem Fries.

Brenda hatte die Arme um ihren Körper geschlungen, während der Mann am Steuer sich nicht rührte. Was sprachen sie? Was hatten sie sich zu sagen, nun, da sie einander endlich Auge in Auge gegenüberstanden?

Die Sprechfunkgeräte draußen krächzten wie aufgeregte Raben. Die Polizei war wahrscheinlich genau so ratlos wie sie – und nicht weniger hilflos.

Nach einigen Momenten der Unsicherheit vernahm Lavinia draußen vom Wasser her noch ein anderes Geräusch. In der Ferne. Ein leises Dröhnen, kaum hörbar.

Zweifellos ein anderes Schiff.

Gespannt nahm sie das Auge vom Fernrohr und ließ den Blick über das Wasser schweifen.

Kein Licht.

Ein Kutter der Küstenwache? Ein Polizeiboot?

Wenn sie den Motor hören konnte – ein heiseres Tukkern –, müßten auch die Lichter zu erkennen sein. Kein Schiff fuhr nachts ohne Lichter.

Da wußte sie es.

Sie hätte es gleich wissen sollen.

Lieber Gott, Barry, was hast du vor?

Ihr jagendes Herz hämmerte mit harten Schlägen, so daß sie kaum noch Luft bekam.

Mit dem Fernrohr suchte sie die Wasseroberfläche in der Richtung ab, aus der das Motorengeräusch herüberdrang.

Aber sie brauchte den Trawler nicht zu sehen.

Er war in der Nähe. Und Barry hatte das Jagdgewehr dabei.

Barry, um Gottes willen, was willst du damit ausrichten?

Jetzt war Brenda an Bord – da konnte er doch nicht schießen.

Sollte sie die Polizei zu Hilfe rufen? Was konnte sie unternehmen?

Sie unterdrückte diese Regung und machte sich noch einmal auf die Suche nach dem Boot, langsam, bedächtig ...

Und entdeckte es. Zuerst nur die Bewegung, dann die schemenhafte Kontur des massigen Rumpfs mit den Aufbauten ...

Es näherte sich von Norden. Wie weit war es noch entfernt?

Dann schwenkte sie das Fernrohr zur Jacht hin.

Und erkannte, daß der Trawler genau Kurs auf die Jacht hielt.

Barry wollte das Gewehr gar nicht benutzen.

Wenn Donald Forrest nicht auf den Trawler aufpaßte und mit seinem Boot auswich, würde Barry ihn rammen.

Und blitzartig war ihr klar, daß dies der einzige Weg war, um Donald Forrest am Entkommen zu hindern.

Aber – ihr Herz blieb fast stehen – Brenda befand sich mittlerweile auch an Bord der Jacht.

Was Barry nicht wußte.

Nein, Barry, nicht! Um Gottes willen nicht!

Sie warf das Stativ um, als sie aufsprang. In ihrem Kopf überschlugen sich die Gedanken, wirbelten Bilder durcheinander von neuen Gewalttaten und Katastrophen, die unbedingt verhindert werden mußten.

Sie ging zu dem Schalter an der Wand und schaltete den Scheinwerfer ein. Wie zuvor Brenda, gab sie ein Lichtsignal, an und aus, an und aus, und hoffte und überlegte, was es bei Donald Forrest auslösen mochte, was Barry denken würde, wenn er es sah, falls er es sah ...

Würde er die Warnung richtig deuten?

Wie sollte er?

Barry, der Mann hat einen Revolver.

Und Brenda ist bei ihm.

Barry, du kannst es nicht tun, du wirst auch getötet!

Wenn Barry etwas zustieß ...

Sie schaltete das Licht an und aus, an und aus, sah die Segelskulptur aufleuchten, die Barry ihr geschnitzt hatte ...

Wenn Barry etwas zustieß, wollte sie nicht mehr leben.

Brenda, du bist ein liebes Mädchen und ich mag dich, aber wärst du doch nie hierhergekommen ...

Aus dem Augenwinkel sah Barry das flackernde Licht am Ufer.

Tut mir leid, Brenda, du kannst mich jetzt nicht aufhalten.

Sie hatte sein Boot gesehen oder gehört und seine Absicht erraten. Jetzt gab sie ihm Lichtzeichen.

Tut mir leid, Liebling, aber es ist der einzige Ausweg ...

Die Jacht lag gerade voraus, in einem etwas anderen Winkel, aber noch immer hielt der Bug seines Fischerboots direkt auf die Breitseite zu.

Als vor ein paar Minuten die Lichter auf der Jacht angegangen waren, hatte er durch sein Fernglas geschaut. Er war überzeugt, daß der Bastard abhauen wollte. Und entkommen würde. Bei einer Verfolgung hatte der Trawler keine Chance gegen die Ketsch. Keine. Aber die Jacht hatte ihren Standort nicht verändert.

Mit voller Kraft fuhr er weiter. Wenn der Bastard nicht auf ihn achtete, dann war es in ein paar Minuten soweit.

Mit wilder Entschlossenheit, eine Hand am Steuer, hob er das Fernglas wieder an die Augen. Wollte Brenda ihn mit dem Lichtzeichen bitten, den Bastard nicht zu rammen, oder sollte es etwas anderes bedeuten?

Er stellte das Fernglas auf die geringere Entfernung ein. Der Bastard stand noch am Steuer.

Aber er war nicht allein.

Brenda stand vor ihm im Cockpit.

Das war unmöglich.

Er drehte noch einmal an der Linse.

Er konnte die zwei Gestalten erkennen.

Sie trug einen Badeanzug. Schwarz.

Ihm wurde übel.

Er ließ das Fernglas sinken, schwenkte das Steuer herum und ging auf halbe Kraft.

Brenda, Brenda, du Närrin. Verdammt ...

Er schaltete den Motor aus.

Er dachte an das Gewehr.

Dann hob er das Fernglas wieder an die Augen.

Brenda stand nur ein paar Schritte von dem Bastard entfernt.

Er konnte nicht schießen.

Er konnte überhaupt nichts tun.

Brenda, du Idiotin, du starrsinnige, süße, tapfere, unberechenbare, verrückte Närrin – jetzt kannst nur noch du etwas tun.

»Donald, hörst du mir zu? Ich habe gesagt, daß ich sehr friere.«

Er konnte sie nur anstarren. Oder nahm er sie gar nicht wahr? Minuten verstrichen. Er hatte kein Wort mehr gesagt, seitdem er – fast flehend – ihr Gesicht zu sehen verlangte. Und während der endlosen Zeitspanne nahm ihr Schock immer mehr zu.

Jetzt flackerte in der Ferne, hinter seinem Rücken, der Scheinwerfer bei der Skulptur, an und aus. Wenn er sich umdrehte und es sah ...

Sie wußte nicht weiter. Ihr fiel nichts ein, wie sie ihn aus seiner gespenstischen Starre reißen konnte. Zuerst hatte sie ihn für sinnlos betrunken gehalten. Dann hatte sie es fast gehofft. Sie hatte ihn beschworen, ihn angefleht – hatte er Decken an Bord, würde er bitte die Heizung in der Kabine aufdrehen, ihr eine Decke holen, sah er nicht, daß sie vor Kälte zitterte, sich eine Lungenentzündung holte! Jedes Mittel war ihr recht, nur um ihn vom Steuerrad wegzubringen, damit sie an den verdammten Schlüssel kam. Und was dann? Wieder in das schreckliche, eisige Wasser? Ja. Hatte sie noch die Kraft, den Rückweg schwimmend zu schaffen? Sie wußte es nicht.

Aber als er wie versteinert stehengeblieben war – das Gesicht eine eingefallene, fahle Maske, der Blick leer –, hatte ein anderer Verdacht sie bis ins Mark erschüttert. War er übergeschnappt? War es die angespannte Starre des Wahnsinns? Verbesserte das ihre Chance?

Oder würde er jeden Moment zu sich kommen, die Gefahr bemerken? Mißtrauisch ...

Warum ging der Scheinwerfer dauernd an und aus? Barry? Lavinia? Was hatte das zu bedeuten?

»Donald, kannst du mich hören?« schrie sie. »Donald!«

Plötzlich packte der Zorn ihren zitternden Körper. Ihre Ratlosigkeit war wie weggeblasen. Wie kam sie eigentlich dazu, naß und frierend hierzustehen und ihn zu bitten? Ihm war alles egal, er dachte nur an sich, er hatte sich nie um etwas anders gekümmert, war ihr das nicht endlich bewußt?

Der Zorn feuerte ihre Gedanken an. Sie wollte ihn überlisten, indem sie in seiner Sprache redete. Vielleicht begriff er das: »Gib mir wenigstens einen Drink. Mir ist kalt, Donald, ich will einen Drink, verdammt!«

Endlich rührte er sich. Sein Gesicht verzog sich zu einem wissenden Grinsen. Aber anstatt in die Kabine zu gehen, setzte er sich hinter das Steuer und wühlte in seinem Jackett. Langsam wie ein Schlafwandler streckte er ihr eine Flasche hin. Sie hatte sie dort nicht liegen sehen und erkannte die verhaßte Form und das schwarze Etikett.

Sie mußte einen Schritt auf ihn zugehen, um sie nehmen zu können. Sie hatte das gespenstische Gefühl, daß alles in Zeitlupe geschah.

Mit der schweren Flasche in der Hand fühlte sie plötzlich den Impuls, zu handeln! Jetzt, sofort! Seine Stimmung ausnützen, ihm die Flasche über den Schädel hauen, sich den Schlüssel schnappen ...

Aber wenn sie das riskierte, riß sie ihn aus seiner Trance, provozierte seine Brutalität ...

»Donald«, sagte sie und zwang sich zu dem Wort, »Liebling, du weißt doch, daß ich nicht aus der Flasche trinken kann!«

Da sagte er etwas und stand auf. »Gläser sind in der Kombüse.« Seine Stimme klang abwesend, erschreckend tonlos. Er ging zum Niedergang. Dann wandte er sich um. »Geh runter und mix uns beiden einen Drink und zieh den Badeanzug aus.« Dann klärte sich sein Blick, strich über ihren Körper und er sagte die verhaßten Worte: »Zieh dich aus.« Es war wie eine obszöne Zärtlichkeit.

Sie würgte, unterdrückte mühsam die Regung, ihm die Flasche über den Schädel zu schlagen, eilte zum Steuer, suchte in fliegender Hast nach dem Schlüssel, als sie ein bellender Aufschrei stoppte.

Ehe sie sich umdrehen konnte, wurde ihr Kopf an den Haaren hochgerissen, bis sie auf Zehenspitzen stand, fast betäubt vor Schmerz; er drehte ihre Haare um seine Hand, daß ihr der Schädel fast zersprang, und sie hörte an ihrem Ohr ein wildes, heiseres Knurren: »Lügnerin, verlogene Hure, schau hin, Tricks, schau hin, was soll das bedeuten, schau hin, verdammt, schau dieses verdammte Licht an!«

Und dann: »Das ist dein Werk, du hast mir das angetan!«

Sie wurde an den Haaren hochgezerrt, aufgehoben und mit baumelndem Körper zur Treppe geschleppt, sah die offene Luke, Dunkelheit dahinter, dann wurde ihr Haar losgelassen und sie rollte über die steilen Stufen in die Dunkelheit ...

Barry hatte alles genau gesehen.

Er handelte schnell, in kalter Wut.

Er ließ den Feldstecher fallen und packte das Gewehr. Es lag fremd und schwer in seiner Hand.

Ohne seinen Körper anzulehnen, legte er an, entsicherte, fand das erleuchtete Schiff schnell im Zielfernrohr, hatte den Bastard im Fadenkreuz – er stand wieder am Steuer – und drückte ohne Zögern und ohne Skrupel ab.

Der Schuß explodierte an seinem Ohr und hallte über das Wasser.

Er roch Pulverrauch, rammte den Bolzen zurück und wieder vor, verlor das Ziel aus dem Fadenkreuz, hörte das Aufbrummen des schweren Dieselmotors, stützte das Gewehr auf den Deckaufbau, den feuchten Finger fest am Drücker, visierte das Ziel an ...

Der Bastard hatte den Kopf gedreht, spähte auf das Wasser hinaus, hob das Fernglas ...

Barry feuerte wieder und versuchte, das Ziel trotz des Rückstoßes nicht aus den Augen zu verlieren.

Als er es wieder deutlich sah, war das Cockpit leer.

Hatte er den Bastard umgelegt?

Der Anfall von mörderischer Wut, als er gesehen hatte, wie der Bastard sie an den Haaren gezerrt und wie eine Gliederpuppe in die Kabine geschleudert hatte, war nichts im Vergleich zu dem überwältigenden Haß und Zorn, der ihn jetzt schüttelte.

Ein solcher Sturz konnte ihr das Genick gebrochen haben ...

Und nun war dieser Bastard, der es getan hatte, vermutlich auch tot.

Er hoffte es.

Hattest du das Recht dazu? Zu töten? Jemand umbringen zu wollen ...

Barry wartete. Die Jacht war abgetrieben, lag in einem anderen Winkel.

Ja, er hatte das Recht, wenn nicht juristisch, so doch moralisch!

Wenn der Bastard sie nicht schon umgebracht hat, wird er es bei der nächsten Gelegenheit tun.

Er lag vielleicht auf dem Boden des Cockpit, verwundet, kroch auf den Niedergang zu ...

Oder war bereits in der Kabine.

Bei Brenda.

Nein, das war er nicht. Er richtete sich auf, eilte zum Steuer, griff nach dem Gashebel ...

Barry legte wieder an, nicht einmal sicher, ob die Reichweite des Gewehrs groß genug war ...

Er sah, wie der Bastard den Gashebel betätigte und die Ketsch vibrierte und Fahrt aufnahm. Er drückte ab und wußte, daß er diesmal sein Ziel verfehlt hatte.

Der Knall übertönte den Motorenlärm der Ketsch.

Als er das Cockpit wieder im Zielfernrohr sah, war der Bastard nicht am Steuer. Am Niedergang war nur eine flüchtige Bewegung zu erkennen.

Barry setzte das Gewehr ab und starrte zur Jacht hinüber.

Sie machte Fahrt, zog einen weitgeschwungenen Bogen, bis der Bug aufs offene Meer hinauszeigte.

Aber niemand stand am Steuer.

Er hörte das Dröhnen des Motors, sah die Bugwelle.

Jesus.

Er warf den Motor an.

Warum, zum Teufel, hatte er nicht daran gedacht?

Er schaltete die Positionslichter an und riß das Steuer herum.

Wie konnte er vergessen, daß so eine Luxusjacht natürlich mit einem Autopilot ausgerüstet war?

Während er den Bastard angeschossen an Deck wähnte, hatte er den Kurs eingestellt.

Die Ketsch fuhr mit voller Kraft.

Niedergeschlagen und hoffnungslos verfolgte er die schnittige Ketsch.

Was konnte er jetzt noch ausrichten? Gab es noch irgendeinen Ausweg?

Eine Kugel hatte er noch. Aber er würde nicht mehr nahe genug herankommen. Er wußte nicht einmal, ob er bei den vorhergehenden Schüssen in Reichweite gewesen war.

Und Brenda war in der Kabine diesem Bastard ausgeliefert.

Er holte alles an Geschwindigkeit aus seinem müden Kahn heraus.

Ich bin da, Brenda. Auch wenn es wenig nützt. Aber ich bin da.

Schon jetzt wuchs die Entfernung zwischen ihm und der Jacht. Er konnte seinen Trawler nur mit übermenschlicher Willensanstrengung anfeuern. Die Hände um das Steuer gekrampft, daß Arme und Schultern schmerzten, gab er dem Gefühl von Ausweglosigkeit und Hoffnungslosigkeit nach, das von ihm Besitz ergriff.

Brenda war hinausgeschwommen, um dem Bastard eine Falle zu stellen, und nun saß sie selbst in der Falle.

Wenn sie noch lebte ...

In der Ferne, vor der Jacht, erkannte er Lichter. Auf nördlichem und südlichem Kurs.

Frachter. Tanker. Kreuzer.

Jesus, die Ketsch brauste mit voller Geschwindigkeit darauf zu. Auf die Fahrrinne nach Tampa.

Ohne jemand am Steuer.

Niemand, der es merkte.

Der Mann war betrunken oder verrückt. Oder beides.

Und er hatte Brenda bei sich.

Alles passierte auf einmal, wie es Mary Rinaldi schien.

Drei Schüsse hallten über das Wasser.

Plötzlich Lichter, die die Anwesenheit eines zweiten Schiffs anzeigten.

Und jetzt die Lichter, die sich entfernten – beide Schiffe in voller Fahrt auf den Golf hinaus.

Als sie mit dem Lieutenant aus dem Gebüsch rannte, sagte sie: »Die alte Dame hält sich wie eine Eins. Ist stolz auf sich. Sie hat Barry Conrad davon abgehalten, die Jacht zu rammen, nachdem Brenda an Bord war.«

»Schade, daß das Mädchen im Weg war«, knurrte der Lieutenant.

»Und die Schüsse?«

»Jagdgewehr. Barry Conrad.«

»Jesus, das hat uns gerade noch gefehlt – ein schießwütiger Cowboy im Kampf um die gerechte Sache. Leute, die vor der Justiz flüchten, sind kein Freiwild. Aber hoffen wir, daß er den Hundesohn erwischt hat.«

Sie erreichten die Düne und konnten wieder auf das Meer hinaussehen. Die Lichter waren schon weit draußen, die beiden Schiffe waren nicht mehr zu erkennen.

Coleen Lyons stand da mit einem jungen, kamerabehängten Mann. »Bullen hinter jedem Busch«, sagte sie hänselnd, »der Strand wimmelt von Polizei. Was soll dieser Großeinsatz?«

»Nichts«, erwiderte Waldo Pruitt ungerührt.

Mit heulender Sirene, quietschenden Reifen und rotierendem Blaulicht raste ein Streifenwagen die Straße entlang. Fluchend und wild gestikulierend brachte Pruitt ihn zum Anhalten. Wütend brüllte der Lieutenant: »Sie kümmern sich wohl nicht um Befehle, kein Blaulicht, kein Martinshorn, haben

Sie . . .« Doch dann gab er es mit hängenden Schultern auf. »Das passiert immer. Jedes verdammte Mal. Aber was, zum Teufel, macht das jetzt noch aus?«

Ein uniformierter Polizist sprang aus dem Wagen. »Das Motorboot, das Sie haben wollten, Lieutenant . . . wir lassen es gerade am Ende der 45th Street ins Wasser.«

»Prima«, sagte der Leutnant. »Hoffentlich reicht der Sprit bis Texas.«

»Besser spät als nie«, brummte der Officer und machte sich aus dem Staub.

Dann krächzte der Sprechfunk: »Die Küstenwache hat einen Hubschrauber von St. Petersburg entsandt. Er wird in etwa einer Viertelstunde eintreffen.«

»Danke.« Zu mehr reichte es nicht.

Er ging wieder auf die Düne und starrte den kleiner werdenden Lichtern nach.

Mary Rinaldi gesellte sich zu ihm. »Bis jetzt«, sagte sie, »haben Sie mit Ihren Vermutungen ins Schwarze getroffen, mein Freund. Hoffen wir, daß Sie sich dieses Mal irren.«

»Gott helfe ihr.« Und ohne aufzusehen: »Ich habe das Beten verlernt. Hoffentlich können Sie es.«

Sie war seine Gefangene. Und das Schiff fuhr, immer weiter vom rettenden Land weg, das sie schwimmend nie mehr würde erreichen können. Es konnte jetzt schon zu weit sein. Der Motor dröhnte gleichmäßig.

Er hockte auf der Treppe. Starrte wieder. Nicht auf sie. Auf nichts.

Er hatte kein Wort gesprochen und nichts getan, seitdem er nach der Schießerei heruntergekommen war.

Als sie das Bewußtsein wiedererlangt hatte, war sie erst vor Schmerzen auf dem Boden liegengeblieben. Kopf, Körper, jeder Knochen, alles tat ihr weh. Dann hatte sie die Schüsse gehört und sich aufgerappelt, dann das Anwerfen des Motors, das Vibrieren, das Rauschen des Wassers. Torkelnd hatte sie sich zum Niedergang geschleppt – ihr Kopf tobte und der Schmerz schien sie zu zerreißen – und als sie den Fuß auf die unterste Stufe stellte, war er durch die Luke heruntergeschossen – so schnell, daß sie sich auf die Seite drücken mußte, um nicht zertrampelt zu werden.

Seitdem – sie hatte jegliches Zeitgefühl verloren – hockte er so da. Die Whiskyflasche baumelte in seiner Hand zwischen den Knien. Er mußte sie aufgehoben haben, wo sie ihr aus der Hand gefallen war, als er sie an den Haaren packte.

Nichts, was sie sagte, hatte ihn zu einer Reaktion veranlaßt.

Wer ist am Steuer, Donald?

Keine Antwort.

Geh beiseite, dann gehe ich ans Steuer.

Nichts.

Donald, es gibt ein Unglück.

Sie hatte den Lichtschalter gefunden. Zwei Polsterbänke, ein schmaler Tisch, Mahagoni, poliert. Die Kabine war so eng, daß er kaum mehr als einen Meter von ihr entfernt saß.

Donald, hol mir eine Decke. Bitte. Mir ist kalt.

Eine Wiederholung der früheren Bitte – sie versuchte alles, um ihn von der Treppe wegzubringen.

Aber er reagierte nicht. In seinen Augen war wieder die glasige Leere von vorhin. War er wirklich nicht mehr bei Sinnen?

Wohin wollte er sie bringen? Wußte er es überhaupt? Kümmerte er sich überhaupt darum?

Das Dröhnen des Motors erfüllte die Kabine.

Er hätte ihr das Genick brechen können. Aber sie konnte sich jetzt keinen Zorn leisten. Auch keine Hysterie. Sie mußte die ohnmächtige Wut hinunterschlucken, um ihn nicht zu neuen Ausbrüchen zu reizen.

Sie mußte bedacht handeln. Schlau. Gerissen. Seine Schwächen ausnützen. Sie kannte ihn doch gut genug. Aber wenn sein Geist bereits umnachtet war . . .

»Donald«, begann sie sanft, »wo wollen wir hin?« Und wieder zwang sie sich: »Liebling.«

Aber er würdigte sie keines Blicks. »Sie haben auf mich geschossen . . .« Er klang fassungslos, ungläubig, dumpf. »Sie wollten mich töten.«

Sie zögerte keinen Moment. »Wer, Donald?«

Da runzelte er die Stirn, und etwas Leben kam in seine Augen. »Du ... du hast doch die Schüsse gehört.«

In der Tat. Aber wenn sie ihn dazu brachte, seinen eigenen Wahrnehmungen zu mißtrauen ...

»Welche Schüsse?« fragte sie.

»Drei Schüsse ...«

»Ich habe nichts gehört.«

»Da draußen. Sie wollen mich ...«

»Ich schaue mal nach.« Sie ging vorsichtig einen Schritt auf ihn zu und sagte dann neckend: »O Liebling, du meinst immer, daß die Leute gegen dich sind. Laß mich mal ...«

Aber statt dessen stand er auf. Er stieß mit dem Kopf fast an der Decke an. Er stellte die Flasche auf den Tisch und stieg den Niedergang hinauf.

In der Luke blieb er stehen. Sein breitschultriger Körper füllte sie fast aus.

Sie schaute die Flasche an und nahm sie in die Hand. Schwer genug? Die Decke war niedrig. Sie würde seitlich ausholen müssen. Kräftig. Hatte sie genug Kraft übrig? Selbst wenn der Schlag ihn nicht bewußtlos machte, würde er ihn zur Seite werfen. Ob das ausreichte, um die Treppe hinauf und ans Steuer zu kommen?

Sie umklammerte noch immer unentschlossen die Flasche, als er wieder herunterkam. Diesmal schimmerten die Augen zwar noch glasig, aber dunkler. Er hielt das Fernglas in der Hand und strich sich mit der anderen durch das Haar.

»Er ist da«, sagte er.

»Wer?« fragte sie, obgleich sie sofort Bescheid wußte. Sie hätte es wissen müssen, als sie die Schüsse hörte ...

»Der gleiche Kerl.« Seine Stimme klang nicht mehr flau, sondern hart und scharf. »Mit dem verdammten roten Bart.«

Ihre Hand krampfte sich um den Flaschenhals. Aber er setzte sich nicht. Er wirkte wachsam, belauerte sie.

Sie konnte es nicht riskieren.

»Es ist alles wahr, was?« fragte er. »Er ist der Grund, warum du nach Florida gekommen bist.«

Was nun? Wenn er auf sie losging, müßte sie ...

»Keine Lügen mehr, Brenda.«

Am liebsten hätte sie geschrien: *Ja, ja, ja!* Aber statt dessen sagte sie: »Er bildet sich ein, daß er in mich verliebt ist, Donald. Ich kenne ihn kaum.«

»Hast du ihm erlaubt, dich zu bumsen?«

Sie brachte ein leichtes Lachen zustande und schlenderte zur Kombüse. »Wir brauchen jetzt beide einen Drink, Liebling.«

Wenn Barrys Schiff noch in Sicht war, hatte sie vielleicht noch eine Chance. Wenn sie die nicht verspielte, wenn sie Donald nicht zur Gewalttätigkeit reizte ...

Sie öffnete Schranktüren.

Hatte sie ihn abgelenkt?

Sie fand die Gläser.

Er war nicht explodiert. Gehörte das auch zu dieser seltsamen Starre, in die er immer wieder verfiel?

Mit der Flasche und zwei Gläsern in der Hand kam sie um die Trennwand und blieb wie angewurzelt stehen.

Er war nackt.

Er stand noch an der gleichen Stelle, die langen Beine gespreizt, mit herabhängenden Armen. Abwartend.

Die Kleider lagen in einem Haufen auf dem Boden.

Sein Penis versteifte sich bereits. Seine Augen glitten an ihrem Körper entlang.

Sie schluckte, um die gallebittere Abneigung zu unterdrükken.

Mit zwei Schritten war sie beim Tisch und setzte Flasche und Gläser ab. Das Möbel stand zwischen ihnen.

»Ich brauche zuerst einen Drink«, sagte sie, öffnete die Flasche, unterdrückte das Zittern, den Aufschrei, das Erbrechen.

Sein Penis war steif und prall.

Sie goß einen Fingerbreit Whisky in ein Glas.

In seinen Augen stand Begierde.

Das andere Glas machte sie voll. »Ich brauche einen Drink«, sagte sie. »Ich habe noch nie so gefroren.«

Das vollere Glas ließ sie mit Bedacht stehen. Sein Blick wanderte zu ihrem Gesicht, mit einem Anflug von Spott und Triumph.

Er beugte sich vor, nahm das Glas in die Hand, ohne sich vom Fleck zu rühren.

Sie nahm ihr Glas und hob es an die Lippen, trank. Ihre Zähne klapperten am Glasrand. Der Alkohol brannte ihr in der Kehle und wärmte ihren Magen, taute ihr Gehirn auf. Was konnte sie jetzt tun, um ihm zu entgehen?

Er ließ sie nicht aus den Augen und trank das halbe Glas aus, wobei sich seine Lippen verächtlich kräuselten.

Sie empfand ein plötzliches Gefühl der Genugtuung. Seine zwei Obsessionen – ihr Körper und der Alkohol – wie konnte sie sie gegen ihn ausspielen, um an den Schlüssel zu gelangen und den unerbittlich stampfenden Motor abzustellen . . .

»Zieh den verdammten Badeanzug aus«, kommandierte er und machte eine höhnische Verbeugung.

Dann kippte er den restlichen Whisky.

Seine Augen waren feucht und blutunterlaufen, und er verschlang sie mit Blicken.

Sie goß sich noch einen Drink ein, ließ ihn aber stehen.

Ohne den Blick von ihrem Körper zu lassen, warf er das leere Glas auf die Liege. »Du«, sagte er, »du wirst jetzt gefickt wie noch nie zuvor in deinem Leben.« Und dann glitt sein Blick zu ihrem Gesicht hinauf. Haß war darin zu lesen. »Du wirst jetzt gefickt und gefickt . . . einmal für jeden Bastard, mit dem du es getrieben hast.«

Breitbeinig stand er noch immer zwischen ihr und der Treppe. Seine Augen glitzerten, vor grausamer Vorfreude, wilder Erregung.

»Zieh dich aus«, herrschte er sie an.

Die verhaßten Worte ließen bei ihr alle Dämme brechen. Mit der einen Hand packte sie die Flasche, mit der anderen ihr Glas, eilte drei Schritte auf ihn zu und schleuderte ihm den Whisky aus dem Glas ins Gesicht.

Sie hörte ihn keuchen, sah, wie er sich heftig die Augen rieb, aber ohne seinen breitbeinigen Stand zu verändern. Sie ließ das Glas fallen, das klirrend zersprang, spreizte selbst die Beine, holte Schwung und schmetterte ihm die Flasche zwischen die Beine.

Es klang wie eine zerplatzte Melone.

Seine Hände ließen das Gesicht los, die Augen traten aus ihren Höhlen, der Kiefer fiel herunter. Dann schnappte sein Oberkörper nach unten; er schwankte, torkelte auf sie zu, mit kalkweißem Gesicht, nach Atem ringend . . .

Als er auf die Knie sank, die Hände im Schoß verkrallt, und sich dann am Boden wand, schob sie sich seitlich an ihm vorbei.

Während sie die Treppe hinaufkletterte, setzte hinter ihr das Brüllen ein . . . unmenschlich, wie von einem angestochenen Tier.

Sie stürzte in die kalte Dämmerung hinaus und über die kalten Planken auf das Steuerrad zu.

Während die Entfernung Meter um Meter zunahm, fand Barry es immer schwieriger, im Fernglas das leere Cockpit der Ketsch im Auge zu behalten. Er konzentrierte sich auf das große, weiße Steuerrad, aber auch das verschwamm allmählich. Er hielt seinen Kurs, wehrte sich gegen das entsetzliche Gefühl der Ohnmacht und Verzweiflung, während ihn Schreckensvisionen verfolgten, was sich dort in der Kabine abspielen mochte, auf dem Boot, das ohne Steuermann auf die vielbefahrene Schiffahrtsstraße zupflügte.

Als es dann passierte, war er zuerst nicht sicher, was es war.

Blitzartig ein schwarz-weißer Schatten am Steuerrad . . .

Dann eine massige, gespenstische Gestalt, die sich am Niedergang aufzubäumen schien . . .

Ein weißer Arm, der sich schwungvoll hob . . .

Und dann ein Körper, der wie ein schwarzer Delphin ins Wasser schnellte . . .

Als er das Fernglas sinken ließ – automatisch den Kurs korrigierte und am Gashebel ruckte, um noch mehr zu beschleunigen –, sah er mit bloßem Auge, daß die Ketsch an Fahrt verlor, ihre Masten schwankten heftig, der Bug bohrte sich ins Wasser, das Heck bäumte sich auf, dann wieder schoß der Bug in die Höhe – und das Ganze wiederholte sich ein paarmal, bis die Bugwelle schließlich in sich zusammenfiel.

Brenda.

Er hob das Fernglas wieder an die Augen, suchte die Wasserfläche ab, die jenseits des Lichtkreises der Bootsbeleuchtung in undurchdringliches, graues Dunkel getaucht war.

Oh, Gott, wie eisig das Wasser sein mußte!

Brenda, Brenda. Ich bin da. Ich komme . . .

Ich weiß, was du getan hast, Brenda. Ich habe gesehen, wie du den Zündschlüssel ins Wasser geworfen hast. Du hast es geschafft, ganz allein . . .

Himmel, was für eine Frau!

Ich habe Decken an Bord. Schwimm weiter.

Siehst du meine Lichter?

Er riß an der Schnur des Nebelhorns. Es röhrte, hallte wider. Nochmals zog er und immer wieder – ein langes, heiseres Tuten in regelmäßigen Abständen . . .

Decken und meine alte Wolljacke – ich wärme dich wieder auf, Brenda.

Er konnte nichts erkennen. Nichts. Konnte sie seine Lichter sehen? Das Nebelhorn hören?

Laß mich dich aufwärmen, für dich sorgen, Brenda, mich um dich kümmern, du gehörst mir . . .

Damit ich dich umsorgen und umhegen kann, Brenda, nicht, um dich zu besitzen!

O Gott, wo bist du denn?

Er mußte sich dem Bereich genähert haben, in dem sie ins Meer gesprungen war. Er verringerte die Geschwindigkeit, viel zu heftig, so daß der Motor tuckerte . . .

Viel näher, aber immer noch über fünfzig Meter entfernt, driftete die Ketsch, wie ein großer, weißer Fisch.

Er nahm fast alle Fahrt weg, so daß sein Trawler dahinkroch. Langsam drehte er das Steuerrad, um den Strahl des Suchscheinwerfers über die Wasseroberfläche streichen zu lassen.

Mit zusammengekniffenen Augen verfolgte er den Scheinwerfer. Keine Bewegung. Er spähte über das dunkle Wasser, das nicht angestrahlt wurde.

Nichts.

Wenn sie von der langen Strecke vom Strand zur Ketsch zu erschöpft war und jetzt nicht mehr . . .

Ein Geräusch erregte seine Aufmerksamkeit. Noch entfernt, im Norden. Das pochende Brummen eines Hubschraubers. Zu spät? Nein – der Bastard war genau da, wo Brenda ihn hinhaben wollte, festgenagelt.

Er ließ das Nebelhorn ein letztes Mal aufröhren und griff dann nach dem Gewehr auf dem Kabinendach. Noch eine Kugel ...

Schwimm weiter, Brenda. Ich bin hier. Ich bin für dich da. Ich tue, was ich kann.

Ohne den Blick vom Wasser zu wenden, hob er den Lauf über den Kopf und feuerte in die Luft.

Der scharfe Knall donnerte über den Golf.

Das mußt du doch hören, Brenda!

Wenn du noch lebst ...

Er glaubte, einen Schuß gehört zu haben, war aber nicht sicher. Er hatte das seltsame Gefühl, in einem Traum zu sein. Er konnte nicht klar denken, sein Kopf spielte ihm wieder einen Streich, er wußte nicht, ob das ein Schuß war, er zweifelte an seinen Wahrnehmungen ...

Außer dem Schmerz. Dem feurigen Stechen in seiner Leiste, der kranken Leere in seinem Bauch, in der Brust.

Aber er mußte nicht mehr brechen. Die Rippen taten weh, der Mund schmeckte wie eine Jauchegrube, aber das gräßliche Würgen hatte aufgehört, eine kleine Erleichterung. So daß er wieder etwas Luft bekam, keuchend ...

Aber etwas anderes war passiert, etwas Fürchterliches, Unheimliches, das schlimmer war als die Schmerzen, etwas in seinem Kopf. Er schien jetzt unter Wasser dahinzutreiben, in verschwommenen, grünen Tiefen.

Nur schwebte er nicht, sondern schleppte sich Stufe um Stufe, wie auf einer Schiffsleiter, nach oben – wie kam er auf ein Schiff? Und wo war er? Er konnte die Beine kaum heben, zog sich mit den Händen hinauf wie ein Tier, nackt, vollgekotzt, stinkend, wie ein verdrecktes, verwundetes Tier ...

Mit zerquetschten Eiern. Kein Mann mehr. Wie, zum Teufel, war das passiert?

Ein Geräusch. Langgezogenes Tuten, immer wieder. Wie

von einem Nebelhorn. Also war er doch auf einem Schiff, aber es war nicht neblig, er sah nach draußen, dunkel, schummrig, kalt, aber kein Nebel. Wer tutete dann? Warum?

Er mußte sich aufrichten. Er schaffte es nicht. Also kroch er auf Händen und Knien über das feuchtkalte Deck. Zum Steuerrad hin. Das vor seinen Augen waberte und verschwamm ...

Er brauchte nur den Motor zu starten; wenn der Motor lief, konnte er weg. Wohin? Wie sollte er wissen, wo er hinwollte, wenn er nicht wußte, wo er war?

Wenn er aufstehen konnte, seinen Körper in die Gewalt bekam, dann wurde auch sein Kopf wieder klar und es fiel ihm ein, was er tun mußte.

Zusammengekauert hielt er sich am Steuer fest und tastete nach dem Schlüssel. Er konnte ihn nicht finden. Sehr seltsam, so seltsam wie alles andere. Ohne Schlüssel konnte er nicht weg, wo war er nur?

Etwas anderes drang in sein Ohr. Unverkennbar, dieses stuckernde Dröhnen, ein Hubschrauber, vielleicht von der Küstenwache, er sah ihn ziemlich niedrig fliegen, mit flakkernden Lichtern, er war also in eine Art Schiffsunglück verwickelt und sie kamen zu Hilfe ...

Jesus, war das Schiff etwa am Sinken?

Das war es also – er war mit etwas zusammengestoßen und hatte um Hilfe gefunkt, er hatte sich den Kopf angestoßen, deshalb konnte er nicht denken, aber das erklärte nicht die Schmerzen in seinen Eiern, es war alles zu verwirrend, zuviel, einfach zuviel, das Nebelhorn, das Durcheinander, der Hubschrauber, das sinkende Schiff, es war zuviel ...

Er sackte auf dem Sitz zusammen. Mochte passieren, was wollte, es passierte sowieso, es sollte kommen, wie es mußte, es war ihm egal, er war zu schwach, zu krank, zu benommen, verfluchte Scheiße ...

Warum sprangen sie immer so mit ihm um? Sein Leben lang, immer ...

Er erblickte das andere Schiff. Das ihn gerammt haben mußte. Sah wie ein Fischerboot aus – wahrscheinlich so ein dummer, einfältiger Fischer, der sein Handwerk nicht beherrschte, der die Regeln auf See nicht kannte. Das Nebelhorn, der blöde Hund tutete um Hilfe, ganz recht, aber er bekam nicht mal das SOS richtig hin ...

Im Lichtschein bewegte sich etwas im Wasser. Ein Fisch? Ein Hai?

Wenn er sein Fernglas hätte – noch nie war er ohne Fernglas auf einem Schiff gewesen.

Aber er sah auch so genug.

Weiße Arme blitzten auf, kraulten, fließendes schwarzes Haar ...

Brenda.

Aber was tat Brenda da?

Sie mußte bei dem Zusammenstoß über Bord gefallen sein. Bei dem Zusammenstoß, an den er sich nicht erinnern konnte. Durch den Aufprall war sie ins Wasser gefallen oder vor Angst hineingesprungen.

Na schön, Brenda schwamm wie ein Fisch.

Aber sie schwamm weg. Auf das andere Schiff zu. Sie muß ganz durcheinander sein ...

Brenda, nicht da lang – hierher! Hier bin ich. Aber sie konnte ihn nicht hören. Hatte er geschrien? Sie schwamm fort, sie verließ ihn schon wieder ...

Wieder. Wenn du mich nur nicht verlassen hättest, Brenda.

Da kam ihm eine Erinnerung. Nicht deutlich ...

Aber genug, um zu wissen, wer auf dem anderen Boot war

Genug, um zu wissen, zu wem sie wollte. Zu ihm.

Wieder.

Es war nicht so. Er konnte das nicht geschehen lassen ...

Brenda, du darfst mich nicht verlassen. Niemals!

Er stand hinter dem Scheinwerfer dieses anderen Schiffs.

Wo hatte er seinen Revolver?

Welchen Revolver?

Er hatte doch eine Waffe!

Wenn er nur klar denken könnte, wenn ihm nur einfiele, wo er ihn gelassen hatte, dann könnte er den Hundesohn umbringen, ehe sie ihn erreichte.

Und wenn er tot war, dann wäre auch seine Erinnerung ausgelöscht, und dann war alles nicht geschehen.

Was immer es war ...

Einmal hatte er es gewußt, und es war wichtig gewesen, von großer Bedeutung ...

Und es hatte so weh getan, das Wissen. Was es auch betraf.

Er drehte sich und zog die Knie an, erst das eine, dann das andere, scheiß auf die Schmerzen ...

Er wußte nun, was er zu tun hatte.

Er kniete, er sah sie da draußen, wie sie sich von ihm entfernte ...

Er stellte sich auf den Sitz. Er mußte zu ihr, mußte sie aufhalten, sie durfte ihn nicht mehr verlassen, nicht schon wieder ...

Und wenn er bei ihr war, dann war alles gut. Dann würde sie wissen, wie sehr er sie liebte ...

Er stand auf dem schmalen Deck neben dem Aufbau, seltsamerweise ohne Schmerzen, alles sehr seltsam, und wußte, daß er zu ihr hinschwimmen und sie zurückholen mußte ...

Ganz leicht und klar, ganz einfach.

Er beugte die Knie und schnellte ins Wasser.

Er spürte, wie sein Körper flog, schwerelos, machte sich auf den Schock der Kälte gefaßt ...

Doch da, ehe er ins Wasser schnitt, hörte er den vertrauten Laut in seinem Kopf.

Klick.

Sie schwamm mit neuer Kraft.

Bei jedem Atemholen mit seitlich gedrehtem Kopf konnte sie das Nebelhorn hören, immer lauter, je näher sie kam. Zuerst war es ihr wie ein Dauerton vorgekommen, der ihre Aufmerksamkeit erregt hatte, doch je näher sie dem trichterförmigen Lichtstrahl kam, desto öfter wurde das Tuten unterbrochen, ein anfeuerndes, drängendes Signal.

Er hatte sie entdeckt. Er rief ihr zu, daß er sie im Blickfeld hatte.

Sie nahm auch den Hubschrauber wahr, der mit blitzenden

Lichtern über ihr schwebte. Es war alles vorbei, wirklich vorbei. Jahre der Ruhe lagen vor ihr, in denen Toby ungestört aufwachsen konnte. Vielleicht sogar ein ganzes Leben ...

In ihr war kein Raum für Trauer oder Reue. Und kein Schuldgefühl – war es möglich, daß sie das auch endlich abgestreift hatte? Daß sie frei war, endlich ...

Das Tuckern des Motors war fast erstorben, ein dumpfes Pochen, das sich vom Wasser auf sie zu übertragen schien. Als sie beim nächsten Zug die Augen öffnete, war der Lichtkreis schon viel näher. Und dahinter konnte sie den massigen Bug des Trawlers ausmachen.

Barrys Schiff. Auf dem sie sich geliebt hatten. Wo sie zum erstenmal erfahren hatte, was Liebe bedeutete.

Der Rhythmus ihrer Kraulbewegungen hatte sich verändert. Sie schwamm nicht mehr, um nicht zu ertrinken. Sie schwamm mit gelöster Kraft, wie sie als junges Mädchen geschwommen war. Als die Zukunft noch geheimnisvoll, aber vielversprechend und wunderbar vor ihr gelegen hatte.

Das röhrende Tuten des alten Nebelhorns war das fröhlichste Geräusch, das sie jemals gehört hatte.

In dem offiziellen Bericht des Leichenbeschauers über die Todesursache der nackten männlichen Leiche, die zwei Tage später an den öffentlichen Strand von Manatee County gespült worden war, hieß es lapidar: *Tod durch Ertrinken, Unfall.*